D0895975

COLLECTION « BEST-SELLERS »

DU MÊME AUTEUR

Chez le même éditeur

DÉJÀ DEAD, 1998

DEATH DU JOUR, 1999

DEADLY DÉCISIONS, 2000

VOYAGE FATAL, 2002

SECRETS D'OUTRE-TOMBE, 2003

LES OS TROUBLES, 2004

MEURTRES À LA CARTE, 2005

À TOMBEAU OUVERT, 2006

ENTRE DEUX OS, 2007

TERREUR À TRACADIE, 2008

LES OS DU DIABLE, 2009

L'OS MANQUANT, 2010

LA TRACE DE L'ARAIGNÉE, 2011

SUBSTANCE SECRÈTE, 2012

PERDRE LE NORD, 2013

TERRIBLE TRAFIC, 2014

MACABRE RETOUR, 2015

KATHY REICHS

DÉLIRES MORTELS

roman

Traduit de l'américain
par Natalie Beunat

Robert Laffont

Titre original : SPEAKING IN BONES
© Temperance Brennan L.P., 2015
Traduction française : Éditions Robert Laffont, S.A., Paris, 2016

ISBN 978-2-221-19742-4
(édition originale : ISBN 978-1-5011-3534-7 Simon & Schuster, Toronto)
Publié avec l'accord de Simon & Schuster, Toronto.

À Cooper Eldridge Mixon,
né le 14 juillet 2014

Chapitre 1

Je ne suis plus attachée. La peau de mes poignets et de mes chevilles est à vif à cause des sangles. Je sens une bosse derrière l'oreille, et mes côtes sont toutes endolories. Je n'ai pas le souvenir de m'être cognée la tête. Je suis allongée et je ne bouge pas, car tout mon corps me fait souffrir. Comme une victime d'accident de la route. Comme la fois où je suis tombée de vélo. Pourquoi ma famille ne vient-elle pas à mon secours ? Je ne manque donc à personne ? Je n'ai qu'elle, ma famille. Aucun ami. C'est atroce. Je me retrouve toute seule. Si seule. Depuis combien de temps je suis ici ? Et dans quel endroit ? Le monde entier m'abandonne. Tout s'estompe. Les gens aussi. Est-ce que je suis éveillée ou endormie ? Est-ce que je rêve ou c'est la réalité ? Est-ce la nuit ou bien le jour ?

Ils vont encore me faire du mal quand ils vont revenir. Pourquoi ? Pourquoi une telle chose m'arrive à moi ? Je n'entends rien. Non, ce n'est pas vrai. J'entends les battements de mon cœur. Le sang battre à mes tempes. J'ai un goût atroce dans la bouche. Sans doute du vomi coincé entre mes dents. Je respire une odeur de ciment. Et l'odeur âcre de ma transpiration. De mes cheveux gras. Je déteste avoir les cheveux sales. Je vais ouvrir mes yeux. Je soulève une paupière. L'autre est collée. Je ne vois pas grand-chose. Tout est flou, comme lorsqu'on est sous l'eau et qu'on regarde vers la surface.

Je déteste ce moment, cette attente. C'est là que les images submergent mon cerveau. Je ne sais plus si ce sont des souvenirs ou des hallucinations. Je le vois. Lui. Toujours habillé en noir, son visage cramoisi et perlé de sueur. J'évite de croiser son regard. Je fixe uniquement ses chaussures. Des chaussures bien cirées. La flamme vacillante de la bougie dessine sur le cuir un petit ver jaune qui se tortillerait. L'homme est penché au-dessus de moi, malveillant, immense. Il tend son visage répugnant vers moi. Il pue. Je sens son haleine rance sur ma peau. Il se fâche et me relève d'un coup en me tirant par les cheveux. Je vois ses veines gonfler. Il se met à crier, mais ses paroles ont l'air de surgir d'une autre galaxie. Comme si je l'entendais de très loin, que mon corps était bloqué ici. Je vois sa main s'approcher ; elle serre si fort l'horrible truc qu'elle en tremble. Je suis toute flageolante, mais je reste sans réaction. Ou bien suis-je morte ?

« Non ! Pas maintenant ! Je ne veux pas ça maintenant ! »

Je sens des fourmillements dans mes mains. Elles sont glacées. Je n'aurais pas dû parler de lui. Je n'aurais pas dû dire qu'il était répugnant.

Oui. Ils sont en chemin.

« Pourquoi est-ce que ça m'arrive à moi ? Qu'est-ce que j'ai fait pour mériter ça ? J'ai toujours essayé de bien me comporter. J'ai toujours écouté maman. Ne les laisse pas me tuer, maman ! Ne les laisse pas me tuer ! »

Tout devient confus dans ma tête. Il faut que j'arrête de parler.

Silence. Grincement d'une porte qu'on ouvre. Qu'on referme.

Bruits de pas. Des pas lents. Des pas lourds.

— Reprends ta place.

— Non !

— Ne me résiste pas.

— Laissez-moi tranquille !

Respiration saccadée.

Coup audible.

— Je vous en prie, ne me tuez pas.

— Fais ce que je dis.

Des sanglots.

Le bruit d'un corps que l'on traîne.

Gémissements. Rythme cadencé.

— Est-ce que tu es à ma merci ?

— Sale putain !

De plus en plus fort. De plus en plus près.

Chuintement.
Cliquetis du métal qui se referme d'un claquement sec.
— Tu vas mourir, sale petite pute!
— Tu vas me répondre maintenant?
— Salope!
Martèlement de doigts nerveux. Des bruits de griffures.
— Donne-moi ce que je veux!
Pfff! Sifflement d'un jet de salive.
— Tu réponds?
Gémissements.
— C'est que le début, tu vas voir.
Grincement d'une porte. Porte claquée violemment.
Silence total. Sanglots.
« Je vous en prie, ne me tuez pas.
Je vous en prie, ne me tuez pas.
Je vous en prie.
Tuez-moi. »

Chapitre 2

Les mains de la femme présentaient un renflement pâle aux jointures de ses doigts dont la peau était ridée et gercée. D'un index noueux, elle a pressé une touche sur l'objet rectangulaire contenu dans le sac Ziploc.

La pièce s'est emplie d'une étrange atmosphère.

Je suis restée assise, incapable de bouger, le duvet sur ma nuque hérissé telles des herbes folles sous l'effet de la brise.

La femme me fixait d'un regard sévère. Ses yeux verts mouchetés de jaune me faisaient penser à ceux d'un chat. Un chat qui pouvait prendre son temps avant de bondir avec une précision implacable.

J'ai laissé s'étirer le silence. En partie pour me calmer les nerfs. Mais surtout pour encourager cette femme à m'expliquer l'objet de sa visite. J'avais un avion à prendre dans quelques heures à peine. Et pas mal de choses à faire avant de me rendre à l'aéroport afin de m'envoler pour Montréal rejoindre Ryan. Je n'avais vraiment pas besoin de ça. Pourtant je devais connaître la signification des sons terribles que je venais d'écouter.

Penchée en avant sur sa chaise, la femme était nerveuse, dans l'expectative. Grande, dans les 1,80 m, elle portait des bottes, un jean et une chemise en toile de jean aux manches retroussées. Ses cheveux avaient la même teinte ocre que le sol en terre battue de Roland-Garros. Elle les avait remontés au sommet de son crâne, en un chignon.

J'ai détaché mon regard de ses yeux de chat pour fixer le mur derrière elle. Plus exactement un cadre affichant le certificat du Bureau américain d'anthropologie judiciaire attribué à Temperance Brennan. Diplômée ABFA. Je me souviens que l'examen avait été pénible.

J'étais seule avec ma visiteuse dans la pièce de douze mètres carrés allouée au consultant en anthropologie judiciaire du Bureau du médecin légiste du comté de Mecklenburg, le MCME. J'avais laissé la porte ouverte. Je me demande bien pourquoi. D'habitude, je la ferme. Quelque chose chez cette femme m'avait mise mal à l'aise.

Des bruits familiers de mon lieu de travail me parvenaient depuis le couloir. La sonnerie d'un téléphone. Le tiroir d'une chambre froide coulissant à toute vitesse puis se refermant dans un clic. Une civière sur roulettes en caoutchouc se dirigeant vers une salle d'autopsie.

— Je suis désolée. (J'étais contente du ton calme avec lequel je venais de m'exprimer.) La personne de l'accueil m'a indiqué votre nom, mais j'ai égaré le papier sur lequel je l'avais noté.

— Strike. Hazel Strike.

Cela a déclenché un petit signal dans mon cerveau. Mais quoi ?

— Les gens me surnomment Lucky.

Je n'ai rien répondu.

— Mais je ne compte jamais sur ma chance. Je travaille dur pour mes affaires.

Bien qu'elle ait visiblement dépassé la soixantaine, Strike possédait le timbre de voix d'une jeune fille de vingt ans. Son accent suggérait qu'elle venait certainement de la région.

— Et que faites-vous dans la vie, mademoiselle Strike ?

— Madame. J'ai perdu mon mari il y a six ans.

— Je suis désolée.

— Il connaissait les risques. Vous choisissez de fumer. (Léger haussement d'épaule.) Vous en payez le prix.

— Que faites-vous dans la vie ? ai-je répété, désireuse de ramener Strike sur ce terrain-là.

— Je renvoie les morts chez eux.

— J'ai peur de ne pas comprendre.

— Je fais le lien entre des corps et des personnes disparues.

— Ça, c'est la mission de la police, assistée des coroners et des médecins légistes.

— Bien sûr, et vous, les pros, vous réussissez à chaque fois.

J'ai ravalé ma réponse. Strike venait de marquer un point. Les statistiques du moment estiment à environ 90 000 le nombre de personnes disparues aux États-Unis, tandis que le nombre de restes humains non identifiés au cours des cinquante dernières années plafonne à 40 000. Des chiffres que j'avais récemment consultés indiquaient qu'en Caroline du Nord, on comptabilisait au total 115 UID, autrement dit 115 morts non identifiés.

— De quelle manière puis-je vous aider, madame Strike ?

— Lucky.

— Lucky.

Strike a déposé le sac Ziploc près d'un dossier jaune canari sur mon sous-main. À l'intérieur du sac transparent se trouvait un rectangle en plastique gris d'environ deux centimètres et demi de largeur, de cinq centimètres de long et d'un centimètre d'épaisseur. Un anneau métallique à une extrémité suggérait sa double fonction, à la fois porte-clés et enregistreur. Une boucle en tissu bleu délavé indiquait qu'il avait dû être accroché autrefois sur la ganse d'un jean.

— Sacré petit gadget, a commenté Strike. Commande vocale, mémoire flash interne de deux gigs, tout ça pour moins de cent dollars.

Le dossier jaune me rappela à l'ordre. Tel un reproche. Deux mois plus tôt, un homme était mort devant sa télé, dans son fauteuil inclinable, la télécommande toujours à la main. Son cadavre momifié avait été retrouvé le week-end dernier par le propriétaire du logement, accablé. Il me fallait conclure mon entretien, puis retourner à mes analyses. Rentrer ensuite chez moi pour boucler mes bagages et confier le chat au voisin.

Mais ces voix ! Mon pouls poursuivait son rythme effréné. J'ai attendu.

— L'enregistrement dure presque vingt-trois minutes. Mais les cinq minutes que vous venez d'écouter sont suffisantes pour vous donner une idée de la situation, a-t-elle déclaré en inclinant légèrement la tête. (Son chignon s'en est trouvé décentré.) Ça vous a collé la chair de poule, pas vrai ?

— Oui, c'est assez dérangeant à l'oreille.

C'était un euphémisme.

— Vous croyez?

— Vous devriez peut-être faire écouter la bande à la police.

— C'est à vous que je l'ai transmise, doc.

— On entend trois voix, n'est-ce pas?

La curiosité était en train de surmonter toutes mes réticences. Et l'inquiétude aussi.

— C'est mon avis: deux hommes et la jeune femme.

— Que se passe-t-il?

— Je l'ignore.

— Qui parle?

— J'ai une théorie sur une des voix.

— Et qui est?

— Est-ce qu'on peut revenir un peu en arrière?

J'ai jeté un coup d'œil furtif à ma montre, mais pas assez discrètement.

— À moins que vous ayez comme « mission » d'étiqueter des noms sur les morts, a-t-elle ajouté d'un ton sarcastique en mimant les guillemets avec ses doigts au terme que j'avais employé plus tôt.

Je me suis penchée en arrière en ayant l'air hyper attentive à ce qu'elle s'apprêtait à me dire.

— Que savez-vous des investigations sur le Net?

Nous y voilà. J'ai prié pour que ma voix soit la plus neutre possible, et ma réponse concise.

— Ce sont des enquêtes menées par des internautes qui compétitionnent pour résoudre des affaires criminelles non élucidées.

Et j'aurais pu préciser: menées par de soi-disant scientifiques et de soi-disant flics. Des fans trop zélés de *NCIS*, *Cold Case*, *CSI* ou *Bones*.

Strike a froncé les sourcils. Ils étaient bruns, ce qui tranchait avec la pâleur de sa peau et ses cheveux faussement poil de carotte. Elle m'a observée un bon moment.

— Quand les gens meurent, pour la plupart d'entre eux, on organise des obsèques, une veillée funèbre, une messe d'adieu. Leur notice nécrologique paraît dans le journal. Certains ont droit à des cartons avec leur photo entourée d'anges ou de saints, ou d'autres trucs dans le genre. Si vous êtes quelqu'un de célèbre, on vous fera peut-être l'honneur de donner votre nom à une école ou à un pont. C'est ce qui est censé se passer. Parce que c'est la façon dont nous gérons la mort. En rendant hommage à une vie bien remplie. Mais qu'arrive-t-il si quelqu'un disparaît purement et simplement ? Comme ça ! (Strike a claqué des doigts.) Un homme part à son travail et s'évanouit dans la nature ? Une femme monte dans un bus et n'en redescend jamais ?

Je m'apprêtais à lui répondre, mais elle a poursuivi.

— Et que se passe-t-il quand un corps ne peut être identifié ? Un cadavre retrouvé sur le bas-côté d'une route, dans un étang, roulé dans un tapis et planqué dans une remise ?

— Comme je l'ai expliqué, c'est le rôle de la police et des médecins légistes. Nous faisons notre maximum pour que tous les restes humains soient identifiés, peu importe leur état ou les circonstances de leur découverte.

— Peut-être qu'ici c'est le cas. Mais vous savez aussi bien que moi qu'ailleurs, c'est juste des conneries. Un cadavre aura peut-être de la chance. On l'examinera, à la recherche de cicatrices, de piercings, de tatouages, de vieux traumatismes ; on fera des prélèvements d'ADN. Un corps en décomposition ou un squelette pourrait finir entre les mains d'une experte comme vous. Vous allez retracer sa dentition, déterminer son sexe, son âge, sa race et sa taille, et entrer tout ça dans votre base de données. Dans une autre juridiction, ces mêmes restes feraient simplement l'objet d'un bref examen, avant d'être conservés dans une chambre froide ou au fond d'un sous-sol. Le corps non identifié sera alors gardé quelques semaines, parfois quelques jours, puis incinéré ou enterré dans une fosse commune.

— Madame Strike…

— Disparus, assassinés, abandonnés, jamais signalés. Ce pays regorge de morts oubliés. Et quelque part, quelqu'un s'interroge et se soucie de chacune de ces âmes.

— Et mener des enquêtes sur Internet vous semble le moyen de résoudre le problème.

— Exactement, a-t-elle dit en remontant ses manches sur ses bras, comme si le tissu était soudain devenu trop serré sur sa peau.

— Je vois.

— Vraiment? Avez-vous déjà visité un site de ce genre?

— Non.

— Savez-vous ce qui se passe sur ces forums?

Devant cette question rhétorique, j'ai trouvé inutile de répondre.

— Les victimes non identifiées sont affublées de charmants petits surnoms. Princess Doe. The Lady of the Dunes. Tent Girl. Little Miss Panasoffkee. Baby Hope.

Une étincelle a jailli dans mon cerveau, connectant quelques synapses.

— C'est vous qui avez identifié Old Bernie, ai-je dit.

Bernie était un squelette incomplet découvert par des randonneurs derrière un refuge, sur le Neusiok Trail de la forêt nationale de Croatan, en Caroline du Nord, en 1974. Les restes avaient été envoyés au Bureau du médecin légiste en chef, situé à cette époque à Chapel Hill, et ils semblaient bien être ceux d'un vieil homme de race blanche. Un policier de New Bern avait été chargé de l'affaire mais n'avait pas réussi à établir l'identité de la victime.

Durant des années, le squelette était resté dans une boîte en carton stockée dans une réserve du Bureau du médecin légiste en chef. On avait fini par le baptiser «Old Bernie», en souvenir de New Bern, la ville la plus proche de l'endroit où on l'avait retrouvé.

Des articles étaient parus au moment de l'enquête sur Old Bernie, à Raleigh, Charlotte, New Bern, et les villes avoisinantes. L'affaire avait resurgi avec la photo d'une reconstruction faciale publiée dans un journal de New Bern, le *Sun Journal* daté du 24 mars 2004, pour le trentième anniversaire de la découverte du gentleman. Personne ne s'était présenté pour réclamer les os.

En 2007, un technicien du Bureau du médecin légiste en chef m'avait signalé ce cas. Et j'avais accepté d'y jeter un œil.

J'en étais arrivée à la conclusion que les restes étaient ceux d'un Afro-Américain édenté qui avait entre 65 et 80 ans au moment de sa mort. Mais je n'étais pas d'accord avec une des découvertes fondamentales de mon prédécesseur. J'ai suggéré que le surnom de la victime soit modifié en «Bernice». Les caractéristiques du pelvis étaient incontestablement celles d'une femme.

Après avoir effectué des prélèvements d'ADN en vue d'une future identification, Old Bernie est retournée dans sa boîte en carton à Chapel Hill. L'année suivante, le NamUs, le fichier central des personnes disparues non identifiées, a été mis en ligne gratuitement et ouvert à tous. NamUs était une base de données établissant la liste des restes de victimes non identifiées, ce qu'on appelle les UID dans le jargon des flics, et celle des personnes portées disparues, les MP, toujours dans le jargon des flics. J'avais consigné le descriptif de cette affaire dans la partie UID, et des apprentis détectives ont alors surgi comme une nuée de mouches.

— Ouais, c'est bien moi, a admis Strike.

— Comment avez-vous fait ?

— Une simple question d'obstination.

— C'est vague.

— J'ai scanné des milliards de photos à partir de NamUs et d'autres sites répertoriant les personnes disparues. J'ai passé un nombre incalculable de coups de fil pour enquêter sur des vieilles dames sans dents. Aucune de ces deux options ne m'a fourni la moindre piste. Alors j'ai continué mes recherches hors Internet. J'ai consulté les archives de la presse locale, discuté avec des flics de New Bern et du comté de Craven, avec des gardes forestiers à Croatan, ce genre de choses. Rien.

« Et puis j'ai eu une intuition. J'ai téléphoné à des hospices de vieux, et j'ai découvert une maison d'accueil à Havelock dont une patiente avait disparu en 1972 : Charity Dillard. L'administrateur avait signalé sa disparition, mais personne ne s'en était vraiment soucié. L'endroit étant situé près d'un ponton sur le lac, tout le monde avait pensé à une noyade. Aussi, lorsque le squelette d'Old Bernie a été découvert deux ans plus tard, aucun lien n'a été établi, simplement parce qu'on supposait que le squelette était celui d'un homme. Fin de l'histoire. »

— Jusqu'à ce que vous fassiez le rapprochement.

J'avais eu vent de l'identification par le médecin légiste en chef de l'État.

— Dillard avait un petit-fils qui vivait à L.A. Il a fourni un prélèvement d'ADN qui collait avec vos échantillons. Affaire *réellement* classée.

— Où se trouve Dillard aujourd'hui ?

— Le petit lui a offert une pierre tombale. Il a même fait le trajet depuis la côte Ouest pour l'enterrement.

— Beau travail.

— Ça n'était pas juste, qu'elle reste ainsi dans une boîte en carton.

Elle a eu de nouveau ce léger haussement d'épaule.

Je savais à présent pourquoi Strike était assise dans mon bureau.

— Vous êtes venue me voir au sujet de restes non identifiés, ai-je dit.

— Oui, m'dame.

J'ai fait un geste avec la paume de ma main pour l'inviter à poursuivre.

— Cora Teague. Jeune femme blanche de 18 ans. Elle s'est volatilisée il y a trois ans et demi dans le comté d'Avery.

— A-t-elle été portée disparue ?

— Pas officiellement.

— Qu'est-ce que vous voulez dire ?

— Que personne n'a pris la peine de remplir une fiche MP. Je l'ai trouvée sur un site de crimes non résolus. La famille pense qu'elle est partie de sa propre initiative.

— Vous leur avez parlé ?

— Oui.

— Est-ce fréquent dans ce type d'enquêtes sur le Net ?

— Il est arrivé quelque chose à cette enfant et personne ne lève le petit doigt.

— Avez-vous contacté les autorités de la région ?

— Elle était majeure. Elle avait donc le droit d'aller et venir comme bon lui semblait. *Bla bla bla.*

— Vous croyez que Cora Teague est la fille sur cet enregistrement ?

Strike a doucement hoché la tête.

— Pourquoi m'avoir apporté cela ?

— Je suis sûre que vous avez des restes de Teague entreposés ici.

Chapitre 3

— Je devrais peut-être demander à un policier de se joindre à nous.

— Surtout pas.

Prenant conscience de son ton cassant, elle a ajouté :

— Pas encore.

— D'accord.

Pour le moment.

— Racontez-moi ce que vous savez sur Teague.

— Si vous m'accordez une minute, je veux bien vous faire partager ce que j'ai découvert.

Strike a haussé légèrement l'épaule encore une fois. Pas vraiment un haussement, plutôt un tic nerveux au ralenti. Ou une tentative inconsciente de remettre sa colonne vertébrale dans l'axe.

— Cora est née en 1993. Elle était la quatrième de cinq enfants. Son père, John Teague, possédait une station-service jumelée à un dépanneur-quincaillerie-boutique d'articles de pêche. Sa mère, Fatima, était mère au foyer, mais travaillait parfois à la caisse du magasin. L'aîné des frères, Owen Lee, et les deux sœurs, Marie et Veronica, sont mariés. Lui travaille dans l'immobilier jusqu'à ce que les affaires tournent mal, puis lance une entreprise de dressage canin. Les sœurs habitent hors de l'État. Je ne suis pas sûre au sujet d'Eli. C'est le benjamin, dans les 19 ans, je dirais. Owen Lee et les parents vivent à moins de quelques kilomètres les uns des autres.

Vision des Blue Ridge Mountains. Une image de maman a soudain surgi avant de se dissiper.

J'ai acquiescé d'un hochement de tête pour prouver que je l'écoutais avec attention.

— Selon une information publiée sur CLUES.net, Cora a mystérieusement disparu il y a environ trois ans et demi.

— CLUES.net?

— C'est le nom d'un site qui permet à chaque citoyen qui le souhaite de signaler une disparition. C'est comme le NamUs, mais celui-ci est un site privé.

— Et vous avez trouvé une entrée sur CLUES pour Cora Teague?

Je voulais être certaine d'avoir bien compris.

— Exact.

— Qui a publié cette info?

— C'est là que ça devient compliqué. (Strike a planté ses coudes sur ses deux cuisses, en agitant ses mains.) CLUES.net garantit un anonymat total à ses utilisateurs.

— Est-ce la règle en matière de sites de recherche de personnes disparues?

— Non. Mais le type qui gère CLUES est persuadé que les gens seront plus enclins à envoyer des renseignements si on ne leur demande pas de créer un compte.

— Un utilisateur n'a donc pas besoin de fournir son nom pour publier une info sur une MP, ni pour participer à un forum?

— Exactement. Et ceux qui sont notés comme portés disparus n'ont pas nécessairement été listés dans les circuits officiels.

— Ce qui signifie que la mention d'un rapport de police n'est pas obligatoire.

Ça me semblait délirant.

— Vous avez pigé. Par conséquent, chaque MP n'a pas forcément été suivie dans le cadre d'une enquête. Quand c'est le cas, ce site joue le rôle d'un centre d'informations fournissant astuces et conseils.

— Ça veut dire en gros que n'importe quel taré sur cette terre peut entrer n'importe quelle connerie.

— Ce n'est pas à ce point-là.

Elle était sur la défensive.

— Mais vous n'avez aucune idée de l'individu qui a cité le nom de Teague.

— Voulez-vous entendre la suite ?

— Allez-y.

— Puisque Cora Teague n'a jamais été officiellement déclarée disparue, son cas n'a reçu aucune couverture médiatique. Même sur le site, il n'a suscité aucun intérêt. J'imagine que si on avait retrouvé son cadavre quelque part, si elle avait figuré dans une base de données de restes non identifiés, personne n'aurait songé à faire le lien avec elle. Elle n'attendait que moi.

— C'est votre défi.

— Ouais.

— Et vous aimez les défis.

Je commençais vraiment à ressentir de mauvaises ondes.

— Vous avez quelque chose à redire à ça ?

— Alors que s'est-il passé ensuite ?

— Selon l'info publiée, Teague a disparu des écrans radars au milieu de l'été 2011.

— LSA ?

J'ai utilisé l'acronyme qui signifie « Dernière fois aperçue vivante ».

— Dans le comté d'Avery, pour autant qu'on sache.

— Teague avait-elle une activité sur Internet ?

— Aucune. Pas de Facebook, ni de compte Twitter. Aucune adresse courriel. Elle n'utilisait ni Buzznet, ni Blogster, ni Foursquare, ni LinkedIn. Pas même iTunes…

— Un téléphone portable ?

— Non.

Une fille de 18 ans sans cellulaire ? Bizarre.

— Vous avez parlé à sa famille. Que disent-ils ?

— Ils sont persuadés qu'elle s'est enfuie avec son petit ami.

— C'est souvent le cas.

— J'ai discuté avec quelques personnes sur cette éventualité. Le tableau qu'ils dressent d'elle ne colle pas avec cette théorie.

— Comment ça ?

— Teague était une vraie solitaire. Pas le genre à flirter. Et je n'ai pas trouvé trace du moindre petit ami sur qui elle aurait seulement posé les yeux. Pas de meilleure amie « à la vie, à la mort », pas de voisin, pas de chauffeur d'autobus, pas d'entraîneur.

— Juste la famille.

— Juste eux.

— Qui serait le petit ami ?

— Ils l'ignorent. Ou bien ils refusent de le dire.

— Donc, elle aurait gardé sa relation secrète. Les jeunes font ça, parfois.

— C'est difficile d'y parvenir dans ces coins perdus dans le bois. Teague évoluait dans un cercle très restreint. La famille. La maison. L'église.

— Elle a peut-être rencontré le garçon à l'école.

Strike a secoué la tête en signe de dénégation.

— Impensable, d'après ceux que j'ai interrogés.

— Teague était-elle bonne en classe ?

— Pas vraiment. Elle a été scolarisée dans une école catholique pour le primaire. Elle a poursuivi ses études à la polyvalente du comté d'Avery et s'en est plutôt bien sortie. Quoique personne là-bas ne se souvienne trop d'elle. Elle ne pratiquait aucun sport collectif, ni d'activités parascolaires. La femme à qui j'ai posé des questions — c'était, je crois, une conseillère d'orientation — m'a dit que, chaque matin, Cora était déposée à l'école par un de ses parents ou un de ses frères, qui venait la rechercher chaque soir.

— Une seconde. Vous avez téléphoné à l'école ?

— J'ai prétendu que j'aidais la famille.

Jesus. Quelle sacrée bonne femme !

— Le truc étrange, a-t-elle ajouté sans se rendre compte de ma désapprobation, c'est que la photo de Teague ne figure pas dans l'album des finissants.

— Il pourrait y avoir tout un tas de bonnes raisons à cela. Elle avait peut-être eu une sale journée et ne voulait simplement pas être photographiée ce jour-là. Ou bien elle était malade.

— Peut-être. La conseillère d'orientation m'a précisé que les bulletins de Teague faisaient état de fréquentes absences.

— A-t-elle mentionné des problèmes de drogue ou d'alcool ?

— Non.

— Un casier judiciaire ?

— Je l'ignore. Après la remise des diplômes, elle a commencé un boulot de gardienne d'enfant. Ça a duré quelques mois, puis elle s'est fait renvoyer.

— Pourquoi ?

— Pour des soucis de santé.

— Quel genre de soucis de santé ?

— Personne ne le sait.

— Qu'a-t-elle fait ?

— Elle est restée chez ses parents.

Je m'attendais à ce que Strike continue, mais elle s'est tue.

— Pour que je comprenne bien : personne n'a revu Cora Teague depuis trois ans et demi ?

— Absolument.

— Mais la police n'a jamais émis un avis de recherche la concernant.

— Exact.

— Et la famille croit qu'elle est partie de son plein gré.

— C'est ce qu'ils disent.

— Mais vous pensez que c'est une hypothèse peu probable.

— Oui, moi, et quelle que soit la personne qui a publié son nom sur CLUES.

J'ai hoché la tête, reconnaissant qu'elle marquait un point.

— D'après vous, c'est la voix de Cora Teague sur cet enregistrement ? ai-je dit en pointant le sac Ziploc.

— Je le pense.

— Vous pensez qu'elle a été assassinée et qu'on a jeté son corps quelque part. Et que ses restes ont été découverts et envoyés dans mon labo.

— Je suggère que vous preniez en compte cette possibilité.

— Qu'est-ce qui vous fait croire que Teague puisse être dans mon établissement ?

— Il y a un an et demi, vous avez créé une entrée sur NamUs en détaillant un torse incomplet découvert dans le comté de Burke. Burke est situé sur la route qui part d'Avery. La période correspond. Les lieux correspondent. (Strike s'est redressée en ouvrant les bras.) Vous pouvez penser que je suis folle, mais je crois que ça vaut la peine d'y rejeter un coup d'œil.

Une civière a cliqueté dans le couloir. Une porte s'est ouverte, libérant le crépitement strident d'une scie d'autopsie sur un os. La porte a claqué, le bruit a été étouffé.

La voix plaintive sur l'enregistrement a résonné dans ma tête.

Je vous en prie, ne me tuez pas.

Je vous en prie.

Tuez-moi.

Comme la première fois, un frisson glacé a parcouru ma colonne vertébrale.

— Où avez-vous eu ça? ai-je dit en montrant le porte-clés enregistreur.

Strike s'est appuyée contre le dossier de sa chaise.

— Je vous l'ai dit, je scrutais les sites qui établissent la liste des UID. J'espérais que des restes de victimes non identifiées pourraient conduire à Cora Teague. En vain. Puis j'ai été happée par des problèmes personnels et j'ai dû arrêter mes recherches pendant quelque temps.

Strike a marqué une pause, comme si elle songeait à ces problèmes dont elle n'avait rien dit et qui l'avait obligée à interrompre sa quête.

— La semaine dernière, je me suis replongée dans mes investigations sur Internet. Quand j'ai repéré votre commentaire sur NamUs, c'était comme être au diapason, vous comprenez? Comme à la télé.

Je ne comprenais pas, mais j'ai acquiescé.

— Votre entrée consignait des informations sur l'endroit où avait été découvert le torse. Alors je me suis dit, au diable, c'est pas si loin. Pourquoi ne pas y faire un tour en voiture?

— Sérieux? Vous vous êtes rendue dans le comté de Burke?

— Oui. Une fois sur le lieu où on avait découvert le torse, il m'a semblé évident qu'il n'y avait qu'un endroit vers lequel une personne voulant se débarrasser d'un corps serait allée. J'ai emprunté le sentier qui descendait du belvédère, mais je n'ai rien trouvé hormis des nuées d'insectes. J'allais renoncer quand j'ai aperçu un porte-clés coincé entre les racines d'un vieil arbre. J'ai pensé que ce truc était sans doute là par hasard, pourtant je l'ai rapporté chez moi.

Sa bouche a fait une drôle de moue et Strike s'est tue.

— Vous avez remarqué la fonction enregistreur sur le porte-clés, et vous avez écouté ce qu'il contenait.

— Oui, a-t-elle murmuré.

— Et ensuite ?

— Je vous ai téléphoné.

Un long silence s'est installé entre nous. J'ai choisi mes mots avec soin avant de le rompre.

— Madame Strike, je suis impressionnée par votre enthousiasme. Et par votre persévérance à vouloir rendre aux familles les corps de victimes oubliées. Mais…

— … vous n'avez pas le droit d'aborder les détails d'une affaire.

— C'est exact.

— Je m'y attendais.

Strike a pris une profonde inspiration, avant de serrer les mâchoires. Se préparait-elle à argumenter ? Ou bien allait-elle accepter ma mise en garde ?

— Je vous fais la promesse d'étudier ce dossier de près.

— Ouais, a-t-elle rétorqué avec un petit rire amer. « C'est bon, je vous ai assez vue, foutez le camp ! »

Elle a attrapé le sac Ziploc d'un geste sec et s'est levée.

— Si vous me le laissez, ai-je proposé en me levant à mon tour, je le ferai examiner par un technicien du labo de la police.

Strike n'en démordait pas.

— Je ne crois pas, non, a-t-elle dit en glissant l'enregistreur dans son sac à dos.

Je lui ai tendu la main.

— Je vous téléphone. On reste en contact d'une façon ou d'une autre.

Strike a hoché la tête.

— J'apprécierais. Et je compte aussi sur votre entière discrétion.

J'ai dû arborer une mine perplexe.

— Jusqu'à la confirmation de son identité, inutile d'alerter les médias.

— Je ne donne jamais d'interview.

À moins que mes supérieurs me l'ordonnent. Je n'ai pas jugé utile d'ajouter ce détail.

— Désolée, docteure, je me devais de vous le préciser. C'est juste que… j'essaie de faire au mieux pour la famille.

— Bien entendu.

J'ai raccompagné Strike jusqu'au bout du couloir et je l'ai vue disparaître dans le hall d'accueil, tout en me demandant comment évoquer son histoire auprès de mon patron, le médecin légiste en chef du comté de Mecklenburg. Je savais à l'avance le regard que me lancerait Tim Larabee. Et les questions qu'il me poserait.

De retour à mon bureau, j'ai songé à la visite de Strike en étudiant toutes les possibilités.

Strike était un cas psychiatrique. Une arnaqueuse. Une enquêteuse futée à qui il ne manquait que la plaque de flic.

J'ai commencé avec l'option trois. Strike était une détective du web, bien intentionnée quoique trop zélée. Elle avait découvert l'enregistreur de la façon dont elle l'avait raconté. Problème. Comme la police a-t-elle pu ne pas tomber dessus quand elle a fouillé l'endroit où reposait le torse ? Comment un appareil de ce type ne s'est pas abîmé en restant dehors tout ce temps ?

Admettons que la fille sur la bande soit Cora Teague. Admettons que Strike ait vu juste, Cora est décédée et ses restes sont conservés ici. Est-ce que le porte-clés appartient à la victime ? Cora a-t-elle enregistré ses pensées alors qu'elle était captive ? A-t-elle été assassinée ?

Autre possibilité : Strike a fabriqué l'histoire de toutes pièces. Elle fournit un faux enregistrement. Problème. L'escroquerie est rapidement dévoilée et Strike perd toute crédibilité. Pourquoi ferait-elle une chose pareille ? Parce qu'elle est folle à lier ? Parce qu'elle aspire désespérément à attirer l'attention des médias sur elle ? Options un et deux.

Ou alors c'est Teague l'arnaqueuse, et Strike sa victime crédule. Teague et deux copains à elle jouent la scène en l'enregistrant, puis se débrouillent pour que Strike découvre le porte-clés. Teague s'est évaporée dans la nature depuis trois ans et demi. Elle voulait peut-être simplement que rien ne change. Problème. L'enregistrement paraît étrangement récl. L'angoisse dans la voix me semble authentique.

Dernière hypothèse. Teague est de mèche avec Strike. Même question. Pourquoi ? Dans quel but feraient-elles ça ?

Dans mon métier, je rencontre tout un tas de motivations chez mes congénères, aussi vaste que la mer de Chine. Je suis plutôt douée pour repérer la tromperie. Pour évaluer la personnalité de quelqu'un.

En repensant à notre conversation, force est de constater que je n'ai pas le moindre début d'indice pour cerner le caractère d'Hazel «Lucky» Strike.

Chapitre 4

J'ai fixé le dossier jaune canari posé sur mon sous-main. Larabee allait patienter avant d'avoir des nouvelles du cadavre momifié.

J'étais toujours perdue dans mes pensées lorsque mon iPhone a bipé, annonçant un texto. Le message de la compagnie d'aviation a déclenché en moi un malaise que je n'avais pas vu venir.

Décision.

Profonde inspiration. J'ai composé un numéro. Tandis que mon appel s'envolait vers le nord du continent, je me suis représenté Ryan et les mots que j'allais employer pour élaborer ma défense.

Andrew Ryan, *lieutenant-détective, Service des enquêtes sur les crimes contre la personne, Sûreté du Québec**. Traduction : Ryan travaille sur des enquêtes criminelles. Je suis anthropologue judiciaire pour le Bureau du coroner dans *La Belle Province**. Pendant des années, Ryan et moi avons collaboré sur des affaires de meurtre.

À une époque, nous avons également été en couple, puis décidé d'un commun accord d'y mettre un terme. Il a ensuite choisi de disparaître. Et récemment, monsieur est sorti de son exil pour me proposer le mariage. Des mois plus tard, je suis encore tellement sidérée de son revirement que je n'arrive pas à me décider.

---

* Les mots en italique suivis d'un astérisque sont en français dans le texte. (N.d.T.)

Je me suis représenté son visage. Il n'a certes plus la fraîcheur de la jeunesse, mais rides et ridules lui donnent un certain charme. Des cheveux blond sable. Des yeux bleu électrique. Des yeux dans lesquels se lirait bientôt une grande déception.

J'ai esquissé un sourire. Malgré mon appréhension de la conversation que je m'apprêtais à avoir avec lui, Ryan produisait cet effet-là sur moi. Il me manquait vraiment beaucoup.

Ryan a décroché, aussi gai qu'un pinson.

— Madame, je vous ai réservé une table de choix chez Milos. Et organisé tout un tas d'activités postprandiales. Uniquement pour deux.

— Ryan...

— «Postprandiales» signifie après le dîner. Et lesdites activités se dérouleront chez moi, en toute intimité.

— Je déteste ce que je vais te dire, mais je suis contrainte d'annuler mon voyage.

Ryan n'a pas répliqué.

— Une affaire à traiter. Deux, en fait. Je suis désolée.

— Eh bien, il y a des choses auxquelles un homme ne peut échapper, a-t-il marmonné dans une mauvaise imitation de John Wayne.

— *La chevauchée fantastique,* ai-je rétorqué en devinant le titre du film. (C'était notre jeu habituel.) Tu veux que je te raconte?

— Peut-être plus tard. Quand vas-tu reprogrammer ton vol?

— Dès que j'aurai terminé.

Silence.

— Tempe, en mon for intérieur, je crains que cette citation ne convienne pas à la situation.

— Que veux-tu dire?

— Es-tu certaine de repousser cette visite seulement pour des raisons professionnelles?

— Évidemment. (Ma gorge s'est serrée tout à coup; mes yeux me piquaient.) On se parle ce soir, d'accord?

— Entendu.

Il a raccroché.

Je suis restée assise un instant, désemparée. J'étais sur le point de rappeler Ryan et de lui annoncer que j'avais changé d'avis. Au lieu de ça, j'ai composé le numéro de US Airways.

Tandis que je parlais à l'employé, mon regard est tombé sur le dossier jaune canari. Puis sur la chaise qu'avait occupée Hazel Strike.

De nouveau, j'ai repensé à la jeune fille à la voix terrifiée.

J'allais reporter ma visite à Ryan. L'homme à la télécommande aussi allait devoir attendre que je m'occupe de son cas.

Mais avant de discuter de Strike avec mon patron, il me fallait vérifier certains faits. Je ne me souvenais que de peu de choses sur cette affaire, hormis que j'avais procédé aux analyses sur demande spécifique, puisque le MCME, le Bureau du médecin légiste du comté de Mecklenburg, en principe n'enquête pas sur des décès survenus dans le comté de Burke. Impossible de me rappeler pour quel motif j'avais été mandatée sur cette affaire.

Grâce à Strike, je savais que les restes avaient été retrouvés environ dix-huit mois plus tôt. Et que j'avais entré l'info dans la base de données du NamUs.

Je me suis connectée sur mon ordinateur, en utilisant les mots clés « comté de Burke » et un critère de date. Cela n'a pris que quelques instants. La défunte avait été enregistrée dans notre établissement sous la référence ME229-13. J'ai sorti mon rapport et j'en ai scanné le contenu.

Le ME229-13 était arrivé le 25 août 2013. Les restes avaient été découverts par un chasseur. Plus précisément, par son chien dénommé Mort. Je me souviens avoir gloussé de rire devant l'ironie de son nom ; ce n'était pas de circonstance, mais je n'avais pu m'en empêcher.

Mort avait fait sa macabre trouvaille à une trentaine de kilomètres au nord de Morganton, pas loin de l'autoroute 181 qui traverse toute la Caroline du Nord. Les os gisaient en contrebas d'un belvédère, dispersés sur une cinquantaine de mètres carrés et recouverts de feuilles et de saletés diverses. Visiblement, le vieux Mort possédait un sacré flair.

Le policier chargé de l'enquête était une femme, Opal Ferris, shérif adjointe du comté de Burke. Je me souviens avoir été surprise de constater que Ferris avait été assez maligne pour remarquer qu'il s'agissait sans doute d'os humains. Elle était retournée arpenter le coin pour ramasser d'autres restes, avant de déposer le butin de Mort chez le médecin légiste du coin.

J'ai relu la partie de mon rapport intitulée « Conditions *post mortem* ».

Il ne restait quasiment pas de tissus mous, à cause des charognards et de l'inexorable action de la nature. Le peu qu'il y avait consistait en des bouts de ligaments coriaces, assez pour avoir maintenus ensemble deux segments de la colonne vertébrale. Le reste avait survécu sous la forme d'éléments isolés. Mon inventaire du squelette listait dix-huit tronçons de côtes, dont quinze entières et trois vertèbres brisées, deux fragments de clavicule, des morceaux d'omoplate droite et gauche, et un bout de sternum.

Dans la partie qui s'appelle « Âge au moment du décès », j'avais entré un âge situé entre 17 et 24 ans. Mon estimation était basée sur l'examen de l'extrémité des trois côtes sternales, à l'endroit où elles sont rattachées au sternum par du cartilage. Et sur l'observation du cartilage de conjugaison en partie fusionné. La clavicule gauche avait été trop endommagée pour permettre une étude correcte. En utilisant des mesures relevées sur des morceaux de colonne vertébrale intacte, j'avais calculé la taille de la victime entre 1,52 m et 1,82 m, une estimation trop large pour être un tant soit peu utile.

En me basant sur la qualité des os, et sur la présence et la quantité de tissus mous desséchés, j'avais calculé le TEM, temps écoulé depuis la mort : au minimum trois mois, au maximum deux ans.

J'avais été bien incapable de déterminer le sexe ou l'ascendance.

Et voilà.

J'ai quitté le système du MCME et je suis allée sur Internet où j'ai tapé www.NamUs.gov. Après avoir saisi mon mot de passe, j'ai cliqué sur la base de données des personnes non identifiées, puis j'ai fourni le numéro associé au torse du comté de Burke. La partie intitulée « Informations relatives à l'affaire » contenait la date et l'endroit où avaient été découverts les restes, plus la date de création du dossier. Aucune modification n'avait été enregistrée depuis lors. Le statut du cadavre était le même : « non identifié ». Mon nom figurait comme étant à la fois la personne à contacter et celle en charge de l'affaire. Bon d'accord, voilà comment Strike m'avait repérée.

J'ai parcouru les pages du rapport.

Je n'avais eu aucun élément à inscrire ayant trait au poids de la victime, aux cheveux, aux poils, aux yeux. Rien sur des amputations, des difformités, des cicatrices, des tatouages ou des piercings. Pas de preuves d'implants ou d'organes manquants. Absolument rien sur des vêtements, des chaussures, des bijoux, des lunettes ou un quelconque document. Pas de traces d'ADN. Aucunes empreintes digitales ni dentaires.

Guère étonnant que ces os aient été oubliés sur une tablette dans mon placard. Le ME229-13 consistait en un morceau du squelette du torse, sans tête et sans membre.

Je me suis levée de mon bureau. J'ai emprunté le couloir menant à une petite pièce dont les murs sont tapissés d'étagères en métal du sol au plafond. Y sont empilées des boîtes en carton annotées d'un numéro de référence inscrit au feutre noir.

La boîte ME229-13 était face à la porte, au deuxième niveau en partant du haut. Je l'ai attrapée et emportée dans la « salle qui pue », une pièce d'autopsie avec une ventilation spéciale pour s'adapter aux cadavres les plus odorants. Les décomposés, les flottants. Le genre de cas que je traite.

J'ai déposé la boîte sur la table d'autopsie et ai sorti d'un tiroir une paire de gants en latex et un tablier en plastique que j'ai enfilés. En soulevant le couvercle, j'ai trouvé, comme il fallait s'y attendre, une poignée d'ossements. À l'exception de la dixième vertèbre thoracique que j'avais fait bouillir pour la débarrasser des tissus mous, tous les os avaient pris une couleur acajou.

J'ai disposé chacun d'eux, un par un, en une forme anatomique. Quand j'ai eu terminé, une cage thoracique était étalée sur l'acier inoxydable. Les trous correspondants aux os manquants ressemblaient à des pièces de casse-tête non encore emboîtées.

Au cours de l'heure suivante, j'ai étudié sous la lampe loupe les os et les fragments d'os en notant les traumatismes *post mortem*. Des parties rongées et des plaies coniques laissées par les dents d'animaux errants. Quelques-unes des plaies avaient du tissu osseux spongieux jaunâtre à l'intérieur. L'absence de coloration m'indiquait que ces lésions étaient certainement dues à ce brave Mort.

Je n'ai constaté aucune preuve de traumatisme *ante mortem*. Pas de côtes cassées cicatrisées ou en cours de cicatrisation. Aucun remodelage osseux résultant du déboîtement d'une clavicule ou d'une vertèbre.

Aucune trace non plus de blessures *perimortem*. Pas de fractures occasionnées par un traumatisme contondant ou par une plaie par décélération. Pas d'impact d'entrée ou de sortie de balle. Pas de coupures ou d'entailles causées par un instrument tranchant. Rien qui ne suggère qu'il y ait eu des violences au moment de la mort.

Je n'ai remarqué aucune trace de maladie ou d'anomalie. Pas de porosité, d'empâtement, de lésion suggérant une malnutrition, une maladie infectieuse ou un trouble métabolique.

Découragée, je me suis redressée en haussant les épaules. Comme la première fois, je ne savais rien du sexe, de la race, de l'état de santé ou des circonstances du décès du ME229-13.

La pendule affichait 14 h 37. Larabee attendait mon rapport sur l'homme à la télécommande.

Qu'est-ce que je tenais qui *puisse* apporter quelque crédit à la théorie d'Hazel Strike ?

J'ai jeté un coup d'œil au casse-tête du torse.

La taille des os était dans la moyenne pour une femme assez grande ou un homme petit. L'âge au moment de la mort, entre 17 et 24 ans, collait avec celui de Cora Teague. La taille de la victime, entre 1,52 m et 1,82 m, était cohérente avec la moitié de la population nord-américaine.

Cohérente. L'expression favorite des experts en médecine légale. Ni une adéquation totale ni une infirmation. J'ai pris une note pour ne pas oublier de me renseigner sur la taille de Cora Teague.

De nouveau, j'ai songé à Strike. Était-elle une espèce de charlatan ou juste une cinglée ? Ou était-elle tombée sur quelque chose de vraiment nauséabond ?

Je ne voyais rien à l'examen des os qui suggère un acte criminel. Sauf le fait qu'ils avaient été retrouvés au milieu de nulle part, en contrebas d'une route asphaltée à deux voies.

Comment l'individu ME229-13 avait-il pu finir dans un coin aussi isolé ? La victime avait-elle erré depuis l'autoroute ? Fait une chute du belvédère ? Sauté ?

L'explication impliquait-elle des événements beaucoup plus sinistres ? Le corps avait-il été balancé du belvédère ? Jeté d'une voiture en pleine nuit ?

J'ai de nouveau entendu la voix plaintive dans ma tête. J'ai frissonné.

À l'aide d'une scie d'autopsie, j'ai prélevé un petit carré d'os sur la clavicule la moins abîmée, je l'ai glissé dans un flacon en plastique étanche et j'ai inscrit sur le bouchon le numéro de référence MCME, la date et mes initiales. Je n'avais guère d'espoir de tirer un ADN de cet os, mais au moins nous avions un échantillon pour essayer.

La théorie de Strike pouvait-elle avoir quelque fondement ? Un membre de la famille Teague accepterait-il un prélèvement d'ADN ? Et Larabee, accepterait-il de lâcher de l'argent pour ces analyses ?

Des éléments de l'histoire de Strike ne tenaient pas debout. La shérif adjointe Ferris aurait foulé la scène de crime, découvert d'autres os, et pourtant elle n'aurait pas vu le porte-clés ? Et Hazel Strike, elle, l'aurait trouvé ?

Les tubes fluorescents au-dessus de ma tête bourdonnaient doucement. J'avais la nuque et les épaules raides, et un méchant mal de tête menaçait.

Ça suffit.

J'ai rangé le ME229-13 dans la réserve, et je suis retournée à mon bureau. En longeant les autres salles d'autopsie, je n'ai pas entendu le moindre vrombissement ni crépitement. Les médecins en avaient terminé avec les incisions en Y pour le reste de la journée.

Je persiste à conserver des archives papier de tous mes dossiers. Archaïque, certes, mais on s'y retrouve. Je me suis dirigée vers mon meuble de classement pour en retirer un dossier jaune fluo avec l'inscription ME229-13. Il m'a paru bien peu épais.

Une fois assise, j'ai ouvert la chemise cartonnée. Y était épinglé le petit sachet brun que je cherchais. J'ai passé lentement en revue les photos prises par Opal Ferris sur la scène de crime. Comme en 2013, j'ai été impressionnée par la nécessité pour la shérif adjointe de disposer de documents. Moins impressionnée par ses talents de photographe.

Le premier cliché, 9 × 13, représentait le belvédère, bien que la plupart des détails étaient masqués par des taches de couleur, car la photo avait été prise à contre-jour. Même chose pour la suivante. Sur la troisième, on voyait un terrain plat avec une rambarde et, au loin, une pente très abrupte. Au fond, des étendues de forêt. Les autres photos offraient un paysage panoramique constitué d'arbres, principalement des pins, et un endroit où poussait du laurier des montagnes à foison. Sans nul doute, le lieu où Mort s'était aventuré.

La dernière série de clichés représentait des gros plans des os *in situ* : un petit tas de côtes dans la pénombre, un bout de colonne vertébrale à moitié enfoncé dans le sol, une vertèbre isolée sortant de la terre à la base d'un pin.

Sur chaque image, on voyait les plots de repérage en plastique jaune, mais aucune échelle ni flèche directionnelle n'avait été indiquée. Certaines étaient nettes, d'autres floues à cause d'une lumière inadéquate ou parce que l'appareil avait bougé. Et il paraissait évident que Ferris avait nettoyé un peu et réarrangé les choses avant la prise de vue.

Sur la dernière image, plein cadre, la clavicule droite était visible, la soudure osseuse légèrement ondulée apparaissait en gros plan. J'ai fixé ce qui équivalait à un indicateur de jeunesse. Cora Teague avait 18 ans la dernière fois qu'on l'avait vue. Cet os lui appartenait-elle ? Si ce n'était pas elle, quel enfant avait perdu la vie dans cette région montagneuse ?

Il était temps d'avoir une petite discussion avec Opal Ferris. Ensuite, je m'occuperais de l'homme à la télécommande.

J'ai cherché son numéro et l'ai appelée. Ça a décroché à la première sonnerie.

— Police du comté de Burke, votre appel concerne-t-il une urgence ?

La voix féminine était atone, mécanique.

— Non, j'aimerais p…

— Ne quittez pas, s'il vous plaît.

J'ai patienté.

— Votre nom, madame?

— D^re Temperance Brennan.

— La raison de votre appel?

— J'aimerais parler à la shérif adjointe Opal Ferris.

— Quel motif?

— Les restes trouvés près de l'autoroute 181.

— Ne quittez pas, s'il vous plaît.

J'ai attendu, mais au bout d'une minute j'ai reposé le combiné et enclenché le haut-parleur.

— OK, quand ces restes ont-ils été découverts?

— Août 2013, ai-je répondu sur un ton plus froid que je ne l'aurais voulu.

Je commençais à avoir un mal de crâne, et cette attente me mettait les nerfs en boule.

— Pouvez-vous me donner davantage de précisions?

— Non.

Léger blanc.

— Ne quittez pas, s'il vous plaît.

Mais non, je ne quitte pas! Là, l'attente a duré encore plus longtemps.

Je tapotais le sous-main du bout de mes doigts, et de l'autre main, je massais ma tempe droite en cercles concentriques. Un petit clic sur la ligne et la même voix s'est élevée du téléphone.

— La shérif adjointe n'est pas disponible. Pourriez-vous me laisser vos coordonnées?

Je lui ai donné le numéro de ma ligne directe au MCME, ainsi que celui de mon cellulaire. Je lui ai fait sèchement remarquer que le premier était celui d'un bureau de médecine légale.

La femme m'a souhaité une bonne fin de journée, et puis plus rien.

J'ai brutalement enfoncé la touche qui coupait l'appel. Tentative dérisoire de vouloir contrôler la situation.

Le monde derrière ma porte était soudain devenu très calme. Les enquêteurs étaient soit en train d'emballer des corps, soit dans leur cubicule à remplir la paperasse. Les pathologistes s'étaient enfermés dans leur bureau pour vaquer à d'autres obligations.

Mes yeux se sont posés sur le dossier qui gisait sur mon sous-main. Puis un autre coup d'œil, cette fois à ma montre : 15 h 55.

J'avais envie de rentrer chez moi, de partager mon repas avec mon chat, Birdie, et d'avoir une conversation avec Ryan. Apaisante ?

Je me suis imaginé la tête que ferait Larabee. Le regard à la fois préoccupé et détaché qu'il allait me lancer pour avoir négligé l'homme momifié.

— Super.

J'ai ramassé le dossier avec l'intention de retourner dans la salle qui pue. J'étais en train de faire pivoter mon fauteuil lorsque mon iPhone a sonné. Persuadée que ce devait être Opal Ferris, j'ai répondu.

Ce n'était pas elle.

Le coup de fil a démultiplié mon mal de crâne.

Chapitre 5

— C'est Allan, a dit une voix à l'accent de la Caroline, mâtinée d'une inflexion du Bronx.

Merde. Merde. Merde.

— Salut, Allan, ai-je répondu avec l'enthousiasme que je réserve d'ordinaire pour les limaces de mon jardin.

— Je suis sûr que tu sais pourquoi je t'appelle.

— J'y travaille.

Faux. Je déteste même y penser. J'ai évité le sujet pendant des mois.

— Demain, on est mardi 30.

— Oui.

— Je suis sûr que tu sais ce que ça signifie.

Mes molaires du haut et celles du bas se sont rapprochées. Allan Fink adore répéter deux fois la même chose quand il s'exprime.

— Je pense que oui.

Suis aussi guillerette que la Fée Clochette.

— Je suis sérieux.

— Détends-toi, Allan, on a encore plus de deux semaines avant la date limite.

— Tempe… (Soupir plaintif.) J'ai besoin de ces éléments pour calculer le montant dû.

— Je t'envoie ça d'ici vendredi.

— Demain.

— Je suis complètement débordée de travail.

— Et moi, je suis comptable fiscaliste. Et je suis également débordé.

— Je comprends.

— Je te demande ces infos depuis novembre.

— Je vais faire de mon mieux.

— Tu n'es pàs mon unique cliente.

Et j'ai ajouté dans ma tête : « Tu le sais, n'est-ce pas ? » Il me l'avait répété un milliard de fois.

— Dons à des œuvres caritatives, pièces justificatives de mes frais professionnels, formulaire fiscal 1099 pour mes honoraires. J'en oublie ?

Silence glacial. Puis il a ajouté :

— Je te renvoie la liste des papiers qui me manquent.

— J'ai gardé tous les reçus.

Enfin… quelque part.

— Ce serait une bonne chose.

— C'est vraiment si important ?

— L'agence du revenu a l'air de le penser.

— Je vaux moins qu'un singe de cirque.

— Que gagne de nos jours un chimpanzé très qualifié ?

— Des miettes.

— Ça doit énerver les éléphants.

Et il a raccroché.

Il était plus de 20 h quand j'ai enfin terminé mon boulot. Tandis que je poussais le chariot de l'homme à la télécommande dans la chambre froide, j'ai senti ce silence absolu des locaux désertés du MCME après une journée de totale agitation.

Les analyses des dents et du squelette de la victime avaient rendu leur verdict : les restes momifiés étaient bien ceux du vieux locataire de l'appartement. Je n'avais rien trouvé, ni sur ses os ni aux rayons X, qui puisse suggérer un acte criminel. Le pauvre bougre avait passé l'arme à gauche en se tapant une overdose des *Sopranos*.

Bien que Larabee ait été agacé par le retard à lui rendre mon rapport, il avait été satisfait de ses conclusions. La suite des opérations lui incombait.

À l'extérieur, l'air était chaud et très humide, et l'horizon passait d'un beige clair au gris. Des nuages s'étiraient au-dessus des lignes téléphoniques qui bordaient les deux côtés de Queens Road.

Le coup de fil d'Allan m'avait énervée. La dernière chose que j'avais envie de faire en arrivant chez moi était de consacrer ma nuit à fouiller des papiers à la recherche de notes de restaurant et de billets d'embarquement. Chaque année, je me jurais d'être mieux organisée à l'avenir. Chaque année, j'échouais lamentablement. Et admettre que j'en étais la seule responsable m'irritait davantage.

Je me suis arrêtée dans un restaurant japonais pour prendre des sushis à emporter, et je suis rentrée à la maison à la tombée de la nuit. Sharon Hall se dressait tel un bunker noir et massif sur fond de crépuscule. Quant aux magnolias et aux chênes verts, on aurait dit des sentinelles gigantesques montant la garde devant la pelouse.

J'ai emprunté l'allée circulaire, dépassé le manoir et la remise à calèches, jusqu'à l'Annexe, maison plus petite, deux étages, cinq pièces et une salle de bains. La vocation d'origine de ce bâtiment restait un mystère complet.

Comme je n'avais pas prévu de revenir si tard, je n'avais laissé aucune lumière allumée. Chaque fenêtre était plongée dans une obscurité totale. Je ne pouvais pas apercevoir son petit visage à fourrure, mais je devinais que derrière une de ces vitres me guettait un chat affamé.

J'ai saisi la boîte de sushis, je suis sortie de la voiture et j'ai traversé la terrasse qui mène à la porte de derrière. Alors que j'extrayais la bonne clé de mon énorme porte-clés, j'ai entendu un chien aboyer et des moteurs vrombir en direction de l'église baptiste de Myers Park. Une sirène a retenti au loin.

— Salut, mon Birdie.

J'ai poussé l'interrupteur d'une pichenette et posé mon sac sur le comptoir. Birdie passait et repassait entre mes jambes.

— Désolée, mon chat, tu dois mourir de faim.

Birdie s'est assis et m'a fixée avec un air de désapprobation. Mais dès qu'il a senti l'odeur du thon cru, il a oublié sa rancœur et a grimpé d'un bond sur le comptoir.

J'ai rempli son bol, persuadée pourtant qu'il allait ignorer ses croquettes et tenterait de quémander un peu de mon repas. J'ai pris une assiette et un Coke Diète, et me suis installée à table. Birdie a sauté sur la chaise près de moi.

— Bon, ai-je dit en déposant une tranche de sashimi devant lui, raconte-moi ta journée.

Birdie a attrapé l'offrande d'une patte incurvée, l'a reniflée et l'a engloutie. Pas de commentaires sur ses activités diurnes.

— Ma journée ne s'est pas exactement déroulée comme prévu.

Pendant que je dévorais mon rouleau californien, j'ai raconté à Birdie mes rencontres avec Lucky Strike et l'homme à la télécommande. Si vous parlez la bouche pleine, les chats s'en foutent. Un trait de leur caractère que j'apprécie.

— J'ai eu un appel d'Allan Fink, ai-je ajouté, en commentant ensuite ce que je pensais de l'idée de remplir ses objectifs.

Bird écoutait, ses yeux suivaient mes baguettes alors que je trempais puis avalais deux makis. Je lui ai donné un sushi de crevette, il a refait son tour de passe-passe avec sa patte et la crevette a disparu.

Aveu. Parmi tous les problèmes, l'un d'entre eux me mettait mal à l'aise. La proposition surprenante d'Andrew Ryan.

— Qu'est-ce que tu en penses? Est-ce que je devrais épouser ce gars?

Bird m'a observée sans fournir la moindre contribution à mes interrogations.

— Je suis d'accord. Plus tard. Est-ce que tu es partant pour explorer des boîtes?

Même non-réponse.

J'ai monté l'escalier, pris une douche et passé un tee-shirt et un bas de pyjama. Puis direction le grenier au bout du couloir.

Voici mon système de classement en trois étapes. Système qu'il ne faudra jamais dévoiler à Allan Fink. Vous avez un reçu, un chèque annulé ou un document qui pourrait vous servir un jour? Balancez-le dans une boîte en carton. Inscrivez dessus une date. Fourrez la boîte au grenier à la fin de l'année écoulée.

J'ai rapidement retrouvé la boîte, entre un tas de manuels universitaires obsolètes et deux raquettes de tennis aux cordes jamais réparées. Je l'ai transportée au salon, vaguement inquiète de la sentir toute légère.

Une fois assise, j'ai soulevé le couvercle. Je m'étais inquiétée pour rien. Le carton était rempli de plus de papiers que ne pourrait en générer une usine de pâte à papier en dix ans. En grognant intérieurement, j'ai commencé à déplier, à déchiffrer et à faire des piles. Taxi. Hôtel. Société de protection animale. Poubelle.

Tandis que je m'usais les yeux à décrypter des relevés de carte de crédit et des reçus de caisse, mes pensées ont dérivé vers Lucky Strike. Et vers ce fameux enregistrement. La fille avait l'air si terrorisée, les hommes si épouvantablement cruels. Les voix résonnaient dans ma tête, nettes et cassantes comme du verre brisé.

La jeune femme sur la bande était-elle vraiment Cora Teague ? Si ce n'était pas elle, qui était-ce ? Qui avait fini sa vie en contrebas de ce belvédère du comté de Burke ?

J'aurais dû confisquer l'enregistrement. C'est vrai, je l'avais demandé et Strike avait refusé. Mais j'aurais pu être plus persuasive si seulement j'avais fait fonctionner mes neurones. Pourquoi n'y étais-je pas parvenue ?

Pourquoi Opal Ferris ne m'avait-elle pas rappelée ?

Je tournais en rond. Culpabilité. Agacement. Nervosité à l'idée de promesses à tenir.

Au bout d'une heure, j'avais réalisé une brèche de cinq centimètres dans la montagne de papier. Et mon mal de crâne revenait en fanfare. Eh merde !

Abandonnant le salon pour mon bureau, j'ai allumé mon Mac pour googler « détectives du web ». J'ai été impressionnée par le nombre de liens proposés. Des articles. Des vidéos. Des sites avec des noms comme *Websleuths*, *Official Cold Case Investigations*, *Justice Quest*.

J'ai cliqué sur les liens, parcouru page après page, intriguée. Birdie a fini par me rejoindre et s'est pelotonné sur le bureau. Son ronronnement régulier fournissait une toile de fond sereine comparée au rythme saccadé des touches de mon clavier.

Un point commun unissait tous ces sites : les forums de discussion. Ils traitaient de cas précis, des progrès de l'enquête sur telle ou telle affaire. Les personnes disparues et les meurtres non élucidés semblaient capter la majeure partie de l'attention.

Les règles variaient. Certains sites exigeaient une authentification des personnes se présentant comme des professionnels et ayant des informations privilégiées — souvent des médecins, des journalistes, des flics, etc. D'autres sites ne vérifiaient rien. Certains interdisaient les prises de contact par l'entremise des avis de personnes disparues, d'autres l'autorisaient.

J'ai scanné un article sur websleuths.com, et j'ai appris qu'il avait été créé à la fin des années quatre-vingt-dix. Au départ, ça n'avait été qu'un simple forum de discussion autour de la célèbre affaire non résolue du meurtre de la petite JonBenét Ramsey. Puis le site avait gagné en crédibilité en dévoilant un indice crucial dans l'affaire Casey Anthony, et en ayant aidé à résoudre l'assassinat d'Abraham Shakespeare, un ouvrier de Floride tué après avoir empoché trente millions au loto. D'après un commentaire, le webmestre revendiquait 67 000 membres inscrits et plus de 30 000 vues quotidiennes. Il était impossible de vérifier la véracité de ces chiffres.

J'ai rempli la fiche de renseignements nécessaire pour participer au forum et choisi un thème au hasard. La discussion portait sur une coiffeuse de 29 ans, de Lincoln dans le Nebraska, portée disparue. Elle s'appelait Sarah McCall et avait quitté un soir son travail avec l'intention d'aller boire un verre avec des amis. Sa voiture avait été retrouvée deux jours plus tard sur une aire de repos de la route 80. Pas de portefeuille, pas de clés, et aucun signe de McCall.

Le nombre de gens enquêtant sur cette affaire était véritablement époustouflant. Tout comme la quantité de renseignements qu'ils avaient collectés. En l'espace de deux mois, les enquêteurs du web avait passé au crible la page Facebook de la disparue, ses vidéos, et découvert ses différents pseudos Twitter, incluant @celibetlibre, @mesbonscotes, @cocooneretmourir. Un spécialiste des médias sociaux nommé Candotekkie avait récupéré des milliers de ses tweets, tandis que des détectives du web s'étaient attelés à la tâche de les trier, écartant ceux sans intérêt pour ne conserver que ceux pouvant faire avancer leur enquête.

Et ces types-là se montraient méticuleux. Un membre de *Websleuths*, ayant comme pseudo R.I.P., avait expédié l'avis signalant la disparition de McCall à chaque refuge pour femmes, chaque hôpital et chaque bureau de médecin légiste du Nebraska. Malheureusement, aucune trace nulle part de Sarah McCall.

Je me suis préparée un thé tout en songeant à la manière qu'avait eue McCall de faciliter ces recherches sans le vouloir. La jeune femme était une grande utilisatrice des réseaux sociaux, aux antipodes d'une Cora Teague.

En revenant à mon ordinateur, je me suis connectée à CLUES.net. Le site n'était pas aussi convivial que websleuths. com, attestant un concepteur web moins doué. Mais Strike avait raison : aucun renseignement n'était exigé pour en devenir membre.

Il m'a fallu naviguer un bon moment avant de tomber presque par hasard sur un forum mentionnant Cora Teague. Comparé aux autres affaires que j'avais étudiées, ce forum avait peu de sujets de discussion, et juste une poignée de participants dont la plupart avaient décroché assez vite.

Le premier fil de discussion avait été lancé le 22 août 2011 par quelqu'un — homme ou femme — se faisant appeler OMG. Le message établissait la disparition de Cora Teague, en précisant qu'elle était fragile de santé, que sa famille ne se souciait pas de son sort, que la police locale ne faisait pas grand-chose non plus. La personne décrivait Teague comme étant de race blanche, une femme mince de 1,68 m avec des yeux verts et de longs cheveux blonds.

OMG affirmait avoir vu Teague pour la dernière fois le 14 juillet 2011, et en dehors de la maison familiale, dans le comté d'Avery, en Caroline du Nord. Teague portait un jean et un chandail bleu à manches longues, une veste blanche en coton léger et des bottes en cuir. OMG n'indiquait pas les circonstances de leur rencontre, ni le détail de leur brève conversation.

Un détective du web utilisant le pseudo de Luckyloo avait rejoint le fil de discussion le 24 février 2012. C'était le premier nouveau message depuis plus de six mois. J'étais à peu près certaine que Luckyloo était Hazel Strike.

Après ça, même si le forum était réduit à deux participants, il y a eu une sorte de petit événement. En janvier 2013, Strike avait proposé un rendez-vous à OMG. Sa requête était restée sans réponse. Puis OMG a disparu des écrans radars.

Par nature, je suis entêtée. Je n'arrive pas à laisser tomber un problème que je n'ai pas réussi à solutionner.

J'ai siroté mon Earl Grey à présent tiède en réfléchissant à ce que je venais de lire. Et à la théorie de Strike.

À l'enregistrement audio.

Je me demandais ce qui faisait courir Cora Teague. Quelle obscure maladie l'avait fait revenir chez ses parents ?

Je me demandais quelle pouvait être l'identité d'OMG. *Oh My God* ? Pour quelle raison OMG croyait Teague en danger ?

Pour la centième fois, je me demandais si Teague était seulement encore vivante ?

Cora Teague était devenue un mystère à part entière que je désirais ardemment percer.

Je suis retournée sur NamUs.gov et j'ai cliqué sur le fichier que j'avais créé au sujet du torse du comté de Burke. Après y avoir ajouté une description de l'enregistreur porte-clés et du morceau de tissu — la ganse en jean —, je me suis déconnectée, direction le lit.

Inconsciente de la spirale mortelle que je venais de mettre en branle.

Chapitre 6

Le réveil sur ma table de chevet affichait 23 h 48. Trop tard pour téléphoner à Ryan. C'est à ce moment précis que mon iPhone a entamé *Girl on Fire*, d'Alicia Keys.

Mémo perso : changer la sonnerie de téléphone.

J'ai regardé qui m'appelait, j'ai décroché tout de suite en me glissant sous ma couette.

— Hé !

— Comment ça, hé ? a répliqué Ryan comme à son habitude.

— On est dans le Sud. C'est notre façon de dire bonsoir.

— Comment s'est passée ta journée ?

— On dirait moi en train d'engager la conversation avec mon chat.

Ryan a éclaté de rire. Il s'était visiblement remis de l'annulation de mon voyage et semblait de bonne humeur.

— Comment va Birddog ?

— Exaspéré que le souper ait été servi après vingt et une heures.

— Pourquoi si tard ?

— Tu veux vraiment causer boulot maintenant ?

— On pourrait discuter des promos de la semaine chez Costco.

Je me suis représenté mentalement Ryan dans son appartement avec vue sur le Saint-Laurent, le fleuve aux eaux sombres et austères. Je l'imaginais sur son canapé, jambes allongées, chevilles croisées sur la table basse. Ryan ne téléphonait jamais de son lit. Pour lui, un lit ne servait qu'à deux choses et il était doué pour les deux.

La première était simple : dès que sa tête touchait l'oreiller, Ryan s'endormait instantanément. Rien que penser à la seconde, ça m'a déclenché une sensation de douce chaleur au creux du ventre.

— J'ai eu le cas d'un vieil homme dont le cadavre a été retrouvé chez lui momifié. Identification sans problème. L'autre affaire a démarré par une étrange visite à mon bureau.

Je lui ai ensuite raconté en détail Lucky Strike. Cora Teague. Les restes étiquetés ME229-13. L'enregistrement.

— Les voix étaient déconcertantes.

— Comment ça ?

— La fille m'a paru totalement terrifiée. Puis les hommes surgissent et se mettent à la harceler. (Ce seul souvenir m'a collé des frissons glacés tout le long de la colonne vertébrale.) Je ne sais pas. Toute cette histoire n'est peut-être qu'un canular de mauvais goût.

— Dans quel but ?

— C'est ce que je n'arrive pas à déterminer.

— Qui est cette Strike ?

— Une détective du web.

— Je sens que tu vas m'expliquer.

— Ce sont des enquêteurs amateurs qui utilisent les ressources d'Internet pour essayer de résoudre des affaires non élucidées.

— Mon Dieu !

— Certains sont très compétents. Et incroyablement dévoués.

Un silence.

— Pourrais-tu juste une fois faire preuve d'ouverture d'esprit ? ai-je ajouté.

Ryan a émis une espèce de gloussement qui pouvait signifier un oui.

— Certains travaillent sur des homicides non résolus. D'autres essaient de relier des restes humains non identifiés à une personne disparue. Ce sont ces derniers qui m'intéressent.

— Ça se comprend.

Je lui ai expliqué les sites dédiés, les forums, les fils de discussion.

— Des gens passent leur temps à analyser des images créées à partir de squelettes et de corps décomposés. Puis ils les comparent à des photos de disparus prises de leur vivant. Ils espèrent les faire correspondre.

— Ouais, et on sait combien ces reconstitutions faciales sont fiables…

Ryan marquait un point. Au cours de mon rapide survol sur Internet, j'étais tombée sur l'inévitable étalage de peintures vaguement artistiques, de portraits au fusain, de crayonnés, de bustes en argile surmontés de tête avec perruque, et de dessins à la palette graphique. D'expérience, je savais que nombre de ces tentatives de reconstitution se révélaient imprécises. D'autres sites proposaient d'authentiques photos de visages affreusement distordus, des clichés récupérés à la morgue.

— Il y en a qui se concentrent sur les rapports réalisés sur les UID, en particulier ceux concernant des individus dotés d'une caractéristique physique : une cicatrice reconnaissable, un tatouage qui sortirait de l'ordinaire, une fracture inhabituelle, un implant, une prothèse. Puis ils effectuent des recherches sur les sites de personnes disparues pour voir si certaines possédaient des traits similaires. (Ignorer le commentaire désagréable de Ryan.) Cependant, d'autres se concentrent sur une région donnée où quelqu'un a été porté disparu et où des restes ont été découverts. Ils élargissent ensuite leur champ d'investigation au comté, puis à l'État, puis…

— Vers l'avenir, vers l'horizon.

— Tu préfères échanger des blagues de Jedi ou je continue ?

— J'adore ta voix quand tu es énervée, elle devient hyper sexy.

— J'ai été sur un site dédié à une adolescente assassinée, et surnommée Princess Doe. Son corps a été découvert à Blairstown, au New Jersey, en 1982. Elle avait eu le visage tellement matraqué qu'il en était méconnaissable. Pas loin d'une centaine de correspondances potentielles ont été listées, toutes de très jeunes femmes qui collaient avec la description de la petite, toutes portées disparues après 1975.

Il a voulu glisser une remarque, mais j'ai vite enchaîné :

— Et il y en a des dizaines comme elle. Des tas. Caledonia Jane Doe. Tent Girl. The Lady of the Dunes. Jane Arroyo Grande Doe.

— Ça fait un grand nombre d'heures de travail pour ces messieurs apprentis détectives.

— Et ces dames.

— Noté.

— Les UID constituent un sacré problème, aussi bien aux États-Unis qu'au Canada.

— Tout comme les perce-oreilles.

— T'as décidé de m'emmerder ?

— J'adore ta voix quand...

— L'Institut national de la justice, le NIJ, estime qu'il y a des dizaines de milliers de corps non identifiés dans ce pays qui gisent dans les morgues ou sous terre, dans des fosses communes.

Bon Dieu, je commençais à pérorer comme Strike.

— Je pensais que c'était le job du NCIC.

Ryan faisait allusion au National Crime Information Center, un énorme centre de données informatiques situé à Clarksburg, en Virginie-Occidentale, regroupant tout type d'infos d'ordre criminel. Des armes volées, des voitures, des bateaux. De la fausse monnaie, des chèques contrefaits. Des empreintes digitales. Les fichiers de terroristes, de membres de gangs, de psychopathes. Et, depuis quelques années, les listes de restes humains et de certaines catégories de personnes disparues.

— Tu sais aussi bien que moi que le NCIC ne fait pas le job. Bon sang, jusqu'en 1999, ce n'était même pas obligatoire pour l'État et les agences locales de signaler les disparus ou les victimes non identifiées. Il a fallu attendre 2007 pour que le NIJ atteste que 15 % seulement de tous les UID avaient été entrés dans l'ordinateur. (À force de surfer sur Internet, j'avais creusé la question.) En 2009, une commission du National Research Council a établi des statistiques. À la question de savoir s'ils utilisaient le NCIC pour établir des correspondances entre les disparus et les UID, 80 % des coroners et des médecins légistes interrogés ont coché les cases : « rarement » ou « jamais ».

— Pourquoi une si faible participation ?

— Pour commencer, l'accès à la base de données est restreint. Elle est uniquement réservée aux autorités.

— Donc, pas question que n'importe quelle greluche ayant perdu de vue un oncle puisse avoir accès au système.

— Exact. Mais il y a une autre contrainte. Pour obtenir les infos sur une affaire, ça prend un temps fou. Le protocole s'étale sur une trentaine de pages. Tu vois les flics s'installer avec les membres de la famille et vérifier chaque dossier qui le nécessite ?

Ryan n'a rien répondu.

— Ce qui se passe le plus souvent, c'est que le policier entre les données de base : sexe, une des trois races principales, et des fourchettes assez larges pour l'âge et la taille. Peut-être la date de la découverte. Le profil est si vague que le programme recrache des centaines de concordances possibles. Avec autant de données, quelle probabilité de succès a le pauvre gars ?

— Ou la pauvre fille.

— Noté.

— Les flics sont débordés de nos jours, a ajouté Ryan, un peu sur la défensive.

— Ajoute à cela les problèmes d'incompatibilité dans la rédaction des rapports. Que se passe-t-il si le schéma dentaire sur un UID est entré avec un système de saisie, et celui d'un disparu avec un autre ? Bien que les deux cas soient enregistrés dans la base de données, on ne pourra jamais établir de lien entre les deux.

— Tu es en train de me dire que le NCIC est inefficace et sous-exploité ?

— Pour un passeport volé ou une voiture, c'est un outil génial. Pour une concordance entre des restes humains et une personne disparue, pas terrible. Mais les choses s'améliorent.

— Les détectives du web s'attaquent donc au problème en se servant de sites accessibles à tous ?

— C'est ça.

— Dont certains accueillent n'importe quel imbécile qui va publier son tour de tête ?

J'ai fait semblant de ne pas avoir entendu.

— Des gens parmi eux ont marqué des points.

— Comme ta machin-chose Strike.

— Lucky.

— Pardon ?

— Elle se fait appeler Lucky.

— Si Strike a effectivement contacté la famille de la jeune femme, son école, etc., ça excède largement la définition que tu viens de me donner.

— C'est la partie hors connexion.

— Si Strike raconte la vérité, son travail hors connexion a peut-être foutu en l'air une scène de crime potentielle.

— Écoute, le torse peut, comme il peut ne pas être, celui de Cora Teague.

Ma voix était désormais à des années-lumière d'une voix rauque et sexy. L'attitude de Ryan commençait vraiment à m'énerver.

— Mais Strike a généré une piste.

— Ou bien elle t'a fait perdre du temps et de l'énergie.

— Suivre des bouts de pistes fait partie de mon boulot.

— Strike a des couilles, je te le concède.

— On devrait peut-être discuter d'autre chose.

— Non, non, non.

— Bel effet de style.

Il y a eu un long silence, accentué par mon exaspération croissante et son scepticisme exacerbé.

— Et comment va Daisy ?

Sa tentative de faire la paix ne m'emmenait pas là où je l'aurais aimé.

Katherine Daessee Lee Brennan. Daisy. Ma chère mère, et folle à lier.

Mon père avait péri dans un accident de voiture. J'avais 8 ans. Mon petit frère était mort bébé dans une unité pédiatrique après avoir perdu sa bataille contre la maladie, une vilaine histoire de taux de globules blancs. J'avais dû quitter Chicago pour venir vivre en Caroline du Nord, passant mon enfance à faire des allers-retours entre la résidence au bord de la mer que possédait ma famille à Pawleys Island et la demeure victorienne de ma grand-mère à Charlotte.

Après avoir consacré des décennies à accompagner sa fille à travers toute une série de crises de démence, ma grand-mère avait finalement rendu l'âme à l'âge de 96 ans. Je crois que l'état mental de ma mère avait finalement eu raison d'elle.

Peu après le décès de grand-maman, ma mère a complètement disparu de la circulation, sans explications ni excuses. Quatre ans plus tard, ma sœur Harry et moi avons appris qu'elle vivait à Paris avec Cécile Gosselin, une aide-soignante que maman appelait Goose.

Puis elle est rentrée aux États-Unis avec elle. J'avais alors 35 ans. Depuis, elles ont vécu entre la maison de Pawleys Island et un immense appartement dans l'Upper East Side à Manhattan. L'espèce d'arrangement que nous avons me convient. Visites au moment des vacances. Quelques échanges de courriels et de textos. Quelques brèves conversations téléphoniques.

Puis, sans prévenir, maman a rappliqué dans ma vie. C'était peu avant la réapparition de Ryan. Armée de ses bagages Louis Vuitton, de ses écharpes Hermès et de son Chanel n° 5, elle s'est installée dans la seule résidence digne de son luxueux train de vie. Elle a trimballé avec elle cette atroce perversité qui finira un jour par avoir sa peau.

— Ma mère s'emploie à terroriser le personnel de Heatherhill Farm, ai-je répondu.

— Goose continue à camper dans le gîte du passant en bas de la route ?

— Oui. Cette femme est une sainte.

— Daisy lui a certainement promis de lui léguer la fortune familiale.

— La planification successorale de ma mère se résumera à faire un ultime chèque sans provision. C'est dur de comprendre Goose, elle ne dit jamais rien.

— Nous, les Français, sommes des gens énigmatiques.

— Mais vous êtes doués pour fabriquer d'excellents fromages.

— Et du vin.

— Et du vin.

— Daisy ferait une redoutable détective du web.

— Ne t'avise surtout pas d'aborder le sujet avec elle !

Mais Ryan avait raison. L'habileté de ma mère à explorer le Net était incroyable. Il y avait un bémol, et de taille : quand elle était en phase délirante, une simple curiosité pouvait se transformer en névrose obsessionnelle.

— 10-4. Tu as eu des nouvelles de Katy ?

Encore un sujet qui me créait des angoisses permanentes. Il y a de ça deux ans, ma fille s'était engagée dans l'armée et a été mutée en Afghanistan. Elle avait survécu au séjour là-bas, était rentrée et, à mon grand désarroi, s'était portée volontaire pour y retourner. Elle effectuait à présent son premier mois de cette deuxième affectation.

— Elle est heureuse et en bonne santé.

Enfin, c'était le cas lors de notre dernière discussion sur Skype.

— Tant mieux.

Il y a eu un blanc dans la conversation. Je me suis redressée dans mon lit, sachant déjà ce qu'il allait ajouter.

— J'ai bien compris les raisons qui t'ont fait annuler ton voyage à Montréal. Mais as-tu réfléchi à mon plan ? a-t-il déclaré sur un ton volontairement neutre.

Son plan ?

— Oui.

J'ai passé une main dans mes cheveux en respirant un grand coup.

— Et ?

— C'est difficile en ce moment, Ryan. Avec maman…

— Je sais.

— Et avec Katy.

— Katy se porte bien.

— C'est vrai.

— Je t'aime.

Je sais que j'aurais dû aller sur ce terrain-là et lui répondre gentiment. Au lieu de ça, j'ai dû faire un effort pour ne pas raccrocher brutalement.

— Pas de nouvelles, bonnes nouvelles.

J'ai haussé les épaules. Quelle stupidité. Bon, Ryan ne pouvait pas me voir.

— Voici ma suggestion. (Il changeait à nouveau de sujet.) Balance cet enregistrement à ton *geek* de service.

— Je ne l'ai pas.

— Comment ça ?

Toujours sur ce même ton neutre. Ryan avait le chic pour ça.

— Strike a refusé de me le laisser.

Dans l'obscurité de ma chambre, je me suis sentie rougir d'humiliation à cause de mon incompétence. J'ai enchaîné aussitôt :

— J'ai téléphoné à l'adjointe du shérif du comté de Burke. C'est elle qui a découvert les os.

— Que t'a-t-elle dit?

— J'attends qu'elle me rappelle.

— Il serait prudent de faire analyser cet enregistrement, a conseillé Ryan.

C'était évident.

— Je passerai un coup de fil à Strike demain matin.

Il s'avérerait plus tard que c'était là une bien mauvaise idée.

Chapitre 7

Cette nuit-là, j'ai fait un horrible cauchemar, digne d'une soirée chez le Chapelier fou.

J'étais assise à une table rectangulaire qui s'étendait à perte de vue aux deux extrémités. Une nappe en lin blanc et des serviettes assorties la recouvraient. Il y avait des chandeliers et des cuillères en argent. Un service à thé en porcelaine.

Coiffé d'une tuque en laine rouge, Ryan était attablé face à moi, vêtu d'un smoking et d'un nœud papillon. À côté de lui se trouvait une femme qui lui arrivait à peine à l'épaule. Sa coiffure formait une sorte d'auréole vaporeuse autour de la tête et ses traits, une espèce de paysage imprécis et brumeux. Le corps de cette femme se terminait par une cage thoracique sur laquelle ondulait un chandail bleu dont les manches longues avaient été déchirées.

Derrière eux, une immense fenêtre cintrée dévoilait un coucher de soleil aux couleurs fluo. Des jaunes criards, des orange vifs, des rouges vermillon en couches superposées soutenaient un disque noir de mauvais augure flottant au-dessus de la ligne d'horizon.

Je savais que quelque chose n'allait pas. Que le soleil aurait dû être clair. J'ai essayé de prévenir Ryan. Mais il continuait de converser avec la femme.

Assez loin sur ma gauche, maman et Larabee discutaient à bâtons rompus. Larabee était tout couvert de sang. Maman portait ce tailleur Chanel noir qu'elle avait acheté pour l'enterrement de papa, mais jamais mis.

À l'autre bout, sur ma droite, Hazel Strike était assise seule, son sac à dos posé sur la nappe immaculée. Elle était en jean et bottes. Le crépuscule incandescent faisait de son chignon une meringue cuivrée.

Chaque personne tenait une minuscule tasse en porcelaine. Les doigts de Ryan paraissaient énormes dans l'anse délicate.

La conversation entre maman et Larabee a soudain monté d'un cran, pourtant il m'était impossible de distinguer leurs paroles. Alarmée par le timbre aigu de la voix de ma mère, j'ai voulu me lever, mais j'étais maintenue sur ma chaise par de la colle.

Un crachin a commencé à tomber. Personne ne semblait le remarquer à part moi.

J'ai regardé Ryan.

— Vas-tu fondre ? m'a-t-il demandé.

J'ai voulu lui répondre, mais mes lèvres étaient incapables d'articuler des mots.

— Vas-tu laisser fondre Cora Teague ?

Voix monotone.

Et mes lèvres toujours scellées.

— Fondre.

Larabee, maman et Strike l'ont repris en chœur, à l'unisson. Le mot a résonné comme s'il rebondissait contre les murs d'une gigantesque chambre. J'ai balayé la pièce du regard. Tous les trois me fixaient.

— Est-ce que tu vas *me* laisser fondre ?

Ton tranchant.

J'ai observé Ryan. Des flammes d'un bleu cobalt brillaient de colère au fond de ses yeux.

— Est-ce que je vais disparaître dans le trou noir ?

Avant que je puisse répondre, Ryan a été aspiré en arrière vers le soleil noir où il a été englouti. La femme aux cheveux vaporeux a pivoté sur sa chaise, puis a été aspirée vers le haut. J'ai alors pu voir son visage écorché vif, aux orbites vides me lançant un regard suppliant plein de reproches. Une pause de quelques secondes, puis elle est redescendue en piqué pour suivre le même chemin que Ryan.

Terrifiée, j'ai reporté mon regard à gauche. Maman et Larabee avaient disparu.

À droite. Strike venait de se lever, me faisant signe de ses doigts crochus de la rejoindre.

Je me suis détournée d'elle. J'ai essayé de scruter le trou de ver dans lequel Ryan et la femme avaient été avalés. Mais je n'y ai rien vu sinon un disque noir macabre.

— Ryan! ai-je hurlé.

Je me suis réveillée en nage.

J'étais paniquée. Il m'a fallu quelques secondes pour refaire surface. Mon réveil affichait 2 h 47 du matin.

Birdie s'est étiré sur ses quatre pattes, le poil hérissé, visiblement agacé d'être réveillé si brutalement. Je lui ai caressé la tête et il s'est remis en rond près de mes genoux.

J'ai fermé mes paupières.

J'ai respiré à fond.

On se calme.

J'ai répété en boucle «on se calme» comme un mantra. Bien entendu, je me suis tapé l'insomnie du siècle. Mon esprit cherchait à analyser ce rêve. Et pas besoin de recourir à la psychanalyse pour en déconstruire les schémas. Mon subconscient s'était montré bien peu créatif et avait rejoué tout ce qu'il avait récemment emmagasiné.

Le smoking et la table dressée avec soin représentaient l'envie de mariage de Ryan. La tuque symbolisait ses racines canadiennes et son amour du Québec. Sa disparition dans le trou noir ne nécessitait aucune explication.

La femme près de lui était Cora Teague. Même chose pour son regard suppliant et sa soudaine dissolution dans l'oubli.

Strike était là aussi, jouant son propre rôle. Elle voulait que je me mette à enquêter sur Teague. Larabee, installé à l'autre bout de la table, y serait sans nul doute opposé, au motif que nous avions bien peu d'éléments sur l'affaire étiquetée ME229-13.

Et Daisy? Facile! J'avais constamment maman dans la tête.

Le tailleur Chanel et Larabee couvert de sang? Je vous laisse deviner.

J'ai jeté un coup d'œil aux chiffres orangés de mon réveil: 5 h 54. Il était programmé pour sonner à 7 h!

Je suis arrivée au bureau à huit heures. J'en ai passé deux à boire des litres de café tout en rédigeant mon rapport sur le corps momifié, un pauvre vieux qui s'appelait Burgess Chamblin. Après y avoir mis un point final, j'ai ressorti le dossier sur le ME229-13, descendu le couloir et frappé à la porte de Larabee.

— *Yo.*

Je suis restée plantée au beau milieu de la pièce, indécise sur la façon de procéder ou d'amener le sujet sur le tapis. Mon esprit était assailli par deux flash-back. Le visage écorché dans mon rêve et l'enregistrement.

Larabee écrivait, assis à son bureau. Il portait encore ses vêtements civils.

— Tout va bien ? a-t-il demandé.

— Comme sur des roulettes.

— Parfait.

Il poursuivait son écriture, ne m'écoutant que d'une oreille.

— Tu as vu mon rapport préliminaire sur l'homme dans le fauteuil inclinable ?

— J'ai vu.

Larabee a fignolé ses « i », et peut-être même ses « j », en leur rajoutant des points. A glissé une poignée de photos dans une chemise cartonnée et l'a refermée.

— Merci d'avoir sauté dessus direct.

— J'ai terminé la rédaction du rapport définitif.

— C'est super, m'a-t-il félicitée en relevant le nez. Merci. (Comme je ne partais pas.) Tu voulais me dire quelque chose ?

— Si tu as une minute.

— Prends un siège.

J'ai tiré une chaise et m'y suis assise.

Larabee s'est renversé dans son fauteuil et a croisé ses longs doigts osseux sur sa poitrine qui avait l'air décharnée sous son polo blanc. Résultat de trente années d'engagement absolu et zélé dans la course à pied.

— C'était rien qu'un vieux croulant. Personne ne s'occupe de pépé pendant presque deux ans, et voilà que les enfants rappliquent pour enterrer leur père.

— Y a de l'argent en jeu ?

— Non, pas vraiment. (Le front de Larabee, déjà creusé de rides à force d'heures passées à courir sur l'asphalte, s'est froncé davantage.) Qu'est-ce qui se passe ?

— J'aimerais que tu écoutes ce que je vais te raconter.

— Est-ce que ce n'est pas ce que je fais toujours ?

Grimace.

— Une femme est venue me rendre visite hier. Hazel Strike. Strike croit que l'un de nos UID est une fille nommée Cora Teague.

J'ai tapoté le dossier posé sur mes genoux.

— Formidable. Poursuis.

— Ce n'est pas si simple.

— Continue.

— Les restes sont constitués de quelques ossements retrouvés en 2013 dans le comté de Burke.

— Pourquoi cette affaire revient à la surface ?

— Je ne sais pas très bien…

— Peux-tu obtenir un ADN ?

— Ça risque de poser problème à deux niveaux. D'abord, les os sont en mauvais état. Sol acide, animaux charognards, et…

— Le second ?

— La famille pourrait être hostile à l'idée de prélèvements à des fins de comparaison.

— Pourquoi ?

— Ils ne croient pas à la mort de l'enfant.

Larabee a froncé les sourcils et les rides sur son front se sont plissées.

— Ils sont persuadés qu'elle est partie de son propre chef.

— Alors qu'est-ce qui pousse cette Strike à penser que notre UID est Teague ?

J'ai expliqué à Larabee comment j'avais entré les identifiants du ME229-13 dans la base du NamUs, puis je l'ai renseigné sur les détectives du web. J'ai raconté la visite de Strike dans le comté de Burke et l'enregistrement très perturbant. Tandis que je lui parlais, l'expression de son visage est passée de l'intérêt poli à un vague dégoût.

— Tu plaisantes ?

J'ai fait non de la tête.

— Génial. Allez, fais-moi écouter cette bande à l'ambiance Blair Witch.

— Strike a refusé de me laisser l'enregistreur.

— Nom de Dieu, Tempe !

— Qu'est-ce que j'étais censée faire ? Le lui arracher de force ?

Son téléphone a sonné, mais il n'a pas décroché.

— Qu'est-ce que tu proposes ? a-t-il ajouté.

— Je devrais peut-être me rendre sur place. J'embarque Joe avec moi, et aussi un chien renifleur pour inspecter le boisé en contrebas du belvédère.

Joe Hawkins est le vétéran des techniciens d'autopsie du labo. Il travaille au MCME depuis l'époque d'Eisenhower. Si le moindre os était resté sur cette montagne, Joe Hawkins le trouverait. Ou le chien.

Larabee a réfléchi un instant à ma suggestion.

— Tu dis que les restes étaient déjà très abîmés quand ils sont arrivés ici en 2013. Quelles sont les chances pour que d'autres aient pu résister ?

— C'est une chose possible.

— Probable ?

J'ai haussé les épaules.

— Qui a dirigé les opérations de récupération ?

— Un shérif adjoint du comté de Burke.

— Tu as discuté avec lui ?

— Elle. Opal Ferris. Injoignable. Je lui ai laissé un message.

— Est-ce un PP qui l'a signalée au fichier des personnes disparues ?

Larabee utilisait parfois l'abréviation PP pour « parent proche ». J'ai fait un geste de dénégation.

— Alors qui a inscrit Teague sur CLUES.net ?

— Aucun moyen de le savoir. Car on peut y publier l'avis de recherche de manière anonyme.

Le visage de Larabee oscillait entre la grimace et la mine renfrognée. Il est resté comme ça quelques instants avant de répondre ce à quoi je m'attendais.

— Je ne peux pas affecter des fonds ou du personnel à une enquête aussi mince. Rappelle le comté de Burke. Discute avec cette Ferris. Vois où ça te mène.

J'ai acquiescé d'un hochement de tête. Puis je suis retournée à mon bureau.

Cette fois, Opal Ferris a pris mon appel.

Je me suis présentée. Ferris se souvenait de moi. Et des ossements. Et de sa virée en montagne avec Mort. Elle m'a demandé si j'avais eu de nouvelles infos.

Pour ce qui m'a semblé être la centième fois, j'ai fait le récit des éléments en ma possession, en insistant sur les récents événements que Ferris ignorait. Le site de détectives amateurs. NamUs, l'étrange épiphanie de Strike et sa visite dans le comté de Burke. Cora Teague. L'enregistrement audio.

Ferris semblait tout ouïe malgré le bruit de fond important que j'entendais dans le récepteur.

— Vous dites que ce porte-clés enregistreur traînait sur le sol?

La voix de Ferris était rauque, peut-être à cause de la cigarette, peut-être à cause d'un nodule sur ses cordes vocales.

— C'est ce que raconte Strike.

— Et la famille pense qu'elle s'est enfuie avec un gars du coin?

— Je ne suis pas sûre que ce soit un garçon qui vivait près de chez elle.

— Mais l'essentiel reste qu'elle n'a pas été signalée comme disparue.

— Sauf sur CLUES.net.

— Où n'importe quel crétin peut afficher n'importe quoi.

Je n'ai pas su quoi répondre.

— Teague possédait-elle un cellulaire?

— Non.

— Elle fréquentait les réseaux sociaux?

— Pas selon Strike.

— Doc, je suis désolée, mais vous n'avez rien, on dirait. Quelques os à Burke, quelqu'un dont la disparition est ou n'est pas signalée à Avery. Elle est majeure et libre de s'absenter aussi longtemps qu'elle le souhaite.

Je manquais clairement d'arguments pour la contredire.

— Pourrais-je vous demander de passer un ou deux coups de fil? Voir si sa mère ou si une de ses sœurs serait partante pour un prélèvement ADN?

Grand silence. Alors que j'étais persuadée qu'elle allait prendre congé, elle a répondu :

— Je vois ce que je peux faire et je vous rappelle.

Ferris ne m'a jamais rappelée, mais un adjoint du shérif du comté d'Avery du nom de Zeb Ramsey l'a fait. À 16 h, alors que je garais ma voiture dans l'allée.

La mère et les deux sœurs avaient refusé de se soumettre à un prélèvement. Bien qu'aucune d'elles n'ait eu de nouvelles de Cora depuis 2011, toutes étaient persuadées qu'elle était vivante et heureuse.

Le shérif adjoint Ramsey paraissait aussi emballé que Ferris. C'est dire. Il a raccroché avant que je puisse lui poser une seule question sur la famille Teague.

D'abord Ryan, puis Larabee, Ferris et Ramsey. Leur enthousiasme débordant sur cette affaire me filait des sueurs froides.

J'ai balancé mon téléphone sur le tableau de bord et je lui ai fait un doigt d'honneur. En réaction, il s'est mis à sonner. Je l'ai attrapé d'un geste sec, pensant que Ramsey me rappelait.

— Brennan à l'appareil.

— Vous avez la voix de quelqu'un qui a eu une sale journée.

— Je ne suis plus en service, mademoiselle Strike.

— Madame.

J'ai soupiré, songeant ou bien à me faire excuser, ou bien à carrément lui raccrocher au nez.

— Je ne vais pas vous casser les pieds, je veux juste vous inviter de façon que tout s'arrange. J'ai décidé de refaire un tour demain du côté de ce belvédère.

— Vous retournez dans le comté de Burke ?

— Ouais.

— Vous ne devriez pas faire ça.

— Si ce n'est pas moi, qui le fera ?

— J'admire votre détermination et votre action. Mais il est temps de laisser agir les professionnels.

— Sans blague ? Ils ont un début de piste ?

Jusqu'à maintenant, tous ceux que j'avais contactés n'en avaient strictement rien eu à foutre. Je me suis bien gardée de le lui dire.

— Bon, moi j'en ai un.

Strike a marqué une pause, histoire de bien me faire comprendre qui menait la danse.

— Vous vous souvenez du plus jeune enfant de la famille Teague ? Celui dont on ignorait ce qu'il était devenu ?

— Eli.

— Le petit Eli est mort peu de temps après son douzième anniversaire.

— Il est mort comment ?

— Je l'ignore. Je ne peux pas avoir accès à son dossier médical.

— Des enfants meurent jeunes, cela ne signifie rien.

— Ou cela peut signifier quelque chose.

— Comment avez-vous appris pour son décès ?

— J'ai ma méthode.

— Quand partez-vous ?

— J'ai prévu d'y être pour huit heures demain matin.

J'ai songé à l'engueulade que j'allais essuyer de la part de Larabee. Et aux dégâts que Strike pourrait causer si des preuves ou des restes se trouvaient encore dans cette montagne.

Tout en farfouillant dans mon sac à la recherche d'un petit carnet à spirale, je lui ai répondu :

— Donnez-moi l'itinéraire.

Strike s'est exécutée et j'ai noté.

— Ne faites rien avant mon arrivée. Et apportez l'enregistrement.

— Et ajoutez « s'il vous plaît », ça ne fait de mal à personne.

Puis elle a raccroché.

Mon iPhone tout chaud dans la main, je suis restée dans ma voiture à réfléchir. Strike était-elle sur une nouvelle piste ? Un des deux parents Teague avait-il fait du mal à leur fils ? L'un d'eux aurait-il pu tuer Cora et jeter son corps depuis le belvédère ?

Ou étais-je juste en train de basculer dans un délire qui n'existait que dans l'esprit d'Hazel Strike ?

Je n'avais guère envie d'aller dans cette montagne.

Mais quelque chose me disait que, si je n'y allais pas, je commettrais une grosse, grosse erreur.

J'ai pris ma décision.

J'ai appuyé sur une touche de mon téléphone et j'ai attendu.

Chapitre 8

En Caroline du Nord, dans les Blue Ridge Mountains, située à la frontière entre les comtés de Burke et de Caldwell, une masse de roches ignées et métamorphiques ceinture la verdure luxuriante de la forêt nationale de Pisgah. En tant que mont culminant à 800 mètres et s'étalant sur 2,5 km, cette arête n'est pas très impressionnante. Mais elle a inspiré bien des mythes cherokee, des légendes folkloriques, des études scientifiques, des sites web, des films sur YouTube, une modeste industrie touristique et au moins une chanson populaire. Elle figure sur chaque guide des lieux hantés d'Amérique du Nord. Tout ça à cause de lumières farfelues.

Durant des siècles, de mystérieuses boules lumineuses ont été observées au-dessus et dans Brown Mountain. D'après les récits de témoins oculaires, de petits orbes incandescents apparaissent, s'élèvent à une certaine hauteur, puis disparaissent derrière la crête. Des témoignages par centaines parlent de ces lumières. Ils proviennent de gens de la région, de touristes ou de personnes ayant fait le voyage en Caroline du Nord avec pour seul objectif de constater ces phénomènes.

Les théories sur leur origine abondent. Le reflet de flammèches sur des alambics, des émanations de gaz à la surface des marais, les lanternes des veuves cherokee errant à la recherche des âmes de leurs maris, morts sur les champs de bataille.

Ces fameuses « orbes fantomatiques » ont, par deux fois, fait l'objet d'études du très sérieux United States Geological

Survey. La première en 1913, la seconde en 1922. Des rapports officiels ont attribué ces lumières à des locomotives, des voitures et des feux de broussailles. Beaucoup de gens ne croient pas à ces explications, en particulier les Cherokee.

Tandis que je m'applique à suivre les indications gribouillées à la va-vite et à peine lisibles, je n'ai encore qu'une vague idée de ce qui m'attend. Je me dirige vers un belvédère construit spécifiquement pour admirer la vue sur Brown Mountain. Et je n'étais pas au courant non plus des lumières étranges. Ça, je l'ai appris là-haut, en lisant un panneau sur le chemin, et après une rapide recherche sur Google pendant que j'attendais le reste de l'équipe.

Juste avant l'aube, la circulation étant faible, j'ai emprunté la route touristique. La I-40 jusqu'à Morganton, puis la 181 en direction du nord vers Jonas Ridge et Pineola. Au moment où j'ai rejoint la deux-voies, le jour était suffisamment levé pour que je puisse admirer le panorama. À cause du givre, les contreforts et les flancs des montagnes semblaient vernissés, leur donnant un petit côté éthéré. Dès que le soleil a dardé ses premiers rayons, les couleurs du paysage se sont étalées par strates du noir au gris, puis en différentes nuances de rose.

Sachant que la sortie était très facile à rater, Strike m'avait fourni les coordonnées GPS. Cette femme était précise, il fallait lui reconnaître ça. Et en plus, elle avait raison, je ne l'aurais pas vue.

Quatre-vingt-dix minutes après mon départ de Charlotte, mon iPhone a bipé pour m'informer que j'étais arrivée à destination. J'ai freiné, quitté l'asphalte et me suis arrêtée dans un stationnement pavé. Ma voiture était le seul véhicule présent.

J'ai coupé le moteur et abaissé ma vitre. L'air sentait bon le sapin et la végétation encore transie par le froid de la nuit. Quelques effluves d'essence provenaient également du gravier éparpillé sur l'accotement de la route.

Il régnait un silence absolu dans la forêt autour de moi. Pas le moindre gazouillis d'oiseau pour m'accueillir ou me mettre en garde. Pas le moindre bruissement en provenance des sous-bois causé par un petit animal qui aurait passé la nuit à chasser.

J'ai attrapé une veste sur le siège arrière et enfilé des gants. Puis je suis sortie lentement du véhicule pour éviter de faire du bruit. Ça n'avait aucun sens, vu que j'étais toute seule.

Le belvédère était délimité par une rambarde en acier équipée de tables d'orientation. Je me suis approchée de l'une d'elles. Le cliquetis des talons de mes bottes résonnait dans la quiétude des lieux. Selon l'office du tourisme du comté de Burke, Brown Mountain était située juste en face, Jonas Ridge juste à l'opposé, dans mon dos.

J'ai plissé les yeux pour scruter la brume grisâtre qui couvrait l'horizon. Aucun petit orbe lumineux. Mais je n'étais pas venue ici pour prendre un *selfie* avec des apparitions fantomatiques. Mon cerveau s'était remis en mode scientifique et j'ai commencé à évaluer les alentours.

Si aujourd'hui était une journée représentative, le belvédère devait souvent être désert. Bretelle d'accès rapide, quelques mètres à parcourir jusqu'à la barrière en métal, retour à la grand-route par la bretelle nord — ou sud — et le tour est joué. C'était l'endroit idéal pour se débarrasser d'un corps.

Après dix-neuf mois, il y avait très peu de chances de retrouver une preuve de la présence d'un véhicule. Une trace de pneu, un éclat de peinture, une fibre du tapis de sol. Pour la millionième fois, je me suis demandé ce que je venais bien chercher là.

Un bruit de moteur m'a fait me retourner.

Un Range Rover noir venait de se garer près de ma Mazda. Le logo de la police du comté d'Avery m'a indiqué l'arrivée de l'adjoint Ramsey. J'ai aperçu la silhouette d'un chien sur le siège arrière.

Ramsey était encore en train d'enlever sa ceinture quand je me suis approchée de sa voiture. Le chien m'a suivi des yeux d'un air ébahi comme le ferait un New-Yorkais derrière la vitre de son taxi.

— Docteure Brennan ?

Prononcer mon nom a fait surgir un petit nuage blanc d'entre les lèvres du policier.

— Tempe. Vous devez être le shérif adjoint Ramsey.

J'ai ôté un gant pour lui tendre la main.

68

— Zeb.

Sa poigne était ferme, sans pour autant me broyer la main, et ça m'a plu.

— Désolée que ce soit tombé sur vous.

— Si vous avez une enfant d'Avery assassinée, c'est de mon ressort.

— La shérif adjointe Ferris semblait réticente à rouvrir l'affaire.

C'était un euphémisme.

— C'est ce que j'ai cru comprendre.

— J'espère que cette virée ne prendra pas la tournure d'un poisson d'avril.

— Si c'est le cas, vous l'expliquerez à Gunner, a-t-il dit en pointant son compagnon canin.

J'avais exprimé des doutes à son sujet, la veille, au téléphone.

— Vous êtes bien sûr que c'est un vrai chien renifleur ?

— Cadavre, drogue, fugitif. C'est moi qui l'ai dressé.

— Si vous le dites.

J'ai tenté de dissimuler mon scepticisme. J'avais travaillé avec un grand nombre de chiens renifleurs spécialement entraînés à débusquer les cadavres. C'est une capacité spécifique, différente de celle qui consiste à sentir la drogue ou à suivre la trace d'un individu. Cela réclame un protocole particulier. Je n'ai jamais eu affaire à un chien qui possède les trois compétences, encore moins entraîné par un non-professionnel.

Un ange est passé.

— Est-ce que la shérif adjointe Ferris vous a raconté l'histoire d'Hazel Strike ? ai-je dit, m'interrogeant sur la façon dont elle avait pu présenter la situation.

— Elle l'a fait.

— Strike est un drôle de moineau.

— Elle est en retard ?

Indice. Ramsey voulait faire avancer les choses.

— Elle a dit huit heures. On peut peut-être lui laisser quelques minutes de plus ?

Il a hoché la tête.

Le visage de Zeb Ramsey était plutôt agréable : des yeux marron, un nez droit, des sourcils qui ne se rejoignaient pas au milieu, sauf quand il souriait. L'ensemble formait une harmonie parfaite.

Waouh…

— Et si on faisait les présentations, a-t-il proposé en ouvrant le coffre.

Gunner devait avoir eu de très gros chiens parmi son ascendance. Son pelage noir, brun et blanc et son étonnante queue recourbée suggéraient un mélange de chow-chow et de chien de berger.

Pete — mon ex — avait un chow-chow de pure race. Gunner n'est pas descendu du véhicule comme l'aurait fait Boyd, corps lancé en avant comme un deltaplane, avec atterrissage plus ou moins contrôlé. Non, Gunner a bondi avec élégance sans jamais quitter son maître du regard. Puis il a trottiné vers moi et s'est assis.

J'ai regardé Ramsey. Il a acquiescé et j'ai tendu la main, paume vers le sol, pour permettre à Gunner de sentir mon odeur. Le chien a reniflé puis a léché mes doigts avec une longue langue mauve. J'étais certaine à présent qu'il avait quelques gènes chow-chow.

Je caressais la tête de Gunner lorsqu'une vieille Corolla rouge toute cabossée a tourné sur la bretelle d'accès. Hazel Strike s'est garée près de ma voiture en freinant brusquement. Elle a coupé le moteur et s'est extraite de son véhicule sans la délicatesse dont avait fait preuve le chien à l'instant.

Strike a déboulé dans notre direction. Ramsey a écarté ses pieds et enroulé la laisse autour de sa main. Gunner s'est crispé.

— Je savais pas qu'on avait de la compagnie, a lancé Strike avec une pointe de sarcasme, en tournant ostensiblement le dos à Ramsey.

— Madame Strike, je vous présente le shérif adjoint Ramsey.

— Je vois vraiment pas pourquoi on a besoin d'une armée de flics.

Une minuscule veine, bleue et sinueuse, a zébré son front. On y voyait le sang pulser.

Sans bien saisir l'origine de la colère de Strike — et, pour être franche, je m'en foutais — j'ai ignoré sa remarque.

— Le chien s'appelle Gunner.

Elle m'a fusillée du regard, puis elle a ouvert la bouche pour parler. Je lui ai coupé la parole.

— Le shérif adjoint Ramsey et moi-même allons quadriller la zone selon un schéma spécifique, en utilisant les procédures classiques. Si des restes ou des indices sont découverts, ils seront photographiés en contexte, puis mis sous scellés de plastique comme le prévoit le protocole de contrôle. Vous pouvez nous accompagner à condition de marcher en file, juste derrière nous. Si cela vous paraît inacceptable, je vous prierai de patienter dans votre voiture.

Ton ferme et absolument pas aimable.

— Dieu Tout-Puissant! a murmuré Strike en levant les yeux au ciel, priant à moitié, jurant à moitié.

J'ai eu quelques remords d'avoir été si cassante.

— Êtes-vous en mesure de nous indiquer l'endroit où vous avez ramassé le porte-clés enregistreur?

— Bien sûr que je le peux. Je ne suis pas idiote.

Je me suis tournée vers Ramsey.

— Les restes humains ont été découverts à une dizaine de mètres en contrebas, du côté de Brown Mountain. (La veille, j'avais relu le dossier du ME229-13, et revu les photos nulles d'Opal Ferris.) Je vais chercher mon matériel et vous rejoins à la rambarde.

Ramsey a de nouveau enroulé la laisse de son chien autour de sa main, et je les ai suivis. Strike fermait la marche.

Sous la barrière métallique, la pente tombait de façon très abrupte. Tandis qu'on descendait en s'accrochant aux branches de laurier des montagnes pour éviter de glisser, je pouvais sentir sur ma nuque le souffle court de Strike. Et son regard glacial me transpercer le dos.

Six à sept mètres à défier la gravité nous ont conduits à une espèce de corniche assez large. Bien que l'aube aux teintes roses ait cédé la place à un bleu azur, la profusion de pins à encens qui se dressaient à cet endroit nous empêchait d'apercevoir le moindre centimètre carré de ciel. L'ombre permanente ainsi créée par l'enchevêtrement des branches et le côté escarpé de la montagne faisait que l'espace entre les troncs était dénué de sous-bois. Une épaisse couche d'aiguilles de pin tapissait le sol.

J'ai fait glisser l'anse de mon sac à dos pour récupérer les photos de Ferris. Je m'en servais comme points de repère. Les deux autres m'observaient, Strike reprenant son souffle, et Ramsey stoïque. Ou crevant d'ennui.

Autour de moi, chaque arbre se ressemblait. Je me suis remémoré la description dans le rapport de Ferris. Quoique sa formulation n'ait pas été évidente, j'étais à peu près sûre d'être au bon endroit.

— D'après Ferris, les restes étaient dispersés là-bas, ai-je dit en pointant vers l'est.

Nous sommes partis en file indienne dans cette direction, nos bottes s'enfonçant dans le tapis spongieux et mou. On n'avait pas parcouru cinq mètres que Strike a lancé d'une voix essoufflée et rauque :

— Cet arbre-là… C'est là que j'ai ramassé le porte-clés.

Je me suis retournée, m'interrogeant sur une telle assurance. Quel détail avait-elle retenu qui m'aurait échappé ?

— Quel porte-clés ? a demandé Ramsey.

D'un geste, je lui ai fait comprendre que je lui expliquerais plus tard. Gunner continuait à renifler le sol, tout à sa mission.

— Vous êtes certaine de vous ?

— Est-ce que vous et monsieur l'agent pourriez arrêter deux minutes de me prendre pour la débile de service ?

Sans attendre que je l'y autorise, Strike a dévié vers un pin qui ressemblait comme deux gouttes d'eau à tous les autres. Je l'ai suivie. Ramsey et Gunner ont fait de même.

— C'est moi qui ai fait ça avec mon couteau, a-t-elle dit en désignant un V gravé dans l'écorce.

Elle s'est laissée tomber à genoux, puis a balayé les aiguilles de pin pour dégager les racines à moitié enfouies dans la terre.

— Le machin était juste ici, a-t-elle ajouté en montrant deux tronçons noueux formant un V.

J'ai regardé Ramsey. Il m'a regardée.

— Cet arbre est parfaitement indiqué pour être notre grille de départ, a-t-il simplement commenté.

— Je propose que nous laissions le chien effectuer le premier passage en le gardant attaché, puis on le laisse faire comme il veut si ça ne donne rien.

— D'accord.

Mais Gunner avait son propre point de vue sur la question. Un grognement s'est élevé de sa gorge, plus proche du « on y va ! » que du « eh merde ! ». Tous les yeux se sont tournés vers lui.

Le chien baissait la tête, cou tendu. Il semblait fixer quelque chose par-dessus l'épaule de Strike.

Ramsey s'est accroupi pour détacher sa laisse.

— Va, mon chien.

Gunner a avancé en trottinant, sa truffe scannant les aiguilles de pin de gauche à droite. À environ trois mètres au sud-est de là où nous nous tenions, il a reniflé une dernière fois avant de souffler bruyamment. Puis il s'est couché sur le ventre au pied d'un pin d'une hauteur deux fois plus grande que les autres.

— C'est son signal, s'est exclamé Ramsey en se précipitant vers l'animal.

Je lui ai aussitôt emboîté le pas. Strike s'est relevée en maugréant.

Je me suis approchée pour inspecter l'endroit repéré par le chien. Je ne voyais rien.

Pendant que Ramsey félicitait Gunner, j'ai scruté le sol dans un sens puis dans l'autre. Je ne voyais toujours rien.

Fausse alerte ?

Une brise glaciale a balayé mes cheveux. Les branches se sont agitées mollement. Un éclair de lumière a brisé la canopée et s'est posé sur la masse brune qui recouvrait le sol. Au milieu de cet épais magma d'aiguilles a brillé un truc rouge, avant de disparaître.

J'ai troqué mes gants en laine contre des gants en latex, puis je me suis agenouillée près du tronc. J'ai ramassé de pleines poignées d'aiguilles pour les mettre de côté.

Comme pour le pin de Strike, les racines sortaient de terre, sombres et noueuses, telle une patte crochue raclant le sol. Coincé sous une racine, dans un creux, se trouvait une masse jaune et rouge de la taille d'un noyau de pêche.

Un fruit pourri ? Un rongeur mort ? Un oiseau mort ?

J'ai tâté la chose de mon index. Consistance dure.

J'ai sorti mon Nikon, placé un plot de repérage à côté de ma découverte et j'ai mitraillé sous tous les angles. La prise de vue achevée, j'ai rangé mon appareil photo dans mon sac à dos, sous le regard de Ramsey et Strike qui n'avaient pas dit un mot pendant tout ce temps.

J'ai attrapé la masse entre mon pouce et mon index en essayant de la faire pivoter à droite. J'ai senti qu'il y avait du jeu. Je l'ai refait pivoter sur la gauche, puis de nouveau à droite, et ainsi de suite. Lentement, et comme à regret, la racine noueuse a libéré la chose que j'ai pu enfin détacher.

J'ai déposé la petite masse au creux de ma paume. Elle était semi-translucide, jaune et rouge à une extrémité, brune à l'autre. Je l'ai retournée d'une pichenette. Deux protubérances recouvertes de terre étaient visibles en dessous.

J'ai sorti une loupe de mon sac pour les examiner de près.

Mon rythme cardiaque s'est accéléré.

— Qu'est-ce que c'est? m'a interrogée Strike.

J'étais trop secouée pour lui répondre.

Chapitre 9

— Des os de… doigts?

Strike avait l'air désorientée. Normal. J'étais désorientée.

— Plus que des os, ai-je répliqué en scrutant la masse brillante sur ma paume, je distingue deux extrémités de doigts.

— Dans cette matière visqueuse?

— Oui.

— Il s'agit de résine de pin, a précisé Ramsey.

Son commentaire m'a obligée à relever le menton.

— De la sève suinte des troncs, en particulier sur leur partie inférieure. Avec le temps, ça se solidifie jusqu'à devenir dur comme de la pierre.

— Comme l'ambre.

— Ouais, si on lui laisse quelques milliers d'années.

C'est sûr. La sève de pin serait bactériostatique, exclurait l'oxygène et agirait en prévention contre la dégradation. Des conditions idéales pour la préservation des tissus mous. Une fois, j'ai traité un cas où un gros nœud de résine de pin avait été ramassé par inadvertance en même temps que des restes humains. J'y ai retrouvé une tête de souris parfaitement conservée, alors que son squelette pendait à l'extérieur.

Exactement comme les phalanges qui pointaient hors de cette masse dure au creux de ma paume.

— En gros, elle tombe ici après avoir subi une attaque, ou bien son corps roule jusqu'à ce pin après avoir été balancé du belvédère. Une main échoue au pied de cet arbre. (Strike a désigné le pin.) Avec le temps, la sève suinte de l'écorce, ou dégoutte, on s'en fout, mais elle emprisonne les deux doigts.

Le scénario de Strike tenait la route. Mais je ne l'écoutais que d'une oreille. Alors que je glissais notre macabre découverte dans un Ziploc, mes yeux inspectaient déjà le sol à la recherche d'autres restes.

La nuit commençait à tomber quand nous avons enfin levé le camp. Les derniers rayons du soleil ne se faufileraient plus entre les branches de notre sanctuaire de pins à encens. Plus aucun jeu d'ombre et de lumière ne modifierait quoi que ce soit sous nos pieds. Désormais, il régnait là une obscurité permanente.

Bien que nous ayons laissé Gunner libre de ses mouvements, le chien ne nous a alertés ensuite qu'à deux reprises. Chaque fois dans les règles de l'art.

Au final, nous avons mis au jour six phalanges, deux métacarpiens, un scaphoïde, et un hamatum — l'os du poignet — tous érodés et rongés. Génial ! Un magnifique total de dix os sur les cinquante-quatre que compte une main. On a également trouvé un tournevis rouillé, huit canettes en aluminium et un truc qui ressemblait à un vieux piquet de tente.

Tous les os provenaient d'individus adultes dont il serait impossible de déterminer l'âge. Je doutais pouvoir en tirer beaucoup d'informations.

Mais la chair contenue dans la boule de résine, ça, c'était autre chose. Cela me mettait dans un état d'excitation totale. On s'était débarrassé de quelqu'un dans ces montagnes. Et une empreinte digitale pourrait peut-être me permettre de l'identifier.

Si cette personne était enregistrée dans la base de données ou si j'obtenais un échantillon d'ADN de comparaison.

Ramsey a insisté pour que j'emporte les restes. Catégoriquement. C'était logique, selon lui. J'avais déjà le ME229-13 au labo. Il y avait de grandes chances que la main appartienne à la même personne.

Dès que j'ai été à nouveau dans une zone couverte par le réseau AT&T, j'ai téléphoné à Larabee. Comme je m'y attendais, il n'était pas très heureux que je sois allée dans le comté de Burke. Après m'être pris une bonne engueulade, je lui ai expliqué la teneur de nos découvertes.

Voulant éviter toutes complications liées aux compétences juridictionnelles, et surtout prévenir la fureur de son patron, Larabee m'a ordonné de ne pas bouger avant qu'il ait contacté l'OCME à Raleigh. Il m'a rappelée dix minutes plus tard. Bien que surpris que des restes humains trouvés dans le comté de Burke aient été à l'origine traités à Charlotte-Mecklenburg, le médecin légiste en chef de l'État acceptait de me confier la présente affaire.

Strike est restée avec moi jusqu'au bout, avant de déguerpir à grands coups d'accélérateur et de dérapages contrôlés. Enfant de chienne. Une fois encore, j'avais échoué à obtenir d'elle l'enregistreur.

Toute la journée, son attitude avait oscillé entre moue boudeuse et irritation ostentatoire. Pourquoi une telle hostilité? Je n'avais guère de temps à consacrer pour chercher une réponse à ça.

Alors que je téléphonais à Larabee, un texto de maman était arrivé. Je l'ai lu pendant que j'attendais qu'il me rappelle. Rien d'urgent, elle voulait des nouvelles, savoir comment j'allais, etc.

Je n'avais qu'une envie: rentrer chez moi. Je rêvais d'une longue douche brûlante, de manger puis de me pelotonner sous ma couette et partager avec Birdie les événements de la journée. Peut-être avec Ryan.

Mais personne ne réussit mieux que maman le comportement passif-agressif. Derrière son innocent message, il y avait un sous-texto qui disait: je suis vieille, j'ai un cancer et pratiquement pas de visites.

« Ta mère est à 32 km », me sermonnait ma conscience.

J'ai regardé l'heure. 17 h 30. J'avais le temps de souper rapidement avec elle et de rentrer pour 21 h.

L'euphorie était retombée, m'abandonnant aux affres de la culpabilité.

En conséquence, au lieu de rentrer à la maison, j'ai pris la direction de l'est, les cheveux trempés de sueur sous ma casquette de baseball à l'effigie des Charlotte Knights, les vêtements crasseux, les ongles noirs de terre. Je n'étais pas pressée d'entendre les commentaires de Daisy sur ma tenue.

Juste avant Marion, j'ai quitté l'autoroute 221 et bifurqué vers l'est. Heatherhill Farm n'était plus très loin. La pancarte était si délicieusement discrète que ceux qui cherchaient leur chemin pour s'y rendre étaient assurés de se planter.

J'ai tourné sur une petite route asphaltée qui s'enfonçait sous des buissons de laurier des montagnes gigantesques. Une fois ce feuillage traversé, on arrivait sur un terrain nettement plus soigné.

Dans l'obscurité, Heatherhill ressemblait au campus d'une université de taille moyenne. Outre l'hôpital central, se dressaient plusieurs pavillons — les uns modestes, les autres plus grands — tous avec jardin sur le devant. Des cheminées où grimpait du lierre, de longues vérandas, des parements blancs et des volets noirs. De mes nombreuses visites, j'avais retenu que les dépendances comprenaient un centre de traitement des douleurs chroniques, une salle de sport, une bibliothèque et un laboratoire d'informatique. Par contre, je ne me souvenais plus très bien dans quel bâtiment on faisait quoi.

J'ai emprunté une allée perpendiculaire, et une cinquantaine de mètres plus loin, je me suis garée sur un rectangle de gravier délimité sur trois côtés par une clôture blanche. J'ai remonté le chemin pavé de dalles en pierre jusqu'à un bungalow brun. Des jardinières ornaient chaque rebord de fenêtre. Au-dessus de la porte, une plaque indiquait RIVER HOUSE.

Je suis restée immobile sur le seuil. Partagée entre un sentiment de colère et une pointe de remords. Ou bien était-ce une émotion non identifiée que j'avais refoulée ? C'était toujours pareil. Ce moment d'hésitation avant le grand saut dans le vide.

La brise de l'après-midi s'était transformée en bourrasques glaciales et cinglantes, plaquant mon col contre mon cou, retournant la visière de ma casquette. J'ai contemplé le ciel : un million d'étoiles et une lune absente. Hormis le vent, tout n'était que silence aux alentours.

La décoration intérieure tenait les promesses de l'aspect extérieur. River House avait tout du chalet pseudo chic. Les planchers en chêne ciré étaient recouverts de tapis Oushak et Sarouk. Sur les tissus d'ameublement prédominaient des teintes beige et taupe. Les meubles en bois teinté avaient été patinés « à l'ancienne ». Le décorateur avait eu le sens du calme et de la sérénité, tout autant que le sens des affaires.

Après avoir décliné mon identité auprès d'un gardien souriant assis à un bureau Louis quelque chose, XIV ou XVI ?, j'ai traversé le salon, dépassé la fausse cheminée en pierre où dansaient des flammes nourries au gaz, et je me suis dirigée vers les appartements de maman, au bout du dernier couloir, sur la droite.

Juste avant de m'y engouffrer, j'ai jeté un bref coup d'œil à la salle à manger. Une demi-douzaine de convives, d'âges divers, y dînaient tranquillement. Nappes en lin et centres de table faits de fleurs qui jamais ne se faneraient… Je savais que maman n'y était pas. Daisy préférait manger seule, attablée au petit bureau près de la fenêtre de son salon.

La porte était entrebâillée. Cela a immédiatement envoyé un signal d'alarme à mon cerveau. Maman est une emmerdeuse question sécurité. Est-ce que ça voulait dire « apathie », et donc moral au plus bas ? Ou, au contraire, « insouciance et jubilation » ? Ou alors un oubli sans raison particulière ?

Maman était effectivement assise à son bureau, fourchette en l'air, en train de contempler la forêt à travers la vitre. Peut-être était-elle simplement perdue dans ses pensées ? Peut-être se remémorait-elle un souvenir ?

Je l'ai observée un instant. Elle avait maigri, mais, à part ça, elle paraissait en forme. Ce qui ne voulait rien dire. Malgré son instabilité mentale aux multiples facettes, ou plutôt à cause d'elles, ma mère est une actrice digne de tous les Oscar, Tony ou Emmy Awards.

En m'entendant, elle s'est retournée. Ses yeux verts brillaient de douceur. Elle les a plissés, formant des pattes d'oie. Son sourire a disparu dès qu'elle m'a aperçue.

— Oh-mon-Dieu !

— Oui, je sais, j'ai une allure épouvantable.

— Ma pauvre petite. Tu as décidé de tout plaquer pour rejoindre les arts du cirque ?

— Très drôle.

Je refusais d'entrer dans son jeu. Je voulais que ma visite soit légère et sympathique. Pas de chamailleries au sujet de ma tenue, de ma coiffure ou de ma situation amoureuse. Ne pas créer de stress pour maman, à commencer par le problème de sa chimio qu'elle refusait de toute la force de ses 40 kg.

— Ou alors tu t'es disputée avec ton charmant détective? (Elle a nonchalamment pointé sa fourchette vers moi.) Comment s'appelle-t-il déjà?

— Andrew Ryan.

— Attends... ça y est... j'ai pigé... (Son visage s'est illuminé.) Tu reviens d'une scène de crime. (Sa voix est devenue basse, son souffle court. Elle est fascinée par mon job.) Tu viens de déterrer un corps?

Oh non... Pas question de discuter de meurtre ou de cadavre. Ni de demande en mariage. Maman nous en ferait immédiatement une superproduction pour Broadway.

— J'avais une mission de consultante pour le comté de Burke. Ce n'est pas la mer à boire. (Coup d'œil éclair à son assiette.) Comme je n'étais pas loin, j'ai décidé de venir manger avec toi. Alors, qu'est-ce qu'il y a au menu?

On ne dissuade pas maman aussi facilement. Jamais.

— Tu ne veux pas partager tes informations avec ta vieille mère toute tremblotante? (Elle a écarté les bras; lesquels ressemblaient à des brindilles dans son pull irlandais tricoté main.) Doux Seigneur, qu'en ferais-je? À qui diable irais-je raconter les subtilités de ta vie professionnelle?

Le vent a fouetté les vitres dans le dos de Daisy, et le reflet de son visage a flotté un instant. Une bien triste image a surgi dans mon esprit. Celle de maman, seule dans son exil volontaire, ne parlant à personne, sauf à Goose et au personnel d'Heatherhill, ne s'intéressant à rien d'autre qu'à son journal et à son ordinateur.

La logique de maman était imparable. Elle était isolée. Mais elle avait ce talent de garder un secret, plus sûrement que n'importe quel agent de la CIA. Comment pourrait-elle compromettre une affaire dans laquelle je ne connaissais ni l'identité exacte de la victime, ni la cause de sa mort?

— OK, Sherlock! me suis-je exclamée en soupirant de façon théâtrale. Laisse-moi me débarbouiller.

Maman a brandi sa fourchette avec le geste élégant du chef d'orchestre agitant sa baguette.

— La partie a commencé!

Je suis allée à la salle de bain me décrasser le visage et les mains, frotté les ongles à la brosse. J'ai regardé ma coiffure. Pas grand-chose à faire de ce côté-là. J'ai replanqué mes cheveux sous la casquette. Quand je suis revenue au salon, une chaise et une seconde assiette étaient apparues comme par enchantement.

Attablée au petit bureau, entre deux bouchées de purée de pommes de terre, de petits pois à la menthe et de poulet grillé, j'ai expliqué le cas du ME229-13 et nos exploits du jour avec Gunner et Ramsey. Je lui ai décrit les os de la main et la boule de résine de pin. J'ai passé sous silence la présence de Strike. Et la possibilité que la victime soit Cora Teague.

Maman m'écoutait, littéralement captivée. Malgré moult défauts, ma mère possède une excellente qualité d'écoute. Quand j'en ai eu fini, il y a eu un long silence, incitation tacite à ce que je poursuive. Au lieu de ça, voulant rester en terrain conquis, j'ai partagé certaines des informations nouvellement apprises au sujet de Brown Mountain. Elle a agité sa main, l'air désintéressée, mais quand j'ai annoncé «et voilà tout», elle m'a bombardée de questions pendant toute l'heure qui a suivi.

Les choses se passaient bien, et je suis restée plus longtemps que prévu.

Dehors, le vent avait décidé de se déchaîner. Je me suis précipitée vers ma voiture, tête baissée, la main écrasée sur ma casquette. Les haies qui bordaient le chemin pavé de dalles ballottaient, telles les vagues d'un océan subissant la tempête.

Le temps que j'arrive chez moi, il était 23 h 20. J'ai retiré les Ziploc de mon sac à dos et les ai placés au réfrigérateur. Après avoir nourri un chat extrêmement mécontent, j'ai ôté mes vêtements et je me suis jetée dans la douche. Sentant bon le gel moussant citron-gingembre et le shampoing à la lavande, j'ai rampé jusqu'à mon lit. Il était un peu plus de minuit. Comme la nuit précédente, j'ai songé à téléphoner à Ryan, mais y ai aussitôt renoncé. Il était vraiment trop tard.

De nouveau, ma conscience m'a dicté ma conduite. Ce gars-là est un oiseau de nuit. Pourquoi hésiter?

Bonne question. Technique d'évitement. Pour éviter de parler préparatifs de mariage? Ou la raison en serait-elle plus profonde? Réticence à discuter de Cora Teague? Désir subliminal de cloisonner les choses?

Malgré la fatigue, je suis restée longtemps les yeux ouverts, à cogiter en caressant la tête de Birdie et prêtant l'oreille aux potentiels bruits incongrus. Fort heureusement, je n'en ai entendu aucun. Hormis le ronronnement félin de mon camarade, je n'entendais qu'un tambourinement régulier sur les vitres. Pluie ? Neige fondue ? Sans doute ma dernière pensée avant de sombrer dans le sommeil.

Tout à coup me voici totalement réveillée. Alicia Keys me hurle en chanson l'histoire d'une fille qui pète le feu. Quand on vous appelle à deux heures du matin, ce n'est jamais pour vous annoncer une bonne nouvelle. Le cancer de ma mère s'est aggravé, ma fille est coincée en zone de guerre.

J'ai tâtonné à la recherche de mon cellulaire. Il est tombé. Je me suis cogné le coude en l'attrapant sous le lit.

— J'espère que je ne te réveille pas, ma puce.

— Tu te sens mal ?

— Pas du tout.

— Maman, tu m'appelles au milieu de la nuit.

— Je suis tellement navrée. (Voix chuchotante et excitée. Malhonnête.) Mais j'ai découvert un truc qui pourrait t'intéresser.

— Tu es bien sûre que ça va ?

— Je vais très bien.

— La journée a été longue. On peut en parler demain matin ?

Maman a soupiré. Un long soupir de déception, bien audible.

— Pas le choix.

— Maman, est-ce que tu te sens mal ?

— J'ai déjà répondu à cette question.

À une époque, j'aurais essayé de la décourager. Plus maintenant. J'ai appris d'expérience que maman est d'une pugnacité redoutable.

— C'est bon… vas-y.

J'ai roulé sur le dos, téléphone collé à l'oreille, connaissant d'avance la phrase qui allait suivre.

— Après ton départ, je suis allée sur Internet.

Ouais. Nous y voilà. Je l'imaginais sans peine, allongée dans son lit, ordinateur portable sur ses genoux légèrement remontés, visage éclairé par l'écran.

J'ai bâillé.

— Tu m'écoutes ?

— Je suis tout ouïe.

J'ai même entendu le bruissement de sa couette. Je savais qu'elle se calait dans une position plus confortable avant de livrer son scoop avec panache.

— Jamais tu ne croiras ce que j'ai trouvé.

Elle avait raison. J'ai eu bien du mal à le croire.

Chapitre 10

Tout d'abord, un petit topo sur Katherine Daessee Lee Brennan.

Durant toute mon enfance, maman a été aussi imprévisible qu'un après-midi d'été à la plage. Pendant des mois, elle se montrait drôle, intelligente, heureuse — elle ensoleillait de sa présence tout autour d'elle. Et puis, soudain, sans prévenir, elle s'enfermait dans sa chambre. Parfois elle disparaissait de notre horizon, s'exilait dans un endroit lointain. Où était-elle partie ? Pourquoi ? Allait-elle revenir à la maison ? Harry et moi murmurions entre nous le soir, au lit, et dessinions pour conjurer le sort.

Les médecins — des spécialistes différents — lui ont diagnostiqué des maladies diverses : bipolaire ; schizo affective ; schizo bipolaire. Vous avez le choix. Et aussi le choix des traitements : Lorazépam ; Lithium ; Lamotrigine.

Aucun médicament ne marchait très longtemps. Impossible de s'en tenir à un seul protocole de soins. Un moment de répit où elle était solaire, puis ses démons la rattrapaient. Quand j'étais enfant, les brusques sautes d'humeur de maman me terrifiaient. En tant qu'adulte, j'ai appris à gérer. À l'accepter. Ma mère est aussi stable qu'un château de cartes.

Quand maman a eu une cinquantaine d'années, au sortir d'une phase particulièrement sombre, je lui ai offert un ordinateur. J'avais peu d'espoir qu'elle trouve le monde virtuel attrayant, mais je cherchais à tout prix un moyen de lui occuper l'esprit. Un moyen autre que moi.

Je l'ai aidée à maîtriser les bases — la gestion des courriels, le traitement de texte, les tableurs, Internet. Je lui ai expliqué à quoi servaient les moteurs de recherche et les navigateurs. À ma grande surprise, elle a été emballée, s'est inscrite à des cours à l'Apple Store et au centre communautaire. Au final, ses compétences ont surpassé les miennes. Un grand classique.

Je ne dirais pas que ma mère est devenue une *hacker*. Elle n'a aucun intérêt à pirater des guichets automatiques ou à détourner des numéros de cartes de crédit. Elle n'a aucune envie non plus de travailler pour le Pentagone ou la NASA. Mais sa détermination à trouver ce qu'elle cherche sur Internet est exemplaire. Et elle réussit à tout coup.

Par ailleurs, maman est une insomniaque incurable.

Étant donné cette formidable combinaison, je n'ai guère été surprise de la voir s'emparer de mon histoire avec Gunner et Ramsey. Par contre, j'ai été perturbée par ce qu'elle avait mis en évidence.

— Qu'est-ce qui a été récupéré ?

— L'article ne donne pas de détails. Par délicatesse, je suppose. J'approuve une telle discrétion. On donne aux gens beaucoup trop d'infos dé…

— Qu'est-ce que dit l'article ?

— Il rapporte simplement que de possibles morceaux de corps humain ont été retrouvés. (Les derniers mots prononcés lentement.) Je cite le journaliste.

— Quel journal ?

— *The Avery Journal-Times.* Dans le comté d'Avery.

— Je sais ça.

— Pas la peine d'être cassante, Temperance.

Très cassante, elle aussi.

— Désolée, maman, je suis à moitié réveillée. (J'ai pivoté pour poser les pieds au sol. J'ai allumé et attrapé une vieille enveloppe et un stylo sur ma table de chevet.) Quand cette histoire a-t-elle été publiée ?

— Le 29 avril 2012.

— Est-ce que le journaliste précise où les restes ont été découverts ?

— Oui, il le dit. (Respiration saccadée.) La découverte a eu lieu en contrebas de la route panoramique Blue Ridge, à 3 km au nord de l'embranchement avec la route 181. Ça doit correspondre au panneau de signalisation 310. J'ai vérifié sur Google Earth.

Tu parles, deux fois plutôt qu'une.

— Et sais-tu ce qu'il y a à cet endroit précis ?

— Non, ai-je répondu.

— Le belvédère de Lost Cove Cliffs.

Je n'avais pas la moindre idée de là où elle voulait en venir. J'ai essayé de décoder ces informations.

— Belvédère ? a-t-elle répété.

Elle avait prononcé le mot en articulant, comme pour m'envoyer un message.

D'accord.

— Maman, as-tu une idée du nombre de belvédères qui existent dans cette région ? Avec tous les touristes dans les Blue Ridge Mountains ?

Un silence glacial a suivi.

— Et que voit-on de ce belvédère *en particulier* ?

— On aperçoit davantage de paysages montagneux ? ai-je répliqué, toujours aussi perdue.

— *Brown Mountain*. Exactement comme celui du comté de Burke.

— C'est une drôle de coïncidence.

— J'ai du mal à n'y voir qu'une coïncidence.

— Qui a trouvé ces morceaux de corps ?

— Des randonneurs.

— Quelqu'un a-t-il établi officiellement que ces machins étaient humains ?

— Ces machins ? (Elle a reniflé. Désapprobation.) Vraiment, chérie.

— As-tu lu d'autres articles sur le même sujet ?

— Non. Tu penses bien que j'ai effectué de scrupuleuses recherches. N'oublie pas que cette histoire n'a pas fait les gros titres. Il s'agissait plutôt d'un entrefilet.

— Le journaliste a-t-il indiqué une personne à contacter ?

Cliquètement de touches de clavier.

— « Toute personne ayant des renseignements à ce sujet est priée de communiquer avec le bureau du shérif du comté d'Avery. »

Elle m'a lu ensuite le numéro qui était noté. C'était le même que celui qui s'était affiché sur mon écran lorsque Zeb Ramsey m'avait téléphoné.

— Maman, peux-tu me transférer le lien, s'il te plaît?

— Je peux.

Cette nuit-là, j'ai rêvé de lumières incandescentes filant au-dessus d'une crête.

Sans surprise, je me suis réveillée assez tard. Faire une rapide toilette, nourrir Birdie, puis foncer au MCME. Je me préparais à encaisser le sermon de Larabee avec autant de délectation que j'avais apprécié la veille au soir les commentaires de maman sur ma tenue.

Tout en conduisant, je me représentais Larabee à son bureau, crevé par son jogging matinal, prêt à entrer en action dès qu'il entendrait ma porte claquer. Il n'était pas là.

Après avoir inscrit dans la base de données la liste des nouveaux ossements du comté de Burke, auxquels j'ai assigné le numéro ME122-15, j'ai ouvert un dossier pour y consigner mes notes qui relataient les circonstances de leur découverte.

J'ai apporté ensuite les Ziploc dans la salle qui pue, déposé les os sur un plateau et plongé le nœud de résine de pin dans un bocal d'acétone que j'ai placé dans l'évier.

Quand j'ai eu fini, j'ai appelé Joe Hawkins. Il m'a promis d'être là dès que j'aurais libéré ce qui se trouvait dans le nœud de résine.

En sirotant une tasse de cette boue qui passe pour du café, j'ai pris des clichés des dix os de la main, m'interrompant pour aller contrôler dans l'évier la progression de la dissolution. Mais, toute la matinée, le nœud de résine est resté aussi dur que du marbre.

Les os se sont avérés aussi pauvres en informations que je le redoutais. J'ai procédé à des analyses métriques basées sur les mesures des métacarpiens. Jusqu'au bout, insuffisantes. Et les os du doigt et de la main ne m'ont rien révélé au sujet de la race. À la fin de l'examen, tout ce que j'ai réussi à en tirer se résumait à «jeune adulte en bonne santé».

Comme le ME229-13. Les os de la main étaient compatibles en tous points avec les os du torse, mais il n'y avait aucune preuve pour conclure que les deux ensembles de restes provenaient du même individu. Une correspondance positive ne pourrait être établie que grâce à l'ADN. Et je n'étais pas très optimiste sur ce front-là.

J'étais découragée, mais pas très étonnée non plus. Je suis retournée à mon bureau pour téléphoner à Ramsey. Il a pris mon appel aussitôt.

— Alors, c'est fini ? a-t-il déclaré quand j'ai eu terminé le récit de mes observations.

— La seule certitude : on peut exclure les vieux croulants.

— L'affaire est pratiquement résolue. (Silence.) Mais vous disiez qu'il se pourrait qu'il y ait deux individus ?

— Je crois cela hautement improbable.

— Et que faites-vous des bouts de doigts pris dans la résine de pin ?

— Je travaille dessus. Avez-vous effectué des recherches sur Cora Teague ?

— Oui. En rentrant son nom, on n'a absolument rien. Ni adresse, ni numéro de téléphone, ni numéro de sécurité sociale, ni numéro de passeport, pas de crédit en cours, pas d'avis d'imposition. Il existe un certificat de naissance, classé au registre de l'état civil du comté d'Avery en 1993.

— Les parents n'ont pas demandé d'inscription à la sécurité sociale en même temps que le certificat de naissance ?

— Vous posez la question à la mauvaise personne.

— Selon Strike, après l'école secondaire, Teague a eu une brève expérience comme gardienne d'enfant. Sinon, elle n'a jamais travaillé.

— Les gardiennes sont souvent payées au noir. (J'entendais Ramsey jouer avec quelque chose. Peut-être le cordon de son téléphone.) Écoutez, doc, on vit dans un pays immense. Si la petite a décidé de disparaître, de changer d'identité, elle sera diablement difficile à localiser.

J'ai hoché la tête.

— Et votre Strike, elle a raison. Teague n'est pas portée disparue.

— Vous avez enquêté sur les parents ?

— Ouais. Rien n'est sorti des fichiers. Pas d'arrestations, pas de plaintes, pas d'appels à domicile.

— Où habitent-ils ?

— Larkspur Road, à la sortie de l'autoroute 194. Y a rien à voir là-bas hormis des pins et des buses.

J'allais raccrocher sans même avoir évoqué la chose suivante.

— J'ai appris un truc bizarre la nuit dernière. Je suis sûre que ça n'a pas de sens.

Ramsey attendait, en tripotant ce qu'il tripotait, peu importe ce que c'était.

— Je voulais vous parler d'un article de 2012. Dans l'*Avery Journal-Times*.

J'ai parcouru mes courriels sur mon iPhone, j'ai cliqué sur celui de 3 h 12. J'ai ouvert le lien que maman m'avait transféré. Je le lui ai lu :

— « Selon nos sources, des parties d'un corps ont été retrouvées non loin d'un sentier de grande randonnée, près du belvédère de Lost Cove Cliffs. »

— Des restes humains ?

— Ce n'est pas précisé.

Nouveau silence, genre sceptique.

— C'était quand ?

— Le 29 avril.

— Six mois avant mon embauche.

— C'est probablement une coïncidence, mais l'endroit est également un point d'observation sur Brown Mountain.

— Vous insinuez quoi ?

— Rien. Je m'interroge sur les suites de cette affaire.

— Des restes humains… Ils auraient dû être envoyés au coroner.

— Et c'est le cas ?

— Je vais vérifier. Et je vais me renseigner sur ce journaliste. Voir s'il habite encore dans le coin.

Après avoir raccroché, je suis retournée à mes os et au nœud de résine.

Cinq heures à tremper dans l'acétone avaient finalement eu raison de lui.

Vers 15 h, deux bouts de chair tout ratatinés reposaient au fond de l'évier, légèrement gluants, vestiges de la résine qui les entourait. J'ai examiné chacun d'eux avec une loupe.

J'ai brandi les bras en l'air. Stupéfaite autant qu'excitée.

Chaque bout avait un éclat d'ongle marquant une extrémité, une phalange distale partiellement visible sur l'autre. J'ai attrapé le microscope à rayons X et les ai examinés en détail.

Une phalange en forme de flèche m'a confirmé que le morceau le plus gros était le bout d'un pouce. L'autre, si on se basait sur sa taille, était le bout d'un index, d'un majeur ou d'un annulaire. Les surfaces articulaires proximales des deux phalanges étaient écrasées et déchiquetées, résultat d'un charognard acharné et de ses copains.

Très excitée, j'ai composé le numéro de la ligne directe de Joe Hawkins. Pendant que je l'attendais, j'ai sorti du placard mon nécessaire à empreintes digitales et j'en ai retiré le tampon encreur et les fiches décadactylaires. Pas de scanners sophistiqués au MCME. On fait les relevés à l'ancienne, en roulant et en appuyant.

Hawkins est arrivé, avec sa mine habituelle de cadavre ambulant. Grand et décharné, les joues creuses, des cheveux teints en noir, il avait tout du gars envoyé par une agence de casting pour assurer le rôle de l'entrepreneur de pompes funèbres.

Je lui ai désigné son « sujet d'étude », et je lui ai fourni le numéro de dossier. Il écoutait, le visage imperturbable. Du Hawkins typique. Pas de questions, pas de réactions. Pas d'erreurs. Même si ce n'est pas exactement un boute-en-train, il reste de très loin le meilleur technicien d'autopsie du labo. Et il a gagné ses galons des décennies avant mon arrivée ici.

Tandis qu'Hawkins prenait des notes et remplissait les formulaires décadactylaires, j'ai fait des gros plans des os de la main. Les seuls sons audibles dans la pièce se résumaient au cliquetis de mon déclencheur d'obturateur et quelques bruits occasionnels provenant de l'évier.

À moins que les doigts soient desséchés ou raides à cause de la rigidité cadavérique, prendre les empreintes d'un cadavre est une opération rapide. Habituellement. J'étais si absorbée par ma prise de vue que j'ai perdu la notion du temps. Quand j'ai levé le nez, une heure entière s'était écoulée.

Hawkins s'attelait toujours à sa tâche, courbé et tendu, ce qui signifiait que quelque chose clochait.

— C'est difficile ?

Pas de réponse.

— Si je peux t'aider...

Hawkins a des mains très larges et les bouts de doigts minuscules.

Toujours pas de réponse.

J'ai alors remarqué que plusieurs formulaires étaient étalés sur le comptoir. Chacun comportait deux ovales noirs. J'en ai déduis que le plus grand représentait le pouce, et le plus mince, le doigt.

D'ordinaire, Hawkins obtient ses empreintes du premier coup. Quel était le problème ? Je n'avais aucune idée de l'âge de mon collègue, mais je savais qu'il avait dépassé la soixantaine. Est-ce que l'arthrite avait compromis sa dextérité ? Était-il gêné que je m'en sois rendu compte ?

Avec l'air le plus décontracté possible, je me suis penchée au-dessus du comptoir où j'ai ramassé un formulaire pour y jeter un œil.

J'en ai pris un autre.

Et encore un autre.

Hawkins s'est retourné, dos à l'évier, ses mains gantées levées et éloignées de son corps. Son regard a croisé le mien. J'y ai lu une sorte de confusion.

— He merde, qu'est-ce que ça veut dire ? a-t-il lâché en agitant ses doigts d'un air perplexe.

Je ne pouvais lui fournir aucune explication valable.

Chapitre 11

Au cours des deuxième et troisième mois de gestation, quand un fœtus mesure entre trois et neuf centimètres, de minuscules coussinets se forment à l'extrémité de ses doigts. Au cours des troisième et quatrième mois, la peau passe d'une transparence très fine à une consistance plus cireuse, et les premières lignes papillaires apparaissent sur ces petits coussinets. Vers le sixième mois, quand le fœtus moyen mesure une spectaculaire trentaine de centimètres, le dessin digital possède sa morphologie finale, celle que l'individu gardera toute sa vie.

Les scientifiques ne sont pas tous d'accord sur les détails du processus. Une théorie affirme que la couche basale de l'épiderme subit une pression entre la partie supérieure de l'épiderme qui se développe plus lentement et le derme en dessous. Elle aurait tendance à se froisser. Cela causerait la formation des crêtes papillaires, à laquelle s'ajoutent les mouvements du fœtus dans l'utérus. Quel que soit le processus, le résultat final est une variété ahurissante.

Les traces digitales se répartissent en trois grandes familles : arc, boucle, verticille. Chaque strie présente ses motifs sous la forme de terminaisons, de bifurcations et de points.

Une terminaison est l'endroit où une strie finit et une autre commence. Une bifurcation est l'endroit où une strie se partage, formant un tracé en Y. Un point est un segment de strie si minuscule qu'il apparaît pour ce qu'il est, ma foi, c'est-à-dire un point.

Il existe souvent des centaines de ces «points» singuliers sur un seul doigt. La relation entre ces points et le détail des stries tout autour est tellement complexe qu'on estime impossible l'existence de deux dessins identiques.

Résultat: l'empreinte digitale en met plein la gueule pour établir une identification.

Mais pas pour notre ME122-15. Les petits ovales sur les fiches décadactylaires formaient une tache noire intégrale. Pas de stries, pas de points. Pas le moindre arc, boucle, verticille.

— La peau est endommagée? ai-je demandé, inquiète que l'acétone ait pu avoir un effet corrosif.

Hawkins a secoué la tête.

— La peau est OK. C'est juste qu'il n'y a pas d'empreintes.

— Comment est-ce possible?

Inepte. Si je ne le savais pas, comment le saurait-il?

Hawkins m'a lancé un long regard solennel.

— As-tu déjà vu ça auparavant? ai-je chuchoté.

— J'ai roulé bien des doigts qui, comparés à ceux-là, avaient l'air lisse comme une panse de cochon, mais j'ai toujours réussi à obtenir au moins une empreinte partielle.

— Est-ce que les empreintes auraient pu être retirées intentionnellement?

Hawkins a ôté ses gants, a appuyé sur la pédale de la poubelle à ordures médicales, et les y a balancés.

— Tout est possible maintenant qu'ils ont réussi à greffer ce visage.

Je n'ai pas pigé le rapport entre les deux.

— Ça vaut le coup de réessayer encore une fois?

— Perte de temps.

Le couvercle de la poubelle est retombé avec fracas.

— Je suppose que ça ne sert à rien d'envoyer les formulaires.

— Non.

Normalement, les empreintes devraient être expédiées à la section des homicides de la police de Charlotte-Mecklenburg, plus exactement à leur labo de médecine légale. Là elles seraient scannées dans le fichier d'empreintes digitales AFIS qui utilise une technologie d'imagerie numérique lui permettant de stocker et d'analyser des informations provenant de tout le pays. Créée à l'origine par le FBI,

AFIS est une base de données contenant des dizaines de millions d'empreintes digitales.

Mais ce fichier n'identifie pas, il effectue des recherches. Grâce à un logiciel de reconnaissance biométrique, le programme compare une empreinte inconnue du système et renvoie l'information pour d'éventuelles correspondances, les listant dans l'ordre de la plus probable à la moins probable. Un analyste compare ensuite l'empreinte qui a été soumise aux «candidats» suggérés par l'ordinateur. La décision finale incombe à un humain.

Mais ce scénario ne risquerait pas de se produire avec le ME122-15.

— Tu veux que je remette ces machins dans le bocal? s'est enquis Hawkins en pointant l'évier.

— Je vais m'en occuper. (J'avais l'esprit ailleurs.) Merci.

J'ai passé en revue toutes les possibilités.

Le ME122-15 a-t-il ou a-t-elle effacé ses propres empreintes? Pour se soustraire à la loi? Pour échapper à sa vie d'avant? Un tueur a-t-il effacé les empreintes *post mortem*? Pour dissimuler l'identité de sa victime?

L'effacement est-il seulement chose possible? Ou juste une création hollywoodienne à la *Men in Black*? Je n'avais remarqué aucune brûlure chimique, aucune lésion cicatricielle. Une mutilation intentionnelle était donc exclue.

Un *psitt!* a résonné dans ma tête. Quelque chose que j'avais lu ou entendu quelque part. Mais quoi? Un article scientifique? Une conversation avec un collègue?

La porte s'est ouverte, puis refermée, me déconcentrant. Mais nous étions à l'ère de Google, toute spéculation était obsolète.

Après avoir fait des prélèvements pour un éventuel test ADN, j'ai enfermé les bouts de doigts dans un bocal de formol, les os dans leurs Ziploc et j'ai placé tout ça dans la chambre froide. Puis j'ai foncé à mon bureau.

Ce n'était pas aussi facile que je me l'étais imaginé. Finalement, j'ai trouvé un article en ligne dans les *Annals of Oncology* daté du 27 mai 2009.

Un homme de 62 ans voyageant de Singapour aux États-Unis avait été arrêté par les services d'immigration après un scan de routine de ses empreintes digitales. D'après le scanner, il n'en possédait pas. Le voyageur, M. S., avait subi un traitement pour une tumeur cancéreuse à la tête et à la nuque avec un médicament appelé capécitabine, fabriqué sous la marque Xeloda. Parmi les effets secondaires de sa thérapie, M. S. avait attrapé une maladie, l'érythème des extrémités chimio-induit, plus connue sous le nom de « syndrome main-pied ».

J'ai creusé la question et je suis tombée sur un papier en espagnol dans *Actas dermo-sifiliograficas*, de mai 2008. Il avait été écrit par un collectif de neuf personnes. J'y ai appris ceci :

L'érythème des extrémités chimio-induit, appelé également érythrodysesthésie palmo-plantaire, ou syndrome main-pied, est une réaction cutanée à divers agents dans le traitement anticancéreux. Les symptômes se traduisent par des œdèmes, des douleurs sévères et une desquamation au niveau des paumes de mains et de la voûte plantaire. Et par la perte des empreintes digitales.

J'ai procédé à quelques recoupements sur Internet au sujet de la capécitabine. Le médicament était communément prescrit dans le traitement du cancer colorectal, du cancer de l'estomac, du sein, de la tête, de la nuque.

Malgré une faible probabilité, je tenais peut-être un début de piste ? Ramsey pourrait contacter les médecins et les hôpitaux pour s'enquérir si un jeune cancéreux avait soudainement interrompu sa chimio. Cora Teague était censée avoir éprouvé des problèmes de santé. Il pourrait aussi interroger la famille.

J'ai tendu la main vers mon téléphone, quand celui-ci a sonné. Le premier d'une série de coups de fil qui allait me déclencher des aigreurs d'estomac et des remontées acides.

Comme d'habitude, Strike n'avait pas de temps à perdre avec les politesses.

— Qu'est-ce que c'est que ce foutu coup de poignard dans le dos ?

— Je vous demande pardon ?

— Partager mes informations avec un étranger.

— Le shérif adjoint Ramsey est tout sauf un étranger.

— Est-ce qu'il est vous ? Ou moi ?

— Cela relève de sa juridiction.

C'était à voir.

— Il travaille dans le comté d'Avery. Nous sommes dans celui de Burke.

— Vous soupçonnez le fait que les restes en ma possession soient ceux de Cora Teague, ai-je répliqué avec fermeté et un poil d'agacement. Si votre théorie s'avérait exacte, l'affaire serait de son ressort.

— Pourquoi lui avez-vous parlé de l'enregistrement ?

— Je suis ravie que vous abordiez le sujet. Étant donné qu'il s'agit à présent d'une enquête officielle, je dois vous demander de me le remettre.

Bel essai.

— Au diable ! Pas question !

— Alors je l'exigerai par un mandat.

Grand silence.

— Espèce de vieille folle. De toute manière, j'ai égaré ce foutu machin.

J'ai un tempérament explosif. Et je sais qu'il faut que je le contrôle. Au lieu de lui rentrer dedans, j'ai opté pour la diplomatie.

— Je croyais que le but des détectives du web était de résoudre des crimes non résolus ?

— Ça ne veut pas dire que je veux partager mes infos avec la terre entière.

— Un représentant de la force publique, ce n'est pas la terre entière.

— C'est comme ça que vous appelez ce rustre ?

— Le shérif adjoint Ramsey est tout sauf un rustre.

— Je suis sûre qu'il a un diplôme d'Harvard accroché au mur.

Première alerte : léger picotement à l'estomac.

— Madame Strike, connaissez-vous l'expression « entrave à la justice » ?

Dit sur un ton calme.

— Je chercherai.

— Pourquoi me téléphonez-vous ?

— Je voulais vous prévenir que je retournais voir la famille.

— C'est une mauvaise idée.

— Peut-être, mais c'est mon idée.

— N'y allez…

Trois bips rapides. Elle avait raccroché.

J'ai filé un coup de pied dans mon bureau. Assez violemment pour être obligée de retirer ma chaussure pour contrôler l'état de mon gros orteil. Ça faisait mal en diable, mais rien de cassé.

J'ai de nouveau tenté de composer un numéro sur les touches de mon téléphone, quand ça a sonné. Cette fois, c'était mon iPhone. Après avoir vérifié l'origine de l'appel, j'ai inspiré une grande goulée d'air, enclenché le haut-parleur et déposé l'appareil sur mon sous-main.

— Bonjour, maman.

— Bonjour, ma puce. J'espère que tu as bien dormi. Tu as l'air toujours fatiguée au téléphone.

— J'ai bien dormi.

Ce n'était pas le cas, mais à quoi bon la contredire ?

— As-tu discuté avec ton shérif adjoint ? C'est quoi son nom déjà ?

— Ramsey. Pas encore. J'ai prévu de le rappeler très bientôt.

— As-tu examiné les os de la main ?

— Oui, et je n'en ai pas tiré grand-chose.

Silence. Maman marquait sa pause dramatique. Puis :

— Il y a autre chose.

Elle a retenu sa respiration. Comme d'habitude. J'ai fouillé du regard le dessus de mon bureau, à la recherche d'un objet à tripoter.

— Autre chose ? ai-je fini par dire.

— J'en ai découvert un autre.

— Un autre quoi ?

— Belvédère. Pour contempler Brown Mountain.

— Je parie qu'on en recense plusieurs dans la région.

— Eh bien, tu perdrais ton pari. Écoute, qu'importe la façon dont je m'y prends, chaque fois je retombe sur les mêmes trois. Et seulement ces trois-là.

— Vraiment ?

— Oui. L'endroit s'appelle Wiseman's View.

— Où ça se trouve ?

— Juste au sud de Linville. Dans le comté d'Avery.

— Mmm…

— Tu m'écoutes ?

— Évidemment.

D'une oreille distraite, certes. J'étais en train de parcourir la table des matières du dernier numéro du *Journal of Forensic Sciences*, la bible des professionnels en médecine légale.

Maman a arrêté de parler. Pour me tester. Un ange est passé. Ça m'a alertée.

— Tu me suggères quoi, maman ?

— Tu dois creuser.

— À Wiseman's View ?

— Bien sûr, à Wiseman's View !

— Pour chercher de nouveaux os.

— Vraiment, Tempe, tu le fais exprès ? Tu es censée être une des meilleures dans ton domaine. Je dois tout te dire ?

— Tu sous-entends que des parties de corps auraient pu être balancées à partir des trois belvédères, tous destinés à admirer Brown Mountain.

— Alléluia ! Que la lumière soit !

— Maman, je…

— Qu'est-ce que tu as récupéré jusqu'à présent ? Les morceaux d'une main et les morceaux d'un torse.

— Oui.

Je ne lui avais pas mentionné les bouts de doigts. Je ne sais pas pourquoi.

— Est-ce qu'ils pourraient appartenir au même individu ?

— Ils pourraient.

— Mais jusqu'ici, tu n'as aucun membre, et pas de tête.

— Non.

Le léger picotement s'était transformé en une sensation de brûlure au niveau de l'œsophage.

— Corrige-moi si je me trompe, mais une tête pourrait peut-être, juste peut-être, se révéler utile pour savoir à qui appartiennent les autres morceaux ?

— Oui.

Petite pause.

— Voudrais-tu bien discuter au moins de ma théorie avec ton shérif adjoint ?

L'urgence dans sa voix m'a crevé le cœur. Maman avait montré si peu d'appétit pour la vie ces derniers temps que sa seule satisfaction semblait provenir de sa soif d'incursions dans ma vie professionnelle. À travers plein de frissons bon marché.

Comme Hazel Strike et ses copains détectives du web ?

— Bien sûr, maman. Bon boulot.

— Tu me tiendras au courant ? Sans faute ?

— Je le ferai.

— *Ciao.*

— *Ciao.*

J'ai poussé un long soupir. Que penser de cette conversation ? Une idée aberrante de ma mère ? Ou une stratégie habile pour relancer l'enquête ? Comment le faire accepter par Larabee ? Et Ramsey ? L'un d'eux accepterait-il seulement une autre virée dans le bois ?

J'ai vraiment eu l'impression d'être dans le film *Le jour de la marmotte*, d'être condamnée à revivre indéfiniment la même chose… J'ai composé le numéro que je voulais joindre sur le téléphone de mon bureau. Et vlan, mon iPhone a sonné ! Et toujours cette atroce musique. J'ai regardé qui m'appelait.

Allan Fink.

Merde !

Cette fois, je n'ai pas décroché. Ni écouté son message. Je savais ce que voulait Allan. Je ne me sentais pas le courage d'endurer encore son couplet sur ma responsabilité fiscale.

Mes yeux ont louché sur le calendrier buvard. Jeudi serait le 2 avril. Pas de panique. Demain, je chercherai tout ce dont Allan avait besoin pour les impôts.

La sensation de brûlure était devenue un brasier qui envahissait ma poitrine.

J'ai attrapé mon sac à main dans le tiroir où je le range, et j'en ai sorti deux comprimés de Tums. Je les ai avalés direct.

C'est alors que Ramsey m'a téléphoné.

— J'ai retrouvé l'article de presse, a-t-il lancé, sans même un bonjour. Par contre, le journaliste, ça fait un bail qu'il ne travaille plus là. Vous aviez raison. Un groupe d'étudiants de WCU sont tombés sur des ossements et ont prévenu la police. (Il avait privilégié l'acronyme de l'Université Western Carolina pour la désigner.) Des dizaines de sentiers de randonnée quadrillent la région de Lost Cove Cliffs. Peu importe, un shérif adjoint a recueilli ce qu'ils ont découvert.

— Pourquoi ces jeunes ont cru que c'était des restes humains ?

— C'était mon interrogation première. Vous allez adorer... Il s'agissait d'étudiants en anthropologie.

— Que sont devenus ces restes ?

Désolée, maman.

— Le coroner était en vacances. Le shérif qui, entre-temps, était revenu ne savait pas quoi faire de «vieux ossements», et ça ne l'intéressait visiblement pas. Les jeunes ont suggéré de les envoyer à leur prof... une anthropologue judiciaire.

— Marlene Penny.

Je la connaissais grâce à l'AAFS, l'association américaine de médecine légale. Pas une lumière, tant s'en faut, et âgée de plus de 70 ans. Cependant diplômée ABFA. Un minimum de compétences, donc.

Bruits de papiers qu'on remue.

— Oui, c'est elle. J'ai sous les yeux une copie de son rapport. Vous voulez que je vous le lise ?

— Juste l'essentiel.

— On ne peut pas dire qu'elle se soit tuée à la tâche. Une page. Un inventaire des os répertorie : tibia (partiel), péroné, calcanéum et astragale. (Il a marqué un temps, j'imagine, à la recherche de faits pertinents.) Les deux tarses étaient reliés par des tissus desséchés. Les os de la jambe étaient séparés.

— Aucune estimation d'âge ou de sexe, ce genre de choses ?

— Les os étaient trop fragmentés. (Pause.) La plupart avaient été emportés par des animaux. Mais la prof a estimé que tous les os appartenaient à un même individu.

— Et cet individu était humain ?

— Elle est catégorique sur ce point.

— Où sont les restes maintenant ?

— Elle ne nous le dit pas.

J'ai respiré profondément, puis expiré.

— Vous avez une minute ?

— Bien sûr.

J'ai raconté à Ramsey toute l'histoire de l'enregistreur. Et aussi les détectives du web. L'étrange hostilité d'Hazel

Strike à son égard. Pendant tout ce temps, j'entendais le souffle accéléré de sa respiration. Je savais qu'il écoutait avec attention.

À la fin, il m'a interrogée :

— Les os de la main dénichés par Gunner, ça a donné quoi ?

— Ils sont compatibles avec les os du torse du comté de Burke.

— C'est tout ?

— C'est tout.

— Et les empreintes digitales ?

Je lui ai expliqué les empreintes absentes. L'érythème des extrémités chimio-induit. La probabilité que la victime ait été soignée pour un cancer dans un hôpital local. Le fait que Cora Teague ait quitté soudainement son boulot de gardienne, supposément pour des soucis de santé.

Puis je lui ai parlé de Wiseman's View.

La ligne est devenue silencieuse pendant un long moment, si long, que je me suis même demandé si ça n'avait pas coupé. Ramsey a fini par me faire une suggestion. J'ai dit OK et nous avons raccroché.

D'une main, je me suis tenu la tête.

J'ai plaqué mon autre main sur ma poitrine en feu.

Chapitre 12

J'ai réussi à me faufiler hors du bureau sans me faire prendre par Larabee. Faut dire qu'il n'était pas là, ça tombait bien.

Il a téléphoné vers seize heures alors que je faisais mes courses. J'y vais seulement lorsque je n'ai plus de croquettes pour le chat et que mon frigo ressemble à un désert.

L'idée de ne pas lui répondre m'a même effleuré l'esprit. Finalement, il fallait bien que j'affronte l'inévitable.

— Tu es où ?

Le ton de Larabee était tranchant comme un rasoir.

— Désolée, Tim, je t'ai raté aujourd'hui.

Dans mon chariot, les trois personnages de la pub de Rice Krispies me souriaient béatement sur la boîte de céréales.

— Tu es au bureau ?

— Non, au Harris Teeter sur Providence Road. Tu as besoin de quelque chose ?

Larabee n'a même pas relevé. Il y avait un drôle de brouhaha en arrière-fond, un écho désagréable suggérant qu'il était sans doute dehors.

— J'ai été coincé à l'aéroport toute la journée, ou presque, et je ne me vois pas en partir de sitôt.

Je me suis arrêtée, une conserve de petits pois à la main.

— Qu'est-ce qui se passe ?

— Un connard de réalisateur a reculé contre le rotor de queue d'un hélicoptère alors qu'il était en train de filmer.

— Il a été décapité ?

— C'est une façon polie d'exprimer la chose.

— Il avait les autorisations pour tourner sur un héliport en activité ?

— Je suis au Wilson Air Center, zone VIP.

J'avais déjà été au Wilson, un endroit réservé aux vols privés et aux grosses sociétés. Malheureusement, pas assez souvent.

— Tu veux que je te rejoigne sur la scène de crime ?

Je t'en supplie, dis non.

— Non, mais il se peut que j'aie besoin de toi demain. Les dégâts sont considérables.

— Je suis disponible toute la journée.

— Je ferai l'autopsie dès la première heure. En supposant que la collecte sur le tarmac soit achevée. On travaille à la pince à épiler.

Ça ne présageait rien de bon.

— Garde la tête haute.

— Plutôt baissée, les yeux au sol, a-t-il rectifié.

Il a raccroché.

Tandis que je jetais une à une mes provisions dans le chariot, j'ai repassé cette conversation dans ma tête. Le bon côté de la chose, c'est que mon voyage dans le comté de Burke n'avait pas été mentionné. Le mauvais côté, c'est qu'Allan et les impôts devraient une fois encore aller se faire voir.

Ce soir-là, je m'étais concocté du poulet aux piments. Peut-être pas la meilleure idée de l'année vu l'état de mes entrailles. Mais la recette ne comprenait que cinq ingrédients, c'est-à-dire ma conception de la cuisine. Le petit plus : j'allais pouvoir congeler les restes pour de futurs repas.

J'ai mangé en regardant le téléjournal. Une présentatrice, parfaitement coiffée, évoquait, avec une solennité étudiée, la découverte de trois cadavres dans une maison à Shelby. Elle est devenue très souriante pour annoncer qu'un hôpital presbytérien venait d'être classé en catégorie II de centre de traumatologie. Elle est devenue très triste pour annoncer la tragédie du Wilson Air Center.

Un court reportage a montré le terminal privé, filmé apparemment d'assez loin, derrière le ruban de plastique jaune. J'ai aperçu Larabee et un de nos enquêteurs. La fourgonnette de la morgue. La séquence se terminait avec la sempiternelle formule de non-divulgation du nom du défunt, par respect pour la famille.

La vaisselle faite, j'ai songé un instant retourner à la montagne de papiers sur la table de ma salle à manger. Au lieu de ça, j'ai opté pour les détectives du web. L'humeur maussade de Strike au belvédère m'avait autant énervée qu'intriguée. Son but était pourtant bien de résoudre les affaires non élucidées, non ?

J'ai commencé par visiter des sites expliquant ce qu'était les recherches de personnes disparues, et à quoi ressemblaient ces « détectives » sur Internet. D'une certaine manière, leur méthode n'était pas si éloignée des pratiques du géocaching. Des participants venant de partout. Le type qui répare votre pot d'échappement. L'ado à la caisse du supermarché qui emballe vos courses. La vieille dame qui vous vend un *latte* à Rome. Ou à Riga. Ou à Rio. N'importe qui d'un naturel curieux avec un ordinateur peut se lancer.

Ensuite, j'ai surfé sur les véritables sites d'enquêtes. J'ai scruté les blogues, les commentaires des groupes de discussion et les forums. Plus je lisais de choses, plus j'étais mal à l'aise.

Beaucoup de détectives du web vont droit au but, motivés par leur seul désir de livrer à la justice d'anciens criminels, de faire correspondre les restes d'un inconnu ou d'une inconnue avec une personne disparue. Certains sont intelligents, leurs messages sont objectifs, avec des titres clairs. D'autres, quoique tout aussi impliqués, sont moins convaincants dans leur raisonnement, ou… dans leur prose : « Finlimier » ; « SuperSherlock ». Mais la majorité d'entre eux sont des gens honnêtes et déterminés, voulant juste que circule librement l'information.

Je ne suis pas psychologue, mais j'ai assez vite repéré les différents types d'intervenants. Il y a celui qui trimballe en silence tout son fardeau de malheur et celui qui impose d'emblée son point de vue personnel.

Parmi cette seconde catégorie, certains semblent prêts à dégainer immédiatement, à la moindre controverse, profitant de l'anonymat. Leurs commentaires sont odieux, flirtant avec la mégalomanie. Frisant la paranoïa.

Je connais bien la nature du dialogue sur Internet. Il n'y a ni nuance ni niveau de langue. Juste une succession de mots affichés sur un écran. Et comme pour les textos, les messages publiés sont souvent interprétés de travers, mènent à des quiproquos ou à des propos blessants. Une bonne partie des dissensions dans les discussions sur les forums proviennent d'un manque de clarté. Mais pas tout le temps. Beaucoup de commentaires sont visiblement destinés à titiller, à foutre le bordel.

Il semble également évident que certains sont là moins pour la justice que pour flatter leur ego. Ceux-là sont sur leurs gardes, ils ont accumulé beaucoup d'informations mais rechignent à les partager, en particulier avec des sites officiels et crédibles comme NamUs et Doe Network. Quelques-uns encore défendent leur territoire avec une férocité animale.

Il y a un élément dans cette sous-culture que j'estime particulièrement déplaisant. Les détectives du web sont capables de se retourner contre un des leurs, pires que des loups se disputant une carcasse. Un exemple emblématique : Todd Matthews.

Matthews était un détective du web de la première heure. Et un ardent défenseur de Doe Network depuis sa création. Quand NamUs est né, et que Matthews y a été recruté comme administrateur réseau, certains de ses premiers soutiens l'ont accusé d'avoir retourné sa veste, d'être un transfuge. Leur but, c'était la justice, disaient-ils, pas de décrocher un job.

Après une campagne de salissage tous azimuts, Doe Network a accusé Matthews d'avoir manqué aux règles de confidentialité et de ne pas avoir fait respecter les principes du forum. Ils l'ont viré en avril 2011.

Doe Network n'est pas le seul site où l'on se querelle sur des questions de pouvoir et de contrôle. Cold Case Investigations, Porchlight International, CLUES, beaucoup de ces sites ont été le théâtre de mélodrames. Toutes ces insultes et chamailleries m'ont fait penser à des échanges de textos entre élèves boutonneux du secondaire.

À 21 h 30, je me suis octroyée une pause. En attendant que l'eau ait fini de bouillir dans ma bouilloire, j'ai décidé de changer d'approche. Au cours de ma toute première visite sur CLUES, pour me renseigner sur Cora Teague, j'avais découvert qu'Hazel Strike utilisait « Luckyloo » comme pseudonyme. Il fallait donc que je m'intéresse aux fils de discussion dans lesquels Luckyloo intervenait.

Et j'ai trouvé une discorde qui, en comparaison, rend toutes les autres insignifiantes. Les accusations et les piques lancées entre Luckyloo et quelqu'un s'identifiant WendellC, bien que non dénuées d'esprit et d'ironie, étaient sans ambiguïté : ces deux-là ne pouvaient pas se blairer.

Sans évidemment connaître son véritable nom, j'ai appris que ce WendellC était une légende parmi les détectives du web. Il avait résolu plusieurs affaires, mais une en particulier avait fait grimper sa cote de popularité. Une superstar dans le milieu. J'ai cliqué sur un lien qui racontait l'affaire en question.

En 1984, une partie du squelette d'une adolescente avait été découvert dans un champ, dans le comté de Cuyahoga, pas loin de Cleveland dans l'Ohio. Il était enroulé dans une courtepointe. Un crâne complet avait été préservé, autorisant une reconstitution faciale. À cette époque, l'image réalisée était à peine mieux qu'un croquis. Mais elle allait circuler dans la galaxie web.

Au fil des décennies, des tas de tentatives ont été menées pour découvrir si ce visage correspondait à celui d'une personne disparue. La victime a fini par être connue sous le surnom de Patchwork Girl.

Cette histoire est évoquée de temps à autre dans les journaux locaux de l'Ohio. En 2004, pour le vingtième anniversaire de la découverte du squelette, l'émission de téléréalité *America's Most Wanted* s'en empare et produit à l'écran le dessin d'origine. Des messages de téléspectateurs ont alors afflué en masse, mais aucun n'a donné quoi que ce soit.

En 2007, plus de deux décennies après la découverte de Patchwork Girl dans un champ de soja, WendellC lit un article dans le magazine *True Sleuth*. Le papier revisite l'histoire d'Annette Wyant, une étudiante de 18 ans en première année de baccalauréat, disparue de l'Université d'Oberlin en 1979. Pour illustrer le propos, une photo retravaillée montre l'apparence qu'aurait eue la jeune femme à l'âge de 48 ans.

WendellC connaissait bien la reconstitution faciale réalisée sur Patchwork Girl. La photo d'Annette Wyant ne lui ressemblant en rien, par conséquent aucun lien n'avait jamais été suggéré. Toutefois, WendellC remarque un fait intrigant. L'Université d'Oberlin est située à moins de 70 km de la ferme où gisait le squelette de Patchwork Girl. Il lui a suffi d'un coup de fil au bureau du coroner du comté de Cuyahoga pour obtenir une photo de l'autopsie montrant des gros plans du crâne. L'actuel médecin légiste, d'abord réticent, a fini par accepter.

En étudiant la photo retravaillée d'Annette, WendellC souligne un autre fait étonnant. Annette Wyant et Patchwork Girl présentaient toutes les deux une surocclusion importante, caractéristique dentaire que la reconstitution faciale n'avait pas prise en compte. Il a alors retéléphoné au médecin légiste en lui faisant part de sa conviction : le squelette était celui de l'étudiante disparue.

Le dossier dentaire a pu être exhumé en fouillant de très anciennes archives, et vingt-trois ans après la découverte de son squelette, Patchwork Girl a été rendue à sa famille.

J'ai googlé un peu, histoire de pousser les recherches jusqu'au bout. J'ai parcouru une tonne d'articles consacrés à Annette Wyant, dont certains assez récents sur le récit de son identification. Son enterrement n'a pas fait trop de bruit dans sa ville natale de Plainfield, en Illinois. Le *Chicago Tribune* relate l'événement dans un entrefilet. Même chose pour le *Plain Dealer* de Cleveland. Dans les deux journaux, on voit la photo d'une femme d'une cinquantaine d'années qui se tient à côté de la tombe, le jour des obsèques. Près d'elle, un homme grand et dégingandé, vêtu d'un costume mal taillé. La légende indique qu'il s'agit de la sœur de Wyant, et que l'homme, un certain Wendell Clyde, vient d'Huntersville, en Caroline du Nord.

Aucune arrestation en lien avec ce meurtre n'est mentionnée nulle part. Je suppose que la cause de la mort de cette jeune fille restera « indéterminée ».

Ce cas m'a énormément intriguée. Je suis retournée consulter les sites de détectives du web. Sur de nombreux forums, les enquêteurs amateurs ne tarissent pas d'éloges sur l'intelligence et la persévérance de WendellC. Des félicitations pleuvent même de tous les coins du globe.

Cependant, Hazel Strike y semblait furieuse ; elle ne mâchait pas ses mots. Message après message, Luckyloo traitait WendellC de sale traître, de charlatan minable, d'imposteur dégueulasse. Elle l'accusait de s'arroger tout le mérite d'un travail réalisé en tandem avec elle. WendellC contre-attaquait avec des phrases au vitriol.

J'aurais jugé leur empoignade plutôt rigolote, s'il n'y avait eu ce ton extrêmement virulent. J'ai enduré une demi-heure supplémentaire de leurs violents échanges. Finalement dégoûtée par le côté pathétique de cette prise de bec, je me suis dit que le mieux était encore d'aller me coucher.

J'ai passé mon vendredi dans les fragments de cerveau et d'os sanguinolents.

La victime de l'hélicoptère était un type de 32 ans dénommé Connolly Sanford. Et son premier film serait son dernier. Ses funérailles se dérouleraient à cercueil fermé.

Pendant que Larabee autopsiait le corps de Sanford, j'étudiais ce qu'il restait de sa tête. C'est-à-dire pas grand-chose. Hormis quelques bouts de l'os pariétal droit et de l'occipital, le plus gros morceau de crâne avait la taille d'une oreille. En parlant d'oreilles, on avait récupéré les deux.

L'identification n'était pas un problème, puisque toute l'équipe du film avait été témoin de l'accident. Ni les circonstances du décès. Larabee voulait simplement avoir la confirmation que le traumatisme crânien était entièrement dû à l'hélicoptère.

Il y travaillait encore, lorsqu'à trois heures j'ai fini ma partie. Après avoir nettoyé mes accessoires et enlevé ma combinaison, j'ai téléphoné à Marlene Penny à l'Université Western Carolina pour la questionner sur les ossements de Lost Cove Cliffs. J'ai aussitôt été redirigée vers sa boîte vocale où j'ai laissé un message pour qu'elle me rappelle.

Avant de quitter le MCME, je suis allée faire mon rapport à Larabee, l'assurant que je n'avais découvert ni balles dissimulées, ni flèches empoisonnées, rien qui puisse suggérer l'action de méchants, hormis la pale de rotor de l'hélicoptère et un très maladroit jeu de jambes. Il m'a remerciée. Il avait l'air crevé. Je lui ai souhaité un bon week-end et j'ai aussitôt filé avant qu'il se souvienne de son hostilité à l'égard de ma virée dans le comté de Burke. Ou qu'il m'interroge là-dessus.

Ramsey m'a téléphoné pile au moment où je me brossais les dents. Je lui ai confirmé que j'étais prête à suivre son plan d'action.

J'ai songé à appeler Ryan. Discuter avec lui me redonne toujours de l'énergie, m'aide toujours à réorganiser mes pensées pour être plus efficace. Presque toujours. Mais ce soir, je n'avais pas le courage d'affronter une conversation qui pourrait dévier sur des projets de cohabitation. Ou de vœux de mariage. Au lieu d'un coup de fil, je me suis donc contentée de couper la sonnerie de mon iPhone.

L'épuisement a eu raison de mes cogitations. Je me suis laissée glisser dans le sommeil comme dans un grand duvet douillet.

Excellente initiative. Car la journée suivante a duré des siècles.

Chapitre 13

Avant même que sonne mon réveil, Birdie m'a mordillé doucement les cheveux pour me persuader de sortir du lit.

Il faisait son numéro de chat en train de mourir de faim, alors pas le choix : direction la cuisine. Pendant qu'il dévorait ses croquettes Science Diet, j'ai dégusté un bagel tartiné de fromage à la crème, en avalant un café si corsé que la cuillère aurait pu tenir droite dans ma tasse.

Rassasié, Bird a tourné un peu, histoire de repérer l'endroit où il allait s'installer pour sa première sieste de la journée. J'ai rempli mon thermos de café, préparé des sandwichs, le tout rangé dans mon sac à dos. Bien que n'ayant aucun souvenir de les avoir achetés, j'ai contemplé avec émerveillement les charcuteries et le fromage qui garnissaient mon frigo.

Pendant que je finissais de me préparer, des sentiments contradictoires m'envahissaient. On était samedi. C'était la finale de basket entre deux équipes éternellement rivales : celle de l'Université de Caroline du Nord et celle de l'Université de Duke. Pourquoi ne pas rester ici à regarder la partie en me délectant d'une bonne pizza ? Mais je voulais aussi établir l'identité de mon ME229-13.

J'ai vérifié les prévisions météo sur mon iPhone. Ensoleillé. Maximum 8 °C. Il y avait aussi deux appels manqués, le premier de Ryan qui n'avait pas laissé de message. La fameuse culpabilité a frappé à ma porte. Pas question d'y céder. Le second était d'Hazel Strike qui me demandait de la rappeler.

Le temps risquait d'être plus froid en montagne, aussi ai-je enfilé un jean, un chandail à manches longues, des chaussettes en laine et des chaussures de randonnée. Et j'ai attrapé un pull au cas où. Après avoir fourré mon cellulaire au fond de ma poche, je suis descendue au rez-de-chaussée. Le temps d'attraper mon blouson et mon sac à dos, j'étais dehors. Il était 6 h 45.

J'ai pris la route 85 en direction du sud, vers Gastonia, puis la 321 vers Hickory, au nord, avant de bifurquer sur la 40, direction ouest. Les gratte-ciel de la ville, puis les petites maisons préfabriquées identiques et les centres commerciaux de la banlieue se sont étirés dans l'obscurité. Je n'y prêtais pas attention. Je pensais à maman. À Ramsey. Et à un endroit en montagne que je ne connaissais pas.

Au moment où j'ai atteint Morganton, le monde derrière mon pare-brise prenait des allures de peintures de Monet. Les poteaux, les arbres, les barrières des clôtures jetaient des ombres chinoises sur les champs de chaque côté de la route.

J'ai ensuite roulé en direction de Jonas Ridge sur la 181, avant de tourner à gauche pour rattraper la 183 qui descend sud-ouest. C'était la seconde fois en une semaine que je traversais la forêt nationale de Pisgah. Il y avait peu de circulation, seulement quatre autres voitures croisées ; je sais, je les ai comptées.

Finalement, une pancarte de signalisation m'a indiqué Wiseman's View. J'ai emprunté un chemin forestier, la 1238, juste assez large pour un véhicule, encore quelques kilomètres jusqu'au minuscule lieu-dit de Linville Falls.

Après six kilomètres de virages, de côtes, de descentes dont je ne peux pas dire que ça m'ait enthousiasmée, une deuxième pancarte a émergé de la végétation : un stationnement asphalté me tendait les bras.

Bizarrement, plusieurs voitures y étaient garées — une Camry rouge, un pick-up avec une fissure sur le pare-brise qui ressemblait à une carte de Cape Cod, une Audi A3 grise, un VUS noir au logo de la police. Je savais donc que Ramsey et Gunner étaient déjà arrivés. Je suis sortie, pas de shérif adjoint ni de chien en vue.

L'air frais m'a saisie, mais rien à voir avec le froid humide du Québec qui vous coupe la respiration en vous engourdissant instantanément. Non. Je grelottais quand même un peu, d'autant qu'une brise mordante descendait des sommets en tourbillonnant.

J'ai enfilé mon blouson et j'ai placé casquette, gants et pull dans mon sac à dos. J'ai ensuite sorti mon matériel du coffre, puis je suis restée immobile un instant pour écouter la douce symphonie des tout petits bruits.

J'ai entendu le tac-tac-tac du moteur en train de refroidir. Le souffle de ma respiration. Le craquement de branches au-dessus de ma tête.

J'ai levé les yeux. Le vent donnait du fil à retordre à une grive en train de bâtir son nid.

Je lui ai souhaité bonne chance et me suis dirigée vers une trouée entre les arbres. Elle marquait l'entrée d'un sentier asphalté sur quelques mètres, délimité sur sa droite par une rambarde rouillée qui protégeait le promeneur d'une falaise. Sur la gauche, le sentier s'étirait à flanc de montagne.

Je suis d'un naturel imperturbable et je m'en félicite tous les jours. Mais, pour être honnête, il y a un truc qui me perturbe : les sentiers de montagne sans protection. Ce n'est pas tant la chute qui me fout la trouille, mais plutôt l'atterrissage.

Le cœur battant un poil plus vite, j'ai ajusté les sangles de mon sac à dos, empoigné fermement ma mallette et entamé mon ascension. Le mélange d'arbres à feuilles caduques et de pins formait un rideau si épais que c'était comme avancer dans un paysage en trompe-l'œil. D'en bas me parvenait le mugissement de l'eau dévalant des cascades.

Mes chaussures raclaient le sol, le soleil me laissait entrevoir le précipice, quand soudain j'ai entendu d'autres pas. À une cinquantaine de mètres de moi, un couple venait à ma rencontre, en file indienne. Elle marchait avec assurance, lui, un peu moins. Je me suis plaquée contre la paroi pour les laisser passer.

Tandis qu'ils s'éloignaient, j'ai tendu l'oreille. Hormis les eaux vives en contrebas, l'endroit était tranquille.

Une centaine de mètres plus loin, le sentier se terminait par un affleurement rocheux délimité par une barrière de métal rouillé. Des tables d'orientation en ciment avaient été construites de chaque côté, pour admirer le point de vue. Il y avait quatre personnes. Les trois premières s'étaient regroupées autour du pupitre ouest, la quatrième personne se tenait un peu en retrait. Le trio avait visiblement acheté ses vêtements chez L.L.Bean. L'autre personne, un homme solitaire, très baraqué, ressemblait à un T-Rex équipé pour la randonnée de montagne.

Ramsey était accoudé à la rambarde opposée, Gunner couché à ses pieds.

— *Good Morning, Carolina!* ai-je lancé en imitant la voix de Robin Williams dans son célèbre rôle de DJ.

Une bravade destinée surtout à me calmer les nerfs.

Les oreilles du chien se sont redressées d'un seul coup ; sa langue pourpre pendouillait. Il a trottiné vers moi et je lui ai caressé le museau.

Le shérif adjoint m'a regardée, avant de se retourner pour continuer d'admirer la vue, et, pendant un instant, nous avons tous les deux contemplé le paysage en silence.

— Par là, ce sont les gorges de Linville.

— Impressionnant.

— C'est l'un des canyons les plus profonds de l'est des États-Unis. Et l'un des plus accidentés. Vous savez pourquoi ?

J'ai secoué la tête en signe de dénégation.

— La rivière Linville prend sa source tout en haut de Grandfather Mountain et fait un plongeon de 600 mètres sur une trentaine de kilomètres à peine de dénivelé, avant de reprendre un débit plus calme dans Catawba Valley. Toute cette eau vive s'est frayé un chemin à travers la roche en la martelant durant des siècles.

— Nous sommes à quelle hauteur par rapport à l'eau ?

— Environ à 500 mètres, pratiquement en à-pic. (Pause.) Vous avez déjà entendu parler de William et John Linville ?

— Non.

— Deux explorateurs. Le père et le fils. En 1766, les Cherokee se sont sentis offensés de leur présence et ils les ont scalpés.

— Outch…

La bouche de Ramsey a esquissé un léger sourire.

— Ils ont leurs noms marqués partout aujourd'hui.

Il avait raison. En plus de la rivière et des gorges, des cavernes, des cascades, et de cette partie du territoire, plusieurs villes portaient leurs patronymes.

— Ça reste un drôle de moyen d'atteindre la célébrité.

Ramsey a une nouvelle fois esquissé un sourire. Il a tendu un bras qu'il a pointé vers l'horizon.

— Au-delà des gorges, on aperçoit Jonas Ridge. (Il montrait une série de petites crêtes rocheuses.) Sitting Bear, Hawksbill, Table Rock, les Chimneys. Cette région est un labyrinthe de sentiers de randonnée.

— Un labyrinthe, oui, c'est tout à fait ça.

Là, il a franchement souri. Sous sa casquette en laine bien enfoncée sur l'avant, son visage de beau ténébreux s'est illuminé.

Oh boy.

— Et où est située Brown Mountain ?

— Vous distinguez cette montagne qui descend en pente douce, au-delà de cette arête ?

J'ai hoché la tête.

— C'est elle. À environ 12 km.

— Et où se déroule le spectacle des mystérieuses lumières ?

— La plupart des touristes pointent leurs appareils photo de l'autre côté, a-t-il répondu en me désignant la table d'orientation opposée.

— Ils y croient dur comme fer ?

— Moi, je les ai vues. (Et devant mon expression d'étonnement :) Ce sont des lueurs vacillantes ; imaginez des gens qui agiteraient une lampe de poche à travers du feuillage.

— Quelle est votre théorie sur leur véritable cause ?

— On évoque les gaz des marais.

— Mais le gaz des marais ne prend pas feu tout seul, en pleine nature.

— Bien d'accord. Cela dépend de la fermentation de certaines matières organiques. Des chercheurs ont recréé le processus en laboratoire. Ce gaz s'enflamme spontanément et provoque des feux follets. Un petit « pop » suivi d'une petite flamme bleu-vert.

— Donc, jamais de très longues combustions ?

— Eh non.

Le troupeau de touristes derrière nous a migré et s'est posté contre la rambarde.

— Et cette légende de veuves cherokee ?

— Alors comme ça, vous connaissez aussi le folklore local ?

— Très peu.

— Le problème, c'est que ces femmes cherokee sont censées errer dans le ciel, pas sur la terre. Or, ces lumières n'apparaissent pas au-dessus des crêtes, mais plutôt dans des arbres. (Comme si mon hypothèse avait été sérieuse.) Et je doute que les Cherokee soient équipées de lanternes...

— Elles avaient peut-être des lampes de poche pour chercher leurs défunts maris?

J'avais essayé d'être drôle, mais Ramsey n'a pas réagi.

— J'ai effectué quelques recherches. Eh bien, pas la moindre allusion à cette légende dans les écrits concernant les Cherokee. Par contre, en littérature, il existe plusieurs mythes autour de ces lumières. Cela ne signifie pas l'absence d'histoires amérindiennes, cela signifie juste que je n'en ai pas retrouvées.

— Et le reflet de flammèches sur des alambics?

Je lui ai proposé la seule théorie que je trouvais plausible.

— Pensez-vous vraiment que des types qui fabriquent de l'alcool illégalement vont établir leur petit trafic au milieu des randonneurs, des alpinistes, et dans l'un des plus beaux panoramas de l'État?

— Au cœur du labyrinthe, en somme...

Jesus. Est-ce que je suis en train de flirter, là?

Ramsey s'est redressé.

— La raison exacte, on s'en fiche un peu. Ce qui compte, c'est que plein de gens croient vraiment que ces lumières existent, et qu'elles sont mystiques, ou paranormales, ou des choses dans ce goût-là.

— Ils croient que cette montagne est hantée.

— En un sens, oui. (Ramsey a serré les mâchoires, puis s'est détendu.) Quelques-uns sont convaincus que c'est l'œuvre du diable.

Ça m'a pris un moment avant que ça fasse tilt dans mon cerveau.

— Attendez. Vous êtes en train de me dire que c'est peut-être la raison pour laquelle des morceaux de corps auraient été jetés de ces belvédères? À cause d'un culte satanique?

— Ou à cause de démons? D'extraterrestres? De nymphes? De lutins? Qui sait? Dans ces montagnes, c'est pas les cinglés qui manquent.

Je n'ai rien répondu. Il a enchaîné:

— Vous vous dites que c'est complètement fou ?

— J'ai vu des trucs bien plus fous dans ma vie.

Près de la rambarde, les trois touristes continuaient à contempler le paysage en papotant. Le solitaire dérivait vers nous. Il n'admirait pas la vue. Il avait les yeux rivés au sol, comme s'il ne savait pas vraiment où aller.

Ramsey s'est redressé et m'a fixée.

— Fou ou pas, aucune personne n'a été balancée d'ici.

— Je suis d'accord. Trop de randonneurs. Trop difficile d'accès.

— Allons-y.

— Où ça ?

— À l'endroit que j'aurais choisi pour me débarrasser d'un cadavre.

Ramsey s'est dirigé vers le sentier, Gunner sur ses talons, ne me laissant pas d'autre choix que de le suivre. Quand je suis arrivée dans le stationnement, le chien était à l'arrière du VUS et son propriétaire au volant. La porte passager avant et celle à l'arrière étaient grandes ouvertes. Subtil.

J'ai déposé mon matériel à l'arrière et j'ai grimpé dans la voiture à côté de lui. Une fois loin du stationnement, Ramsey m'a étonnée en poursuivant la conversation comme si de rien n'était.

— Que savez-vous au sujet des Teague ?

— Pas grand-chose.

Je lui ai raconté ce que j'avais appris par Hazel Strike. John. Fatima. Les cinq enfants. Aucune déclaration de disparition inquiétante faite par la famille au sujet de Cora. La benjamine avait été vue pour la dernière fois il y a trois ans et demi de ça par un témoin anonyme sur le site CLUES.net.

— J'ai enquêté çà et là, posé des questions. (Ramsey a tourné sur la 1238, et nous avons commencé à bringuebaler sur la route de la crête.) Les Teague appartiennent à un groupe pentecôtiste un peu fêlé. Une congrégation qui compte peut-être une centaine de membres.

— Comment elle s'appelle ?

— L'Église de sa Sainteté Jésus notre Seigneur.

— Des charmeurs de serpents ?

Je faisais référence au Mouvement de sa Sainteté, fondé par George Went Hensley en 1910. Ses membres dressaient des serpents venimeux, buvaient leur venin, et, s'ils avaient la chance de se connecter à l'esprit sain, ils parlaient en une langue inconnue. Les congrégations de ce genre pullulent dans les Appalaches, notamment dans les montagnes de Caroline du Nord.

— Je ne suis pas très porté sur la théologie, a répondu Ramsey en haussant les épaules. Tout ce que je sais, c'est qu'ils se protègent les uns les autres.

— S'ils sont dans la Sainteté, ils ne devraient pourtant pas s'en faire au sujet de Satan.

— Détrompez-vous. (Un rayon de soleil a éclairé de biais le visage de Ramsey, soulignant ses rides au coin des yeux et de sa bouche.) J'ai rendu visite aux Teague.

J'étais abasourdie.

— Ils se sont montrés coopératifs?

— On ne m'a pas invité à prendre le thé, si c'est ça que vous voulez dire. J'ai parlé à John à travers la moustiquaire de sa porte.

— Votre impression?

— Intense. (Il a réfléchi une seconde.) C'est un agressif.

— Violent?

— Possible.

— Et la mère?

— Je ne l'ai pas vue.

— Que vous a raconté John au sujet de Cora?

— Qu'elle était partie avec un homme. «Tous deux ont péché. Tous deux brûleront en enfer. Foutez le camp de chez moi ou je vous botte le cul.»

— Vous pensez qu'il disait la vérité?

— Concernant le fait qu'il me botterait le cul?

— Concernant Cora.

— Le gars est un fanatique religieux, pas ce que vous définiriez comme quelqu'un qui pardonne facilement.

Ramsey s'est arrêté sur le bas-côté et a coupé le contact. J'ai jeté un regard circulaire. Autour de nous, il n'y avait rien d'autre que les mêmes arbres, la même route non asphaltée sur laquelle nous nous étions engagés dix minutes plus tôt.

Après avoir empoché ses clés, Ramsey a posé son bras sur le volant et s'est tourné vers moi.

— Sauf pour une chose.

Je n'aurais su interpréter l'expression de Ramsey. Mais sa voix avait une intonation de dureté qui n'y était pas l'instant d'avant. J'ai attendu.

— J'ai suivi votre idée et je suis allé hier à Cannon Memorial pour me renseigner sur des patients qui auraient abandonné leur chimio en cours de route. (Ramsey faisait allusion à l'hôpital Charles A. Cannon Jr. Memorial, à Linville.) Rien de rien. Absolument rien. Mais quand j'ai cité le nom de Cora Teague devant un médecin, ce dernier m'a suggéré de chercher des infos sur la mort du plus jeune de la fratrie.

— Le petit frère Eli, décédé à 12 ans.

Ramsey m'a jeté un drôle de regard.

— Exact.

— Causes du décès ?

— Hématome sous-dural traumatique aigu. Les parents l'ont expliqué par une chute dans l'escalier menant à la cave.

— Mais le médecin a émis des réserves ?

— À l'époque, cet homme travaillait aux urgences. Il se souvient du petit. Il ne pouvait pas me donner de détails à cause du secret médical, vous connaissez le refrain… Mais il m'a tout de même confié qu'il était convaincu que quelque chose clochait.

— Laissez-moi deviner : les blessures ne concordaient pas avec la version des parents ?

Ramsey a hoché la tête. Ses doigts se sont crispés sur le volant.

Je repensais aux gémissements de la jeune fille terrorisée. Brown Mountain semblait projeter des ombres fantomatiques derrière la vitre du véhicule.

— On a quoi ? Un père fanatique, une fille rebelle. (Je murmurais presque dans l'habitacle feutré du VUS.) Et le décès brutal du plus jeune frère.

— Une sorte de triplé mortel en somme, a-t-il ajouté.

Chapitre 14

— On est où ? lui ai-je demandé.

Ramsey a incliné sa tête vers la forêt devant nous.

— Vous voyez cette trouée, là-bas ?

— Mmm…

Je ne la voyais pas.

— C'est le début d'un sentier de randonnée qui descend dans les gorges. Les chemins ici portent tous un nom. Pine Gap ; Bynum Bluff ; Babel Tower. Ce sentier, c'est Devil's Tail. Il était très apprécié des randonneurs aguerris.

— Était ?

— Les services du parc ont cessé de l'entretenir après l'effondrement du tronçon le plus bas, conséquences d'une terrible tempête. (Ses yeux ont croisé les miens.) Depuis, Devil's Tail a été supprimé des guides et des sites sur le Net. Seuls les gens du coin en connaissent encore l'existence.

J'ai acquiescé pour lui faire comprendre que j'avais pigé.

— Prête ?

— J'emporte mon matériel ?

— D'abord, voyons ce qu'il y a à voir. On va suivre Gunner et son flair.

En entendant son nom, le chien s'est redressé et a remué la queue. Une fois hors du véhicule, Ramsey a ouvert le hayon et Gunner a sauté avec cette élégance que j'avais admirée la première fois.

— Faites attention où vous mettez les pieds, m'a-t-il recommandé.

Oh yeah.

La trouée dont il avait parlé n'était à peine plus qu'une brèche dans la végétation. Gunner ouvrait le chemin, et nous le suivions à travers les pins et les arbres à feuilles caduques, sur une étroite piste recouverte de lierre et de racines. Des rais de lumière perçaient la canopée, me donnant une étrange sensation de vertige. D'invisibles toiles d'araignée zébraient mon visage, et les branchages par terre risquaient à tout moment de me provoquer une entorse. Mais la promenade n'a pas duré longtemps. À une dizaine de mètres, le sentier basculait dans le vide.

Aucune rambarde. Plus aucune pancarte du parc. Juste le ciel ouvert et des rochers érodés par le temps, aussi vieux que notre planète.

L'adrénaline s'est déversée dans mes veines. Peut-être à cause de l'à-pic abrupt. Peut-être parce que Ramsey avait raison. L'endroit était désert et facile d'accès. Quoi qu'on balance d'ici, on ne le retrouverait jamais.

Je me tenais en retrait, mais Gunner et Ramsey trottinaient vers ce qui ressemblait à la fin de l'univers. J'ai pris une longue inspiration. On se calme. Je me suis avancée avec prudence et je les ai rejoints. Là, j'ai pris appui de mon pied droit contre un énorme rocher situé juste au bord du précipice.

— La descente risque de prendre du temps, a déclaré Ramsey sans me regarder.

Rythme cardiaque niveau stratosphère. Je me suis maintenue à une branche d'érable et, jambe pliée, pied calé contre mon gros rocher, je me suis prudemment penchée en avant. En dessous, j'apercevais ce qui restait de Devil's Tail. D'abord une étendue de forêt, ensuite le sentier réapparaissait dans un creux bordé d'une corniche rocheuse. Cela me faisait penser au site naturel que j'avais exploré dans le comté de Burke.

À quelques détails près. Cette corniche-là comportait davantage d'arbres, une cabane grossière et, plus loin, une espèce de saillie, telle une énorme marche d'escalier. En dessous, une falaise plongeait dans les gorges.

J'ai cherché le regard de Ramsey, qui observait son fidèle compagnon. Gunner était nerveux, les yeux fixés sur la cabane, les oreilles en arrière, la gueule au ras du sol.

— C'est quoi cette baraque?

— Une remise destinée à l'entretien du parc, j'imagine.

— Elle a l'air de fasciner votre chien.

— C'est le cas, oui.

— Peut-il sentir quelque chose d'aussi loin?

— Ça s'est déjà produit.

— Vous croyez qu'on peut descendre jusque là-bas?

— Une partie du sentier est assez praticable. On peut tenter d'atteindre le premier affleurement.

J'ai dû lui paraître sceptique.

— Et si j'allais vérifier ce qui turlupine Gunner. S'il y a quelque chose de suspect, je reviens vous le dire.

— Pas question. On descend tous les deux.

J'ai paru plus confiante que je ne l'étais en réalité.

— OK. Allons-y alors.

Ramsey a émis un court sifflement aigu. Le chien a bondi sur sa droite, a disparu pour réapparaître deux secondes plus tard sur la Devil's Tail. Puis une tache brune a surgi, s'est évanouie aussitôt.

Ramsey a ouvert la marche, je lui ai emboîté le pas, les yeux rivés sur le sentier.

Le terme «assez praticable» utilisé par le shérif adjoint s'est traduit en réalité par «raide et dangereux». Vacillant de tronc d'arbre en tronc d'arbre, je me frayais un chemin avec la souplesse de quelqu'un qui traverse un champ de mines. De temps à autre, un caillou roulait sous ma chaussure de randonnée pour dégringoler plusieurs mètres plus bas.

Tandis que je progressais, mon cerveau enregistrait moult informations. Les senteurs de pin. Une trace d'effluve de moufette. Du lichen. Les branches sombres au-dessus de ma tête. Une grappe de fleurs blanches en forme de clochettes à mes pieds.

Les oiseaux croassaient leurs griefs. Une rivière avait creusé la roche au fond du ravin. Tout à coup, j'ai entendu une agitation nouvelle dans le sous-bois, suivi d'un cri strident. Je me suis arrêtée. De minuscules nuages de buée blanche sortaient de ma bouche. Je me suis imaginé un lapin ou un écureuil, le regard vitreux, la fourrure couverte de sang.

Je me suis imaginé un prédateur. Une vipère cuivrée. Un crotale des bois.

J'ai décidé de mettre en sourdine mon imagination débordante et de poursuivre la descente qui semblait s'étaler sur une dizaine de kilomètres. En fait, seule une dizaine de mètres me séparait de l'endroit où la pente s'aplanissait.

Gunner était couché sur le ventre, la gueule tournée vers un angle de la cabane. Son maître se tenait à ses côtés, debout, blouson ouvert, mains sur les hanches. Son visage était strié d'ombres bleutées.

Pendant un instant, j'ai ressenti une vague angoisse, comme si une présence sauvage habitait ce monde dans lequel nous venions de pénétrer. Un monde rempli d'ombres miroitantes et inquiétantes.

Ça suffit, Brennan. Secoue-toi.

En m'approchant de la cabane, je me suis vite rendu compte que c'était un miracle qu'elle tienne encore debout. Le toit était formé de feuilles de tôle. Les clous qui les maintenaient étaient tous à moitié sortis. Les murs consistaient en une succession de planches en pin brut, grossièrement découpées, dont une ou deux s'étaient détachées.

Sans un mot, Ramsey a décroché la Maglite de sa ceinture. D'un geste, il m'a fait signe de rester derrière lui.

Vraiment? J'ai froncé les sourcils en une réprobation muette.

— Une autre raison pour laquelle ce sentier de randonnée a été fermé, c'est que c'est le territoire de l'ours noir.

— D'accord.

Je me suis placée dans son dos.

— Je n'ai pas repéré de crottes, mais vaut mieux s'éviter les mauvaises surprises.

— Et Gunner?

Pour une raison inconnue, je m'étais mise à chuchoter.

— Quoi, Gunner?

— Il se comporte comment avec les ours?

— Il les ignore et ils lui retournent la politesse.

Sans prévenir, il a tapoté la tôle avec sa lampe de poche. J'ai sursauté.

— *Yo!* s'est exclamé Ramsey.

Silence.

Aucun Hulk dérangé dans son hibernation n'a bondi. Aucune maman ourse n'a grogné pour défendre ses petits.

Satisfait de ne trouver personne à la maison, Ramsey a fait le tour de la cabane, puis, de sa main libre, a poussé la porte qui a grincé sur ses gonds.

L'intérieur de la baraque était un enchevêtrement d'ombre et de clarté. Là où la tôle s'était soulevée et les planches en pin écartées, des rais de lumière gris pâle s'entrecroisaient.

Ramsey a allumé la Maglite et nous sommes restés sur le seuil pendant qu'il éclairait l'endroit. L'air y était froid et humide. Mes yeux s'habituaient à la semi-obscurité, et mon nez respirait des odeurs de terre, de bois pourri et de végétation en décomposition.

Avec méthode, Ramsey balayait chaque partie de son faisceau blanc dans lequel tournoyaient de microscopiques poussières.

Des étagères en bois étaient alignées face à nous. J'en ai établi un rapide inventaire : un rouleau de grosse chaîne, plusieurs scies, une paire de cisailles à élaguer, une hache à manche long, un amas de panneaux de signalisation du parc naturel, tous rouillés et recouverts de crasse. Entre les outils reposaient des générations d'insectes et d'araignées desséchés.

Le faisceau a hésité, a couru sur le sol, a illuminé un râteau et une pelle près d'une échelle rangée contre le mur orienté au nord.

— Aucun doute, a dit Ramsey, c'est une remise pour l'entretien du parc.

Chaque angle de la pièce était zébré de toiles d'araignée. Dans un coin, un nid d'oiseau à moitié détruit. Dessous, des rigoles blanchâtres avaient coulé sur la planche et des brindilles jonchaient le sol.

— On dirait que personne n'est venu ici depuis bien longtemps, ai-je marmonné.

— On dirait.

— Zéro preuve d'une intrusion quelconque…

En disant cela, je faisais référence à la totale absence de déchets qu'on trouve habituellement dans un abri abandonné : des mégots de cigarettes, des emballages de fast-food, des canettes vides, des bouteilles en plastique, des capotes usagées. La puanteur de l'urine humaine, voire de la merde.

— Non, zéro.

— Et ça ne vous paraît pas étrange ?

— Je ne peux pas imaginer les gens du coin venir chaparder de vieux outils. Trop d'efforts et de sueur pour un piètre résultat.

— Des ados à la recherche d'un endroit où traîner ?

— Traîner ?

— Boire de la bière, fumer de l'herbe.

Nom de Dieu, ce gars-là n'avait jamais été jeune ?

— Même réponse. Il existe des endroits plus facilement accessibles pour faire les trucs.

Faire les trucs ?

— Et des personnes de l'extérieur ?

— Je vous l'ai dit, ça fait des années que la piste n'est plus référencée sur Internet ni dans les brochures de l'office de tourisme.

— Nous avons quand même repéré la cabane d'en haut, pas vrai ?

— On a scruté la forêt avec une idée bien précise.

— Vous ne trouvez pas bizarre qu'aucun randonneur, alpiniste, chasseur, observateur d'oiseaux ou de chauve-souris, cueilleur de champignons ou amoureux des étoiles n'ait jamais eu envie d'aller la squatter ?

Mon ton était légèrement trop agacé.

Ne s'embarrassant pas d'une réponse adéquate, Ramsey a effectué un second balayage avec sa lampe de poche. Il avait raison, bien sûr. Toutefois, cela me titillait. C'est un principe de base de la physique. Quand un espace est dépourvu de matière et d'énergie, quelque chose va s'y introduire pour combler ce vide. Dans le cas de vieilles cabanes abandonnées, ce quelque chose s'appelle inévitablement *Homo sapiens*.

Une rafale d'air glacé s'est infiltrée à travers une fente et m'a entourée tel un tourbillon. J'ai remonté la fermeture Éclair de mon blouson jusqu'au menton, fourré mes mains dans mes poches en me demandant si je m'étais lancée sur la plus stupide fausse piste de l'histoire.

Ou bien le frisson que je ressentais était déclenché par des forces autres que celle du vent.

— Allons-nous-en, il n'y a rien ici, a conclu Ramsey après un dernier balayage.

Il a ensuite éteint sa lampe.

Nous nous dirigions vers la porte lorsque le chien a aboyé. Juste une fois, fort et avec conviction.

Ramsey s'est figé et est devenu blanc comme un drap.

— Gunner a reniflé quelque chose.

Regard circulaire à 360°. Nous nous sommes précipités dehors. Gunner n'était plus allongé au coin de la baraque en bois.

— Où es-tu, mon chien?

Gunner a émis un jappement étouffé par le feuillage. Cela provenait d'en dessous, sur notre droite.

Nous nous sommes vite rendus au bord de la falaise en scrutant le ravin. Ramsey était excité et prêt à passer à l'action.

Mes yeux enregistraient cinquante nuances de brun sur le sentier où, au grand jamais, je n'aurais aimé poser le pied, même en m'imaginant totalement ivre.

— C'est là, a-t-il dit en pointant son index. Sur le sol. Vous voyez?

J'ai regardé dans la direction indiquée. Au début, je n'ai aperçu qu'un entrelacs de vieux troncs secs et de branches d'arbres, puis j'ai vu le museau du chien au-dessus d'un éclat bleuté.

— Qu'est-ce que c'est? ai-je marmonné en plissant les paupières.

— C'est précisément la question que se pose Gunner.

Flash dans un recoin de ma mémoire : une récente information en lien avec des couleurs. Bleu? J'ai mis ça de côté, je verrais plus tard.

— On peut y descendre?

— Suivez-moi. Déportez votre poids contre la falaise, et placez vos pieds et vos mains aux mêmes endroits que moi.

Ramsey est descendu tout doucement sur ce qui restait du sentier en progressant avec précaution, le corps parallèle à la pente. Je l'ai imité, le cœur battant à tout rompre.

Cette troisième étape sur Devil's Tail ressemblait aux deux premières, mais sous stéroïdes. J'étais tellement obsédée par l'idée de faire exactement comme mon guide que pas une seule fois je me suis inquiétée de savoir comment nous allions remonter.

Haletant et suant — et, en ce qui me concerne, jurant entre mes dents —, nous avons finalement réussi à rejoindre ce brave Gunner. Lui gardait les yeux rivés sur ce qu'il avait flairé.

Le chien lorgnait en direction d'un morceau de plastique bleu empalé sur un tronçon de branche de pin tellement usé par les intempéries qu'il ressemblait à un poignard. C'était le rebord d'un objet avec un petit trou rond comme une anse.

— On dirait les débris d'un vieux seau, ai-je commenté en veillant à ne pas paraître trop déçue.

— Ce n'est pas pour ça qu'il a aboyé.

Le chien fixait une roche qui gisait entre les racines d'un arbre mort.

Je me suis approchée, puis accroupie. J'examinais ce qui ressemblait à une roche mais qui n'en était pas une. Quoique très solide et grise, ses côtés étaient symétriquement arrondis, ses parties supérieure et inférieure parfaitement plates.

J'ai touché le dessus, c'était rugueux, granuleux. De mes deux mains, j'ai retourné le truc. Je l'ai soupesé. Lourd mais moins que je ne l'avais supposé.

En observant le dessous, j'ai immédiatement compris pourquoi.

J'étais sidérée.

Lentement, une option improbable a germé dans mon esprit. Je me suis agenouillée, mais sous un angle différent.

Le souffle court, j'ai porté mon regard sur le fragment de seau empalé.

Non.

Je ne voulais pas croire à une telle possibilité.

Et pourtant si.

Une sensation plus froide que la mort m'a envahie.

Chapitre 15

— C'est du ciment.

Mon cœur battait fort.

Ramsey me dévisageait.

— Du ciment a été versé sur le contenu de ce seau et on l'a laissé se durcir. Le seau a été balancé d'en haut, certainement pour qu'il disparaisse dans les gorges. Sur sa route se dresse la cabane. Le seau éclate à cause du choc.

J'ai regardé Ramsey pour vérifier s'il suivait mon raisonnement. Il suivait.

— Quand le seau a atterri là, il s'est empalé sur le tronçon de pin. Comme il était déjà à moitié détruit, le plastique a craqué, libérant la masse de ciment durcie qui a roulé jusque là-bas.

— Comment savez-vous que le seau a heurté la cabane ?

Il me parlait d'une voix atone.

— Gunner nous a alertés. Souvenez-vous, il s'est couché à un angle précis de la cabane. Il y avait là des éclats bleutés incrustés dans les planches. Mon cerveau a enregistré l'information, mais à ce moment-là, je n'ai pas réagi.

— Pourquoi du ciment et du plastique feraient réagir un chien renifleur ?

— Ils ne devraient pas. (J'ai attrapé la masse de ciment en forme de seau par sa partie inférieure.) Mais jetez un coup d'œil là-dedans.

Ramsey s'est agenouillé près de moi. Il a examiné notre découverte.

— C'est creux ?

— Oui.

— Ça a la forme d'une tête.

— D'une demi-tête.

— Le contenu dudit seau.

— Oui.

— Quelqu'un a placé une tête coupée dans un seau, y a coulé du ciment, et a ensuite jeté son œuvre dans les gorges, a-t-il résumé d'une voix sans inflexion aucune.

J'ai acquiescé, mais il ne me regardait pas. Il baissait les yeux.

— Alors où est cette tête?

— Le ciment a sauté hors du seau sous l'impact; s'est fendu en deux. Ou bien de l'eau s'est infiltrée et a provoqué une fêlure. Peu importe. La tête roule dans le sens de la pente. Les charognards sentent l'odeur de la putréfaction et organisent un pique-nique.

Ramsey a froncé les sourcils, mais il n'était pas en désaccord avec moi.

— Et donc Gunner a suivi cette piste.

— Le ciment peut retenir des traces organiques comme la peau, les cheveux, le sang.

J'ai laissé de côté la cervelle.

— Vous croyez qu'il pourrait nous livrer un ADN? a-t-il demandé en me regardant droit dans les yeux.

J'ai fait osciller le dessus de ma main, comme pour dire peut-être bien que oui, peut-être bien que non.

Son visage est resté impassible, mais je voyais bien qu'il s'activait les neurones.

— La tête a laissé une sorte de forme en négatif.

— Oui, cela a créé un moule.

— Comme ceux utilisés pour les masques mortuaires.

— Concept identique.

— En l'utilisant comme moule, vous pouvez créer une reproduction en trois dimensions de la tête et du visage de la victime. Un buste.

— Je peux essayer, en tout cas. Mais nous n'avons que la moitié droite, ai-je fait remarquer en désignant le ciment. La seconde moitié, la gauche, est quelque part là-dedans. (Et d'un geste ample, j'ai décrit l'étendue de la forêt.)

— Eh bien, merde… Va falloir la trouver.

Je me suis relevée, les genoux en compote. J'ai épousseté mon jean et mes mains.

J'ai souri.

Alors comme ça, Monsieur Parfait pouvait jurer, lui aussi.

Sans prévenir, quelque chose a fait hérisser tous les poils de ma nuque et de mes bras. D'abord, ça n'a été qu'un bruit anormal fendant l'air. J'ai tendu l'oreille.

Avant que je puisse identifier ce qui avait déclenché l'alarme dans mon cerveau, un souffle d'une force incroyable m'a projetée au sol. J'ai toussé, à moitié étranglée, prise de spasmes.

Tandis que je cherchais à reprendre ma respiration, ce qui n'était qu'un grondement distant a augmenté en intensité. Se sont ajoutés des craquements et des crépitements.

Doux Jésus !

Une chose énorme nous fonçait dessus. Je me suis instinctivement recroquevillée, genoux sous le menton, bras en rond sur mon crâne. Dérisoire. Une énorme masse a écrasé l'enchevêtrement d'arbres secs derrière moi. De l'écorce pulvérisée est retombée en pluie. Il y a eu un bruit sourd et la terrifiante chose a poursuivi sa course dans le précipice.

En position fœtale, rythme cardiaque au max, j'ai perçu une voix qui semblait venir d'une autre galaxie.

— Rien de cassé ?

Je ne pouvais ni parler ni respirer normalement.

La voix à nouveau. Angoissée.

Quelques battements de cœur supplémentaires et j'ai rempli mes poumons d'air. Inspirer. Expirer.

— Vous êtes blessée ?

Toujours incapable d'articuler, j'ai rampé à quatre pattes. J'ai essuyé ma bouche d'un revers de poignet tout en recrachant de la terre et des brindilles.

— Êtes-vous blessée ?

J'ai secoué la tête, encore sous le coup de la terreur.

— Vous êtes sûre ?

— Ouais.

J'ai levé le nez. Ramsey, agenouillé, était tout couvert de poussière.

— Qu'est-ce qui s'est passé, bordel ?

— Un éboulement. Un rocher a dû se détacher, il est au fond du ravin à présent.

— Comment un truc pareil est possible ?

Avant qu'il puisse me répondre, Gunner a fait son apparition.

— Et toi, tu étais où, mon petit poulet ?

L'humour était revenu, c'était déjà ça.

Le chien a collé sa gueule contre moi. Son maître s'est relevé et m'a tendu la main. Je l'ai saisie et, une fois debout, j'ai vérifié que je tenais bien sur mes deux jambes.

— Vous vous débrouillez en escalade ?

J'ai acquiescé, pas vraiment convaincue.

Ramsey avait l'air sincèrement inquiet.

— C'est un oui ?

— Oui. Et pour ça ? ai-je demandé en montrant les fragments de seau et la boule de ciment.

— Je m'en charge.

Notre ascension nous a pris environ quarante minutes. On y est allés doucement, avec prudence, en tâtonnant. Je vous épargne les détails. Une fois au sommet, Ramsey a démarré et on a roulé jusqu'à ce qu'on capte tous les deux du réseau.

Reconnectée avec les merveilles de la communication sans fil, j'ai aussitôt téléphoné au MCME. J'ai dû m'y reprendre à trois fois sur les touches. J'étais trop nerveuse, encore sous l'effet de l'adrénaline.

Larabee m'a renvoyée, comme prévu, vers le médecin légiste en chef de Raleigh. Ses directives ont été les mêmes que précédemment. Mission : récupérer les éléments les plus petits et les rapporter à Charlotte. Si présence d'objets plus imposants, le recontacter pour l'envoi d'une fourgonnette.

Pendant que je discutais, un appel entrant s'est affiché. C'était Hazel Strike. Je n'ai pas décroché.

Ramsey, de son côté, a téléphoné à son patron pour lui exposer la situation, l'histoire du seau et du ciment, l'éboulement.

Le shérif, Kermit Firth, à la différence de son prédécesseur, était spécialisé en enquêtes criminelles. Firth a promis qu'il transmettrait bien volontiers tous les tuyaux sur l'affaire au comté de Burke, mais en estimant toutefois que son service était le plus à même de diriger les opérations. L'équipe de recherche et sauvetage d'Avery pourrait ratisser la forêt, et les techniciens de la police d'Avery collecter les preuves.

En entendant Ramsey résumer leur plan d'attaque, je voyais poindre une toute petite rivalité en matière de juridiction. J'ai choisi de ne pas m'en formaliser.

Lorsque nous sommes revenus à Devil's Tail, mon estomac criait famine. J'ai proposé à Ramsey de partager mes sandwichs et mon café. Il a accepté. De son côté, il a sorti des barres de chocolat Twix.

Nous avons grimpé jusqu'à l'endroit d'où nous pouvions apercevoir la cabane. Bien que trop de temps se soit écoulé pour se soucier de la préservation de la scène de crime, l'irréductible instinct de flic se manifestait.

Nous mangions en silence, assis, observant la petite corniche en dessous, les gorges au fond, les montagnes au loin dans la brume. Gunner se tenait près de son maître sans quémander de la nourriture, toujours en alerte.

J'ai froissé le papier dans lequel j'avais enveloppé mon sandwich et l'ai glissé dans mon sac à dos. Nonchalamment, j'ai laissé mon regard errer autour de moi, et soudain, je me suis figée, tétanisée.

— *Jesus !*

J'ai bondi sur mes pieds en me ruant vers la partie du promontoire où Ramsey et moi avions fait une pause plus tôt ce matin. Le gros rocher contre lequel je m'étais appuyée pour lorgner en contrebas avait disparu. À sa place, il y avait une sorte de déchirure dans la terre molle et humide, comme quand on se fait une coupure nette à la commissure des lèvres.

Des entailles profondes sur tout le périmètre prouvaient qu'on avait creusé le sol.

En entendant Ramsey se rapprocher de moi, j'ai effectué un pas de côté pour qu'il voie le trou. Quand ses yeux ont croisé les miens, j'y ai lu une rage noire.

— Quelqu'un s'est donné beaucoup de mal pour déloger ce gros bébé.

— Oui.

— Pas vraiment une coïncidence que nous ayons été en dessous.

— Non.

— Ce rocher aurait pu nous tuer...

Sa phrase a été interrompue par le vrombissement de moteurs. On a tourné la tête vers la route. D'un accord tacite, nous avons reculé pour nous cacher dans l'ombre des arbres. Ramsey a claqué sa cuisse pour indiquer à son chien de nous rejoindre.

Le bruit a cessé, rapidement suivi de claquements de portières. On a entendu des voix, mais on n'a pas bougé.

Quelques minutes plus tard déboulaient six personnes chargées d'équipement. Quatre portaient des vestes les identifiant comme des membres de l'équipe de recherche et sauvetage d'Avery. Deux étaient en civil, flanqués d'un berger allemand et d'un border collie. Gunner les a considérés avec suspicion et ne s'est pas éloignés tandis que nous sortions de notre cachette.

Deux des types en veste siglée portaient près de 50 kg de matériel. L'un avait la fin vingtaine, le style meilleur ami à vie. L'autre était plus âgé, crâne rasé, oreille percée. Le troisième était un blondinet, un timide, ça se voyait. Le quatrième était une quatrième qui devait passer beaucoup de temps dans les salles de musculation. De grands yeux, la frange un peu négligée, la trentaine pas encore assumée.

Les deux techniciens en scènes de crime étaient trapus et nerveux, et difficiles à distinguer une fois emmaillotés dans leur combinaison en Tyvek à capuchon.

Aucun d'eux ne souriait, et il n'était pas très difficile de comprendre pourquoi. On les avait tirés de devant leur écran géant où se déroulait la partie de basketball du siècle.

Pendant que chacun se harnachait avec le matériel d'escalade, je leur ai présenté des excuses pour leur avoir fait rater la finale. Plus que maussades, ils avaient l'air de ne pas vouloir en parler.

J'ai décrit la cabane, je leur ai montré le ciment et les fragments de seau, expliqué les morceaux de corps trouvés sous les deux autres belvédères, et la théorie selon laquelle la victime pourrait être du comté d'Avery. Je me suis gardé de donner son nom.

J'ai précisé que l'évaluation *post mortem* se situait dans un intervalle entre trois et quatre ans, et que les restes pouvaient être assez petits. Personne ne s'est aventuré à me demander pourquoi, après une telle durée du TEM, il fallait effectuer les recherches aujourd'hui.

Vers 14 h 30, l'équipe de sauveteurs était à l'œuvre, y compris Ramsey et Gunner. Il se trouve que le shérif adjoint possédait son diplôme de l'AMGA, l'association américaine des guides de montagne.

Sur son conseil, je les ai attendus sur le sentier avec les techniciens en scènes de crime et une radio portative. C'était mieux, dans un sens. J'avais zéro compétence pour l'escalade et j'étais la meilleure pour investiguer sur une scène de crime.

Nous avons photographié le trou laissé par l'énorme rocher, puis, avec un mélange de plâtre dentaire, nous avons pris les empreintes des entailles faites dans la boue. Ce pourrait être utile si on dégottait l'outil dont s'était servi le suspect. D'après moi, il s'agissait d'un pied-de-biche.

Pendant que le plâtre séchait, les techniciens sont allés relever les empreintes dans la cabane, collecter les fragments de seau et prendre des vidéos et des photos. Personne n'était optimiste.

Une fois le moulage dans mon sac, je me suis adossée à un arbre. Une heure plus tard, les deux techniciens revenaient, épuisés. Ils se sont écroulés au pied d'un pin à cinq mètres de moi. Ils ont papoté à voix basse en fumant pendant que l'équipe de sauveteurs continuait son travail.

Tout l'après-midi, le bruissement de leurs voix remontant des gorges m'a accompagnée. Des questions et des instructions fusaient de toutes parts, mais les cris étaient trop étouffés pour que je puisse distinguer les paroles échangées.

Je ne suis pas très douée pour patienter sur la ligne de touche. J'ai du mal à rester tranquille, en particulier quand l'action se déroule quasiment à mes pieds.

J'ai commencé à faire les cent pas, tout en testant machinalement la radio et en cogitant. Au sujet de mes impôts et de l'agence du revenu. Au sujet du cancer de maman. Au sujet de l'origine du prénom d'Opie Taylor, de l'*Andy Griffith Show*.

Mais surtout je réfléchissais à Ryan et à sa problématique proposition.

J'avais déjà joué le rôle de la mariée. Tout le bazar avec les cloches, les fleurs et la dentelle blanche. Pete et moi avions vécu des décennies ensemble avant sa grande trahison. Mais le temps répare les chagrins. Je m'étais finalement autorisée à retomber amoureuse. Et Andrew Ryan avait conquis mon cœur.

Ryan, lui, ne s'était jamais marié. Pourquoi maintenant ? Pourquoi moi ? Avait-il changé ? Est-ce que les gens changent ?

Je m'étais promis de ne plus jamais faire de promesses. Était-ce raisonnable de rompre ce vœu si cher ?

J'ai tourné la question en boucle dans ma tête.

À un moment, pour me distraire, j'ai ouvert mon album photo sur l'iPhone, en sachant que c'était une très mauvaise idée. Mais je l'ai fait. Tant pis. Si j'usais toute ma batterie, il me resterait la radio.

J'ai contemplé les visages que je n'avais pas vus depuis si longtemps. J'ai songé aux sourires qui me manquaient. Au bonheur autrefois partagé.

Maman, vêtue en Gucci des pieds à la tête. Ma sœur, Harry, avec sa tignasse texane et son cœur d'or. Ma fille, Katy, en uniforme militaire, avec tout son attirail de combat.

Ryan, un bras passé autour de mon épaule à Montréal. Un *selfie*. Je connaissais tellement cet adorable pull vert que je pourrais presque me souvenir de l'odeur de la laine.

Cette photo m'a donné un coup au ventre. Pourquoi cette douleur soudaine ? Cette sensation de manque ? Ou d'exaltation ? Bon sang, quels étaient mes sentiments, au fond ?

Ma décision était prise. Une fois de retour à la civilisation, je réserverais un vol pour Montréal. Je pourrais sans doute me dégager quelques jours. Et une visite, même éclair, ferait plaisir à Ryan. Au diable ! Cela *me* ferait plaisir ! À moins que la pression soit trop forte. Ou le désaccord trop stressant.

À moins que. À moins que. Plus je pensais au mariage, plus je sentais que ma tête allait exploser.

Vers seize heures, le ciel s'est chargé de nuages, petites mèches cotonneuses et blanches striant le ciel bleu. En l'espace de deux heures, ils se sont transformés en cumulo-nimbus lourds, sombres et de mauvais augure.

À dix-neuf heures, la nuit gagnait du terrain dans le ciel. Pour toute l'équipe, il était temps de remonter.

Les gars avaient fait tout leur possible. Ils avaient découvert d'autres fragments du seau et une poignée de morceaux de crâne. Gunner avait remporté la palme! La moitié manquante du moulage avait été retrouvée grâce à lui.

Tandis que les sauveteurs se débarrassaient de leur encombrant attirail, les techniciens photographiaient le dérisoire assemblage que j'avais étalé sur une bâche. Ils prenaient les photos, j'emballais puis étiquetais. Promesses de notes et de suppléments de photos. Ensuite, toujours accablé par l'injustice d'avoir été privé de basket, chacun est parti de son côté.

La pluie tombait, drue et froide, lorsque Ramsey, Gunner et moi avons finalement grimpé dans le VUS.

Je me frictionnais pour me réchauffer pendant que nous roulions — secoués dans tous les sens — sur le chemin conduisant à Wiseman's View. Ramsey est resté silencieux plusieurs minutes.

— Dure journée.

— Oh oui, ai-je confirmé.

— La route du retour à Charlotte risque d'être fatigante.

— Je ne peux pas dire que j'attende ce moment avec impatience.

Pas de commentaires.

Crevée, j'ai fermé les yeux. Non, Garde-les ouverts. À contempler les gouttes emprisonnées dans les phares avant de disparaître dans l'obscurité.

Ramsey a rompu le silence.

— Voici mon idée: demain, c'est dimanche; personne ne va s'activer avant lundi.

Il a fait une embardée pour éviter un nid-de-poule, ou un petit animal. Je me suis tournée vers lui. Il a continué à regarder droit devant. J'ai attendu.

— Pas très loin du poste de police, il y a un charmant gîte du passant. Que diriez-vous d'y dormir ce soir? Demain nous prendrons un bon petit déjeuner montagnard. Ensuite, visite surprise à papa et maman Teague après la messe dominicale?

Tandis que je réfléchissais à cette éventualité, mon iPhone a bipé. Message vocal. D'Hazel Strike. Elle avait besoin de me parler au plus vite. Le timbre de sa voix trahissait une certaine urgence. Je la rappellerais plus tard.

Bon, le chat avait largement de quoi tenir. Et je pouvais contacter un voisin pour demain.

J'ai téléphoné à Joe Hawkins sur son cellulaire en le priant de m'excuser de le déranger un samedi soir. Je lui ai exposé ce que j'attendais de lui.

Quant aux impôts ? Au diable.

Je suis restée.

Chapitre 16

Je me suis réveillée en sursaut, je ne savais plus où je me trouvais. Puis ça m'est revenu.

Le gîte appartenait à la tante de Ramsey, une dame d'environ 70 ans avec un instinct nourricier qui aurait filé des complexes à Clara Barton — la fondatrice de le Croix-Rouge américaine. Malgré ses cheveux blancs, une robe de chambre vert bouteille et des pantoufles en forme de crocodile, elle avait le comportement de quelqu'un qu'il ne faut pas trop chercher.

Nous avons débarqué chez elle aux alentours de vingt heures, trempés, sales et tremblants de froid. Pendant que je me douchais, Ramsey s'était débarbouillé et avait changé de chemise. Tante Ruby nous avait préparé sa version de petite collation : un reste de pain de viande, du jarret de porc avec des haricots blancs, des betteraves marinées, du macaroni au fromage, de la croustade aux pêches et de la crème glacée. Avant même que ma tête heurte l'oreiller, j'avais déjà perdu connaissance.

À présent, je suis un peu mieux réveillée. Des oiseaux gazouillent dehors. L'aube naissante m'a permis de détailler ma chambre. Du papier peint avec des roses en boutons, des kilomètres de tissu carreauté, des meubles en pin tellement vernis qu'on dirait du plastique.

Dehors, le chant du coq a définitivement annoncé le début de la journée. Une porte a claqué quelque part dans la maison. Un petit couinement, suivi du glouglou de l'eau coulant dans de vieilles canalisations.

Je me suis retournée vers la table de chevet où trônait un réveil. Un cadran rond, surmonté de deux cloches avec un minuscule marteau entre elles. Les aiguilles indiquaient 6 h 30.

J'ai soulevé l'édredon et jeté mes jambes au sol. J'avais dormi en tee-shirt et culotte. Sur la pointe des pieds, j'ai filé jusqu'à une chaise berçante déplacée la veille contre le radiateur. Mon jean était sec. Je l'ai enfilé et j'ai remis les mêmes vêtements — soutien-gorge, pull, chaussettes et chaussures — avec lesquels je m'étais habillée vingt-quatre heures plus tôt.

La salle de bain — deuxième porte dans un couloir aux murs fleuris — était par bonheur inoccupée. Lavabo en faïence, carrelage noir et blanc, et baignoire à l'ancienne avec un rideau de douche décoré de crabes et de dauphins.

Sur le lavabo, j'ai trouvé une brosse à dents sous cellophane et du dentifrice. Je me suis rapidement coiffée en me faisant une queue de cheval et j'ai filé au rez-de-chaussée.

Il fallait emprunter un salon en tout point fidèle à la décoration de l'étage pour accéder à la salle à manger. Celle-ci était meublée en son centre d'une longue table en bois flanquée de bancs, et de deux plus petites accolées au mur. Ramsey était attablé à l'une d'elles et s'attaquait au petit-déjeuner : bacon, œufs brouillés et gaufres.

Lorsque je me suis approchée de lui, le shérif adjoint s'est levé de sa chaise pour m'accueillir. Galanterie à l'ancienne. J'étais à peine assise que tante Ruby a déboulé, une cafetière en inox à la main. La robe de chambre et les pantoufles avaient cédé la place à une robe à fleurs, un cardigan rose et des chaussures adaptées.

— Bonjour, mademoiselle, m'a-t-elle saluée en soulevant la cafetière.

— Merci, lui ai-je répondu en lui tendant ma tasse.

— Avez-vous bien dormi ?

— Parfaitement.

— Crêpes ou gaufres ?

— Je ne déjeune pas vraiment le…

— Vous ne pouvez pas démarrer la journée sans vous remplir l'estomac.

— Alors des crêpes.

— Saucisses ? Bacon ? Les deux ?

— Saucisses.

— Ça s'en vient!

— Inutile de négocier, a murmuré Ramsey après son départ.

— Oh ça, je l'ai bien compris.

Il a haussé un sourcil interrogateur. Ah non, pas question que je lui raconte maman à sept heures du matin.

— Quel est le programme? ai-je demandé.

— La première messe du jour débute à huit heures. Nous serons dehors à les attendre.

— Vous êtes sûr que les Teague y seront?

— Oui.

— Pourquoi ne pas simplement aller les voir chez eux?

— J'adore les surprises.

— Vous voulez les cueillir à un moment vulnérable.

— Oui, quelque chose dans ce goût-là.

Ramsey mangeait pendant que je sirotais mon café à petites gorgées. Je m'apprêtais à le questionner sur l'église, quand tante Ruby est revenue avec de quoi nourrir un régiment.

Malgré moi, j'ai englouti trois crêpes, des œufs (non commandés), deux des cinq saucisses et un scone à la citrouille.

Je buvais ma seconde tasse de café lorsqu'un couple est entré. L'homme arborait une longue natte grise qui ondulait dans son dos. La femme était plus jeune que lui d'une dizaine d'années. Coiffée à la garçonne, elle était mince et grande. Tous deux portaient des pantalons cargos et un bandana autour du cou. Des randonneurs.

Le couple discutait tranquillement, jusqu'à ce qu'ils remarquent l'uniforme de Ramsey. Soudain leur conversation a baissé de volume. Ils sont allés s'asseoir à l'opposé de la pièce.

J'ai jeté un coup d'œil à mon voisin pour savoir s'il avait remarqué leur petit manège. Un léger hochement de tête m'a confirmé qu'il avait vu.

Tante Ruby est arrivée pile au moment où je voulais lui poser encore une question. Son visage rayonnait derrière ses lunettes. Elle a agité la cafetière.

— Non merci.

— Juste un peu, a déclaré Ramsey.

La vieille dame s'est tournée vers moi.

— Zeb m'a dit que vous étiez un docteur à Charlotte.

— C'est exact.

— Il a dit que c'était strictement professionnel.

— Ça l'est.

Ramsey a retiré deux billets de dix dollars de son portefeuille qu'il a posés sur la table. Tante Ruby les a ignorés.

— C'est un gentil garçon, a-t-elle ajouté.

Ça veut dire qu'il va sur sa cinquantaine, ai-je pensé.

— Vous a-t-il raconté qu'il a quitté la Géorgie pour moi ?

— Non.

— Je m'étais cassé la hanche. (De sa main libre, elle a tapoté l'articulation en question.) Zeb est venu pour s'occuper de moi et n'est jamais reparti.

— Je suis certaine que vous êtes heureuse de l'avoir près de vous.

— Il est ma seule famille. Je souhaite seulement qu'il se trouve une autre épouse. La dernière n'était pas aussi jolie.

J'ai regardé Ramsey. Son cou s'était empourpré, et il avait rougi au niveau des joues.

Sans remarquer la gêne grandissante de son neveu, l'ignorant peut-être, tante Ruby a continué à jacasser.

— N'allez pas croire que je suis une vieille folle délirante. Je sais que ce mariage raté est la raison pour laquelle mon Zeb est resté. Ça et le bordel laissé par notre imbécile de shérif. Celui qui est mort, je veux dire. Le nouveau semble un peu plus futé. De toute façon, la relève est là : mon neveu.

Atrocement gêné, Ramsey s'est levé. Je l'ai imité et suis allée chercher mes affaires. Tante Ruby a refusé tout net que je règle ma nuit.

Pendant que Ramsey allait chercher le VUS et, au passage, probablement relever le numéro de plaque d'immatriculation des deux randonneurs, j'ai remercié notre hôtesse de sa générosité, et nous avons discuté gentiment toutes les deux.

— On dirait que le temps se met au beau, ai-je lancé, persuadée que la météo représente un sujet sans danger.

— Oui, le printemps arrive. Il finit toujours par arriver. Vous vous rendez où ?

— À l'église.

Autre sujet sans danger.

Les yeux chassieux de la vieille femme se sont arrondis derrière ses lunettes.

— Je suis étonnée d'apprendre que Zeb est croyant.

— C'est pour le travail.

— Le sien ou le vôtre ?

— Une affaire commune.

— Quelle église ?

— L'Église de sa Sainteté Jésus notre Seigneur.

— Pff... Vous avez fait tout ce chemin pour aller à la messe avec des mabouls ?

— Que voulez-vous dire ?

— Ces gens sont des cinglés. Ils sont timbrés, complètement tarés.

Tante Ruby ne mâchait pas ses mots.

— Vous pouvez préciser ?

— À une époque, j'ai connu l'une de ces personnes. C'était une gentille fille avant qu'elle ne fréquente cette Église. Ils l'ont rendu folle.

— C'est-à-dire ?

— Par où je commence ? Ils rejettent le pape et le président américain. En vérité, ils doivent haïr aussi la pizza et la pénicilline ! (Son ton outré prouvait qu'elle avait réfléchi à la question.) Les paroissiens sont astreints à une absolue confidentialité. Mais mon amie, mon *ancienne* amie, m'avait expliqué comment ces gens-là raisonnent.

Deux des mots employés par tante Ruby venaient de se connecter dans mon cerveau.

— Attendez, vous voulez dire que cette congrégation est catholique ?

— Pas sûr que le Vatican les définirait comme tels. Mais oui, ils le sont. Un genre de groupe dissident. Charismatique ou pentecôtiste, peu importe le nom qu'on leur donne. Ils ne jurent que par les groupes de prière, la guérison par la foi, le parler en langue inconnue.

J'allais la sonder davantage lorsque Ramsey a surgi sur le seuil. Sa tante m'a raccompagnée à la porte, qu'elle m'a tenue de son bras décharné. Une nouvelle fois, je l'ai remerciée, puis me suis précipitée dehors.

— Soyez prudents là-bas tous les deux ! s'est-elle exclamée.

— De quoi parlait-elle ? s'est enquis Ramsey pendant que j'attachais ma ceinture de sécurité.

Je lui ai résumé la conversation que je venais d'avoir avec sa tante.

— Elle doit posséder un gène de pit-bull, a-t-il conclu en secouant doucement la tête.

Dans l'obscurité de la veille au soir, le charmant endroit s'était résumé à une allée de gravier se terminant sur une véranda éclairée. À présent que je voyais l'auberge en plein jour, je révisais mon jugement.

Le bâtiment d'un étage devait être un ancien corps de ferme aménagé, qui avait certainement connu une vie moins fantaisiste. Les murs peints en vert contrastaient avec les encadrements couleur lavande. La véranda courait sur la gauche de la maison, face à une pelouse que la fin de l'hiver rendait brune et boueuse.

Dans un coin, une petite pancarte indiquait CEDAR CREEK INN. Le soleil commençait à darder ses rayons sur le toit et les fenêtres, leur donnant un aspect vernissé.

Il nous a fallu à peine un quart d'heure pour atteindre notre cible. J'étais assez contente de ne pas avoir à m'y rendre seule. Après une kyrielle de virages, nous sommes arrivés dans un petit vallon. Tout le trajet, aucune pancarte n'indiquait la présence d'une église, et nous n'avons croisé personne sur la route.

Ramsey connaissait le chemin et s'était débrouillé pour qu'on arrive à l'heure.

L'Église de sa Sainteté Jésus notre Seigneur était adossée à flanc de montagne. Un pneu se balançait à la branche d'un énorme chêne sur sa gauche, près d'une aire à pique-nique.

Une trentaine de voitures et de fourgonnettes occupaient le stationnement devant le lieu de culte. Ramsey s'y est garé et a coupé le moteur. Nous avons observé les lieux.

Le bâtiment principal n'était pas immense, sans doute construit spécifiquement pour les célébrations, ou peut-être avait-il eu une autre utilité avant. Les murs extérieurs étaient blanchis à la chaux, les fenêtres ne comportaient ni vitraux ni grillages.

Deux marches menaient à un perron qui semblait être lavé chaque jour. Une double porte ornée de deux croix identiques en fer forgé fermait le lieu de culte. Et au-dessus, une simple croix en bois sur le toit. Aucune cloche ni clocher.

Une dépendance se tenait à une vingtaine de mètres sur la droite. Même double porte, même murs peints à la chaux. Aucune croix. Une allée en gravier menait à l'arrière de la bâtisse.

J'ai baissé la vitre. De mon siège, j'entendais le son étouffé d'un piano joué avec enthousiasme, accompagnant un chant haut perché, mélodique, typique des petites congrégations.

J'ai tendu l'oreille et distingué quelques paroles. Du latin. Ça collait avec l'analyse de tante Ruby.

Ramsey a commencé à tapoter le volant de son pouce.

— Ça ne sera plus très long.

Mon commentaire a provoqué un coup d'œil interrogateur de la part de mon voisin.

— Ils chantent l'Agnus Dei, l'agneau de Dieu. La messe est en train de se terminer.

— Vous êtes catholique ?

J'ai haussé les épaules.

Six jours par semaine, dans ma petite robe chasuble verte, surveillée par des bonnes sœurs dignes de la Gestapo. Le dimanche, flanquée de papa et maman. Des souvenirs qui venaient parfois hanter mes rêves. L'encens et son odeur sucrée. Le bourdonnement lugubre des grandes orgues. Le bois rêche sur lequel j'appuyais mes petits genoux maigres.

Nous avons attendu encore dix minutes. Puis un prêtre est apparu avec un enfant de chœur, tous deux en tenue ecclésiastique. Leurs vêtements ont enflé à cause du vent, comme du linge pendu à une corde. Ils ont ouvert les portes en grand et les ont accrochées à des anneaux de métal brillant encastrés dans le ciment du perron.

L'enfant de chœur est rentré à l'intérieur, puis, un par un, deux par deux, ou en groupe, les fidèles sont sortis. Chaque homme de plus de 10 ans était en costume cravate. Chaque femme portait un chapeau ou une voilette.

Le prêtre serrait la main des hommes, et bénissait femmes et enfants d'une tape sur l'épaule ou sur la tête. Une heure de torture pour les petits, et pourtant aucun ne montrait de gestes d'impatience. Aucun d'eux ne réclamait un tour de balançoire sur le pneu, ou pouvoir jouer à cache-cache. Aucun ne voulait faire la roue ou courir en faisant l'avion.

Ramsey a cessé de tapoter le volant, car la parade s'achevait. Le curé discutait avec un couple dans la cinquantaine. Lui, bâti comme un bulldog, elle, plus grande, et plus encore avec son couvre-chef. Tous deux habillés de noir.

— Le spectacle va commencer ! s'est exclamé mon voisin. J'ai défait ma ceinture

— C'est mieux si vous me laissez mener la conversation.

— Je suis d'accord.

Ramsey est sorti du véhicule et a circulé entre les paroissiens qui revenaient à présent vers leur voiture. Ignorant les regards hostiles et les paroles marmonnées, je me suis dépêchée de le rattraper.

Le prêtre était de taille moyenne, maigre comme un épouvantail. Il avait des cheveux gominés coiffés en arrière, des joues parsemées de cicatrices d'acné, des yeux indigo. Dès qu'il nous a aperçus, il a interrompu sa conversation pour nous scruter. Les Teague se sont retournés pour voir ce qui les privait de l'attention de leur curé.

En reconnaissant Ramsey, ou son uniforme, le visage de John s'est durci. Inconsciemment ou pas, il a roulé des épaules, jambes écartées, tel un ado se préparant à riposter.

Tout en ne nous quittant pas des yeux, le prêtre s'est penché vers lui et lui a murmuré quelque chose. John a acquiescé, mais en conservant sa posture offensive.

— Bonjour, shérif, que la paix du Seigneur soit avec vous. (La voix était onctueuse comme du miel.) Que puis-je faire pour vous en ce jour béni ?

— Bonjour, monsieur. Nous souhaiterions nous entretenir quelques instants avec M. et Mme Teague. (Sourire de convenance, suis juste un simple flic faisant son boulot.) Ça ne prendra pas plus d'une ou deux minutes, puis nous vous laisserons.

— Bien entendu, bien entendu. (L'homme a souri et a désigné d'un mouvement de bras en arc de cercle l'église derrière lui. Sa tenue flottait au vent, le faisant ressembler à un grand oiseau vert.) Mais ici ? Dans la maison du Seigneur ? Le jour du Seigneur ?

— Et vous êtes… ?

Le ton de Ramsey était moins chaleureux, mais le sourire intact.

— Père Granger Hoke. Père G., pour mes fidèles.

— M. et Mme Teague connaissent la raison de ma présence.

— Et puis-je savoir quelle est-elle ? a-t-il demandé, découvrant une dentition ultra blanche.

Ramsey a regardé John droit dans les yeux.

De près, je pouvais constater à quel point Teague avait une face de rat, une mâchoire sous-dimensionnée et un teint rougeaud. Sa femme était fade, livide, le type de personne que vous pouvez croiser dans la rue sans la remarquer. Elle gardait le regard baissé.

Le sourire du prêtre oscillait entre Ramsey et le couple qui perdait du terrain.

— D'abord cette vieille sorcière qui vient se mêler de nos affaires, puis vous… C'est du harcèlement.

La voix de John, basse et rocailleuse, avait-elle un rapport avec celle de l'enregistrement. J'essayais de me concentrer.

— Vieille sorcière ? a répété Ramsey.

— Celle coiffée comme un clown. Cette bonne femme mériterait une…

— Hazel Strike ? (Je n'ai pas pu me retenir.) Quand lui avez-vous parlé pour la dernière fois ?

Teague m'a regardée sans me répondre.

— Quand des filles sont portées disparues, nous prenons la situation très au sérieux.

Ramsey venait de recentrer le débat.

Hoke a pincé ses lèvres, froncé les sourcils. Surpris ? Méfiant ? Ses mains placées en un V inversé devant ses parties génitales.

— Personne n'a disparu, a grogné Teague.

— Vous avez eu des nouvelles de Cora ?

Silence.

— Livre des Proverbes, chapitre 30, verset 17, a-t-il cité d'un ton menaçant. « L'œil qui se moque d'un père et qui méprise l'obéissance envers la mère, les corbeaux du torrent le crèveront et les petits du vautour le dévoreront. »

— Allons, John, nous ne devons pas oublier que notre Seigneur Jésus prêche le pardon, a dit Hoke en lui posant la main sur l'épaule.

— Tout va bien, mon père ?

Hoke et Teague se sont retournés. Ramsey et moi avons regardé qui venait de parler.

L'homme était apparu sur le seuil. Très grand, la trentaine peut-être. De larges épaules, un cou de taureau, et le même teint rougeaud que Teague. Les mêmes traits de rongeur que lui.

— Ah ! Owen Lee !

Sourire belles dents et effets de robe.

Owen Lee s'est avancé sur le perron. S'est arrêté, bras croisés sur la poitrine, nous dévisageant.

— Owen Lee est l'aîné de John et Fatima, a expliqué Hoke. Et un membre très éminent de notre paroisse. Chaque jour, je remercie le ciel de l'aide qu'il nous apporte.

Ramsey a salué le plus jeune d'un hochement de tête, puis s'est adressé à son paternel. Cette fois, d'une voix glaciale.

— Cora ?

— Épître aux Hébreux, chapitre 13, verset 4. (Teague fixait Ramsey avec un regard dur, presque haineux. Avec l'absolue ferveur du fanatique religieux.) « Dieu condamnera les impudiques et les adultères. »

Fatima a tressailli, comme si elle venait de prendre une décharge électrique. Mais son fils est resté stoïque. Le gars me semblait étrangement familier. Quelque chose dans sa carrure. Pete ? Mon ex beau-frère ? Celui qu'on surnommait l'Incroyable Hulk ?

— Où est votre fille, monsieur ?

— Elle s'est enfuie pour se vautrer dans le stupre. Pour forniquer avec un homme qui porte le Diable en…

— Et qui serait cet homme ?

Teague a jeté un coup d'œil au prêtre qui l'a encouragé d'un signe de tête.

— Mason Gulley, a-t-il marmonné comme si ce nom était maudit.

— Mason est un de nos paroissiens, a ajouté Hoke, enfin… était jusqu'à une date récente.

— Récente comment ?

Le prêtre a eu un petit rire nerveux.

— Mon cher shérif, il faudrait que je vérifie dans mes…

— Une estimation me suffira.

— Mason nous a aidés dans notre projet de rénovation. Pas sur la totalité, plutôt vers la fin. Nous avons repeint les murs, équipé le centre dédié aux familles, reconstruit le vieux perron. C'était une entreprise collective basée sur le bénévolat : heures de travail et matériel de construction gracieusement offerts à la paroisse. La générosité de John nous a permis d'avoir un stationnement digne de ce nom. C'était une telle manifestation de foi que…

— Il a cessé de venir ?

— Je pense, oui.

— Et c'était quand ?

— En 2011. Autant que je me souvienne, le projet s'est terminé au moment de la rentrée scolaire.

— Qu'est-ce qui vous fait croire que Cora est partie avec Mason Gulley ? a demandé Ramsey à Teague.

Pour toute réponse, Teague l'a fusillé du regard. Derrière lui, son fils ne perdait rien de la scène.

Ramsey a lorgné vers le prêtre.

Les doigts de Hoke ont serré l'épaule dans le costume noir, une fois encore, pour l'inviter à s'exprimer.

La pomme d'Adam montait et descendait dans la gorge de Teague.

— Parce que notre Seigneur Jésus Christ me l'a murmuré à l'oreille : « Satan est descendu des montagnes pour réclamer les âmes damnées des prostituées. »

La sauvagerie dans sa voix m'a glacée.

Chapitre 17

La plupart des autopsies suivent une procédure identique. Après un examen externe, on effectue la légendaire
incision en Y. Les organes sont enlevés, pesés et étudiés. Les
gros vaisseaux et les nerfs sont examinés.

Une fois la cavité abdominale vide, on procède à l'examen céphalique. On commence par la découpe en U au
sommet du crâne, d'une oreille à l'autre. Le cuir chevelu est
repoussé sur le visage à l'avant, et sur le cou à l'arrière. On
inspecte la partie interne du cuir chevelu à la recherche de
traces d'hématomes, puis la boîte crânienne afin de repérer
d'éventuels trous ou fractures.

On découpe ensuite la boîte crânienne à la scie circulaire selon un trait asymétrique pour éviter tout glissement
lorsque le crâne sera reconstitué et le cuir chevelu réinstallé.
On détache alors cette sorte de capuchon amovible, dévoilant la dure-mère, cette membrane rigide qui entoure le cerveau. La dure-mère est vérifiée afin de déceler un éventuel
hématome extradural — épanchement de sang directement
sous le crâne et pouvant entraîner la mort. On cherche aussi
la présence d'un hématome sous-dural — épanchement de
sang dans les espaces méningés.

Bien qu'on la connaisse sous le nom de « matière grise »,
la surface externe du cerveau est en réalité blanche, recouverte d'une fine lame de tissu vascularisé, la pie-mère. À ce
stade de l'examen, on inspecte les tissus fins du cerveau et les
sillons, pour détecter une hémorragie sous-arachnoïdienne.
Cette irruption massive de sang dans les méninges se produit

quand le cerveau a cogné contre la boîte crânienne, cisaillant les vaisseaux délicats situés à sa surface.

Ensuite, les lobes frontaux sont crochetés avec les doigts, et soulevés ; les nerfs et les vaisseaux conduisant au visage sont coupés. La tente du cervelet — le *tentorium cerebelli,* double repli de la dure-mère — qui protège le cervelet (du latin *cerebellum,* « petit cerveau ») et le tronc cérébral — ce qu'on appelle le « cerveau reptilien » — est décolletée. En utilisant un scalpel assez long pour atteindre la base du crâne, on sectionne la moelle épinière. Le cerveau peut alors être ôté. Le cerveau, le cervelet et le bulbe rachidien sont maintenant entre les mains du pathologiste qui les déposera soit dans la calotte crânienne, soit dans un bol en acier inoxydable à l'instar d'un gant de baseball.

Le cerveau est ensuite plongé dans une solution au formol pendant les deux semaines suivantes, période au cours de laquelle sa consistance passera de la gelée au fromage. Une fois qu'on aura examiné chaque centimètre carré de sa surface complexe, il sera découpé en tranches avec un couteau à filet, permettant ainsi l'examen de sa structure interne.

Mais rien de tout cela ne risquerait d'arriver aux restes humains récupérés sur Devil's Tail.

Puisque la réfrigération était inutile, les os, les fragments de seau et le ciment avaient été mis sous clé dans le bureau des pièces à conviction du comté d'Avery. Ramsey s'était engagé à me les livrer le lundi matin. Il avait aussi promis de faire des recherches sur Mason Gulley.

Après avoir quitté l'église, Ramsey m'avait déposée à ma voiture. Le coffre rempli de sandwichs, de biscuits et de pommes fournis par tante Ruby sans que je puisse protester une seconde, j'avais procédé ensuite à une frappe chirurgicale à Heatherhill Farm avant de rentrer chez moi.

J'avais immédiatement réservé un vol pour Montréal, puis filé direct me coucher, sans un regard pour le monticule de papiers sur la table de la salle à manger. Le lendemain matin, j'étais passée devant en quatrième vitesse, direction la cuisine.

Pour la centième fois, je scrutais la pendule. 10 h 17. Impatiente, j'ai fini par téléphoner à Ramsey. Il m'a expliqué qu'il était dans les locaux du labo de la police en train d'embarquer le seau. Il pensait pouvoir être au MCME dans une demi-heure.

Dans la plupart des juridictions, les week-ends signifient jour de paie, temps de loisirs et alcool. Papa se prend des coups de rouleau à pâte et réplique en jetant le mélangeur à la tête de maman. Junior se tape une demi-caisse de bières et s'éclate en conduisant la Camaro d'un copain. La sœurette sort d'un bar avec l'intention d'acheter de la dope et finit dans une benne à ordures. Bref. Les lundis sont souvent très chargés pour celles et ceux qui s'occupent des morts.

Aujourd'hui ne faisait pas exception. Le MCME bourdonnait de l'agitation habituelle, et je suis partie à la recherche de Larabee, en priant pour qu'il ait déjà entamé une autopsie. Pas de chance. Il était dans son bureau, au téléphone, et m'a fait le geste d'entrer et de m'asseoir.

Larabee m'a écoutée, le menton calé sur ses poings. Je l'ai mis au courant des derniers événements concernant Ramsey, les Teague, Cora et Eli, Mason Gulley, l'Église de sa Sainteté Jésus notre Seigneur, Brown Mountain, Devil's Tail, le seau, les os et le ciment. Tout sauf mon batifolage avec l'énorme rocher renégat.

— Tu ne pourrais pas juste aller te balader au centre commercial pendant tes week-ends ?

Cela n'appelait pas de réponse.

— Le prêtre, qui se fait appeler père G., a incité Teague à coopérer.

— Le mot « Sainteté » sonne-t-il vraiment catholique ?

Je lui ai fait un résumé de l'analyse de tante Ruby, en mentionnant par ailleurs le Mouvement de sa Sainteté dont les membres dressaient des serpents. Larabee avait eu vent de leur histoire. Il avait connu un collègue qui avait autopsié un de leurs prédicateurs.

— Je pourrais peut-être interroger un membre du clergé.

J'en avais un en tête.

— C'est tout de même bizarre que ses parents n'aient jamais signalé sa disparition.

— Ça oui.

— Tu es toujours persuadée qu'elle est morte.

C'était plus une affirmation qu'une question. Larabee a toujours été incroyablement doué pour me percer à jour.

— Je le pense, oui.

— Et tu veux faire un moulage de la tête.

— J'aimerais essayer.

— As-tu des éléments *antemortem*?

— Ramsey m'a dit qu'il avait obtenu des photos par les parents.

— Peu de chances de réussite.

— Il faut tenter le coup.

— Tu crois vraiment que Teague aurait été capable d'assassiner sa propre fille?

J'ai repensé aux yeux emplis de fureur et à sa voix venimeuse.

— C'est possible.

— Eh bien, c'est ton jour de chance! Rien qui ne nécessite ton expertise d'anthropologue ne nous est tombé dessus. (Il a pivoté sur son fauteuil, a saisi quelques mots sur son clavier, puis a relu en suivant avec son index sur le tableur à l'écran.)

— Tu me l'enregistres sous la référence ME135-15.

— Le ciment aussi?

— Oui. Qui sait ce qui a été coulé dedans,

Larabee s'est levé. Fin du rendez-vous.

Mon téléphone fixe sonnait lorsque je suis revenue à mon bureau. Ramsey était dans le hall. J'ai demandé à Mme Flowers, à l'accueil, de me l'envoyer. Il est arrivé avec un grand sac en toile.

— Qu'ont-ils dit au labo? ai-je demandé.

— Ils ont cherché des empreintes digitales, des traces, des liquides organiques. Les examens de routine. Compte tenu du contexte que je leur ai exposé, ils n'étaient pas trop optimistes.

— Avez-vous dit aux Teague qu'on aurait besoin d'un prélèvement d'ADN?

— Je les ai prévenus. Aucune chance qu'ils acceptent.

J'ai regardé le sac en toile. Il avait l'air super lourd si j'en jugeais par les renflements sur les côtés.

— Ça vous ennuierait de le porter jusqu'à la salle d'autopsie?

— Allons-y.

— Vous pouvez laisser votre veste dans mon bureau.

— Oui, m'dame.

Dans la salle qui pue, j'ai demandé à Ramsey d'enfiler des gants et de retirer les deux masses en ciment. Sur mes instructions, il les a déposées sur le comptoir, partie creuse vers le haut.

J'ai d'abord effectué une série de photos. Puis, munie de gants et d'un masque, j'ai passé des cotons stériles et des écouvillons sur la cavité, en répétant l'opération plusieurs fois.

Ramsey m'observait, jambes écartées, les pouces glissés dans sa ceinture.

J'étais en train de déposer les échantillons dans des sacs pour pièces à conviction quand j'ai remarqué deux filaments pâles au bout d'un écouvillon. J'ai comparé avec les autres écouvillons. Quelques-uns avaient accroché des brins similaires.

Aurions-nous enfin un peu de chance ?

Mon cœur s'est emballé. J'ai placé le tampon sous le microscope stéréoscopique, en réglant l'objectif et l'éclairage.

Les filaments ne mesuraient que quelques microns de diamètre, comme des fibres de soie, mais ils étaient plus fragiles. Chacun d''eux était arachnéen, presque translucide.

— Bon sang…, ai-je murmuré.

Ramsey m'a entendue mais n'a rien dit.

— Je pensais que c'étaient des cheveux, mais c'est beaucoup plus fin.

Les bottes de Ramsey ont raclé le plancher. Sans un mot, je lui ai tendu un masque. Il l'a enfilé et je lui ai laissé ma place devant le microscope.

— Et si ça provenait d'un enfant ?

— La cavité dans le ciment est trop grande pour correspondre à la tête d'un enfant.

— Et ce truc brillant, c'est quoi ?

— Que voulez-vous dire ?

— Le coton est luisant par endroits.

— Laissez-moi voir, ai-je dit en le brusquant un peu.

Il avait raison. Çà et là, la matière cotonneuse semblait huilée et décolorée. Un produit pour les cheveux ? Une lotion? La décomposition? La sueur? Je retournais toutes les hypothèses dans ma tête.

J'ai encore pris un million de prélèvements, je les ai étiquetés et empaquetés. Quand j'ai été certaine qu'il ne restait plus rien dans aucune des fissures ou recoins, j'ai examiné les rebords de la cassure du ciment.

Mes souvenirs ne m'avaient pas trahie. Les surfaces étaient propres et lisses. Par miracle, il n'y avait aucune trace d'érosion ni d'ébrèchement.

Hawkins était venue me rejoindre à ma demande. Sur le comptoir, il y avait des bombes aérosol de caoutchouc liquide pour les sols et un pot de mastic au silicone. Dans l'évier se trouvait une sorte d'étau. Peut-être que c'était juste un outil pour la réparation des meubles, ou pour un truc totalement différent. Je m'en fichais. Il convenait à merveille.

J'ai vaporisé la totalité de la surface de la cavité, puis j'ai appliqué le mastic sur les côtés. Ensuite, de toutes mes forces, j'ai poussé d'un côté et Ramsey de l'autre pour maintenir la masse en un seul bloc.

Nous avons attendu cinq bonnes minutes.

Après quelques grognements dignes de Maria Sharapova, nous avons placé le moule reconstitué dans l'appareil, la partie fond de seau vers le haut. Ramsey le tenait en place pendant que je resserrais l'étau.

Encore du mastic et encore du serrage.

Assurée que la colle tiendrait, je me suis mise à chercher une perceuse électrique. J'en ai trouvé une dans le fond du dernier placard où j'ai fouillé.

J'ai mis des lunettes de protection et en ai tendu une paire à Ramsey. Puis j'ai branché ma perceuse et dirigé la pointe du foret sur la partie que j'estimais la moins épaisse du ciment.

J'ai jeté un coup d'œil à Ramsey. Il a levé son pouce.

J'ai commencé le perçage. De la poussière et de minuscules éclats ont été projetés autour de moi dans un bruit assourdissant. Il s'est répandu une odeur âcre faite d'un mélange de pierre en fusion et de métal brûlant. Je me suis concentrée, car je voulais éviter que le ciment se fendille.

Ça m'a paru durer une éternité, pourtant en moins d'une minute le bout de la mèche a atteint la partie creuse.

J'ai retiré le foret et exercé des pressions tout autour du trou pour élargir l'ouverture.

Aucune fissure craquelée, aucune ligne de faille en étoile.

Inconsciemment, j'ai levé ma paume en signe de victoire, et celle de Ramsey est venue frapper la mienne. La spontanéité du geste a créé une légère gêne entre nous. Nous avons enlevé nos lunettes. Je me suis vite penchée sur la fabrication d'un mélange à base de Duraplast, une résine thermodurcissable différente de celle qu'avaient utilisée les techniciens du labo de la police d'Avery pour prendre les empreintes de l'outil employé pour déchausser le fameux rocher.

Ramsey suivait le moindre de mes mouvements. J'ai inséré un entonnoir en plastique dans l'ouverture et y ai versé mon mélange. Le doux glouglou semblait ne jamais vouloir cesser.

Quand la cavité a été remplie, j'ai retiré l'entonnoir et nous avons scruté durant quelques minutes le liquide pâteux et blanc par le petit trou.

Est-ce que je perdais la tête ? Est-ce que je dépassais les bornes ? Dire que j'avais des appréhensions serait comme dire que Descartes avait des doutes sur l'existence de Dieu.

— Vous avez apporté les photos ?

— Oui, m'dame. Dans mon blouson.

— OK. D'abord les os, puis les photos.

Pendant qu'il repartait dans mon bureau les chercher, j'ai recouvert la table d'autopsie d'une feuille de papier à dos plastifié. Tandis que j'en aplanissais les rebords du plat de la main, Ramsey a placé un petit Tupperware au milieu.

J'en ai sorti le contenu que j'ai disposé sur la feuille sans qu'aucun élément ne se chevauche. Tous les ossements provenaient d'un crâne adulte. Tous abîmés et rognés.

Inventaire rapide. Six bouts d'os pariétal. Deux d'occipital, un reliquat ondulé de suture pariétale. Quatre morceaux d'os frontal et une portion du plancher de l'orbite.

Les bords de la suture pariétale longue d'un centimètre étaient lisses et non fusionnés. Les sillons vasculaires sur toutes les faces endocrâniennes étaient peu profonds. Âge estimé : jeune adulte.

La courbure de l'os frontal suggérait une arcade sourcilière de taille normale. Ce qui signifiait un individu homme ou femme.

Il n'y avait aucun élément donnant la moindre piste concernant l'ascendance.

— Et maintenant ?

— Maintenant, vous devez livrer les prélèvements au labo, ai-je répondu en enlevant mes gants et mon masque. Et il va falloir patienter.

— Combien de temps ?

— Ce machin est énorme. (J'ai désigné le moule en train de durcir.) C'est sans doute exagéré, mais je préférerais lui laisser deux jours complets.

— Je ne serai pas là pour voir le résultat.

— Il se pourrait que ce soit un fiasco.

— Qu'est-ce qu'on risque ?

Pas mal, shérif. Quel joli sens de la répartie…

De retour dans mon bureau, il m'a tendu une enveloppe qu'il venait de retirer de la poche de son blouson.

— L'une est un peu ancienne, l'autre a été prise quelques mois seulement avant « sa fugue ». (Il a mimé les guillemets.) Je crois avoir réussi à vous obtenir ce que vous vouliez : une prise de profil et l'autre de face. Papa et maman n'avaient pas une large sélection à offrir.

— Celles-ci devront donc faire l'affaire.

— Je vais enquêter du côté de cet emploi de gardienne Vous en avez discuté avec les Teague ?

— John a prétendu que me livrer le nom de l'employeur de Cora équivaudrait à rompre une clause de confidentialité.

— C'est étrange.

— Oui, c'est ce que j'ai pensé.

Après son départ, j'ai ouvert l'enveloppe. Deux photos en couleurs.

Je les ai étalées l'une à côté de l'autre sur mon sous-main. La première montrait une jeune fille de 12 ou 13 ans dont le visage à la peau pâle et empli de taches de rousseur était encadré par deux nattes blondes. John Teague se tenait derrière elle, la main posée sur son épaule. Un autre homme lui faisait face, et son pouce était apposé sur le front de la jeune fille. Il portait un vêtement pourpre et une mitre. C'était la tenue de cérémonie et le couvre-chef d'un cardinal, selon le rite catholique. Au dos du cliché, on avait noté à la main : « Confirmation. 19 mars 2006. »

La seconde photo avait été prise à l'extérieur. Une jeune femme était assise à une table de pique-nique, bras croisés, ses grands yeux verts tournés d'un air mécontent vers l'objectif. Ses cheveux étaient tirés en arrière, mais des mèches blondes ondoyaient sur ses épaules, miroitant sous le soleil tel de l'or pur.

Comme les filaments translucides récupérés sur le ciment?

J'ai contemplé les deux clichés pris à des époques différentes. Le doute m'a assaillie. Était-elle morte? Est-ce que le masque en 3-D lui ressemblerait? Est-ce que ce moulage allait seulement réussir?

Le téléphone fixe a sonné, me tirant de mes pensées. C'était un appel interne de Larabee.

— Je suis dans la salle d'autopsie. (Il semblait survolté.) Ramène-toi et vite.

Chapitre 18

Larabee se tenait à l'autre bout d'une civière, penché sur un cadavre encore dans sa housse mortuaire. La fermeture Éclair était remontée jusqu'en haut, mais les protubérances m'indiquaient qu'il s'agissait d'un adulte de bonne taille.

L'homme qui était à l'avant de la civière me tournait le dos, mais sa silhouette m'était familière. Grand, avec des épaules trop étroites comparées au reste de son corps. Mais je pouvais me tromper.

L'homme s'est retourné alors que j'étais encore sur le seuil, paume plaquée contre la porte. Et il a confirmé ce que je croyais être une confusion d'identité.

Me dévisageant froidement, j'avais devant moi Erskine Slidell, surnommé Skinny, de la Section des homicides de Charlotte-Mecklenburg. L'homme s'était fabriqué une légende à la Dirty Harry.

Slidell m'a fait l'offrande d'un salut de la tête.

— Détective…

Façon discrète d'évaluer ce qui n'allait pas dans son apparence.

Le visage de Slidell était gris et moite. À chaque autopsie, ça lui faisait le même effet. Sinon, il avait bien meilleure allure que par le passé. Il avait perdu du poids, 7 à 8 kg, je dirais. Il portait une veste en suède, un ensemble kaki, pas de cravate et avait le crâne rasé, façon Bruce Willis.

— Approche-toi, m'a ordonné Larabee d'un geste de la main où tous ses doigts s'agitaient.

— Doc, ce n'est pas...

— Un moment, s'il vous plaît, détective.

Larabee n'était visiblement pas d'humeur à le supporter.

Alors que je contournais la civière, il a saisi la planchette à pinces où était accrochée la fiche d'admission.

— Femme blanche, 61 ans. Taille : 1,81 m. Poids : 82 kg. Découverte par un voisin ce matin à 8 h 07, coincée sous le quai d'un étang dans un parc de la ville, la réserve naturelle Ribbon Walk.

— Où ça se trouve ?

Charlotte fait pitié en ce qui concerne les parcs publics. Je ne connaissais même pas celui-là.

— Dans le quartier Derita, tout près de Nevin Road. Deux ou trois étangs, des tourbières, des sentiers.

Slidell s'est raclé la gorge. Bruyamment.

Larabee l'a ignoré.

— Selon son voisin... (rapide coup d'œil sur la fiche d'admission), Franco Saltieri, la victime vivait à quelques rues de là et aimait se promener dans ce parc.

— Une dépression qui aurait mal tourné ?

Larabee a haussé les épaules.

— Qui sait ?

J'ai réalisé la signification de la présence de Slidell.

— Vous pensez à un meurtre ?

— À moins que mamie ait voulu prendre un bain de minuit.

Larabee n'a pas réagi à l'humour de Skinny.

— Traumatisme facial épouvantable.

— Combien de temps elle est restée dans l'eau ?

— Saltieri a dit qu'il l'avait croisée samedi aux alentours de sept heures du matin. Elle a dû mourir dans les heures qui ont suivi.

Étant donné la météo et les basses températures, et la courte période d'immersion, le corps devait avoir subi peu de dégradations *post mortem*. Je me demandais pourquoi j'avais été convoquée. J'allais lui poser la question lorsque Larabee a rabattu les feuilles d'un coup sec et a lu le nom de la victime sur la première page.

— Hazel Lee Cunningham Strike.

La pièce s'est mise à tourner.

— Ce ne serait pas cette même Hazel Strike qui est venue te voir? (Je sentais le regard attentif de Larabee peser sur moi.) La détective du web?

J'ai hoché la tête sans un mot.

— C'est bien ce que je pensais.

J'ai entendu le claquement sec d'une planchette à pinces sur une table en acier inoxydable. Le chuintement furtif d'une fermeture Éclair. Le sifflement de Slidell.

— Est-ce que c'est Strike?

Il m'a fallu quelques secondes de plus pour me remettre les idées en place. J'ai inspiré profondément avant de baisser la tête.

Ses cheveux mouillés à la couleur si voyante étaient collés sur le côté droit de son visage. Elle avait le teint cireux des cadavres, sauf à l'endroit où l'os orbital avait cédé, et où les bleus entouraient ses dents cassées et ses lèvres tuméfiées.

— Qu'est-ce qu'il veut dire, cette même Hazel Strike qui est venue vous voir? a demandé Slidell.

— Il veut dire qu'elle est venue me voir.

À cet instant précis, Hawkins est entré. Larabee lui a fait signe avant de nous lorgner, Slidell et moi.

— Si vous alliez faire un tour tous les deux, on pourrait peut-être travailler.

J'ai jeté un dernier regard à Hazel. Je me suis souvenue de ses messages urgents. Me suppliant de la rappeler.

J'étais bonne pour culpabiliser à outrance. Je suis passée devant Skinny, puis dans le couloir. Slidell a hésité, avant de m'emboîter le pas.

De retour dans mon bureau, je me suis assise. Slidell a fait de même, s'installant face à moi. Il était tendu, en mode confrontation.

— Quand l'avez-vous rencontrée?

— Il y a une semaine.

— À quel sujet?

Les mots et les images ont afflué dans ma tête en ordre dispersé. J'y ai réfléchi, tâchant de leur donner du sens. Skinny m'a créditée d'environ trente secondes de patience.

— C'est pour aujourd'hui ou pour demain, doc?

— OK.

Je lui ai relaté les faits dans ce que j'espérais une chronologie fidèle. La passion de détective du web de Strike, sa visite au MCME. Cora Teague. Mes virées dans le comté de Burke, Lost Cove Cliffs et Wiseman's View ; les trois belvédères de Brown Mountain. Les empreintes digitales absentes, les restes de squelette fragmenté, le ciment sur le sentier de la Devil's Tail et son contenu qui était en train de durcir dans la salle d'autopsie numéro 4. Le shérif adjoint Zeb Ramsey. John et Fatima Teague et l'Église de sa Sainteté Jésus notre Seigneur. La mort suspecte de leur fils Eli à l'âge de 12 ans. Les appels incessants d'Hazel Strike samedi.

Slidell m'a écoutée sans prendre une seule note. Quand j'ai eu terminé, il m'a dévisagée comme si je lui avais expliqué qu'Elvis n'avait pas l'oreille musicale.

J'allais conclure par un petit commentaire, quand son cellulaire a bipé à sa ceinture. Sans s'excuser, il s'est levé et a quitté la pièce à grandes enjambées. Pendant les dix minutes suivantes, j'ai pu profiter du rythme de son timbre de voix à travers le panneau de ma porte. Pause. Nouvelle conversation. Peut-être l'acte II de la précédente.

J'étais plongée dans ma paperasse quand il est enfin revenu.

— Alors comme ça, la vieille dame vous a téléphoné.

— Hazel Strike avait 61 ans.

Slidell a eu une petite moue moqueuse.

— Oui, elle a téléphoné plusieurs fois, en me laissant des messages. Elle voulait que je la rappelle.

— C'était quand ?

— Samedi dernier.

— Heures ?

— Un, le matin très tôt. L'autre, l'après-midi. Je ne suis plus très sûre.

— L'avez-vous rappelée ?

— Non.

— Pourquoi ?

— J'étais très occupée.

De nouveau, j'ai ressenti un accès de culpabilité. Que voulait Strike ? Craignait-elle pour sa vie ? Qui d'autre, à part moi, aurait-elle pu contacter pour quémander de l'aide ?

— Vous ne l'avez pas revue depuis cette expédition en forêt?

— Non.

Slidell s'est mis à compter les faits sur ses doigts. À ma grande surprise, scs ongles, sinon manucurés, étaient incroyablement propres et soignés.

— Voici comment je vois les choses. Un, Cora Teague est une grande fille, libre de traînasser avec qui elle veut. Deux, personne n'a signalé sa disparition. Tr...

— Elle *a* été portée disparue.

— Ce n'est pas ce que vous avez dit.

— Sa disparition a été entrée sur un site d'investigations sur le web appelé CLUES.net.

— Sur Internet.

Une voix chargée à bloc de mépris.

— Oui.

— Par lequel?

Bien que très tentée de le faire, je n'ai pas corrigé sa grammaire.

— Quelqu'un qui a comme pseudo OMG.

Il a à peine froncé les sourcils.

— Vous comprenez: *Oh My God.*

Électroencéphalogramme plat.

— Je suppose qu'OMG est du cyberjargon. Comme LOL.

Slidell a aspiré une grande goulée d'air, tel un homme en détresse respiratoire.

— Donc vous n'avez aucun indice sur ce redresseur de torts?

— Non.

Les connaissances de Slidell en matière d'Internet sont limitées au traitement de données — les empreintes, les armes à feu, les plaques minéralogiques —, des tâches qu'il refile habituellement à ses subordonnés. Il ne possède pas d'ordinateur. Au courant de cette aberration, j'ai tourné le fer dans la plaie.

— J'ai essayé Twitter. Je n'ai trouvé aucun utilisateur se servant des lettres OMG comme pseudo.

— Et aucun indice non plus pour savoir qui est cette Hazel Strike. Enfin... était.

Une image a surgi. Strike assise sur la même chaise occupée à présent par Slidell. Strike, coudes posés sur ses genoux, les yeux vibrant de compassion pour les morts oubliés.

— Lucky.

— Pardon ?

— On l'appelait Lucky. Comme la cigarette…

— Ouais, ouais… Très poétique.

— Strike menait l'enquête sur Cora Teague. Elle a même parlé à la famille. Ça ne peut pas être une coïncidence. Il doit y avoir un lien entre le meurtre de Strike et…

— Meurtre supposé.

— … et la disparition de Teague.

— Disparition supposée.

— Le shérif adjoint Ramsey n'est pas si occupé qu'il ne puisse exercer des recherches supplémentaires.

— On n'est pas dans le comté d'Avery. Voici comment ça va se passer dans la grande ville. Doc Larabee dit que quelqu'un a éliminé Strike, il y a donc un salaud quelque part.

— Qu'est-ce que je peux faire ?

— Évitez de rester dans mes pattes.

J'ai laissé s'écouler plusieurs bonnes minutes, histoire de bien lui faire sentir combien je jugeais son attitude totalement grossière.

— Je ne suis pas une amatrice.

— Vous êtes une intello.

Du Slidell tout craché ! Du jargon de série télé.

— Je vous ai été utile dans le passé.

— On ne parle pas d'ossements, ici. Le prenez pas mal, doc, mais si l'enquête me revient, je préfère travailler sans ingérence.

Ingérence ? J'ai eu envie de le gifler sur ses joues étonnamment rasées de frais.

La ligne interne a sonné, m'empêchant de passer à l'acte. C'était Larabee.

— Alors, comment se déroule l'autopsie ? ai-je demandé.

— Comme je le pensais.

J'entendais en bruit de fond le martèlement de l'eau dans l'évier et une voix d'homme que je supposais être celle d'Hawkins. Larabee lui a répondu une chose que je n'ai pas saisie.

— Traumatisme crânien, facial et thoracique. Dix-sept coups portés avec un objet contondant.

— Cela suggère une rage effroyable.

— C'est le cas.

— Cause de la mort?

— Hémorragie intracrânienne massive.

— Des blessures prouvant qu'elle se serait défendue?

— Non.

Les yeux de Slidell étaient rivés sur moi.

— De l'eau dans les poumons?

— Non. Elle était morte avant d'être dans l'étang. Slidell est toujours avec vous?

— Il est là.

— Dites-lui que je qualifie le décès de Strike d'homicide.

— Je vous le renvoie.

— Ce n'est pas mon anniversaire.

— C'est votre cadeau pour travail bien fait.

J'ai raccroché en répétant à mon vis-à-vis les informations de Larabee.

Alors que Slidell se levait, une synapse s'est activée dans mon cerveau.

— J'ai fait des recherches sur Internet. Il y a un aspect dans les investigations sur le web que je trouve malsain.

— Les gens jouent au jeu de la taupe avec des maillets virtuels?

Commentaire débile. Je n'ai pas relevé.

— Pour certains, pas pour tous, l'enquête devient un espace de compétition, et flatte leur ego.

— C'est à qui tapera le plus fort sur un détective?

— Ça vous intéresse ou non ce que je raconte?

Slidell a soupiré en croisant ses bras sur sa poitrine.

— Hazel Strike vivait un conflit ouvert, et depuis longtemps, avec un autre détective du web qui se fait appeler WendellC.

— C'est quoi, ce nom-là?

— L'homme s'appelle Wendell Clyde. (Je lui ai résumé le rôle de Clyde dans l'identification de Patchwork Girl. Sa notoriété soudaine.) Strike a accusé WendellC de s'attribuer tout le crédit dans l'enquête qu'ils avaient menée à deux.

— Et?

— Leurs échanges étaient d'une grande virulence, les mots employés féroces.

Slidell a plissé les paupières et a entrouvert les lèvres pour me snober une fois de plus. Je ne lui en ai pas laissé le temps.

— D'après les journaux, Clyde vit à Huntersville.

Le cellulaire de Slidell a encore bipé. Cette fois, il n'a pas répondu.

— Vous dites que le torchon brûlait entre ces deux-là ?

— Ils se haïssaient.

— Et le gars habite au coin de la rue ?

— C'était le cas en 2007. C'est la date indiquée dans les articles que j'ai lus.

— Vous insinuez que Clyde aurait pu tabasser Strike ?

— Loin de moi l'idée de toute forme d'ingérence.

Commentaire enfantin, mais c'est lui qui avait commencé.

— Être baveuse ne vous va pas très bien, doc.

— Je dis simplement que Wendell Clyde pourrait être un bon point de départ.

Chapitre 19

Avant de quitter le MCME, j'ai vérifié sur mon agenda l'horaire des activités au gym. Parfait. Cours de yoga à 18 h. Respirer et m'étirer allaient m'aider à lutter contre le stress.

Qui essayais-je de duper ? Ce cours de yoga signifiait juste une autre heure loin des deux mètres carrés de paperasse qui m'attendait sur la table de ma salle à manger.

Je suis arrivée chez moi vers 19 h 30, relativement détendue. Un état d'esprit qui a duré dix minutes.

Le téléphone a sonné alors que Birdie et moi savourions un pâté au poulet. C'était Zeb Ramsey. J'ai décroché.

— J'ai mis à profit mon trajet de retour. (Il mâchouillait quelque chose par intermittence, peut-être des frites.) On m'en devait quelques-unes, alors j'ai obtenu des infos sur Mason Gulley, le jeune qui serait parti avec Cora.

Nouvelles mastications.

— Il n'a pas été facile à retracer, mais mes « associés » — je pouvais entendre les guillemets autour du dernier mot — ont fini par me lâcher deux ou trois choses. Gulley est né en 1994, il est donc plus jeune d'un an que Cora Teague.

Nous avons, chacun de notre côté, pris une bouchée de nos repas respectifs.

— Le père de Mason, Francis Gulley, a quitté la maison après l'école secondaire dans l'espoir de devenir la nouvelle coqueluche du gospel à Nashville. Sa mère, Eileen Wall, venait d'une microscopique ville à la frontière du Tennessee. Eileen a laissé tomber l'école en première année du secondaire pour tenter une carrière sur les planches à Broadway.

Quand ils se sont rencontrés, elle emballait des hamburgers dans un Wendy's à Ashville. Lui était batteur dans un groupe qui jouait dans les bars. Un an de vie commune plus tard, le petit Mason est né.

— Ils se sont mariés?

— Non. Et aucun n'était enchanté à l'idée d'être parent. Ils sont partis en Californie en laissant le bébé à la mère de Gulley, Martha Regan Gulley.

— Pourquoi pas aux parents d'Eileen?

— Son père à elle était alcoolo et sa mère avait la sclérose en plaques.

— Moche.

— Plus moche encore, les parents d'Eileen se sont tués en voiture le lendemain de Noël, en 2000.

Tout en l'écoutant, j'observais Birdie lécher un petit pois exempt de sauce parmi un amas de carottes et de petits pois sur le plancher. Je ne pouvais m'empêcher d'admirer son habileté à trier avec autant de minutie.

— Et c'est comme ça que Mason a grandi avec grand-papa et grand-maman Gulley. Enfin, surtout grand-maman. Oscar Gulley est mort d'une insuffisance cardiaque aiguë en 2004, à l'âge de 81 ans.

— Et Martha? Toujours vivante?

— Grand-maman avait dix ans de moins que son mari. Elle vit toujours dans le comté d'Avery. (Ramsey s'est interrompu, mais cette fois pas de bruit de succion ni de papier froissé.) Elle élève le second enfant d'Eileen, une fille qui s'appelle Susan Grace.

— Vous êtes sérieux?

— En 1999, Eileen lui a laissé la petite qui n'avait qu'un mois. Elle a dormi deux nuits sur place, puis s'en est retournée à L.A. Elle est morte d'une overdose d'héroïne dans l'année qui a suivi.

— Vivait-elle encore avec Francis à ce moment-là?

— Ils étaient séparés.

— Et lui, qu'est-ce qu'il est devenu?

— À cette époque, il se faisait appeler Frank Danger. Il s'est fait épingler deux ou trois fois pour des broutilles. Vagabondage, trouble à l'ordre public, résistance à une arrestation. Sa dernière inculpation remonte à 2006, pour possession de marijuana. Remise en liberté surveillée avec obligations de suivre une cure de désintox. Ensuite, on perd sa trace.

— Il n'est jamais devenu une rock star.

— Non, jamais.

La paternité de Mason Gulley pouvait-elle revêtir un intérêt quelconque? Le passé déplorable de ses parents?

— Cora Teague a fréquenté la polyvalente d'Avery. Mason y était-il inscrit aussi?

— Non.

— Où, alors?

— J'y travaille. (Pause.) Apparemment, très peu de gens le connaissait. Mes associés ont eu vent de témoignages curieux le concernant. Des personnes qui l'avaient croisé: un pharmacien, un agent de sécurité au supermarché Food Lion, un...

— Que voulez-vous dire par «curieux»?

— Ces témoins parlent de quelqu'un d'étrange.

— Étrange?

— Bizarre.

— Bizarre?

— Je vous dis juste ce qu'on m'a rapporté sur lui.

J'ai réfléchi au profil de Mason tout en m'attaquant à un morceau de poulet.

— Bon, il est temps que je retourne faire appliquer la loi, a-t-il dit.

J'ai entendu des bruits mats, il était certainement en train de remettre son téléphone dans le support du combiné sur le tableau de bord.

— Restez en ligne, ai-je dit avant d'avaler ma bouchée. Y a du nouveau.

Silence.

— Hazel Strike a été assassinée hier soir.

— La détective du web qui nous a accompagnés au belvédère? s'est-il exclamé, surpris.

— Oui.

— Qu'est-ce qu'il s'est passé?

Je lui ai raconté la salle d'autopsie et les premières constatations. Les blessures infligées qui attestaient la folie furieuse du tueur. Sa querelle avec Wendell Clyde. Le refus de Slidell de m'associer à son enquête.

Mon laïus terminé, un silence pesant s'est installé. Je savais qu'il songeait à la même chose que moi. L'impossibilité absolue que ce soit une simple coïncidence.

— Vous avez déjà travaillé avec ce gars-là avant?

— Oh oui.

— Il est fiable?

— Humainement, Slidell a la personnalité d'un polype rectal. Mais professionnellement, c'est un bon détective.

— Vous voulez que je lui passe un coup de fil?

— Je doute que ça l'émeuve. Aussi bien faire à sa façon. Les familles Gulley et Teague, ai-je repris, appartenaient toutes deux à l'Église de sa Sainteté Jésus notre Seigneur. Cora et Mason ont dû se rencontrer là.

— L'estimation donnée par le prêtre était exacte. Ceux que j'ai interrogés pensent que Gulley disparaît en 2011. Cela correspond à la même date de disparition de Cora.

Nous avons ruminé cet élément, et le lien possible avec la réalité brutale de la mort d'Hazel Strike.

— Et maintenant? ai-je demandé.

— Partante pour une nouvelle virée en montagne?

— Je le suis.

Nous nous sommes mis d'accord.

Fin de la communication.

Birdie et moi avons consacré les trente minutes suivantes à la cause des impôts. Puis je me suis douchée et au lit.

Assez étrangement, j'avais très envie de parler à Ryan. Besoin de parler de Slidell, de décharger ma colère. Besoin d'autre chose aussi, peut-être. Peu importe. J'en avais marre d'essayer de trier toutes mes émotions contradictoires.

Ryan a répondu au bout de deux sonneries.

— Juste la personne que j'espérais.

— Heureuse d'avoir illuminé ta journée.

— Tes appels me mettent toujours en joie.

— Essaie de contrôler ton allégresse.

J'ai souri. Je me sentais bien.

— Je vais m'y atteler. (Un reporter sportif déchaîné hurlait en toile de fond; Ryan a baissé le son. Il était chez lui.)

— Alors, quoi de neuf?

— J'ai réservé mon billet d'avion.

— *C'est fantastique**! Quand arrives-tu?

— Vendredi prochain. Malheureusement, c'est seulement pour un long week-end. Je t'enverrai les coordonnées du vol par courriel.

— Je suis vraiment content. (Pause.) Tu as du nouveau sur ton affaire?

J'ai pris deux minutes pour remettre de l'ordre dans mes pensées. Tant de choses étaient survenues. J'ai décidé de commencer par la fin et de remonter le fil des événements.

— Tu te souviens de notre discussion au sujet des détectives du web?

— Absolument. Et de Lucky Strike. (J'ai entendu un léger bourdonnement et le bruit de glaçons tombant dans un verre.) Elle était à la recherche d'une jeune fille… Cora Teague.

— Strike a été assassinée hier soir. Battue à mort et jetée dans un étang.

— *Jesus Christ!* Comment tu vis ça?

— Ça va. (Comment l'évoquer sans montrer ma trop grande implication?) Après le départ de Strike de mon bureau lundi, j'ai creusé la question.

— Sa théorie tient la route?

Un liquide, sans doute du whisky, a éclaboussé ses glaçons avec un grand splash.

J'ai raconté à Ryan l'absence d'empreintes sur les deux doigts du comté de Burke. Les fragments d'ossements de Lost Cove Cliffs. Le moule en ciment de Devil's Tail. Brown Mountain. Zeb Ramsey. Les Teague. Les Gulley. Granger Hoke et l'Église de sa Sainteté Jésus notre Seigneur. Wendell Clyde.

Le récit complet m'a demandé une demi-heure pendant laquelle j'entendais les glaçons s'entrechoquer et le chuintement de petites gorgées qu'on avale.

Pendant qu'il écoutait, je savais Ryan sur la même longueur d'onde que moi. Ses questions étaient concises et pertinentes.

— Pourquoi une absence d'empreintes?

— Je n'en suis pas certaine à 100 %, mais ce serait à cause de la chimiothérapie. Ramsey a fait le tour des hôpitaux de la région, mais n'a pu identifier de cancéreux ASP. (Absent sans permission, nom donné aux patients qui interrompaient leur traitement sans prévenir.)

— Qu'a dit l'anthropologue de l'Université Western Carolina ?

— J'attends qu'elle me rappelle. (Note : penser à la relancer.)

— Et les Teague refusent le prélèvement d'ADN ?

— Ils persistent dans leur affirmation que Cora va bien et qu'elle est loin.

— Comme il n'y a aucune preuve de meurtre, tu ne peux pas les y contraindre.

— *Voilà**.

— Tu as une victime sans cause de décès et aucun moyen d'identifier cette pauvre fille.

— Ou ce pauvre gars. Avec ce que j'ai récupéré, impossible de déterminer le sexe ou la race. J'ai envoyé des échantillons au labo de la police pour des tests d'ADN, afin de tenter d'établir s'il s'agit d'une seule et même personne. Et peut-être plus tard d'établir une identification. Mais je ne suis guère optimiste sur le fait qu'ils aient assez de matière pour le séquençage.

— Et le jeune frère serait mort dans des circonstances mystérieuses ?

— C'est ce que laisse entendre le rapport du médecin urgentiste.

— Tu privilégies Wendell Clyde pour le meurtre de Strike ?

— Tu devrais lire leurs échanges sur les sites, Ryan. C'est pervers et haineux. Et le gars vit dans une ville juste au nord de Charlotte.

Du moins, il y habitait.

— Skinny n'en croit pas un mot, c'est ça ?

— Qui sait ce qui se passe dans le cerveau de Slidell ? À propos, il a entrepris une sorte de mutation.

— C'est-à-dire ?

— Il a perdu du poids et semble… (J'ai cherché mes mots.) plus soigné de sa personne.

— Il a une petite amie.

— Vraiment ?

— Il s'est remis avec Verlene.

Slidell et Verlene Wryznyk se sont connus intimement quelque part dans le Paléozoïque. Elle l'a largué, mais, avec les années, ils étaient restés en bons termes. Slidell s'était remis de son chagrin d'amour, quand, l'hiver dernier, il avait pris tout le blâme sur ses épaules lorsque son ex a accidentellement blessé par balle son petit copain du moment, un agent du SBI — Bureau d'investigation de l'État — un type qui a un ego démesuré et les mains un peu trop baladeuses.

— C'est pas possible ! (J'étais tellement abasourdie que j'ai raté d'abord les implications du commentaire de Ryan.) Attends une seconde ! Comment tu sais ça ?

— Il m'a téléphoné y a quinze jours. Il avait une question à propos de chaussures.

— De chaussures ?

— Il admire mon style vestimentaire.

— Skinny ?

— Je ne peux pas lui en vouloir. Je suis *la* référence en matière de souliers.

— Ryan…

Note de reproche dans ma voix.

— Je te le prouverai dès que tu seras chez moi.

Avant que j'aie le temps de répliquer quoi que ce soit, Ryan a enchaîné :

— Tu crois que la mort de Strike a quelque chose à voir avec tes recherches autour de Cora Teague ?

— Je ne sais plus ce que je crois.

— Avais-tu réussi à obtenir d'elle l'enregistrement ?

— Non. Avec un peu de chance, Skinny va le découvrir au cours de la perquisition à son domicile.

Autre note : prévenir Slidell.

Long silence.

— Ce Granger Hoke, c'est un prêtre catholique ?

— Oui. Mais l'Église de sa Sainteté Jésus notre Seigneur a rompu avec Rome. C'est une petite congrégation, mais ses membres sont très fervents. Et ils prônent la totale confidentialité. John Teague a tout un caractère.

— Est-ce que les restes que tu as retrouvés correspondraient à une sorte de folie liée à Brown Mountain et Satan ?

Ramsey avait également évoqué cette possibilité. Pour moi, il était superflu de préciser que Hoke et son troupeau étaient impliqués d'une façon ou d'une autre.

Jusqu'à la mort de mon père, et avant que ma grand-mère ne nous embarque, maman, Harry et moi, dans le Sud au pays des baptistes et des presbytériens, j'ai été élevée dans le rite catholique. J'ai fréquenté des écoles tenues par des bonnes sœurs qui ne colportaient que miracle de l'eau changée en vin, virginité de la mère de Dieu et résurrection. Le désespoir des bébés non baptisés. Les affres du péché véniel et du péché mortel. La puissance de l'imposition des cendres sur le front, de la pénitence et de la prière.

Dans mon esprit d'enfant, la vie éternelle était un super beau projet. Mais le prix du billet était rudement élevé et les chances de réussir sacrément basses. On me disait que j'étais vouée à l'échec avant même de commencer. Mon droit d'aînesse, c'était colère, voracité, paresse, orgueil, luxure, envie, gloutonnerie. Mon corps de femme était l'appât du diable, destiné à être voilé et utilisé seulement pour la procréation.

Une obéissance aveugle serait ma seule voie de salut. Et les rites sans fin. Vendredi, le poisson. Samedi, la confession. Dimanche, la messe.

Tous étaient appelés mais peu étaient élus. La peur de Dieu et la soumission à Dieu. Quelle alternative ? Ah oui, Satan et les flammes de l'enfer.

— ... Brennan ?

La voix de Ryan s'était adoucie, il murmurait presque.

— Je suis là.

Non, je t'en prie.

— Je t'aime.

J'ai émis un son qui pouvait dire à peu près tout.

— C'est bon à savoir, a ajouté Ryan.

— Il est tard.

Un semblant de pause.

— Tu m'évites, Tempe. Tu esquives la question. Je ne parle pas d'un rendez-vous chez le dentiste qu'on repousse. Ou de venir me voir ici. Je parle de nos vies.

— Je sais...

À peine audible.

— L'évitement est destructeur.

— Je hais les appels interurbains. (Sachant que le réel problème n'était pas le téléphone.) On discutera de ça quand je serai là.

— Je t'aime vraiment. Et j'attendrai. Mais pas toute la vie.

Une lame de glace m'a lacéré la poitrine.

Chapitre 20

Les indications de Ramsey m'ont amenée au bout d'une route asphaltée bordée de charmantes petites cabanes en rondins, le type de chalets prisés l'été par les touristes de passage et les admirateurs des couleurs automnales. Là, elles étaient toutes fermées à double tour. Le dernier tronçon du chemin était une allée de gravier bien trop large pour un lieu aussi isolé.

La famille Addams sous l'influence du crack, voilà à quoi je pensais en me garant devant la maison de Martha Gulley. La baraque de deux étages paraissait ne pas avoir été repeinte depuis l'époque où le champion de baseball Babe Ruth avait signé avec les Red Sox de Boston. Outre les lucarnes en guise de fenêtres, on comptait une tour surmontée d'une girouette et une véranda, doublée d'une serre, qui courait tout autour du rez-de-chaussée. Un vrai petit nid d'amour de style victorien, mâtiné d'ambiance gothique.

J'étais en train de faire l'état des lieux lorsque Ramsey est arrivé. Je suis sortie de ma voiture et j'ai attendu qu'il fasse de même.

— Vous connaissiez ce superbe endroit ?

— Oui, je suis déjà venu dans le coin, mais je n'ai jamais eu de raison d'y séjourner. (Il a placé sa main en visière au-dessus de ses yeux.) D'après la rumeur, le vieil Oscar Gulley avait eu envie de créer une version côte Est de la mystérieuse maison de Sarah Winchester... Ça lui a pris dix ans.

— C'est le manoir de San José, en Californie ?

— En effet. Il faut savoir que Sarah Winchester avait perdu successivement son enfant et son mari, et qu'elle a passé le restant de ses jours à agrandir la vieille ferme qu'elle avait achetée. Au moment de sa mort, sa maison comptait 160 chambres et s'étalait sur 2 500 mètres carrés. La légende raconte qu'elle a fait tout ça pour fuir les fantômes des personnes tuées à cause de la carabine Winchester.

Visiblement, Ramsey se régalait de cette histoire.

— Vous croyez qu'oncle Fétide a toujours son labo au sous-sol ?

— Qui ? a-t-il demandé, interloqué.

— Laissez tomber. (Il connaissait mieux l'Histoire que les séries télé.) Grand-maman Gulley est-elle au courant de notre visite ?

— Oui, et elle n'est pas enchantée.

J'ai incliné ma tête vers une Chevrolet Tahoe noire, stationnée près de la serre où des fleurs n'avaient pas dû pousser depuis des décennies.

— Elle conduit encore ?

Ramsey a haussé les épaules. Qui sait ?

Nous avons traversé un espace d'herbes brunes et rases — sans doute une ancienne pelouse — et grimpé les marches de la véranda. Ramsey a sonné. Aucun carillon n'a retenti.

Il a cogné à la porte, qui semblait toute neuve et bon marché. Du genre qu'on trouve chez Home Depot.

Une minute s'est écoulée puis un verrou a coulissé, une chaîne a cliqueté. Le battant s'est entrouvert d'une vingtaine de centimètres.

Dans l'entrebâillement, j'ai aperçu dans une lumière peu flatteuse une silhouette immense. Grand-maman Gulley était si grande que j'ai dû lever le menton pour croiser son regard. Elle avait des yeux verts méfiants, planqués derrière des lunettes d'homme à grosses montures noires. Ses yeux m'ont scannée une nanoseconde puis se sont reportés sur Ramsey.

— Shérif, je sais pas trop ce que vous me voulez.

— Je suis juste le shérif adjoint, m'dame. (Sourire humble.)

— C'est qui, elle ?

— Le docteur Brennan.

— J'aime pas les docteurs.

— Merci d'accepter de nous recevoir, madame Gulley. (Ton enjoué.) Vous avez dit que l'après-midi, c'était mieux pour vous.

— C'est pas comme si vous m'aviez laissé beaucoup le choix ! C'est au sujet de mon Mason ?

— Pouvons-nous entrer ?

Haussement d'épaules exagéré. Puis grand-maman a reculé et a entrouvert davantage la porte. Ramsey et moi nous sommes faufilés à l'intérieur avant qu'elle ne la claque et la verrouille.

L'entrée donnait directement sur un salon, qui, à l'instar de la maison, semblait sorti d'un autre temps. Les rideaux étaient tirés et une seule lampe était allumée. Dans la pénombre, j'ai distingué un vieux piano droit, un vaisselier d'angle, des meubles.

Sur notre gauche, une cheminée de pierre occupait presque toute la largeur du mur. Perpendiculaires à l'âtre, deux vieux canapés encadraient une table faite de troncs d'arbre recouverts d'une plaque de verre.

À l'extrémité du sofa le plus éloigné était installé Granger Hoke. Son col romain d'une blancheur immaculée était repérable dans la semi-obscurité. Il s'est levé pour nous accueillir, non sans avoir passé sa paume de main sur ses cheveux gras.

J'ai suivi grand-maman Gulley, impressionnée par la taille imposante de la vieille dame. Malgré un cou décharné et un menton flasque, il était clair qu'elle avait dû porter des charges lourdes.

— Shérif, a lancé Hoke avec un large sourire, la main tendue. C'est si agréable de vous revoir. (Le visage extatique s'est tourné vers moi.) De vous revoir tous les deux, bien entendu.

— Monsieur, a dit Ramsey en lui serrant la main, en voilà une bonne surprise.

— Oui, oui. J'espère que ma présence n'est pas vécue comme une intrusion. Martha est très nerveuse, elle n'a jamais été interrogée par la police.

— On est bien loin d'un interrogatoire.

— Bien entendu. (Petits gloussements de rire de conspirateur.) Mais Martha fait partie de mes paroissiens. Quand elle réclame de l'aide, je ne peux refuser. Nous avons prié pour que Jésus lui donne la force. (Hoke a refait ce mouvement de bras en arc de cercle qu'il avait eu sur le perron de l'église. Cette fois, pas de grand oiseau vert, plutôt un corbeau. Il était vêtu d'un strict costume noir.) On commence ?

Le prêtre s'est assis sur son coin de canapé, grand-maman Gulley non loin de lui, nous en face d'eux, aux deux extrémités d'une atroce banquette trop rembourrée et qui piquait.

— Votre intérieur est adorable, ai-je dit à grand-maman pour la détendre.

— Notre Seigneur Jésus ne tolère pas le gaspillage. Une grande partie de la maison est fermée. Inutile de chauffer des espaces qui ne servent à rien.

— Vous vivez ici depuis quand ?

— Est-ce important ?

— Non, m'dame. D'après ce qu'on m'a dit, votre mari a construit lui-même cette maison, ça lui a pris des années.

— L'entreprise d'un fou.

Ayant contribué à réchauffer l'atmosphère, j'ai cédé la place à Ramsey comme cela avait été convenu entre nous. Tandis que mes oreilles suivaient la conversation, mes yeux inspectaient la pièce.

Au mur, des appliques en étain tranchaient sur le papier peint rayé vert et beige délimité en bas par des plinthes en bois foncé et en haut par des moulures couronnées. Au plafond pendait un lustre, encerclé de médaillons en bronze.

Du salon, je pouvais apercevoir, à travers une double porte en bois ouverte, un couloir partant sur la gauche. Du papier peint aussi. Des roses, pas des rayures. Et au bout du couloir, une très vaste cuisine. Rien d'autre de visible de là où je me trouvais.

Derrière l'épaule de Hoke, le vaisselier d'angle avait été transformé en une sorte de mausolée dédié à la foi catholique. Au centre trônait un grand crucifix. Les épines, les pieux et les détails du corps avaient été sculptés avec plus ou moins de minutie. L'effet en était néanmoins saisissant.

Plusieurs acteurs de soutien l'entouraient, certains sous forme de statuettes, d'autres encadrés sous verre. La Vierge de quelque chose, paumes écartées et cœur saignant. François d'Assise, les pieds couverts de petits lapins et d'agneaux blancs. Thérèse de Lisieux, voilette sur la tête, bras chargés de roses. Je n'ai pas réussi à identifier les autres, quoique vaguement familiers.

Jésus nous regardait aussi du haut de sa grandeur, sur sa croix accrochée entre la cheminée et le vaisselier, dans l'axe d'une rayure du papier peint. Ses yeux disaient qu'il n'avait pas hésité à lire dans mes pensées et que ça sentait mauvais.

Les étagères et guéridons n'offraient pas une seule photo. Aucun bébé affublé d'un bonnet ridicule, aucun enfant souriant ou de chien allongé au soleil.

Je me suis concentrée sur l'entretien. Ramsey ignorait Hoke, adressant ses questions uniquement à grand-maman. Le visage du prêtre demeurait impassible. Mais je sentais qu'il ne perdait pas une miette de la conversation et qu'il cogitait ferme.

Les cheveux blancs de la vieille femme, d'une affreuse couleur jaunâtre, étaient tirés en arrière dans une savante composition de tresses. Le bord de sa robe effleurait ses chaussures, des Oxford noires, fermement ancrées dans le sol.

— Quel dommage, m'dame, que nous ne nous soyons pas rencontrés avant.

Ramsey usait et abusait de son charme de petit gars de la campagne.

— Je ne sors pas beaucoup.

— Le comté d'Avery le regrette certainement.

Hoke a froncé les sourcils, feignant l'amusement.

— Shérif, Martha a 82 ans. Toutefois, elle ne rate jamais la messe hebdomadaire.

— C'est votre petite-fille, Susan Grace, n'est-ce pas, qui vous y conduit?

Aimable, mais leur faisant comprendre qu'il avait bien fait ses devoirs.

— C'est elle.

— Elle vit toujours avec vous, alors?

— Est-ce que tout cela est en lien avec mon petit-fils? Si c'est le cas, vous perdez votre temps. Mason est parti et il n'y a pas trente-six façons de le dire : il a volé mon argent et s'est enfui avec une femme.

— Cora Teague.

— Oui, monsieur.

Ses réponses étaient fermes, mais il était évident que cette femme était terrifiée. Doigts crispés, tics nerveux, regard affolé.

— À quelle école Mason est-il allé?

Ramsey utilisait une vieille ficelle d'interrogatoire. Changer de sujet pour déstabiliser l'interlocuteur.

— J'ai assuré son enseignement, ici, à la maison.

— Pourquoi?

— Mason est différent.

— Différent comment?

— Suffisamment différent pour que je ne puisse le laisser fréquenter l'école.

— Ce qui veut dire?

Contre nature.

— Savez-vous où Mason et Cora sont allés?

— Je ne le sais pas et je ne souhaite pas le savoir.

— C'est votre petit-fils.

— C'est le mal incarné.

Elle avait craché ces mots avec tant de méchanceté que j'en suis restée ébahie.

— M'dame?

— L'âme de Mason appartient au diable.

— Qu'est-ce qui vous fait dire ça?

Tout à coup, la vieille aux lunettes d'homme s'est tournée vers Hoke. Il a baissé la tête sans répondre à son regard. La lumière tamisée empêchait de lire dans ses yeux.

— Mason n'a jamais été normal, n'a jamais agi comme un garçon est censé agir.

— Mais encore? ai-je insisté.

Je n'avais pas pu retenir ma langue.

— Il porte la marque de Satan.

Une main aux veines bleues apparentes a fait un signe de croix ostentatoire.

Parce qu'il est homosexuel, c'est ça, espèce de vieille bornée? Une bouffée de colère noire m'a envahie. Elle venait de loin. Ramsey est intervenu avant que je dégaine une autre question.

— Vous auriez une photo de votre petit-fils?

— Non.

— Même pas un vieux cliché ?

Sourire de bon garçon.

— Je les ai toutes brûlées.

— Et pourquoi donc ?

— Père G. a dit que je devais le faire.

Hoke s'est penché vers elle et lui a chuchoté :

— Ai-je le droit, ma chère, de partager une confidence ?

— Oui, mon père.

— Penser à Mason est une chose très perturbante pour Martha. Elle en a fait des cauchemars, des insomnies. J'avais pensé que l'exercice pouvait s'avérer bénéfique. Libérateur.

Ramsey a continué de fixer grand-maman, mais il n'a rien dit. Encore une ruse qu'on utilise dans les interrogatoires : s'octroyer des plages de silence en espérant que le suspect se sentira obligé de les combler.

Nous ne saurons jamais si le stratagème aurait fonctionné ce jour-là. Avant que grand-maman Gulley ait eu le temps de tomber dans le panneau, le plancher a craqué. On s'est tous retournés d'un bloc.

Une fille se tenait près de la porte menant au couloir. Grande, avec une carrure de quart-arrière, mais une mollesse du corps qui laissait présager de futurs problèmes d'obésité. Une épaisse frange noire lui couvrait le haut des yeux. Je lui donnais environ 16 ans.

— Susan Grace. (Hoke reprenait son personnage d'exalté souriant.) Comme c'est gentil. Je t'en prie, viens te joindre à nous.

La fille gardait les épaules baissées, ses bras croisés sur le devant. Atmosphère glaciale.

— Qui sont ces gens, grand-maman ?

— N'as-tu pas des devoirs à faire ?

Elle avait éludé la demande de sa petite-fille.

— Ils posent des questions sur Mason ?

Sa voix était rauque, presque masculine.

— Tes devoirs.

— L'ont-ils retrouvé ?

— Susan Grace, combien de fois je t'ai dit de ne pas te mêler des affaires des adultes ?

— N'y a-t-il donc personne sur cette terre pour se soucier de lui ?

— Jeune fille! (Ton fort et cassant.) Ne vois-tu pas que tu deviens l'otage de Satan!

Susan Grace a cligné des paupières et sa frange a roulé sur ses cils.

— J'ai un cours de ballet ce soir.

— Je n'aime pas quand tu conduis la nuit.

— Priez notre Seigneur Jésus Christ pour que je me rende en toute sécurité.

Hoke et grand-maman se sont crispés dans un même mouvement, telles deux marionnettes à qui on aurait infligé une secousse en tirant d'un coup sec sur leurs fils.

Susan Grace nous a dévisagés un long moment, le regard vide d'expression, puis elle est repartie dans le couloir.

L'atmosphère dans la pièce était désormais devenue irrespirable.

— Ah là là! a lâché Hoke avec un gloussement qui se voulait désinvolte. Les enfants!

— Je suis désolée, mon père, a marmonné la grand-mère en fixant ses mains ridées et serrées sur ses genoux. Elle sait ce qu'il en est.

Ramsey m'a lancé un petit regard de biais. Il a remonté très légèrement le menton. J'ai hoché imperceptiblement la tête, refoulant un accès de mélancolie. Ryan et moi avions usé du même signal des dizaines de fois.

Le shérif et moi nous sommes levés. Hoke a fait de même. Grand-maman Gulley n'a pas changé de position.

Une fois à l'extérieur, dans le soleil de fin de journée, inexplicablement, une petite sonnette d'alarme a résonné dans mon esprit. Pas un signal de danger imminent, plutôt une pointe subliminale, un état d'alerte.

— La fille était plutôt sarcastique, non?

— Une plaisanterie subtile pour sa grand-mère? Ou une pique dirigée contre le prêtre?

J'ai froncé les sourcils.

Ramsey a levé les siens.

— Vous pensez à quelque chose? ai-je demandé.

— Peut-être, a-t-il répondu en observant la maison.

— Est-ce que vous ne pourriez pas obtenir un mandat de perquisition? Un pour ici et un pour le domicile des Teague?

— Pour quelle raison?

J'allais commencer à argumenter sur les inconvénients du Quatrième Amendement, mais j'ai renoncé aussitôt. J'aurais trop ressemblé à mon camarade Slidell.

Je suis arrivée à Heatherhill juste à temps pour le souper. Au menu: carré d'agneau, petits pois avec des éclats d'amande, pommes de terre sautées au persil, mousse à la pistache. La nourriture était aussi bonne dans l'assiette que sur le menu.

Pas pour maman. Elle était apathique et n'avait pratiquement rien mangé. J'ai essayé d'engager la conversation sur des sujets divers, en vain. Elle haussait à chaque fois les épaules, et même cela, elle le faisait sans conviction.

Toutefois, sa coiffure et son maquillage étaient impeccables. Son ensemble jogging en cachemire s'accordait parfaitement avec ses espadrilles beiges. Je me suis promis d'acheter un petit cadeau pour Goose, déjà repartie lorsque j'étais arrivée.

Maman ne m'a pas interrogée sur mon travail, ni sur les belvédères et les restes humains qui l'avaient passionnée juste quelques jours plus tôt. Hormis un commentaire acerbe sur l'état de mes ongles, elle n'avait rien critiqué. Elle avait passé la plupart du temps à rester cloîtrée dans son monde à elle.

Désireuse à tout prix d'éveiller son intérêt, j'ai introduit le sujet que j'avais jusque-là évité avec application.

— Maman, j'ai des nouvelles à te donner.

Elle a haussé légèrement un sourcil.

— Andrew Ryan m'a demandée en mariage.

J'avais à présent toute son attention.

— Ton flic français?

— C'est un Canadien francophone.

— Que c'est merveilleux. Quand aura lieu le mariage?

— Je n'ai pas encore dit oui.

— Est-ce que tu aimes cet homme?

Long regard scrutateur.

— Oui.

— Alors pourquoi tu lui dirais non?

— C'est difficile à expliquer.

— Tu ne vas pas ruminer toute ta vie l'infidélité de Pete.

— Mon hésitation n'a rien à voir avec ça. (Au fond de moi, je savais que la trahison de mon ex continuait à jouer son rôle, et de temps à autre, la douleur revenait, intacte.) Ryan est compliqué.

Son visage est demeuré impassible, mais je voyais qu'elle retournait le problème dans sa tête. Soudain, elle a pris mes mains dans les siennes.

— L'amour, c'est une âme unique incarnée en deux corps.

— Aristote.

Elle a acquiescé.

— Sens-tu une connexion de cet ordre avec cet homme?

Ma langue a tout à coup semblé de plomb. Malgré tous mes efforts, je n'arrivais pas à répondre à cette question.

Après ça, je suis restée encore deux heures avec elle. Nous n'avons plus abordé le sujet Ryan, et lorsque je suis partie, elle a vaguement tendu sa joue pour que je l'embrasse.

Retournant à ma voiture, je ne parvenais pas à repousser les vagues de culpabilité qui me percutaient sur plusieurs fronts. Maman était sur une mauvaise pente et je l'avais négligée ces dernières semaines. La discussion autour de possibles noces n'avait pas réussi à lui redonner un peu d'allant.

Hazel Strike était morte, peut-être parce que j'avais ignoré ses coups de fil. Ryan était prêt à renoncer, irrité que j'esquive le sujet de notre mariage.

Je n'avançais pas sur l'enquête autour de Cora Teague et des ossements de Brown Mountain. Toutes mes actions n'avaient généré que de vagues soupçons, et aucune piste concrète. Pas un seul éclair de génie.

J'étais tellement absorbée dans l'autoflagellation que je n'ai même pas entendu ce qui se passait derrière moi. Des bruits anormaux qui n'auraient pas dû surgir de l'obscurité. Soudain, je me suis figée, tous mes sens aux aguets comme un animal.

Oui.

Le frottement du nylon. Le bruissement du gravier. Le murmure du vent s'engouffrant dans quelque passage secret.

J'avais la bouche sèche et mon cœur battait à cent à l'heure.

Ma voiture n'était plus qu'à quelques mètres… J'ai tâtonné nerveusement dans mon sac à la recherche de mes clés. Pourquoi ne les avais-je pas déjà à la main ?

Parce qu'aucun croque-mitaine ne rôdait à Heatherhill. Mais quelqu'un ou quelque chose me suivait.

Cours ! m'a ordonné mon cerveau.

Au lieu de ça, je me suis retournée d'un seul coup.

Une silhouette indistincte se tenait dans le noir.

Chapitre 21

— Y a quelqu'un?

Pas de réponse.

— Qui est là?

Mes glandes surrénales travaillaient à plein régime. Dans l'obscurité, la silhouette semblait immense.

Toujours rien.

— Je suis armée.

Je cherchais à tâtons ma bombonne de poivre de Cayenne, périmée depuis des années.

Finalement, il y a eu un léger déplacement d'air. Une arme qu'on brandit? J'ai distingué un brin de peau claire.

— Je veux vous parler.

La voix était étonnamment calme et posée. Tout le contraire de la mienne.

— N'avancez pas!

Subtile reculade dans la pénombre. Puis des bruits de pas. Lourds. Décidés.

Mauvais endroit pour une rencontre. Des haies délimitaient l'allée des deux côtés. Le stationnement dans mon dos était désert. La personne qui m'avait suivie bloquait une éventuelle retraite vers River House.

Les bruits de pas se rapprochaient.

— Stop!

J'ai fait sauter le couvercle de la bombonne dans mon sac et je la maintenais fermement. Si le truc ne fonctionnait pas, j'allais envoyer un coup de pied dans les couilles du gars.

Le brillant d'une chevelure noir corbeau. Des yeux à moitié dissimulés par une frange épaisse.

Mon doigt s'est relâché de l'embout de la bombonne, et mon pouls a ralenti d'une fraction de seconde.

— Vous m'avez suivie jusqu'ici ?

Susan Grace a hoché la tête. Sa silhouette se découpait dans la pénombre.

— Vous avez menti à votre grand-mère sur le cours de danse.

— Elle confessera ses péchés et les miens.

Ton neutre et détaché. Impossible de lire une expression quelconque sur son visage.

— Pourquoi m'avez-vous suivie ?

— Je veux retrouver Mason.

— Je n'ai aucun nouvel élément.

— Est-ce que personne parmi vous ne tient véritablement à le retrouver ?

— Peut-être que Cora et Mason ne souhaitent pas qu'on les retrouve.

— Cora. (Ton amer.) Mon frère ne serait jamais parti sans me dire où il allait.

— Où pensez-*vous* qu'il est ?

Elle était à présent si près de moi que je pouvais entendre le rythme de sa respiration. J'ai patienté, lui laissant l'opportunité du bon moment.

— Il faut que je vous montre quelque chose.

— Vous vous êtes garée dans le stationnement ?

— Oui.

— D'accord. (En espérant que cette fille n'allait pas m'égorger.) Allons à ma voiture.

Les deux véhicules avaient l'air de mastodontes sombres sur l'aire désertée. J'ai scruté l'épaisseur de la nuit à la recherche d'une éventuelle seconde personne, mais je n'ai rien vu d'autre que des buissons, des arbres et la clôture blanche du stationnement. Tout en déverrouillant ma Mazda, j'ai transféré mon iPhone dans la poche de ma veste pour pouvoir l'attraper plus facilement.

Je me suis installée au volant et j'ai coincé mon sac à main entre lui et mon ventre. Susan Grace a lancé son sac à dos sur le tapis de la voiture, puis s'est assise côté passager.

Ses genoux étaient si hauts qu'ils touchaient presque le tableau de bord.

— Vous pouvez reculer le siège, si vous voulez.

Ce qu'elle a fait.

Le silence a duré plusieurs secondes. Une bonne minute. À nouveau, j'ai tenu ma langue, car je ne souhaitais pas la brusquer.

— Ma vie ressemble à ce film que j'ai vu à la télé, *Le chant de Bernadette.*

C'était un vieux film d'Henry King sur Bernadette Soubirous.

— J'ai été élevée dans la religion catholique, ai-je dit pour initier un terrain d'entente. Mon père adorait ce film.

— Catholique? (Elle a explosé d'un rire mauvais.) Vous avez fait la connaissance de ma grand-mère psychopathe et de son nazi de prêtre. Vous avez bien vu que nous ne sommes pas seulement catholiques. Nous sommes ultra-catholiques. Du style: pas de pitié pour les mécréants. Nous prions en latin parce que l'anglais n'est pas une langue assez pieuse. Nous implorons le pardon de Dieu les genoux en sang, car notre Seigneur exige notre pénitence pour des péchés que nous n'avons pas commis. Des péchés que nous n'aurions même jamais songé commettre. Des péchés dont nous n'avons même jamais entendu parler.

— Vous parlez bien de l'Église de sa Sainteté Jésus notre Seigneur?

— Évidemment! Nous sommes les dévots, les vertueux. Nous savons parler au Saint-Esprit en langue inconnue. Nous fuyons la compagnie de tout individu qui n'est pas oint, baptisé, vierge, sain. En fait, nous fuyons toute personne qui n'appartient pas à notre Église. Et attention, si vous êtes des nôtres, on vous tient à l'œil! Nous avons les moyens de punir les pécheurs.

— Susan Grace…

— Nous suivons des règles auxquelles même le pape a renoncé. (Elle s'est tournée vers moi. Ses lèvres tremblaient et elle écarquillait les yeux d'effroi.) Nous sommes si atrocement moralisateurs que nous avons même rejeté le Saint Père!

Son rire sarcastique sonnait faux.

J'avais déjà vu des ados passer leur colère sur un adulte, insulter un parent, un enseignant, un entraîneur qui les vire du cours de gym à cause d'un tee-shirt provocateur. Là, c'était bien différent. La colère froide de Susan Grace témoignait d'une profonde révolte.

— Je suis désolée…

Le terme était faible comparé à la situation.

— Vous savez, je ne cherche pas une épaule sur laquelle pleurer.

Elle semblait presque gênée d'avoir craqué.

— Vous cherchez quoi alors ?

— Quelqu'un qui m'aiderait à retrouver mon frère. (Elle a furtivement essuyé ses larmes sur sa joue et tiré sur une des fermetures Éclair de son sac à dos. Elle en a sorti un carnet.) J'ai entendu le shérif demander à grand-maman une photo de Mason.

— Vous m'en avez apporté une ?

— Pas exactement.

Elle m'a tendu le carnet et je l'ai examiné à la lueur du plafonnier. L'ampoule était faiblarde mais suffisante pour reconnaître un agenda cartonné de la marque Black n' Red, à la reliure très abîmée.

— Il y a une photo au milieu. Utilisez le ruban.

J'ai soulevé l'extrémité du mince ruban en satin rouge et cela m'a menée à peu près au centre de l'agenda.

— Faites attention, il tombe en ruines.

Sous la lumière tamisée, j'ai vu ce qui ressemblait à une illustration provenant d'un vieux manuel de médecine. Bien qu'en noir et blanc, la photo avait cette couleur sépia caractéristique du début du XXe siècle. Cependant, les détails en restaient visibles.

La page représentait un adolescent photographié sous quatre angles différents. Une photo de face, un gros plan du cou, un gros plan des doigts et des orteils, un gros plan de la bouche avec quelqu'un retroussant sa lèvre supérieure pour dévoiler ses dents.

Le jeune homme avait des cheveux blonds épars et de gros cernes sous les yeux. La pigmentation de sa peau était inégale, et on voyait des taches irrégulières autour de sa bouche et sur son cou. Ses ongles semblaient cassants et fendus. Ses orteils étaient tout tordus dès la seconde phalange.

Le trait le plus étonnant concernait sa dentition. Ses incisives du haut et du bas étaient atrophiées au profit de grosses canines pointues. Mais le pire, c'était les teintes sombres sur l'émail de presque toutes les dents.

En haut de la page, à droite, il y avait une référence : « Plaque LXXXIV. En bas à gauche était inscrit : « Copyright 1905, G. H. Fox. » Un titre était centré en haut de la page : « Dysplasie ectodermique dentaire d'origine inconnue ».

— Qui est cette personne ?

— Quand j'ai découvert cette page de livre, je l'ai montrée à grand-papa, et il a bizarrement réagi. Il m'a dit que c'était son grand frère, Edward, mort depuis longtemps. Il a insisté pour que je lui remette la feuille, et surtout m'a ordonné de ne jamais en parler à ma grand-mère. *Sujet tabou.* Pareil pour mes parents. (Elle a essuyé une autre larme, visiblement submergée par l'émotion.) J'ai piqué une crise, enfin... j'ai joué la comédie, et il a fini par me la laisser.

— Pourquoi me montrer ça ?

— Mon frère ressemble à Edward.

Différent. Contre nature. Le mal incarné.

— Avez-vous le reste de ce manuel de médecine ?

Je faisais de mon mieux pour réprimer le dégoût que générait en moi les interprétations moyenâgeuses de sa grand-mère.

— Non, je n'ai que ça. Ça doit être un très vieux bouquin. Quelqu'un a déchiré la page et l'a conservée.

— Vous savez qui ? Et pourquoi ?

— C'est sûrement mon grand-père. Et voici ce que j'ai réussi à lui soutirer.

Elle a marqué une pause, comme si elle récapitulait mentalement ce qu'elle s'apprêtait à me dire.

— Grand-papa doit son prénom à un photographe, Oscar Mason, du début du siècle. Il était assez célèbre, et s'était spécialisé dans le domaine médical. La famille de mon grand-père vivait à New York à cette époque, et ils étaient amis des Mason. Peut-être des voisins. Peu importe. Mason a remarqué que quelque chose n'allait pas chez Edward, et a demandé l'autorisation de le photographier. Ces clichés ont été publiés dans un livre, puis offert à mon arrière-grand-père en guise de remerciements.

Une imperceptible sonnette d'alarme a retenti dans mon esprit. G. H. Fox ? Et maintenant Oscar Mason ?

— Susan Grace, je vous l'avoue franchement, je suis un peu perdue.

La jeune femme est restée silencieuse. Regrettait-elle de m'avoir contactée sur un simple coup de tête ? Avait-elle décidé de laisser de côté certaines informations ? Jouait-elle la carte de la prudence ? Peut-être...

— Vous devriez discuter de tout ça avec les Brice.

Elle chuchotait à présent, lançant des regards inquiets au loin, dans l'obscurité, derrière les vitres de ma voiture.

— Qui sont les Brice ?

— Cora Teague a travaillé chez eux comme gardienne d'enfant.

— Continuez.

— Ils appartenaient à l'Église de sa Sainteté Jésus notre Seigneur.

— Mais plus maintenant ?

— Non.

— Pourquoi ont-ils quitté la congrégation ?

— Je l'ignore.

— Pourquoi ont-ils renvoyé Cora ?

— Je l'ignore.

— Je ne peux pas avancer dans mon enquête avec si peu d'éléments.

Susan Grace s'est penchée et a agrippé nerveusement le tableau de bord.

— Vous êtes au courant pour Eli ?

— Eli Teague ?

— Oui.

— Qu'est-ce que je devrais savoir ?

Silence de plomb.

— Susan Grace ?

— Eli n'a jamais fait de chute dans aucun escalier.

Elle avait murmuré la phrase, mais avec véhémence.

— Qu'est-ce que vous sous-entendez ?

Encore un silence pesant.

Le vent fouettait la voiture et s'engouffrait en sifflant dans les interstices de l'habitacle.

— Susan Grace, il est tard. Je vais devoir y aller et...

— Le bébé des Brice est mort alors qu'il était sous la surveillance de Cora.

190

— Il est mort comment ?

J'ai senti un grand froid envahir ma poitrine.

— Je ne sais pas.

— C'est la raison pour laquelle ils ont renvoyé Cora ?

— Pour ça et d'autres choses. Il faut que vous leur parliez. Je crois qu'ils vivent à Asheville aujourd'hui.

— Êtes-vous en train d'insinuer que Cora aurait pu tuer Eli et le bébé des Brice ?

Je prenais sur moi pour garder une voix sereine.

— Mon frère ferait n'importe quoi pour Cora. Il en est fou. Cette femme est... (Dans la faible lumière du plafonnier, j'ai vu le coin d'une de ses lèvres se relever.) Grand-maman la traite de diablesse.

— J'ai du mal à suivre. Vous êtes en train de me dire que Mason *aurait pu* s'enfuir avec Cora ?

— Jamais il ne l'aurait fait sans me prévenir.

— Comment en êtes-vous si sûre ?

— C'est comme s'il était possédé. Il l'aime et il la hait en même temps.

Encore une réponse à côté.

— Mais vous n'avez pas la certitude qu'ils ne sont pas ensemble ?

— Si. (Son visage s'est durci.) Je peux le savoir. (Elle menait un combat intérieur pour décider si elle me livrait davantage d'infos ou si elle limitait les dégâts.) Mason et Cora ont disparu en même temps, en juillet 2011, c'est vrai. Mais j'ai parlé à mon frère presque chaque jour après son départ, et il n'était pas avec elle.

J'étais abasourdie.

— Où était-il ?

— Johnson City, dans le Tennessee.

— Que faisait-il là-bas ?

— Je ne peux pas vous le dire.

— Où est partie Cora ?

— Je ne l'ai jamais découvert. Et Dieu sait que j'ai cherché.

— Comment ça ?

— Mason m'avait ordonné de surveiller Cora. De l'espionner. J'étais une enfant à l'époque, et ça m'amusait follement. J'avais l'impression de vivre dans une série comme

Mission impossible. Nous étions des agents secrets, mais Mason était un agent infiltré, et je devais donc fouiner à sa place et lui faire mon rapport.

— Mais, elle, vous ne l'avez jamais revue ?

— Si, une fois, peut-être. Dans une épicerie. J'étais en voiture et nous roulions vite, c'est vraiment difficile de reconnaître le visage de la personne à cette vitesse.

— Combien de temps a duré ce petit jeu ?

— Un mois, peut-être davantage.

— Vous parliez à votre frère avec un cellulaire ?

Elle a gloussé.

— Vous rigolez ? Dieu me pardonnerait-il de fouler le sol vicieux des nouvelles technologies ? Grand-maman en ferait une attaque. Mason me téléphonait dans une cabine située près de l'école. Nous nous mettions d'accord sur une heure de rendez-vous. Cela faisait partie du jeu.

— Comment a-t-il pu gagner Johnson City ?

— Sans doute en faisant du stop. Quand Mason met une casquette, il est mignon. (Elle a baissé la tête.). Il a l'air... normal.

— Savez-vous où Mason logeait ?

— Un motel, c'est tout ce qu'il m'a dit.

— Il a vécu sur l'argent de votre grand-mère. L'argent qu'il lui a volé.

— Mason n'a rien volé. C'est moi.

— Pour lui ? Vous le lui avez donné ?

— Oui.

J'ai songé à la cabine téléphonique. Après quatre ans, il y avait très peu de chances de pouvoir retracer l'appel.

— Est-ce qu'un jour il vous est arrivé de le joindre ?

— Mason ne voulait pas me donner son numéro de téléphone, mais je l'ai menacé de quitter le jeu s'il refusait. Ça s'est produit une seule fois, c'est moi qui l'ai appelé, mais il n'était pas content du tout. Je n'ai plus jamais recommencé.

— Ce numéro, y a-t-il une chance pour que vous l'ayez conservé ?

Elle m'a tendu une feuille de papier pliée.

— C'est vraiment nul, vous savez. Mason a le cœur tendre comme un agneau.

Elle a été prise alors d'un hoquet. Elle a respiré un grand coup, puis elle a soupiré.

J'aurais voulu lui déclarer des paroles réconfortantes. Mais j'étais fatiguée, et une petite voix me disait de traiter avec prudence les propos délirants d'une adolescente.

Je ne savais plus trop où j'en étais. Devions-nous reconsidérer toute l'enquête depuis le début? Sous un angle différent?

Qui était vraiment Cora Teague?

Chapitre 22

Était-ce dû à l'allusion que maman avait faite à Aristote ? Ou bien à un reste d'adrénaline générée par ma rencontre avec Susan Grace ? En tout cas, je ressentais un besoin énorme de parler à Ryan.

Je lui ai téléphoné depuis ma voiture mais suis tombée sur sa boîte vocale. J'ai laissé un message.

J'ai également joint Ramsey, qui a décroché aussitôt. Je lui ai raconté toute ma conversation avec Susan Grace.

— Votre sentiment général ?

— C'est une jeune fille en colère.

— Qui ne le serait pas, à vivre dans une famille de fous ?

Je ne pouvais qu'être d'accord.

— Si je résume, Mason avait exigé de sa sœur qu'elle espionne sa petite amie pendant que lui échouait à des kilomètres de là.

— Susan Grace n'a pas tout à fait présenté les choses de cette façon.

— Oui, mais elle n'explique pas pourquoi Mason s'est enfui.

— À mon avis, elle m'en a dit plus qu'elle ne voulait. Et je dois ajouter qu'elle s'exprime très bien pour une jeune de 16 ans.

— Elle s'en fiche de Cora, c'est bien ça ?

— Le mot est faible.

— Elle vous a expliqué pourquoi ?

— Non. (Des yeux ont brillé sur le bas-côté de la route. Sans doute un cerf pris dans mes phares. J'ai ralenti.) Elle prétend détester la façon dont son frère s'était entiché de Cora. Elle m'a confié que sa grand-mère traitait Cora de diablesse.

— La vieille chouette utilise certainement le même qualificatif pour parler de vous.

— Je suis flattée.

— Bon, ils jouent aux espions un petit moment, puis Mason disparaît de la circulation, c'est bien ça ?

— C'est ça.

— Où est-ce que le petit restait, à Johnson City ?

— Susan Grace l'ignore, mais elle avait un numéro de téléphone. Je vais vous l'envoyer tout à l'heure par texto.

— Vous pensez qu'elle pourrait avoir peur qu'il lui soit arrivé quelque chose ?

— Elle affirme qu'il ne serait jamais parti sans lui donner de nouvelles.

— Sauf s'il met des centaines de kilomètres entre lui et un meurtre.

— C'est une possibilité. Ou bien ce serait Cora ?

— Ce serait Cora quoi ?

— Cora qui aurait besoin de se faire oublier.

Ramsey a réfléchi à cette éventualité.

— Concernant les Brice, a-t-il ajouté, je ne les connais pas.

— Susan Grace dit qu'ils vivent à Asheville.

— Elle pense donc qu'ils ont quitté Avery.

— Vous les retrouverez ?

— Je m'en occupe.

Puis je lui ai parlé de la photo d'Edward Gulley.

— C'est tout de même bizarre, cette histoire de scolarisation à domicile du petit Mason, a-t-il commenté.

— Je suis même étonnée qu'elle ne l'ait pas noyé à la naissance.

— Qu'est-ce qui cloche avec lui ?

— Je m'en occupe.

— Bonne initiative.

J'arrivais aux abords de Charlotte lorsque Ramsey m'a rappelée.

— J'ai vos infos. Joel et Katalin Brice. Joel est soudeur et Katalin est boulangère. Ils ont une fille, Saffron, encore à l'école primaire. À l'été 2011, ils ont perdu un enfant, River, alors âgé de neuf mois. Après ce drame, ils ont quitté Avery pour Asheville.

— Vous leur avez téléphoné?

— Oui. J'ai eu Joel en ligne, mais brièvement.

— Quelles sont les causes du décès de leur bébé?

— Mort subite du nourrisson.

— Génial.

— Pardon?

— La plupart des professionnels définissent le SMSN comme une mort inexpliquée, survenue souvent pendant le sommeil. Ce syndrome touche les bébés de moins d'un an, apparemment en bonne santé. Ce serait comme déclarer : « cause du décès indéterminée ». Vous avez parlé au coroner? Pour avoir un compte rendu complet?

— Si je parviens à le retrouver, oui.

— Est-ce que ça s'est passé alors que leur fils était confié à la garde de Cora?

— Joel a refusé d'aborder la question de Cora Teague.

— L'ont-ils connue par l'Église de sa Sainteté Jésus notre Seigneur?

— Autre sujet tabou.

— Vous l'avez questionné sur le renvoi de Cora?

— Sujet super tabou.

— Et les raisons de leur départ de la congrégation?

— Super super tabou.

— C'est-à-dire?

— Il m'a raccroché au nez.

— Vous en pensez quoi?

Pendant un long moment, je n'ai plus entendu que sa respiration.

— J'en pense qu'on nous cache beaucoup de choses.

J'ai cherché à me concentrer sur le volant, mais mes pensées virevoltaient en tout sens.

Qu'allais-je découvrir demain matin avec mon moulage? Est-ce que ça avait seulement réussi? Et dans ce cas, quel visage apparaîtrait? Celui de Cora Teague?

Pourquoi Hazel Strike m'avait-elle téléphoné le samedi? Qui avait-il soudain de si urgent? Avait-elle découvert quelque chose? Ou bien était-elle inquiète et appelait-elle à l'aide?

Vers qui s'était-elle tournée après m'avoir laissé son message ? Cette personne pourrait-elle être son assassin ?

Hazel avait-elle eu le temps de rendre visite à John et Fatima Teague ? À grand-maman Gulley ? Aux Brice ? L'une de ces personnes se sentait-elle tellement harcelée qu'elle avait fait le voyage jusqu'à Charlotte ? Les choses avaient-elles dérapé à un moment ou un autre ?

Wendell Clyde avait-il eu vent de ma rencontre avec Strike au MCME ? De son intérêt persistant pour la disparition inexpliquée de Cora Teague ? Clyde s'était-il montré hostile au point de la tabasser à mort et de se débarrasser du corps dans un étang ?

Susan Grace a resurgi dans mes pensées. Par deux fois, elle avait formulé des questions d'une façon qui m'avait dérangée. Une fois dans ma voiture, une autre fois chez elle.

Était-ce simplement une tournure de phrase qu'elle privilégiait ? Ou était-ce littéralement ce qu'elle pensait ?

Je me demandais si Ramsey y avait prêté attention ? Je regrettais d'avoir oublié de lui en parler.

Les feux à l'angle de Queens Road et Queens Road étaient au rouge. Ne cherchez pas… Vous êtes à Charlotte. Tandis que j'attendais que ça passe au vert, j'ai appuyé sur un numéro préenregistré sur mon téléphone.

Trois sonneries, puis un « Slidell » balancé d'un ton bourru.

— D^{re} Brennan à l'appareil.

— Je sais.

Je vais bien, crétin. Merci de l'avoir demandé.

— Je voulais savoir si vous aviez du nouveau sur l'affaire Strike.

— On le voudrait tous.

J'entendais en bruit de fond le brouhaha du bureau de l'escouade criminelle.

— Vous travaillez tard.

— Ça vous intéresse ?

Je lui ai livré la teneur de ma conversation avec Susan Grace.

— La petite est persuadée que Cora Teague est une vraie plaie, a-t-il résumé.

— C'est exact.

— Elle est jalouse. Cora lui a volé son grand frère.

— Peut-être. Mais elle a une façon de poser les questions qui n'arrête pas de me mettre mal à l'aise.

Slidell s'est raclé la gorge.

— Elle a déclaré à sa grand-mère : « N'y a-t-il donc personne sur cette terre pour se soucier de lui ? » À moi : « Est-ce que personne parmi vous ne tient véritablement à le retrouver ? »

— Et ?

— N'est-ce pas une façon étrange de présenter les choses ?

— Vous avez dit qu'elle était bizarre. Écoutez, je vais…

— On dirait qu'elle sait que d'autres personnes sont à la recherche de son frère…

— Qu'est-ce que tout ça a à voir avec Strike ?

Il montrait des signes d'impatience.

— Peut-être que la chasse de Strike pour retrouver Cora Teague l'a conduite à Mason. Et peut-être n'était-elle pas la seule à mener l'enquête.

— Vous faites allusion à son rival, Wendell Clyde ?

— Vous avez une meilleure idée ?

J'avais repris mon ton cassant. Le scepticisme de Slidell commençait à me fatiguer. Et je l'étais déjà pas mal.

— Ouais, il serait temps que je m'y mette.

Respire.

— Strike m'avait annoncé qu'elle retournait à Avery. Elle a probablement rendu visite à John et Fatima Teague, à grand-maman Gulley et peut-être bien aussi aux Brice. Serait-il possible qu'elle ait mis quelqu'un en colère ? Ou qu'elle lui ait fait peur ?

Slidell s'apprêtait à me répondre, je lui ai coupé la parole :

— Ou bien Wendell Clyde a entendu parler du voyage de Strike et a voulu la mettre hors-jeu.

Long silence.

— Rappelez-moi la date à laquelle elle vous a téléphoné.

— Strike m'a passé trois coups de fil le samedi. Je suppose qu'elle était à Avery en même temps que moi.

— Mais vous ne lui avez pas parlé directement.

— Non.

La réplique de Slidell s'est résumée à un silence encore plus long que le précédent.

— Aujourd'hui, j'ai fait un tour au domicile de Strike, a-t-il fini par ajouter. Elle vivait dans un trou à rats à Derita.

— Derita est un quartier plutôt habité par la classe moyenne.

— Ouais. Que des enfants, des toutous et des mémés qui s'adonnent à la peinture à numéros.

J'ai levé les yeux au ciel. Mon état de fatigue s'aggravait.

— Je peux vous dire que Strike n'était pas trop ferrée en déco. Les deux chambres, la cuisine, la salle de bain, le salon et salle à manger, tout était peint en jaune pisse. Le seul objet d'art là-dedans était un calendrier aimanté sur la porte du frigo. Avec une pub de graines pour oiseaux au bas de la page.

J'ai songé à la définition que devait donner Slidell aux mots « objet d'art ».

— Y avait-il des traces de cambriolage ?

— Aucune.

— Des éléments prouvant qu'elle aurait pu être tuée chez elle ?

— Pas de sang, pas de meubles renversés, pas de miroirs brisés, pas de tiroirs retournés.

— Et aucun signe de lutte ?

— Ou alors quelqu'un a bien fait le ménage.

— Vous avez convoqué les techniciens en scènes de crime ?

— J'y ai pas pensé du tout.

Respire à fond.

— Savez-vous si, pendant la perquisition, on a retrouvé un petit enregistreur intégré à un porte-clés ?

J'ai entendu son siège couiner. Je l'imaginais en train d'attraper la liste des objets retrouvés par les policiers.

— Y a rien de ce genre dans le rapport. Pourquoi ?

— Strike en possédait un. Elle est venue avec lors de sa première visite en m'expliquant qu'elle l'avait découvert au pied d'un arbre, durant sa virée au belvédère du comté de Burke. C'est là que les restes ont été retrouvés en 2013.

— Il y avait quelque chose d'enregistré ?

Je lui ai décrit les trois voix.

— *Jesus Christ!* Et vous ne l'avez pas obligée à vous le remettre ?

— Je n'avais pas de mandat pour la contraindre.

Pas la peine de rentrer dans les détails. J'ai entendu quelqu'un s'adresser à Slidell, puis plus rien. Il avait dû plaquer le téléphone contre sa poitrine. J'étais arrivée chez moi lorsqu'il a repris le fil de notre conversation.

— Donc, la fouille de la maison n'a rien donné ?

J'avais juste envie de rentrer me mettre au chaud.

— Je n'ai pas dit ça. Une chambre était pleine à craquer de boîtes remplies de dossiers. On se serait cru dans un épisode de *Hoarders* !

— Des affaires liées à des enquêtes sur le web ?

— J'ai certains de mes gars qui épluchent tout ça.

— Pas d'ordinateur ?

— Pas de cellulaire, pas d'ordi.

— Vous avez inspecté sa voiture ?

— Je ne sais pas comment je m'en tirerais sans vous.

— Elle devait bien avoir un ordinateur portable quelque part. Elle passait son temps sur…

— La grande toile virtuelle, oui, je sais. Sa maison est équipée du wifi.

J'ai coupé mon moteur. De derrière les vitres de ma voiture, les pelouses et les jardins de Sharon Hall semblaient aussi lugubres et désertés que ceux de Heartherhill.

— Avez-vous réussi à localiser Wendell Clyde ?

— Oui, l'énergumène vit toujours à Huntersville. Première heure demain matin, je m'en vais lui faire cracher le morceau au sujet de ses derniers actes de bravoure.

— Est-ce que vous voulez que je…

— Je peux gérer ça tout seul.

À nous deux, nous avons dû battre tous les records de vitesse de déconnexion téléphonique.

Il était presque vingt-trois heures. J'étais dans un état d'épuisement total. Pourtant je sentais qu'un *dring-dring* subliminal m'empêcherait de dormir.

Après quelques câlins prodigués à Birdie, j'ai envoyé à Ramsey par texto le numéro de téléphone de Mason à Johnson City. Puis j'ai entamé de nouvelles recherches sur le

Net. Je n'ai pas trouvé grand-chose, mais ce que j'ai trouvé a expliqué l'excitation de mes synapses.

Oscar Mason était un pionnier dans le domaine de la radiographie et de la photographie médicale, et pendant plus de quarante ans, il a été le patron du département photo du Bellevue Hospital à New York. Durant toute sa carrière, l'homme a accumulé des centaines de clichés pour illustrer des ouvrages de médecine publiés en association avec l'hôpital et la faculté de médecine. Mason a pris sa retraite en 1906, avant de mourir en 1921.

Ça collait. Edward Gulley avait dû être un de ses derniers sujets.

Mason avait été nommé président de la section photo de l'American Institute et possédait un bureau à l'American Microscopical Society.

Très impressionnant. Mais pourquoi son nom me disait-il quelque chose depuis le début ?

J'ai creusé.

Bingo !

En 1866, une morgue avait été construite à Bellevue sur le modèle de celle de Paris. Au cours de l'année suivante, une des missions de Mason avait consisté à photographier les morts non identifiés. La photo et le cadavre étaient numérotés, puis les corps exposés pendant trois jours sur une dalle de pierre, dans une salle séparée du public par une vitre. Les individus non réclamés, car non identifiés, finissaient au cimetière de Hart Island.

Le *bang* mental s'est produit à cet instant précis. Dans une vie antérieure, j'avais suivi des cours sur l'évolution du système médico-légal où on parlait de Mason. On avait étudié des exemples de son travail, lu des rapports annuels où il plaidait pour un accès facilité aux cadavres afin de les photographier.

J'ai poursuivi mon exploration, et une phrase a capté mon attention : « Les photos les plus célèbres d'Oscar Mason sont parues dans le grand atlas de dermatologie écrit par George Henry Fox. »

La Toile mondiale est une création des plus merveilleuses. Cela ne m'a demandé que quelques secondes pour découvrir le livre de Fox : *Iconographie photographique des maladies de la peau.* Les quatre volumes avaient été publiés entre 1900 et 1905, et aujourd'hui, appartenant au domaine public, ils avaient été numérisés et colorisés.

J'ai téléchargé toutes les planches, les unes après les autres, en me référant à la table des matières. Je n'ai trouvé aucune mention d'un quelconque sujet atteint de « dysplasie ectodermique dentaire d'origine inconnue ». Aucun cliché montrant Edward Gulley avec des yeux cernés, la peau dépigmentée, les ongles fendus et les dents mutilées. Mais le style était sans équivoque. La page du grand-père Gulley provenait bien d'un livre de Fox.

J'ai ensuite examiné la photo que j'avais prise avec mon iPhone avant de quitter Susan Grace. Pendant qu'oncle Edward me considérait d'un air mélancolique, j'ai pointé la liste de ses bizarreries.

Ce coup-là m'a pris davantage de temps, mais ma persévérance a payé. À deux heures du matin, j'avais établi mon diagnostic concernant Mason et Edward Gulley.

Je me suis glissée sous ma couette, un peu attristée en pensant à eux, mais en même temps euphorique. Et surtout, perplexe.

Le sommeil m'a happée en une fraction de seconde.

Notre subconscient est lui aussi une création des plus merveilleuses.

Une heure plus tard, je me suis réveillée en sursaut. Les connexions entre mes synapses ont fonctionné instantanément.

Et j'ai su alors quel visage j'allais observer dès le lendemain, à l'intérieur du moule en ciment.

Chapitre 23

Un petit vent était en train de semer la pagaille, mais avec cette nonchalante douceur qui n'appartient qu'au printemps. Les rayons du soleil se faufilaient à travers les magnolias pour dessiner au sol des motifs instables sur ma terrasse en briques.

Pourtant la beauté de cette matinée avait peu de prise sur moi. Deux heures plus tôt, j'avais téléphoné à Hawkins. Je n'avais plus qu'une envie : être déjà au labo.

Quand j'y suis arrivée, Mme Flowers était occupée à l'accueil, sa mission première. Je l'ai saluée d'un rapide geste de la main avant de foncer me changer.

Le ciment était tel que je l'avais laissé. Sauf pour la couche de dissolvant chimique qui recouvrait à présent le mastic au silicone.

J'ai laissé faire le café et j'ai couru au sous-sol. Hawkins s'est pointé aussitôt. Il a enfilé ses gants, puis a passé une éternité à enlever la pâte visqueuse avec une raclette en plastique. Enfin le mastic a disparu et la craquelure était visible.

Pendant que je stabilisais le ciment, dont l'action avait été au fond très passive, Hawkins a desserré l'étau à main. À nous deux, on a extrait la masse des mâchoires de l'étau, et l'avons disposée sur le comptoir.

— Prête ?

J'ai hoché la tête.

Dans un mouvement coordonné, chacun de nous a agrippé une moitié de l'objet. Le ciment a cédé le long des craquelures d'origine. J'ai retenu mon souffle au moment où on a tiré ensemble en arrière d'un coup sec.

Les deux parties se sont détachées. Le revêtement de caoutchouc liquide avait fait son œuvre. Le moulage s'est déboîté sans difficulté de son carcan. On a secoué légèrement les deux morceaux de ciment pour finir de libérer le moulage. Je l'ai récupéré délicatement avant de le déposer sur le comptoir.

Le résultat de notre travail reposait face contre terre. La tête semblait être relativement bien formée quoique cabossée là où l'air avait créé des bulles ou bien aux endroits où le ciment était déjà endommagé. Des stries représentaient les cheveux à la surface.

J'ai doucement fait rouler le moulage entre mes deux mains et je l'ai installé sur sa base, c'est-à-dire la partie plane du morceau de ciment d'origine.

J'avais examiné par le passé de célèbres masques mortuaires, pour certains, des originaux. John Dillinger, Dante, Napoléon, Marie Stuart. Chacune de ces horribles effigies avait réussi à capter l'esprit de la personne décédée, de macabre façon, certes, mais impressionnante.

Chaque fois, cela m'avait filé la chair de poule.

Hawkins et moi nous tenions côte à côte, le regard fixé sur le visage qui nous faisait face, lorsque Larabee est entré.

— Alors, ça s'est bien décollé ?

En apercevant le buste, son sourire s'est changé en un O de stupéfaction.

— Sapristi !

Larabee nous a rejoints et a calé ses mains sur ses hanches.

— Ça parle au diable !

— Ouais…, ai-je murmuré.

Les détails du moulage dépassaient mes espoirs les plus fous. À l'exception de minuscules distorsions au niveau des paupières, c'était comme contempler le visage d'une personne assoupie. Un long nez. Des pommettes hautes, une mâchoire proéminente.

— C'est Cora Teague ? s'est enquis Larabee.

— Non.

— Une idée de qui ce pourrait être ?

— Mason Gulley.

— C'est qui, ça, Mason Gulley ?

— Tu aurais une minute?

— Bien sûr, m'a-t-il répondu en jetant un œil à sa montre.

Sans doute un cadavre qui l'attendait à l'autre bout du couloir.

— Merci. Je te rejoins à ton bureau. Je dois passer dans le mien récupérer mon téléphone et des copies papier.

Pendant que Hawkins nettoyait la salle qui pue, j'ai informé mon patron de tous les événements survenus depuis lundi. Ensuite, je lui ai montré sur mon iPhone la photo de la planche de G. H. Fox.

Il a froncé les sourcils en examinant sous toutes les coutures ce qu'il y avait à l'écran.

— La photo de face ressemble à un cliché des toutes premières cabines photo automatiques.

— C'est une page tirée d'un manuel de médecine. Les photos sont celles du photographe attitré du Bellevue Hospital, Oscar Mason.

Ensuite, je lui ai tendu les images tirées d'Internet que j'avais imprimées sur papier.

— Qui est le sujet qui pose?

Je lui ai tout raconté sur Edward Gulley. Mason. Susan Grace.

— Je dois l'admettre, il y a une ressemblance avec ton moulage. Mais comment peux-tu être sûre que c'est le jeune Gulley?

Je le sentais dubitatif.

— As-tu déjà étudié le syndrome Naegeli-Franceschetti-Jadassohn?

— Rafraîchis-moi la mémoire.

— Le syndrome NFJ est une maladie transmise selon le mode autosomique dominant. Elle est due à des mutations génétiques.

— Donc si un parent l'a, chaque enfant aura 50 % de chances d'en hériter.

— Oui. Les gens présentant le syndrome NFJ transpirent rarement, voire pas du tout. Donc une activité physique intense est déconseillée. Même chose pour l'exposition à des grosses chaleurs. Un individu malade pourra avoir des taches sombres sur l'abdomen, la poitrine ou le cou. Parfois autour des yeux et de la bouche. Les taches apparaissent entre l'âge de un et cinq ans. Ensuite, ça disparaît à l'adolescence, comme ça peut persister toute la vie durant.

— J'observe une hyperpigmentation cutanée réticulaire, a commenté Larabee en faisant référence au dessin en filet sur le visage d'Edward Gulley.

— Les autres symptômes sont une augmentation de la couche cornée de l'épiderme des paumes et des plantes de pied. Des ongles de doigt friables et, moins fréquemment, un mauvais alignement des ongles des gros orteils.

— Il faudra vérifier tous ces détails.

— Les dents sont toujours sévèrement atteintes, parfois il en manque, avec des anomalies de l'émail qui devient jaune, et souvent elles tombent toutes relativement tôt.

— Je constate ce que tu me dis. De là à en conclure que…

— Un autre signe de la maladie est l'absence d'empreintes digitales.

— Oh…

— Le pouce et le doigt retrouvés près du belvédère du comté de Burke n'avaient pas d'empreintes.

— Le syndrome NFJ touche la population dans quelle proportion ?

— On l'estime à un cas sur deux à quatre millions de personnes.

— Il y a de bonnes chances que ce soit ça.

— Oui.

— Et donc, il est très probable que la tête dans le ciment soit celle de Mason Gulley.

— Oui, le cheveu blond si fin sur l'écouvillon, c'était à lui. Les témoignages le décrivent comme bizarre. Grand-maman Gulley le qualifie de « contre nature ». Le masque mortuaire ressemble fort aux photos d'Edward Gulley. L'absence d'empreintes sur les doigts conservés dans la résine de pin tend à confirmer que c'est bien lui. Tout concorde avec le NFJ, et avec Mason.

— Donc tous les autres restes découverts jusqu'ici seraient les siens ?

— Les ossements sont cohérents en matière d'âge et de taille. Mais je ne peux pas assurer qu'ils proviennent tous de la même personne. Comme je ne peux pas assurer qu'ils n'en proviennent pas.

— On pourrait avoir un échantillon d'ADN ?

— Aucune chance avec la grand-mère. Quant à Susan Grace, elle est mineure.

Larabee a réfléchi.

— Par conséquent, c'est encore possible qu'il y ait des restes de Cora Teague dans ce que tu as collecté ?

— Ou de quelqu'un d'autre.

— Je sens que tu n'y crois pas.

— Je n'y crois pas.

— Tu sais que ce n'est pas suffisant.

— Je le sais.

— Nous n'aviserons pas la famille.

— Non.

Larabee a tapoté son accoudoir de la pointe de ses doigts.

— Il est quasiment certain que Gulley a été assassiné.

— Sa tête était dans un seau.

— Ton avis là-dessus ?

Je lui ai fait part des commentaires de Susan Grace sur Cora Teague, de la «chute» fatale du petit Eli, du SMSN qui a emporté le bébé des Brice.

— Qui était le légiste là-bas à l'époque ? ai-je demandé.

— Le comté d'Avery a un coroner.

— Génial.

À la différence des médecins légistes — docteurs pour la plupart, et c'est le cas en Caroline du Nord —, les coroners peuvent être n'importe qui, d'un mécanicien à un entrepreneur de pompes funèbres.

— J'ignore qui, les électeurs, dans leur grande sagesse, ont désigné en 2008 et en 2011. Laisse-moi le temps de vérifier.

— On en est où, avec Strike ?

— Je n'ai eu aucune nouvelle de Slidell.

— Il avait prévu d'interroger Wendell Clyde ce matin.

— La bataille des détectives du web, a répliqué Larabee sur un ton un brin agacé.

— Je t'assure que leurs échanges sur les sites étaient d'une férocité incroyable.

— Et si on faisait plaisir à Skinny ?

Il s'est penché vers son téléphone pour enclencher le haut-parleur, et l'a appelé. Deux sonneries, puis : « Slidell. »

— Tim Larabee à l'appareil.

— Peux pas vous parler, doc, je suis sur une scène de crime.

Gros vacarme à travers le combiné. Une porte qui claque. Cacophonie. Une sirène qui hurle au loin.

— Et si vous me faisiez un rapide point sur l'affaire Hazel Strike ?

— Ce mélodrame vient de prendre une nouvelle tournure. (On a entendu Slidell vociférer un ordre à quelqu'un.) Je suis dans un condo de Carmel Road, en train d'admirer de la cervelle un peu partout sur les murs. Selma Barbeau, 72 ans, femme blanche, veuve, vivant seule. Un salaud lui a refait le portrait avec un bâton de baseball Brooklyn Smasher qu'elle gardait sous son lit pour se protéger.

Larabee a planté son regard dans le mien.

— Barbeau a été tuée à coups de bâton de baseball ?

— Ouais…

— Vous pensez que c'est le même gars qui a tué Hazel Strike ?

— Non, doc. Des vieilles veuves matraquées, j'en rencontre tout le temps.

J'ai griffonné un nom sur un papier et l'ai tendu à mon patron.

— Avez-vous interrogé Wendell Clyde ?

— Pas encore. Je l'ai laissé poireauter au poste. Vu les circonstances, il ne serait plus notre premier suspect. Mais un brin d'attente devrait le mettre dans de bonnes dispositions pour parler.

Je me suis félicitée intérieurement de m'être interdit tout commentaire sur l'humour de Slidell.

De retour à mon bureau, alors que je m'apprêtais à appuyer sur la touche d'un numéro préenregistré, mon iPhone a vibré dans ma main. Numéro inconnu. Je ne sais pas pourquoi j'ai répondu.

— Salut, maman ! Je ne vais pas pouvoir te parler longtemps.

— Oh mon Dieu ! Katy ! Je suis tellement heureuse d'entendre ta voix.

La communication était mauvaise. J'imaginais ma fille à des milliers de kilomètres, debout dans un centre d'appels, son M16 sur une épaule et, derrière elle, des soldats en file indienne attendant leur tour.

— Comment tu vas? As-tu besoin de quoi que ce soit? Tu veux que je t'envoie un colis?

Je parlais si vite que j'en bafouillais presque.

— Je vais bien, maman.

— Comment ça se passe en Afghanistan?

— Parfait aujourd'hui, mieux demain.

— Très drôle. Est-ce qu'il fait toujours aussi froid?

— Non, c'est monté à 26° hier.

— Tu es bien sûre de n'avoir besoin de rien?

— Je vais bien, maman. Mon unité va bouger. Je te téléphonais juste pour te faire un petit coucou.

— Bouger?

Reste zen.

— Rien de grave. Mais ça pourrait être difficile de te téléphoner pendant un moment.

— Un moment?

Tout à fait zen.

— Ce ne sera pas si long. Et toi, de ton côté, tout va bien?

Puisque je l'avais avoué à maman, cela me semblait correct de la prévenir aussi.

— Andrew Ryan m'a demandée en mariage.

Je n'ai pas précisé qu'il l'avait fait plusieurs mois plus tôt. Une pause. Brève, presque imperceptible.

— Et?

— Je ne lui ai pas encore donné ma réponse.

— Pourquoi?

— J'hésite.

— Est-ce que tu l'aimes?

— Oui.

— Alors pourquoi tu figes?

— Je ne dirais pas que je fige.

— Tu dirais quoi?

— Je prends le temps de réfléchir.

— Es-tu toujours sur la défensive à cause de la trahison de papa?

— Non.

Oui.

— D'accord, c'était un sale coup, mais ça ne veut pas dire que Ryan te trompera.

— C'est vrai.

— Alors où est le problème?

— Je ne sais pas trop.

— Vas-y, plonge.

— C'est un peu vite.

— Ryan a raison d'aller vite. Et grand-maman, elle est au courant?

— Oui.

— Elle en dit quoi?

— Vas-y, plonge.

— Je l'adore, Daisy!

— As-tu parlé à ton père?

— Je m'apprête à le faire. Voilà pourquoi je dois raccrocher. Je t'aime, maman.

— Je t'aime aussi, ma chérie. Fais attention à toi.

— Toujours.

Fin de la communication.

J'ai marqué une pause, histoire de me calmer. J'étais bercée d'un sentiment contradictoire, un mélange d'inquiétude et d'exaltation. J'ai téléphoné à Ramsey.

Comme pour Slidell, la voix de Ramsey était couverte par des bruits de fond. Il s'occupait également de gérer une scène violente: la rencontre entre une Buick, une Ford Bronco et une bouteille de Jack Daniel's.

Par-dessus les grésillements incessants de la radio de la police, je lui ai livré l'info principale concernant Mason Gulley, ensuite la nouvelle théorie de Slidell sur Hazel Strike. Ramsey a dû sentir une inflexion dans ma voix.

— Ne me dites pas que vous croyez que le meurtre de Strike n'a aucun rapport avec tout ce qui s'est passé dans les montagnes? Ni que ce ne serait pas lié à son enquête sur Cora Teague?

— Non. (Une pensée a surgi soudain.) Je pense que Strike est allée dans le comté d'Avery samedi dernier. Quand nous étions avec elle au belvédère à Burke, elle s'est montrée hostile vis-à-vis de vous. Croyez-vous qu'elle ait pu pousser cet énorme rocher sur nous?

— Pourquoi aurait-elle fait cela ?

— Pour nous détourner de notre enquête ? Ou parce que nous l'avons fait chier ? Parce qu'elle est folle ?

— Ou bien c'est Wendell Clyde ? Il s'imaginait qu'elle était avec nous en bas ?

Trop de questions et toujours pas assez de réponses.

— Ça a donné quoi, les empreintes ?

Je faisais allusion aux empreintes d'outils prises à l'endroit où le rocher avait été délogé.

— Pour les spécialistes, il s'agit d'un pied-de-biche.

— Une marque particulière ?

— Non.

Super. Ça réduisait le champ des possibilités à une quantité astronomique de marques.

— Je résume : le seau de Devil's Tail contenait la tête de Mason Gulley. Et je suis quasiment certaine que le pouce et le doigt du comté de Burke lui appartiennent. Cela suppose que les restes de torse sont aussi les siens. Ce qui fait que la seule piste qui nous reste, ce sont les ossements de Lost Cove Cliffs.

— La prof de l'université vous a rappelée ?

— Non.

Le grésillement avait cessé, sans doute avait-il baissé le volume de sa radio.

— Quelqu'un a découpé ce jeune en morceaux et les a balancés dans deux ravins différents, peut-être trois, c'est ça ?

— Ça ressemble à ça, ai-je répondu.

— Mais qui ?

— Je n'aime pas ce que j'ai entendu au sujet de Cora Teague. La mort de son petit frère. La mort du bébé des Brice. Et le qualificatif de « diablesse ».

— L'assassin, et non la victime ?

Le ton du shérif adjoint prouvait qu'il s'était aventuré dans les mêmes eaux troubles que moi.

— Peut-être qu'effectivement on se plante depuis le début, ai-je soupiré.

Je l'ai entendu inspirer puis expirer.

— Vous proposez quoi ?

— Je vais une nouvelle fois essayer d'entrer en contact avec l'anthropologue qui a procédé à l'analyse des restes de Lost Cove Cliffs. Je vais aussi rappeler les gars du labo pour voir s'ils ont réussi à séquencer l'ADN. J'aimerais sacrément être sûre et certaine que nous cherchons une unique victime.

— Et de mon côté?

— Si on se retrouvait demain tous les deux à Asheville? Pour une petite conversation avec les Brice.

La dernière chose dont j'avais envie était de repartir dans les montagnes. Grâce au ciel, Asheville était nettement moins loin en voiture que les sentiers du comté d'Avery.

— Bien reçu.

Une seconde plus tard, il me dictait une adresse.

— D'ici là, je vais creuser pour voir ce qu'on a sur la mort de leur bébé. Plus on aura d'infos, plus on pourra leur mettre de la pression.

— Et si vous pouviez vous renseigner aussi sur les problèmes de santé de Cora Teague, ai-je suggéré.

— Vous savez d'avance ce que ça donnera…

Je le savais. Cora étant mineure, personne n'accepterait de l'éclairer sur son dossier médical.

— Montrez-vous habile.

— Bien reçu. Adjoint Sournois, 10-8.

Puis plus rien.

Je ne me souvenais plus à quoi correspondait le code 10-8 en radio, mais j'appréciais de plus en plus l'humour du bonhomme.

J'ai téléphoné au labo, mais on m'a répondu que la personne en charge de l'échantillon d'ADN, Irene Trent, une technicienne dont le nom m'était inconnu, était sortie dîner. J'ai insisté pour qu'elle me rappelle.

Cette brève conversation m'a fait penser que je n'avais rien avalé hormis mon bagel depuis sept heures ce matin. Et la pendule indiquait 14 h 15.

Petite virée à la salle du personnel. J'ai englouti un burrito décongelé que j'ai dissous avec un Coke Diète. J'ai téléphoné à Ryan. De nouveau, boîte vocale.

Pendant une seconde, j'ai vu le visage de Ryan me marmonnant son ultimatum. Pourquoi ne me rappelait-il pas? Nous ne nous étions pas parlé depuis plusieurs jours.

Cela m'a provoqué une pointe d'angoisse. Avais-je fini par user sa patience? Avait-il changé d'avis au sujet de mon week-end à Montréal? Avait-il changé d'avis tout court?

J'ai consacré l'heure suivante à photographier le buste de Mason Gulley sous tous les angles. En jouant sur les effets de lumière. Sur certaines photos, sa ressemblance avec l'oncle Edward était troublante. Sur d'autres, celles en noir et blanc, Mason semblait étrangement vivant.

En observant ce pauvre visage de pierre, j'ai ressenti du dégoût envers Martha Gulley. Comment une femme pouvait-elle accabler un enfant pour une défaillance génétique héréditaire ? Condamner et injurier son petit-fils de la sorte ?

Trent m'a enfin rappelée. Il était seize heures. Elle n'a pas ri quand je lui ai demandé où elle en était avec le test d'ADN, mais presque. D'accord, je lui avais envoyé les échantillons il y a une semaine à peine. En insistant un peu, elle a admis que les restes ne valaient pas de la merde. Ne jamais tout miser sur le même cheval.

Après avoir raccroché, j'ai repensé aux écouvillons que j'avais passés sur les parois de la cavité. Il fallait les analyser.

Je suis tombée sur la boîte vocale du labo. Ai laissé un message.

J'étais sur une lancée.

La personne à joindre ensuite au téléphone était Marlene Penny de l'Université Western Carolina. Elle a témoigné de la surprise en m'entendant, déçue à l'avance de ce qu'elle serait en mesure de me dire.

Les ossements, ceux découverts pas ses étudiants en 2012, représentaient des morceaux de jambe et de pied. Comme ils étaient fragmentés, et hyper abîmés, elle avait été incapable de déterminer le sexe, la race, la taille, l'âge et la cause du décès. Ces restes avaient été expédiés à l'Université du Texas du Nord pour un test ADN. Toutes les tentatives avaient échoué. Les os étaient désormais rangés dans une boîte dans son bureau.

— Souhaitez-vous que je vous scanne les photos que j'ai prises ?

— S'il vous plaît, oui. Et j'aurais finalement peut-être besoin des ossements.

Je lui ai dicté mon adresse courriel. Fin de la conversation.

J'étais assise à mon bureau, ramollie par tant de frustration. Mon cellulaire a vibré sur mon sous-main. J'ai penché la tête pour vérifier qui m'appelait.

Génial.

J'ai inspiré une grande goulée d'air et j'ai décroché, aussi guillerette qu'une cerise ratatinée au sommet d'un sundae.

— Oh, Tempe! (Elle était essoufflée.) Dis-moi vraiment si tu es à ce point trop débordée pour me parler.

— Je ne suis jamais débordée pour toi, maman. Que se passe-t-il?

— J'avais *tellement* peur de te le dire. J'étais paralysée à l'idée de savoir ce que tu en penserais. (Trémolos dans la voix.) Voilà pourquoi j'étais si distraite lorsque tu m'as rendu visite. Et puis tu m'as annoncé ta grande nouvelle. Bon, enfin…

— Maman? Qu'est-ce qui ne va pas?

— Oh, ma chérie…

— Dis-le-moi.

Mon cœur battait à tout rompre.

Elle me l'a dit.

Avec force superlatifs et petits halètements fiévreux.

Chapitre 24

Les paroles de maman bourdonnaient encore dans ma tête, et cela a continué pendant que je gagnais ma voiture et rentrais chez moi. J'ai préparé des cheeseburgers pour le repas que j'ai mangés en compagnie de Birdie.

Je ne voulais pas songer à ce que l'euphorie de maman recelait. Au fond, je ne savais quoi penser de son histoire.

Ma mère, avec son cancer et ses cheveux gris, était tombée follement amoureuse.

Je n'ai pas foncé sur le téléphone ni expédié de texto ou de courriel. Franchement, je ne savais pas vers qui me tourner. Luna Finch, son médecin à Heatherhill ? Goose ? Harry ?

À un moment de son délirant épanchement, maman a cité ma sœur. OK, commençons par elle.

Harry n'a pas répondu à son cellulaire. Une voix pleine d'entrain m'a incitée à « laisser un court message comme celui-ci ». Je me suis exécutée, mais sur un ton beaucoup moins enjoué.

Ma sœurette m'a rappelée alors que je me brossais les dents.

— Est-ce que tu as discuté récemment avec maman ? ai-je demandé, la bouche remplie de dentifrice.

— Allons, Tempe, ne prends pas ce ton coincé. Elle est heureuse.

— Elle est folle.

— Eh bien, ne jouons-nous pas à Madame la Juge, là.

— Tu as raison. Je suis insensible. Mais maman n'est pas ce qu'on pourrait appeler une personne stable.

— Elle m'a assurée qu'elle prenait ses pilules.

— Maman dit toujours qu'elle prend ses pilules.

— Elle est surveillée par une armée de médecins.

— Pas de problème, alors.

Notre mère est la reine pour réussir des tours de passe-passe. Cela fait des années qu'elle se soustrait aux médicaments de diverses façons, toutes plus créatives les unes que les autres.

— Goose connaît toutes les ruses de maman.

Ma sœur était sur la défensive.

— D'accord. Qui est le gigolo gériatrique ?

— Clayton Sinitch. Et il n'est pas si vieux.

— Je t'en prie, dis-moi que le bonhomme n'a pas 35 ans.

— Le bonhomme n'a pas 35 ans.

— Harry !

— Il a 63 ans.

— Qu'est-ce qu'il fait ?

— Il est propriétaire d'un commerce de nettoyage à sec.

— Alléluia ! Maman pourra faire repasser ses pantalons à bon prix.

— Et faire amidonner tous ses plis.

J'ai saisi le sous-entendu, mais j'ai chassé aussitôt cette image.

— Il est d'où, ce Sinitch ?

— De l'Arkansas.

— Comment l'a-t-elle rencontré ?

— Il recharge ses batteries à Heatherhill.

— Depuis combien de temps se connaissent-ils ?

— Ce n'est pas important. (Pause.) Je ne contrôle pas son agenda, Tempe. Je l'ignore, peut-être une quinzaine de jours.

— Harry. (Oui, j'étais hyper calme.) Elle est à côté de ses Gucci dès qu'il s'agit des hommes.

— Peut-être qu'un peu de romance lui ferait du bien.

— Ou peut-être que c'est un arnaqueur et que ce salaud va lui briser le cœur.

— Elle a accepté de suivre les traitements de chimio.

— Pardon ?

Maman ne m'avait pas parlé de ça.

— Elle a accepté de…

— À cause de Sinitch ?

— Il lui a promis de l'aimer même quand elle serait chauve comme une boule de billard.

— Qu'est-ce que tu sais d'autre à son sujet ?

J'ai roulé des yeux, puis m'en suis immédiatement voulue.

— Il lui offre des fleurs et des chocolats. Ils se tiennent la main. Ils prennent leurs repas ensemble dans la salle à manger. Il la réprimande gentiment quand elle met trop de sel.

— Vraiment ?

— J'ai cru comprendre aussi qu'ils passaient du bon temps dans ses appartements.

— Harry !

J'étais abasourdie. Que croire ? L'apathie de maman lors de ma dernière visite n'était pas due à un brusque accès dépressif ? Soit elle rêvait à son Sinitch les yeux ouverts, soit elle était concentrée sur la façon de me dissimuler son existence.

— Ne lui laisse pas entendre que je t'ai prévenue pour la chimio.

— Pourquoi ?

— Apparemment, elle ne veut pas que tu sois au courant. Allez, jure-le.

— Harry, c'est…

— Je suis sérieuse. Pas un mot.

J'ai rendu les armes en lui souhaitant une bonne nuit. Pas question à présent de téléphoner à Ryan.

La petite ville d'Asheville, en Caroline du Nord, est décrite dans un numéro spécial du *National Geographic* de 2014 comme « la mecque des paysages montagneux, d'une beauté à couper le souffle ; elle offre un riche héritage artistique et une cuisine haut de gamme, typique du Sud profond ». Plus d'une fois, Asheville a été citée comme l'endroit le plus agréable à vivre des États-Unis, figurant régulièrement en tête des sondages d'opinion.

Asheville, ce sont des musiciens de rue, des artistes bohèmes, des microbrasseries. Le domaine Biltmore, surnommé le « Downton Abbey américain ». L'Université de Caroline du Nord.

Mais, à l'instar d'Avery au nord-est, le comté de Buncombe est un mélange de civilisation et d'arrière-pays.

En dehors de la ville, élément emblématique du coin, le tourisme est peu développé. Pas d'antiquaires, ni boutiques de Noël, ni restaurants végés. Hormis les pistes de ski et de randonnée, les dix commandements et les supports à fusils bien pleins règnent avec une poigne de fer.

Cette fois, Ramsey m'avait devancée. Il m'attendait, assis à l'une des six tables en ciment installées devant le Double D, un bus à impériale rouge transformé en café et situé sur Biltmore Avenue dans le centre-ville d'Asheville.

— Mélange du Costa Rica, a-t-il dit en poussant vers moi une tasse de café. J'espère qu'il est encore assez chaud.

— Merci.

La mousse crémeuse formait à sa surface un dessin ethnique dont le symbolisme m'échappait, et la boisson, bien que tiède, avait du goût.

— Vous avez fait bonne route ?

— Ouais.

— À vous l'honneur.

— J'ai peu d'éléments nouveaux à vous communiquer. J'attends toujours des résultats d'ADN à partir des os, et aussi des traces sur le ciment.

J'attends également de pouvoir lobotomiser Slidell.

— Bon boulot. (Ramsey a sorti l'incontournable petit carnet à spirale, et l'a feuilleté.) Joel Brice, 34 ans, sculpteur. Il appartient à la plus grande communauté d'artistes hippies de la ville, j'imagine qu'on peut la qualifier comme ça. Houmous et yogourts. Sandales et cristaux.

— Je croyais qu'il était soudeur ?

— Il fait de la sculpture sur métal. Katalin, 36 ans, fabrique des pains bio artisanaux pour fournir les restaurants de la région. Aucun d'eux n'a d'antécédent judiciaire. Leur fille, Saffron, est âgée de 7 ans.

— Quelle école fréquente-t-elle ?

Je ne sais pas pourquoi j'ai posé cette question.

— Elle est scolarisée à la maison.

— Tout comme Mason Gulley.

— Et un grand nombre d'enfants. Les Brice sont maintenant unitariens, mais durant des années ils faisaient partie de l'Église de sa Sainteté Jésus notre Seigneur.

— Jusqu'à la mort de River.

— Oui.

— C'est un drôle de saut philosophique que de passer des ultra-catholiques aux unitariens, non ?

— Ce sont sans doute des gens en constante recherche spirituelle.

Comme d'habitude, son expression de marbre ne me permettait pas d'en savoir davantage. Se moquait-il ouvertement d'eux ? De moi ?

— Les Brice habitent à quelques coins de rues d'ici, vers le nord. (Il a remballé son carnet à spirale.) On n'aura qu'à les bombarder de questions à ce sujet.

Il a vidé sa tasse et l'a reposée. De la crème avait blanchi sa moustache. J'ai tendu mon index vers sa lèvre supérieure. Il s'est essuyé la bouche et s'est levé.

Nous n'avons pris qu'un seul véhicule, son VUS. Pas de Gunner à l'intérieur. Ce brave toutou me manquait.

Le quartier où vivaient les Brice comportait de très vieux arbres dont les branches surplombaient les câbles électriques, et des alignements de maisons modestes, probablement construites dans les années 1920-1930. Celle des Brice était de plain-pied, avec un revêtement extérieur vert et une véranda complètement fermée, qui gardait porte et fenêtres à l'ombre. On devinait une chambre à coucher au grenier, par les rideaux drapés dans la lucarne.

Pareille en cela à celles de leurs voisins, la maison des Brice était surélevée. On accédait donc à la véranda par une série de marches cernées de buissons qui devaient être joliment fleuris en été.

Ramsey et moi travaillions désormais nos interrogatoires selon une routine bien établie. Il a sonné. Nous nous tenions de chaque côté d'une porte vitrée séparée en son centre par un montant sculpté de coquillages. Cela m'a fait penser à une cathédrale gothique miniature.

Un chien a marqué un vif intérêt pour les nouveaux venus. Un gros chien. Ou alors un petit, mais à l'aboiement sonore.

La porte s'est ouverte sur une délicieuse odeur de pain chaud. Une fillette nous dévisageait, intriguée. Le toutou aussi, mais plus nerveux. Au moins, il ne nous a pas sauté à la gorge.

— Qui est-ce ?

Une voix féminine nous parvenait du fond.

— Un policier.

La fillette était brune, coiffée avec des nattes et la raie au milieu. Ses grands yeux verts détonnaient dans son visage pâle et délicat.

— Retiens Dozer, Saffron chérie.

Des pas se dirigeaient vers nous.

La fillette a posé sa main sur la tête de Dozer. Le chien a cessé de grogner tout en continuant de nous tenir à l'œil. La bête, qui devait peser plus lourd que moi, bavait abondamment.

La femme est apparue, ses mains blanches de farine tenues loin du corps, et le visage rougi sous l'effort. Son sourire, d'abord amical, s'est figé à la vue de l'uniforme.

— Katalin Brice ?

— Oui. Et vous êtes ?

Ses yeux naviguaient entre Ramsey et moi.

— Shérif adjoint Zeb Ramsey. (Il a montré son badge.) Et voici le docteur Brennan. (Il a zappé ma spécialité.) Nous aimerions nous entretenir avec vous. Ce ne sera pas long.

— À quel sujet ?

— Pouvons-nous entrer ?

La requête s'adressait davantage à Dozer qu'à sa maîtresse.

Katalin Brice a scruté la rue derrière nous. Dans le soleil du matin, ses cheveux courts et bouclés brillaient comme du cuivre, ses yeux étincelaient tels les saphirs de la broche héritée de ma grand-mère. Katalin, sans aucune trace de maquillage, était d'une beauté renversante.

Sans doute rassurée par le logo du comté d'Avery sur le VUS, elle s'est reculée pour nous laisser entrer.

— Dozer, va sur ton coussin.

Le chien, clairement pas d'accord, s'en est allé.

— J'étais en train de préparer du pain et je dois retourner m'occuper de la pâte. Cela vous ennuie si on parle pendant que je travaille ?

— Bien sûr que non, a répondu mon acolyte.

Nous avons suivi Katalin et sa fille à travers le salon, puis la salle à manger, d'une propreté impeccable. Le plancher paraissait d'origine, les murs avaient été repeints.

Le mobilier, disparate, me faisait penser à la décoration chez moi, quand j'étais petite. Des fauteuils papasan en rotin, un rideau de perles pour séparer deux pièces, un portrait de Gandhi encadré. Sur une affiche au mur, on lisait : « Un jour, quand nous aurons maîtrisé les vents, les vagues, les marées et la pesanteur, nous exploiterons l'énergie de l'amour. »

Chaque surface horizontale était occupée par une œuvre d'art en métal, abstraite, pour la plupart, avec des courbes en piqué et des appendices saillants. Les sculptures semblaient représenter des animaux, à mon avis, pas d'une espèce connue.

La cuisine était immense. Au centre se dressait une solide table en pin flanquée de deux bancs. Près de la cuisinière, il y avait un énorme coussin ovale où Dozer avait pris place.

Un énorme bol en acier inoxydable trônait sur la table, et la pâte à pain était assez volumineuse pour y noyer un béluga. Près du rouleau à pâte, six moules à pain alignés.

— Je vous en prie. (Elle a écarté de son avant-bras quelques boucles retombées sur son front.) Désolée de tout ce désordre.

Ramsey a tiré un banc et nous nous sommes assis, chacun à un bout, Saffron sur le banc en face, un livre à la main. Dozer, la gueule toujours plaquée sur son coussin, nous suivaient des yeux.

— Teilhard de Chardin, ai-je déclaré pour engager la conversation sur le mode « mise en confiance ».

Au début, Katalin a semblé désorientée. Puis elle m'a souri.

— Vous avez remarqué l'affiche de la salle à manger... Vous le connaissez ?

— « Nous ne sommes pas des êtres humains vivant des expériences spirituelles. Nous sommes des êtres spirituels vivant l'expérience humaine. »

C'était la seule citation du prêtre philosophe dont je me souvenais.

— Oui, c'est une de mes maximes favorites.

Tandis que Katalin pétrissait, Ramsey a pris le relais. Dès qu'il a mentionné le prénom de River, le pétrissage de la pâte a redoublé de vigueur.

— Nous sommes désolés pour votre bébé. Je ne peux imaginer la souffrance de la perte d'un enfant.

— C'était la volonté de mère Nature.

— SMSN, n'est-ce pas ?

— Oui.

— Pourriez-vous nous expliquer ce qui s'est passé ?

Voix douce.

— River est mort dans son sommeil. Que dire de plus ?

J'ai remarqué un mouvement du côté de Saffron. Elle regardait fixement sa mère, tendue.

— Un médecin a-t-il été appelé ?

— Mon bébé était mort. On a téléphoné au coroner. Mon enfant n'avait plus besoin de médecin.

— Savez-vous qui était ce coroner ?

— Non. (Elle a frappé la pâte de son poing. Puis s'est adressée à Ramsey.) Vous êtes celui qui a discuté avec Joel au téléphone ?

— Oui.

— Joel est à son atelier. Il ne serait pas content de vous savoir là.

— Nous ne resterons pas très longtemps. (Pause.) Vous et votre mari étiez membres de l'Église de sa Sainteté Jésus notre Seigneur à cette époque, est-ce exact ?

— Nous l'avons fréquentée un temps.

— Pourquoi cette congrégation en particulier ?

— Joel et moi croyons que l'existence ne se limite pas à ce monde-ci.

— Pourquoi l'avoir quittée ?

Elle s'est arrêtée pour chasser des mèches de son front.

— Nous croyons que l'accomplissement spirituel puise ses racines dans les rites anciens, qu'il se réalise au contact de gens qui recherchent la fusion avec des forces existant à un niveau plus élevé. (Elle s'était remise à pétrir la pâte.) Nous avons essayé l'enseignement de l'Église de sa Sainteté Jésus notre Seigneur. Désormais nous sommes adeptes de l'Église unitarienne, car ses principes sont plus en harmonie avec notre vision du monde.

— Et qui seraient ?

Elle a pris son temps pour nous répondre, gratifiant auparavant la pâte de quelques coups de poing bien sentis.

— Nous avons la conviction que tous les êtres humains sont les bienvenus à la table de l'Amour de Dieu. Que les différences qui nous séparent sont artificielles, car toutes les âmes forment un tout. Nous exprimons notre foi à travers des actes de justice et de compassion.

Je n'étais pas convaincue par sa définition des principes unitariens. Cela ressemblait davantage à une doctrine propre à son mari et à elle. Toutefois, cela avait meilleure allure que le parler en langue inconnue et les flammes de l'enfer.

— Que pensez-vous de Granger Hoke ?

Ramsey attaquait.

— Père G. (Katalin a soulevé la pâte, puis l'a faite retomber lourdement.) Je ne ferai aucun commentaire.

— Connaissiez-vous Mason Gulley ?

— De vue.

— Votre impression ?

— C'était un jeune homme triste.

— Cora Teague était votre gardienne ?

Face à nous, Saffron a sursauté. Sa mère l'a rassurée :

— Tout va bien, ma chérie.

— Tu te souviens de Cora ? ai-je demandé tout doucement à la fillette.

Les yeux de Saffron ont été envahis de panique.

— Maman, pourquoi ils posent des questions sur Cora ?

— Parce qu'elle a disparu, et que le shérif adjoint et moi nous voulons la retrouver.

— Maman, est-ce qu'elle va revenir dans notre maison ?

La fillette avait une voix si apeurée que Dozer a bondi sur ses pieds.

— Non, ma chérie, bien sûr que non…

— Laquelle, maman ? Laquelle ?

— Viens vite ici, ma belle.

Saffron a contourné la table et s'est précipitée dans les bras de sa mère qui l'a serrée fort. Puis, d'une main enfarinée, elle a attrapé sa fille par le menton.

— Je veux que tu ailles promener Dozer dans le jardin. Tu ferais cela pour moi ?

Hochement solennel, puis elle est sortie avec le chien.

— Elle a eu une réaction épidermique, ai-je commenté.

— C'est une enfant très sensible.

— Quand même.

— Elle n'aime pas Cora Teague.

— Vous savez pourquoi?

— Quand Saffron a eu 3 ans, elle s'est cassé le poignet en tombant de son tricycle. Cora était chargée de la surveiller. Je suppose qu'elle associe inconsciemment la douleur de la fracture à la présence de la gardienne.

— Vous a-t-elle reparlé de cet accident?

— Nous privilégions la pensée positive.

— Quelle explication Cora vous a-t-elle fournie sur la chute en tricycle de votre fille?

— Une explication? (Une étincelle dans son regard bleu.) « Il ne s'agit pas de savoir si l'eau est froide, il faut passer. »

— Encore Teilhard de Chardin?

Elle a acquiescé.

— Est-ce la raison pour laquelle vous avez essayé le catholicisme?

— Peut-être. (Elle a désigné les moules à pain.) Je suis navrée, je dois les livrer avant midi.

Elle nous a raccompagnés jusqu'à la porte. Nous traversions la véranda, prêts à partir, lorsque ses derniers mots nous ont fait faire volte-face.

— Il y avait un oreiller dans le berceau.

Je l'ai regardée. Ses yeux demeuraient tournés vers le lointain. Vers le passé?

— Le berceau de River?

Elle a hoché la tête.

— Je n'ai jamais déposé d'oreiller dans son berceau, a-t-elle murmuré.

— En avez-vous parlé à quelqu'un?

Ses yeux indigo se sont plantés dans les miens. Si emplis de souffrance que c'en était intenable.

— Père G.

— Que vous a-t-il répondu?

— Le faux témoin ne restera pas impuni.

Chapitre 25

Alors que nous descendions du perron, le cellulaire de Ramsey a sonné. Il a vérifié qui l'appelait avant de me tendre les clés.

J'ai déverrouillé le VUS et suis montée dans l'habitacle. Il est resté à l'extérieur pour discuter avec son interlocuteur. Pendant ce temps, je faisais défiler mes courriels sur mon iPhone. J'essayais de ne pas avoir l'air indiscrète, pourtant je l'observais à la dérobée.

Le langage corporel de Ramsey était, pour un homme aussi réservé que lui, expressif. Il déportait sans cesse son poids d'une jambe sur l'autre, une main sur la hanche. Il a soudain relevé le menton. J'aurais été curieuse de savoir si cet appel était d'ordre personnel ou professionnel.

Quoi qu'il en soit, ça ne se passait pas bien du tout.

Pour la première fois, j'ai songé à la vie privée du shérif adjoint. Tante Ruby avait déclaré que son neveu devait se trouver une petite amie. Qu'il venait de Géorgie, que son mariage avait été un fiasco. Et il avait un chien. Hormis ces quelques détails, j'ignorais tout de cet homme.

Un courriel en provenance de Larabee. Pendant que je le lisais, Ramsey a accroché son cellulaire à sa ceinture et s'est approché à grandes enjambées du véhicule. Il ne souriait pas.

— Désolé.

Il a mis le moteur en marche, mais sans démarrer.

— J'ai reçu un message de mon patron, ai-je dit. Le coroner du comté d'Avery qui a géré le dossier du décès d'Eli

Teague et de celui de River Brice est un type qui s'appelle Fenton Ogilvie. Mort en 2012.

— Exact. J'ai intégré le service de police juste après son décès. C'était un chauffeur d'ambulance à la retraite. (Ramsey a hoché légèrement la tête.) Ils l'ont découvert tout en bas d'une cage d'ascenseur. Visiblement, c'était un sacré personnage.

— Ce qui signifie ?

— Faut pas dire du mal des morts, mais il semblerait qu'on se souvienne du gars pour deux talents exceptionnels : demeurer soûl du matin au soir et entretenir à merveille sa cirrhose du foie.

— Et l'affaire de l'ascenseur.

— Ça aussi. (Il a tapoté le volant de son pouce.) Votre remarque sur l'absentéisme de Cora Teague m'a fait réfléchir. J'ai repéré la date de la mort d'Eli sur le certificat de décès, et puis j'ai contacté la polyvalente d'Avery. Cora n'est pas allée en classe pendant les six semaines qui ont suivi la mort du petit.

— La perte d'un frère est forcément traumatisante.

— Six semaines ?

— Oui, c'est beaucoup.

— J'ai aussi le nom du médecin de Cora.

— L'école l'avait noté dans son dossier ?

— Oui. Terrence O'Tool. Son cabinet se situe à Newland. Si ça vous tente, on peut y aller tout de suite.

— Et comment diable, que ça me tente !

Je maugréais intérieurement, car Newland signifiait repartir dans le comté d'Avery, et me taper ensuite une heure et quart de voiture pour le retour à Charlotte.

J'ai suivi Ramsey avec ma Mazda. Sa vitesse de conduite a raccourci la durée de mon voyage d'un bon quart d'heure. Et la durée de ma vie d'autant.

Nous étions presque arrivés à Newland quand, à ma grande surprise, il s'est rangé sur le bas-côté. J'ai fait de même. Il est sorti de son VUS et est venu vers moi. J'ai abaissé la vitre, il s'est penché, un bras sur le toit de ma voiture. Pour quiconque nous croiserait, il était clair que je me prenais une amende.

— Visez-moi ça, a-t-il dit en me désignant discrètement une cabane en rondins de l'autre côté de la route.

La véranda comportait deux tables à pique-nique, un ours en bois sculpté grandeur nature, une poubelle en plastique, une cuve rectangulaire qui contenait certainement des appâts pour la saison de la pêche.

L'unique fenêtre de la cabane était couverte d'autocollants à l'intérieur des vitres, qui, avec le temps, s'étaient enroulés sur eux-mêmes. Au-dessus de la porte, il y avait une enseigne au néon qui disait : « CHEZ J.T., ON FAIT LE PLEIN ET ON RÉPARE. »

Devant la cabane en rondins se trouvaient deux pompes à essence. Dans le fond se dressait un hangar en tôle ondulée, sans fenêtre. Le long de cette construction, on apercevait une zone cimentée, divisée en rectangles par des clôtures grillagées.

J'ai lancé un regard interrogateur à Ramsey.

— Je vous présente un bel exemple de l'esprit d'entreprise de John Teague. Des guides, de la gomme à mâcher et de l'essence pour le voyageur occasionnel. Du plâtre, de la peinture et du contreplaqué pour le bricoleur du dimanche. Un pur génie, hein ?

— C'est quoi, ce bâtiment ?

— Le fils de John dresse des chiens.

— Owen Lee ?

— Ouais.

— Y a des gens qui envoient leurs animaux de compagnie dans ce taudis ?

— Je doute que ces cabots soient des animaux de compagnie.

— Tout de même.

— D'après ce que j'ai appris, Owen Lee gérait son élevage chez lui jusqu'à ce que madame craque à cause des aboiements et des déjections. Il y a quatre ans, il a construit l'horreur que vous avez sous les yeux et y a transplanté sa petite entreprise. Il doit bien avoir des clients, puisqu'il continue le dressage de chiens.

J'étais sur le point de lui demander la suite de l'histoire quand l'homme dont il était question a débouché de l'arrière du bâtiment en tenant en laisse un berger allemand de la taille d'un char d'assaut. Dès qu'il nous a aperçus, il est devenu livide.

Ramsey l'a salué d'un geste. Ignorant son salut, Owen Lee a fait entrer la bête dans un enclos grillagé où il l'a enfermée.

Ramsey a tapé du plat de la main sur le toit de mon auto, puis a regagné son VUS. Et nous voilà repartis.

Newland, jusqu'à son rattachement au comté, s'appelait Old Fields of Toe parce que cette ville était située près de la source de Toe River.

Aujourd'hui, la plus grande gloire de Newland est d'être le siège officiel du plus haut comté en altitude à l'est du Mississippi. Il n'y a pourtant pas grand-chose à y voir : la cour municipale et la bibliothèque, quelques magasins, le Shady Lawn Lodge, le Mason Jar Cafe. À part ça, c'est la campagne où, kilomètre après kilomètre, se succèdent des plantations de sapins de Noël.

Ramsey a dépassé la cour municipale du comté d'Avery et le quartier général de la police. Puis un magasin d'engrais, une quincaillerie True Value et une pharmacie. Il a ensuite bifurqué dans un dédale de rues avant de se garer sur une aire de gravier face à un duplex avec, d'un côté, un mur en briques, et, de l'autre, un mur en bois. De larges baies vitrées étaient estampillées du nom d'un agent immobilier.

La moitié en bois était peinte en blanc avec un toit incliné de la gauche vers la droite. À l'étage, deux fenêtres étaient cachées par des rideaux. Au rez-de-chaussée, une autre fenêtre était également obstruée. Deux marches en ciment menaient à une porte en aluminium comportant une minuscule plaque : « Bâtiment professionnel O'Tool ».

— D'un chic, ai-je laissé tomber.

— Ils sont deux à travailler là dedans. O'Tool, le médecin de Cora Teague, et un dentiste.

Nous sommes sortis de nos véhicules et sommes entrés. C'était comme se glisser dans une faille spatiotemporelle.

La salle d'attente était meublée de vieilles chaises en vinyle et d'une table en mélamine croulant sous des tonnes de magazines poussiéreux. Un porte-manteau. Un coffre à jouets. Une plante verte en plastique fatigué. La décoration se résumait à des affiches exposant des maladies ou des affections dentaires. Zona et gingivites tenaient la vedette.

Une femme, avec son bébé endormi, occupait un siège. Un vieillard en occupait un autre, le regard plongé dans un numéro de *Field & Stream.*

Outre un escalier raide sur la gauche, il y avait une porte au fond de la salle. Entre les deux, un comptoir d'accueil derrière lequel se tenait une dame qui devait frôler les 80 ans. Permanente bleutée sur la tête et lunettes à double foyer sur le nez, elle portait une blouse médicale rose, constellée de petits lapins bleus.

Elle a relevé le menton à notre entrée, et nous a suivis du regard avec un mélange de perplexité et d'affabilité. Sur le rectangle blanc épinglé sur sa poche, on lisait : « MAE FOSTER, R.N. »

— Shérif…

Le sourire de Foster a dévoilé une dentition jaunie.

— M'dame, a répondu Ramsey en la saluant. Nous aimerions parler au D^r O'Tool.

— Avez-vous rendez-vous ?

— Non.

Son timbre de voix établissait clairement que nous n'en avions pas besoin.

— Un instant, je vous prie.

Foster a déserté son poste pour disparaître par la porte du fond qu'elle a refermée avec mille précautions. Tandis que nous patientions, je pouvais sentir quatre yeux inquisiteurs dans mon dos.

La porte s'est entrouverte et Foster nous a fait signe de pénétrer dans le sanctuaire. J'ai entendu la mère du bébé râler.

— Je vous en prie, a dit Foster en nous guidant à l'intérieur. Le D^r O'Tool est avec un patient, mais il va vous recevoir très vite.

Au milieu de la pièce trônait un imposant bureau en bois et derrière lui, un fauteuil Herman Miller, modèle Aeron, qui semblait s'être perdu en cours de route depuis la NASA. Un bahut était collé au mur derrière.

Nous nous sommes installés sans un mot dans les deux fauteuils rembourrés, en observant le décor.

Des dossiers médicaux d'épaisseur variable s'empilaient sur le bureau. Les étagères étaient remplies de manuels et de revues. Sur le bahut, des photos encadrées, un trophée en verre et une croix dorée. J'ai jeté un œil à Ramsey pour vérifier s'il l'avait remarquée. Il l'avait remarquée.

Un cadre accroché au mur contenait le diplôme de médecine de Terrence Patrick O'Tool, certifié par le Quillen College, Université du Tennessee, promo 1963. J'étais en train de calculer son âge quand le bon docteur est entré en coup de vent.

Avant qu'on ait le temps de se lever, O'Tool était déjà derrière son bureau et s'était laissé tomber sur son siège. Puis il a pivoté vers nous. Ses cheveux blancs étaient si épars que je voyais le rose de son crâne. Sa peau, toute ramollie sous ses yeux, était luisante sur son front et ses pommettes, tant elle s'étirait sur les os du visage.

Bien que vêtu d'un sarrau blanc, j'aurais pu dire sans trop me tromper qu'il était petit et maigre. Et plutôt alerte.

— Je ne vous connais pas, shérif !

Insinuant que ce n'était pas normal.

— Je m'appelle Zeb Ramsey. Je suis en service ici depuis peu. La D^{re} Brennan est de Charlotte.

— Bienvenue. (Tout sauf chaleureux. C'était curieux, on lui présentait une collègue, et pas une seule question sur mon domaine de spécialité.) Mon assistante m'a indiqué que c'était urgent.

— Nous ne vous prendrons pas beaucoup de temps.

— Trop tard, c'est déjà fait.

Oublions l'entrée en matière et allons droit au but. Ramsey s'y est employé en résumant : John et Fatima Teague, l'Église de sa Sainteté Jésus notre Seigneur, la disparition de Cora, la théorie selon laquelle elle aurait fui avec Mason Gulley. Pendant qu'il parlait, O'Tool ne cessait de hocher la tête.

— Jusqu'à ce qu'elle disparaisse, Cora était votre patiente, n'est-ce pas, monsieur ?

— Avez-vous une autorisation écrite de M. ou Mme Teague me permettant de discuter avec vous du dossier médical de leur fille ?

— Non.

— Si j'avais effectivement soigné Cora, ce que je ne confirme ni n'infirme, vous n'êtes pas sans savoir que je suis lié par le secret médical ?

— Vous aviez ?

— Pardon ?

— Vous avez parlé au passé.

— Vraiment ?

— Je peux obtenir un mandat.

— Peut-être que vous le pouvez.

Pause. Nouvelle offensive de Ramsey.

— Supposons que je vous dise qu'il est arrivé quelque chose à Cora et à Mason.

— Vous en êtes certain ?

— Il y a de fortes chances, oui.

O'Tool s'est tu. Ramsey a réattaqué, cette fois par surprise.

— Y a-t-il une possibilité pour que Cora Teague puisse constituer un danger pour autrui ?

Les yeux du médecin n'ont même pas cillé. Était-il méfiant ou simplement obtus ?

— Le petit frère de Cora, Eli, est mort à 12 ans.

— Je connaissais Eli.

— Vous pensez quoi de cet accident ?

— La mort d'un enfant est toujours une tragédie.

Son visage restait impassible.

— Comme celle de River Brice.

— Oui, j'en ai entendu parler.

— Connaissiez-vous Fenton Ogilvie, le coroner de l'époque ?

— Je le connaissais. Là je peux parler à l'imparfait sans que ce soit gênant.

— Ogilvie a déclaré accidentel le décès des deux enfants. Était-il compétent ?

— Fenton allait mal sur la fin de sa vie.

— En d'autres termes, il était alcoolique.

— Est-ce une question ?

— Les Brice ont renvoyé Cora à cause de problèmes de santé. Quels étaient-ils ?

— Allons, shérif…

— Docteur, laissez-moi vous exposer certains faits. (Sa voix était devenue inflexible.) River Brice est mort alors qu'il était sous la garde de Cora Teague. Saffron Bride se casse le bras alors qu'elle était sous la responsabilité de Cora

Teague. Saffron est bouleversée en entendant le nom de sa gardienne.

— Je suis sûr que la fillette…

— Le médecin urgentiste qui a examiné le corps d'Eli Teague a émis des réserves sur les circonstances entourant ce décès.

— A-t-il partagé ses doutes avec Ogilvie ?

— Il les a consignés dans son rapport.

Regard vide du médecin.

— Cora a raté six semaines d'école après la mort de son frère. Où était-elle durant cette période ?

Aucune réaction.

— Cora est peut-être morte. Ou peut-être en vie quelque part. Elle est peut-être dangereuse. D^{re} Brennan et moi voulons savoir ce qui n'allait pas chez elle.

Silence pesant. J'étais persuadée qu'il allait nous congédier quand, soudain, il s'est exprimé d'une voix à peine audible.

— Les problèmes de Cora se résumaient essentiellement à des troubles du comportement.

— Ce qui signifie ?

— Je la traitais pour épilepsie.

Son commentaire était d'une crétinerie absolue.

— L'épilepsie ne peut être associée à un trouble du comportement, ai-je lâché. L'épilepsie résulte d'une activité électrique anormale dans le cerveau.

— Oui. C'est le cas.

— Avez-vous une formation de neurologue ?

— Je suis généraliste.

— Avez-vous adressé Cora à un spécialiste ?

J'étais de plus en plus indignée à chaque mot qui sortait de sa bouche.

— Cora avait des crises. L'électroencéphalogramme avait montré un foyer épileptique dans son lobe temporal droit. Il n'était pas nécessaire d'être spécialiste pour diagnostiquer une épilepsie du lobe temporal.

— Lui aviez-vous prescrit un antiépileptique ?

Il en existait des dizaines.

— Pendant un temps, elle a pris du Depakote. Ce médicament n'a pas arrangé les choses. Son état a empiré et ses parents ont décidé d'interrompre le traitement. Ils ont choisi de la soigner à leur façon.

— De la soigner comment? s'est enquis Ramsey.

— Cora suivait un régime afin qu'on soit sûr qu'elle s'alimente régulièrement et qu'elle dorme assez d'heures chaque nuit. John et Fatima veillait à ce qu'elle ne subisse aucun stress, et ne prenne ni drogue ni alcool.

— Vous êtes sérieux?

Ce qu'il racontait semblait sortir tout droit du Moyen Âge.

— Cora avait… a des bonnes périodes et des moins bonnes, s'est-il repris. Au cours des mauvaises périodes, quand elle a ses crises, ses parents la gardent à la maison.

Des crises?

— Quand l'avez-vous vue pour la dernière fois? a demandé Ramsey qui sentait monter mon indignation.

— À l'été 2011. Son chiot était mort. Elle était très bouleversée et s'en voulait beaucoup.

— Qu'est-il arrivé au chien?

Je n'avais pu m'empêcher d'intervenir, un mauvais pressentiment me glaçait les sangs.

O'Tool m'a regardée fixement. Regard songeur ou regard vide?

— Il a fait une chute de la chambre de Cora, à l'étage. Je me suis souvent demandé comment le chiot avait pu monter sur le rebord de la fenêtre.

J'ai voulu l'interroger encore, mais on a frappé à la porte.

— Dr O'Tool?

— Oui, Mae.

— Mme Ockelstein s'impatiente.

— Faites-la entrer dans la salle d'examen numéro deux. Prenez-lui la tension, vérifiez son poids. (S'adressant à nous:) J'ai des patients qui m'attendent.

Nous étions congédiés.

Une fois dehors, j'ai partagé mon appréhension concernant Cora Teague.

— Eli, le bébé, le chiot. (J'ai pris conscience que je m'exprimais avec véhémence.) Et peut-être Mason Gulley.

— Vous pensez que Cora aurait pu les tuer?

— Elle est le point commun à tous ces drames.

— L'épilepsie pourrait-elle la rendre violente ?

— C'est peu probable. Mais une personne épileptique doit prendre un traitement approprié.

— Vous avez titillé O'Tool sur sa compétence à soigner Cora.

— Cette andouille ne saurait même pas soigner une égratignure sans son manuel de médecine. Et je suis certaine qu'il ne nous a pas dit toute la vérité.

— Il nous aurait menti ?

— Par omission, oui, j'en suis sûre.

— Pourquoi ?

J'ai levé mes mains en un geste de découragement.

— Qu'est-ce que vous suggérez ?

— J'en sais rien. Chaque piste nous ramène inlassablement à Cora.

Sur le chemin du retour, visages et noms tourbillonnaient dans mon esprit, tels de mini flocons dans une boule à neige. Terrence O'Tool, Fenton Ogilvie, grand-maman Gulley, Susan Grace et Mason Gulley. John, Fatima et Cora Teague. Joel, Katalin, Saffron et River Brice. Père G. et l'Église de sa Sainteté Jésus notre Seigneur.

Un nom remontait constamment à la surface.

J'avais parcouru une trentaine de kilomètres quand ça a enfin fait tilt.

Je me suis garée sur la bande d'arrêt d'urgence et j'ai composé un numéro de téléphone. Le nom qui surnageait, c'était celui de Granger Hoke.

Chapitre 26

En attendant que la personne me rappelle, j'ai bifurqué vers Heartherhill.

Une fois encore, j'arrivais à l'heure du souper. À ma grande surprise, les appartements de maman étaient vides.

Je me souvenais des paroles de ma sœur. J'ai donc rebroussé chemin jusqu'à la salle à manger. À travers l'arche de la double porte d'entrée, j'ai repéré ma mère, installée à une table pour deux. Son compagnon devait être le fameux Clayton Sinitch. Petit et chauve — si chauve que les lumières du plafonnier miroitaient sur son crâne —, il portait des lunettes rondes, une chemise écossaise, un cardigan et un nœud papillon. Je me suis demandé si son style était intentionnellement *vintage* ou si c'était juste un vieux garçon mal fagoté.

Maman arborait son collier de perles et un pull gris clair. Son visage irradiait de plaisir, ses pommettes roses en témoignaient. À moins que le verre de vin rouge devant son assiette n'en soit la cause.

Tandis que je les observais, Sinitch a tendu sa main pour la placer sur celle de maman. Elle a abaissé le menton en battant des cils, flirtant comme une jeune fille.

J'ai eu un pincement au cœur. Qu'est-ce que c'était ? L'angoisse ? L'amour ?

L'envie ?

J'ai eu soudain les larmes aux yeux.

Derrière moi, un carillon a retenti. Je me suis retirée sur la pointe des pieds avec l'impression de m'adonner à un voyeurisme malsain.

L'appel que j'espérais est arrivé vingt minutes plus tard, alors que je venais de boucler ma ceinture après un arrêt au resto PFK. J'ai vérifié l'écran de mon iPhone fixé au tableau de bord, puis j'ai décroché.

— Merci de me rappeler si vite.

— C'est une nuit tranquille au presbytère.

Elles le sont toutes, j'imagine.

— Comment se porte votre mère ?

— Vous connaissez Daisy.

Il la connaissait bien. Père James Morris était le confesseur attitré de maman, au cours des périodes où elle se voyait comme catholique. Il était toujours curé à la paroisse St. Patrick, ou plus exactement recteur. Bien que je ne sois pas très calée en hiérarchie ecclésiastique, je savais que la charge de recteur se situait quelque part entre prêtre et cardinal.

— J'en déduis qu'elle va bien.

— Mon père, je suis au volant, j'ai mis le haut-parleur.

— Notre conversation ne risque-t-elle pas de vous déconcentrer ?

— Non. J'ai hâte de savoir ce que vous avez appris.

— Malheureusement, peu de choses. À cause de l'heure tardive, je n'ai pu que vérifier dans l'annuaire officiel catholique. C'est une publication réservée au clergé. Elle liste les prêtres, les paroisses, et tout un tas d'autres informations.

— Vous avez trouvé mon bonhomme ?

L'habitacle sentait le poulet frit. J'ai fouillé dans le sac et j'ai attrapé un pilon.

— Oui et non. Granger Hoke n'est pas actuellement répertorié, et j'ai donc consulté des éditions des années passées. Chez nous, rien ne se jette ! Cela m'a pris du temps, mais ma persévérance a payé. Granger Hoke est né à St. Paul en 1954.

— Je pensais que toute la population du Minnesota était luthérienne.

Morris a ignoré ma raillerie. L'humour n'avait jamais été son fort. Petites, Harry et moi l'avions surnommé père La Rigueur, ce qui faisait rire notre grand-mère.

— Détrompez-vous, le Minnesota abrite de nombreuses paroisses catholiques. Hoke a été ordonné prêtre en 1979, après sa formation à Mundelein.

— Près de Chicago.

— C'est exact. Cela fait partie de l'Université de St. Mary of the Lake. Hoke a administré des paroisses — essentiellement de petites paroisses de campagne — dans tout le Midwest — Indiana, Iowa, Illinois — pendant une quinzaine d'années. Finalement, il a été muté dans le comté de Watauga, en Caroline du Nord.

— Et ensuite ?

— Ensuite, il disparaît.

— Que voulez-vous dire ?

— Je ne voudrais pas faire de spéculations hâtives, aussi je vais poursuivre mes recherches dès demain matin.

Sa voix avait changé, comme s'il y avait une information qu'il n'osait pas me donner.

— Je vous remercie, mon père. J'attends avec impatience vos conclusions.

Tandis que je fendais l'obscurité de la route, mon cerveau est entré en ébullition. Où s'était rendu Hoke après son arrivée dans l'Est ? Avait-il quitté la prêtrise ? S'était-il consacré à un travail de missionnaire ? Ne pouvait-il plus exercer à cause de la maladie ? L'avait-on relevé de sa charge ?

Beaucoup plus de questions que de réponses. Pourtant, j'avais l'intuition que je devais me concentrer sur Hoke.

Cette nuit-là, le printemps avait envahi la ville de Charlotte. Fini les compromis. Adieu, l'hiver !

Tandis que je traversais la terrasse, j'éprouvais sur ma peau la soudaine douceur de l'air. Un milliard de crocus pointaient leurs petites têtes oblongues jaune et blanche. Mon poirier de Chine avait doublé de volume en feuillage et ses fleurs rosées ne resteraient plus en boutons très longtemps.

Mon humeur est souvent un peu trop liée à la météo. Malgré mes frustrations au sujet des ossements de Brown Mountain, mes inquiétudes pour maman, le supplice infligé par Ryan et un appel furieux d'Allan Fink — le tyran des impôts —, je me sentais toute revigorée, capable de résoudre n'importe quelle devinette. Ou alors, c'était à cause du café.

Mon optimisme a été de courte durée. Une Ford Taurus était garée dans le stationnement devant le MCME. Et elle ne m'était pas inconnue. Sa carrosserie blanche étincelait comme si elle sortait du lave-auto. J'ai lorgné discrètement à l'intérieur : tout aussi impeccable. Un sac de sport en toile bleue reposait sur la banquette arrière.

Surprise par la propreté du véhicule, je me suis précipitée à l'intérieur, en espérant que Slidell était revenu avec des nouvelles d'Hazel Strike. En passant les portes, j'ai eu droit à un élégant petit salut de la main de la part de Mme Flowers.

— Le détective Slidell est dans votre bureau. J'espère que ça ne pose aucun problème.

C'est à cet instant précis que mon allant matinal a commencé à s'émousser.

— Il n'est pas là pour voir le Dr Larabee ?

— Non, non, il voulait vous voir, vous. Il a insisté, alors j'ai pensé que...

— Très bien. (Pas du tout.) Ça fait combien de temps qu'il m'attend...

— Juste quelques minutes.

Je me suis dirigée vers mon bureau d'un pas rapide.

Un nuage d'eau de Cologne, certainement achetée dans une pharmacie et vaporisée généreusement, a placé mon nez à rude épreuve.

— Bonjour, doc !

Slidell ne s'est pas levé de sa chaise, ni même redressé.

— Bonjour, détective.

J'ai rangé mon sac à main dans le tiroir et me suis assise derrière mon bureau. J'ai croisé les doigts. J'ai attendu.

— Votre gars est hors jeu.

— Mon gars...

— Wendell Clyde.

— Vous l'avez localisé ?

— J'ai fouillé partout.

— Il a un casier ?

— État d'ébriété et trouble à l'ordre public. Ça remonte à vingt ans. Rien de récent.

— Que voulez-vous dire par « il est hors jeu » ?

— C'est un crétin fini, mais c'est pas lui.

— C'est pas lui... qui a tué Strike ?

— Non, qui a tué JFK. Je vérifie l'hypothèse d'un troisième tireur dans mes temps libres.

238

J'ai ravalé une réplique cinglante et j'ai haussé les sourcils.

— Tout d'abord, saviez-vous que Clyde mesurait quasiment trois mètres?

— Est-ce pertinent?

— Ça l'est quand vous luttez avec le babouin pour le faire asseoir sur votre siège arrière. J'ai presque failli…

— Un babouin pèse en moyenne 22 kg.

Réaction infantile et chiffre légèrement inexact. Bon, je n'allais pas me mettre à discuter primatologie avec Skinny.

Slidell a sorti un papier de son blouson et l'a balancé sur mon sous-main. Je l'ai déplié pour examiner la photo, certainement prise avec un téléphone, puis imprimée sur papier.

Le sujet était assis dans une salle d'interrogatoire d'un poste de police. J'ai reconnu la table en faux bois, les chaises en métal gris et le tapis dans les tons mauve foncé.

Slidell avait à peine exagéré. Wendell Clyde n'était pas seulement d'une taille impressionnante, il ressemblait à une tête de l'île de Pâques qui aurait eu des bras et des jambes. Des orbites enfoncées, un front proéminent, un nez épaté comme celui des citrouilles d'Halloween.

— Vous avez interrogé Clyde?

— Non, j'ai lu dans ses pensées. Qui sont pas très impressionnantes.

— Votre avis?

— Certains suspects vous donnent l'impression de valoir mieux que ce que laisse supposer leur physique. Quand on pose les yeux sur ce crétin, l'inverse est pire que prévu.

— Ce qui veut dire?

— Zéro charme. T. au max.

L'abréviation de Slidell pour testostérone.

— Clyde a été agressif?

— Il a eu sa petite passe.

— Jusqu'à ce que vous le fouettiez avec une serviette?

— Quelque chose comme ça.

— Son histoire, c'est quoi?

— C'est un honnête plâtrier qui occupe ses temps libres à chercher des morts.

— Que vous a-t-il dit au sujet d'Hazel Strike?

— Qu'il ne lui envoyait pas de cartes à son anniversaire.

— Est-il d'accord pour passer au détecteur de mensonges ?

— Aussi impatient qu'un toutou devant une tranche de bacon. Mais on s'en fout. L'alibi de Clyde tient la route.

— Sans blague ?

— Sans blague.

— Racontez-moi.

Maintenant, j'étais complètement découragée.

— Clyde prétend avoir été au Selwyn Avenue Pub de dix-neuf heures le samedi à une heure du matin le dimanche. Il dit que plein de gens l'ont vu là-bas.

— Ça ne l'innocente pas. Il aurait pu…

— Vous voulez parler ou vous voulez écouter ?

J'ai serré les dents.

— Il a dit avoir été interviewé pour un article sur les détectives du web. Par un blogueur de Dubuque du nom de Dennis Aslanian.

Slidell a marqué une pause. Peut-être pour me tester. Je n'ai même pas entrouvert les lèvres.

— De ce pub, Clyde s'est rendu avec Aslanian dans deux ou trois autres bars, avant de finalement échouer dans la chambre de motel du gars, près du colisée. Les amants maudits sont restés ensemble jusqu'au départ d'Aslanian. Il a quitté Charlotte lundi matin, tôt.

Slidell avait raison. Si Hazel Strike avait été tuée dimanche, et qu'Aslanian confirmait l'alibi de Clyde, ce dernier n'aurait pas pu l'assassiner.

— Vous avez parlé à Aslanian ?

— Quelle bonne idée !

J'ai respiré profondément. Par la même occasion, j'ai rempli mes narines de Brut ou de Stetson.

— J'ai laissé plusieurs messages à cet Aslanian en lui conseillant de rappeler au plus vite. Aujourd'hui, j'irai faire un saut au motel, puis au pub dès son ouverture pour secourir quelques bouteilles vides.

— Il est où maintenant, Clyde ?

— J'ai dû le laisser partir.

— Croyez-vous toujours qu'un tueur en série s'en prend aux vieilles dames dans Charlotte ?

— Je le crois.

— Donc Clyde n'arrive pas en tête de votre liste.

— Pas du tout.

— Pourquoi me raconter ça à moi, plutôt qu'à Larabee ?

Slidell est resté silencieux quelques minutes.

— Donnez-moi les détails sur cette histoire de Brown Mountain.

— Je ne crois pas que Brown Mountain soit un élément pertinent.

— Ouais, ouais, ouais, a-t-il répliqué en claquant trois fois des doigts.

Je lui ai donc relaté tout ce qui concernait les restes, y compris les bouts sans empreintes digitales, la tête dans le seau de ciment, Mason Gulley et son syndrome NFJ, Granger Hoke et l'Église de sa Sainteté Jésus notre Seigneur, Cora Teague et les morts suspectes qui jalonnaient son parcours, le coroner alcoolique, Fenton Ogilvie, Terrence O'Tool et ses diagnostics médiocres.

Quand j'ai eu terminé, je l'ai regardé. Il m'a dévisagée à son tour.

Une minute entière s'est écoulée.

Parfois Skinny m'épate. Comme en cet instant précis.

— D'après vous, ce n'est pas l'épilepsie ? Cette enfant serait peut-être simplement folle ?

— « Folle » n'est pas un terme médical.

— Elle serait aussi imbécile qu'un poisson rouge et elle aurait tué son petit frère, le bébé, son chiot ? Et que quelqu'un la protège ? (Les poches sous ses yeux ont gigoté. Élaborait-il une nouvelle théorie ?) Ou bien alors quelqu'un l'a zigouillée ?

— Qui ?

— Vous avez dit que son père avait la mèche courte.

— Il est colérique, mais de là à tuer sa propre fille ?

— Peut-être une histoire de crime d'honneur, ce genre de conneries. Ou un de ces tordus fanatiques sous l'emprise de Hoke.

— Mais pourquoi ?

— Un meurtre attire les regards. Ils ont peut-être estimé que la petite pourrait mettre en péril leurs minables petits secrets.

— Imaginons qu'ils aient éliminé Mason Gulley. (J'ai subitement fait pivoter ma chaise pour attraper l'enveloppe de

Ramsey. J'ai plaqué une photo sur mon sous-main.) Voici Cora Teague. J'imagine difficilement cette adolescente démembrer un corps, puis disséminer les morceaux sur le site de trois belvédères connus. De plus, la voix sur l'enregistrement ne colle pas avec la théorie d'un assassin de sexe féminin.

Slidell exprimait les mêmes soupçons que j'avais réfutés un temps.

Il a examiné avec attention le cliché, a ouvert la bouche et l'a refermée. Après un moment, il s'est repris.

— Hazel Strike a été la première à donner un coup de pied dans la fourmilière, hein ?

— En effet.

— Elle est allée à Avery ?

— Oui. Elle recherchait un belvédère, et je sais qu'elle a parlé aux parents de Cora. Qu'elle a téléphoné à l'école de Cora et à l'hôpital où Eli a été emporté. Et je suis quasiment certaine qu'elle y était toujours samedi, lorsqu'elle a cherché à me joindre.

C'était la veille de son assassinat.

— Elle y était.

— Vous êtes sérieux ?

— J'ai contrôlé les appels effectués sur son cellulaire. *Jesus Christ*, c'est comme si j'avais demandé de placer la ligne d'Obama sur écoute !

— Et ?

— Elle se servait rarement de son appareil, mais ils y ont trouvé deux dring-dring tôt ce matin-là. Les antennes relais l'ont localisée en train de rouler sur l'I-40, en direction d'Avery. Après ça, soit le machin est resté fermé, soit il était déchargé.

— Avez-vous retrouvé son téléphone quelque part ?

— Non.

— Et des progrès sur son ordinateur portable ?

— J'ai reçu un message d'IT demandant que je les rappelle. Pourquoi tous ces *geeks* articulent comme s'ils avaient avalé un hérisson ?

Estimant sa question rhétorique, je n'ai proposé aucune théorie en guise de réponse.

Les lèvres de Slidell se sont entrouvertes. Jamais je ne saurai ce qu'il avait l'intention de me dire, car mon téléphone fixe a sonné.

242

C'était le labo des techniciens en scènes de crime.

Un appel qui a inauguré une cascade d'événements avec, au bout, d'épouvantables conséquences.

Chapitre 27

Au début du XXe siècle, un pionnier de la police scientifique français, Edmond Locard, a établi que, lorsque deux corps entrent en contact l'un avec l'autre, il y a nécessairement transfert entre ces derniers. Même chose entre deux personnes. Je vous touche. Vous me touchez. Nous échangeons des traces de nous-mêmes. En criminalistique, on appelle cela le principe d'échange de Locard.

Cela nous paraît évident de nos jours grâce à des séries télé comme *CSI* ou *Bones*, mais, à l'époque, cette idée pouvait passer pour totalement avant-gardiste. Aujourd'hui, ce concept donne du travail à des milliers de personnes partout dans le monde, dans les laboratoires de médecine légale. Cheveu, fourrure, fibre, tissu, corde, plume, terre, substance biologique ou chimique, peu importe. Les techniciens identifient et comparent ces éléments en espérant relier ces traces de la victime à un suspect ou à une scène de crime. Et ce procédé implique des technologies de pointe.

Voilà pourquoi, peut-être, l'analyste, une nouvelle venue du nom de Bebe Denver, me parlait d'une voix monocorde.

Face à moi, Slidell avait déplié son couteau suisse et commençait à se curer l'ongle du pouce avec une lame. J'avais le sentiment d'être un badaud devant un terrible accident de la circulation — je n'avais aucune envie d'assister à ça et, paradoxalement, je ne pouvais m'empêcher de regarder.

— ... l'analyse élémentaire utilisant l'absorption atomique, ou avec un microscope à balayage équipé d'un spectroscope à dispersion d'énergie. En employant la chromatographie gazeuse ou le spectromètre de masse, on peut séparer les composants chimiques. D^{re} Brennan? Vous me suivez?

Loin de moi l'envie de me montrer grossière, ni de refroidir son enthousiasme, mais je n'en étais pas à ma première analyse... Je souhaitais juste avoir les conclusions de son rapport avant que Slidell ne fasse gicler du sang partout dans mon bureau.

— On dirait que vous êtes très méticuleuse.

— Oui, merci.

— Pourrait-on s'en tenir aux résultats, pour l'instant? Si j'ai des questions supplémentaires, nous aborderons plus tard l'aspect procédures.

— Bien entendu. J'inscrirai tout dans mon rapport. Chaque petit détail.

Bon sang! Un cours sur l'analyse élémentaire. Je ne pouvais pas rêver mieux.

— C'est parfait, ai-je répliqué.

— Le ciment est un mélange de ciment Portland ordinaire et de plusieurs autres ciments. J'ai identifié de la chaux hydratée, du schiste argileux, du...

— L'essentiel est composé de ciment?

— Exact. Il semblerait que nous ayons un amalgame entre des ciments, du sable et du gravier — c'est-à-dire un béton qui prend très vite.

— Comme du Quikroto?

— Tout à fait.

— Un produit qu'on trouve facilement dans n'importe quel Home Depot?

— Absolument.

J'étais un peu découragée.

Slidell restait concentré sur ses ongles, mais je savais qu'il écoutait.

— Et le matériel que j'ai prélevé avec l'écouvillon à l'intérieur de la cavité?

— Ça, c'est très intéressant. (J'entendais les touches de son clavier.) La substance contenait des triacylglycérols, triglycérides ou matières grasses, des petites quantités d'acides gras libres, du glycérol, des phosphatides, des pigments, des stérols...

— En un mot, il s'agit de quoi?

— De l'huile d'olive.

Denver a cru que mon absence de réponse équivalait à une sorte de perplexité. Elle a donc enchaîné :

— Les triacylglycérols sont normalement constitués de trois acides gras. Le triacylglycérol oléique-oléique-oléique est le plus répandu dans l'huile d'olive, suivi par l'acide palmitique-oléique-oléique, puis par l'acide linoléique-oléique-oléique, puis par l'acide palmitique- linoléique-oléique, puis par l'acide stéarique-oléique-oléique, et ainsi de suite.

— De l'huile d'olive, ai-je répété à voix haute.

— L'huile d'olive contient davantage d'acide oléique et moins d'acides linoléiques que toute autre huile végétale.

À nouveau, elle avait pris mon commentaire pour une invitation à développer.

— Vous êtes sûre de vous ?

— J'ai même découvert des morceaux microscopiques d'olives.

Profitant que je ruminais l'information, Denver s'est engouffrée dans la brèche.

— L'autre substance a constitué un vrai défi. J'en ai trouvé une minuscule concentration sur un seul écouvillon, juste assez pour procéder à une analyse. Plus de clés : résine d'acide, gomme, acide boswellique, acide glucuronique méthyl, l'acétate d'encens, phellandrène…

— Traduction ?

— Je ne suis pas certaine, mais… l'acide boswellique est intéressant.

Un truc inimaginable a sauté de dessous l'ongle de Slidell sur mon sous-main. J'ai saisi un mouchoir en papier, ramassé la saleté et je l'ai laissé tomber dans ma corbeille à papiers. Slidell a chantonné.

— L'acide boswellique provient d'une résine végétale. Dans la médecine traditionnelle d'Afrique et d'Inde, elle est utilisée pour ses effets anti-inflammatoires. Des études ont montré l'efficacité de l'extrait de boswellia dans le traitement de maladies auto-immunes comme la polyarthrite rhumatoïde et la maladie de Crohn. Et aussi son action sur certains cancers, notamment ceux du sang, du cerveau, du sein.

— Où peut-on acheter de l'acide boswellique ?

— Sur Internet, en pharmacie, dans des magasins bio. C'est assez facile.

Comme pour le Quikrete.

— Merci, Bebe. (J'avais un peu de mal à dissimuler ma déception.) J'apprécie votre rapidité.

Après avoir raccroché, j'ai résumé à Slidell le rapport de Denver.

— Alors, pourquoi ce truc dans le seau de béton avec la tête de Mason Gulley?

Je me suis souvenue de la photo du pauvre Edward Gulley, avec ses malheureux cheveux, ongles, peau et dents...

— Peut-être que Mason se badigeonnait le cuir chevelu avec un mélange d'acide boswellique et d'huile d'olive? (En même temps que j'émettais cette suggestion, je savais combien elle était bancale.) Ou il s'en appliquait seulement sur les cuticules, ou sur sa peau?

— Esthétique, a lâché Skinny en poursuivant sa manucure.

— Est-ce que vous pourriez cesser avec ça?

— Cesser quoi?

Il m'a lancé un regard.

Je lui ai désigné ses doigts.

— Ça me déconcentre.

En soupirant bruyamment, il a replié son couteau suisse et l'a rangé dans sa poche.

— Où en est votre copain Ramsey sur l'affaire Gulley?

— *Shérif adjoint* Ramsey. Il suit plusieurs pistes.

Slidell a émis un petit grognement, puis s'est mis à fredonner l'ouverture de *Dueling Banjos*.

— Vous, plus que tout autre, devriez comprendre qu'il ne peut pas se payer le luxe de se limiter à une seule affaire criminelle.

— *Oh my God! Ex-cou-sez-moi**.

Une dizaine de neurones ont dû griller en même temps, parce que plein d'images sont venues se superposer dans mon cerveau.

Hazel Strike assise sur la chaise à présent occupée par Skinny. Des bribes de conversations sur un forum de détectives du web. Une page déchirée d'un ancien manuel de médecine. Le visage de Susan Grace dans la pénombre de ma voiture.

Prise de conscience fulgurante. Évidente.

Je me suis jetée sur mon téléphone pour joindre Ramsey. Je suis allée droit au but.

— Oscar Gulley porte ce nom en hommage au photographe Oscar Mason, pas vrai?

— Vous parlez bien du grand-père?

Ramsey, pris au dépourvu, essayait de me suivre.

— Oui. Susan Grace m'a dit qu'on avait attribué à son grand-père le prénom d'Oscar Mason. Supposons qu'elle ait voulu dire que son grand-père *et* son frère portaient les noms Oscar Mason Gulley. Grand-papa reçoit Oscar, et Mason reçoit... vous me suivez?

— Oui.

Je sentais qu'il ne voyait pas du tout où je voulais en venir.

— OMG. C'est la personne qui a publié des infos sur la disparition de Cora Teague sur le site CLUES. (Je savais que j'allais trop vite.) J'ai pris ce pseudo pour *Oh My God*. Mais s'il s'agissait d'initiales et non de cyberjargon?

Slidell me fixait, le sourcil gauche levé.

— Oscar Mason Gulley, a répondu Ramsey.

— Oui.

— Que le diable m'emporte! Qu'est-ce qui vous a fait penser à ça?

— Je suis en compagnie du détective Slidell. Il a fredonné une certaine mélodie. Cela m'a rappelé Susan Grace, parce qu'elle a menti à sa grand-mère pour pouvoir me suivre, aux photos d'Edward, le frère d'Oscar, et au compte rendu d'Hazel Strike au sujet de CLUES, et mes propres recherches. Bang. Tout s'est soudainement mis en place.

— Collision mentale.

— Oui.

Par très sûre de l'analogie.

— Vous voulez que j'appelle grand-maman?

— Il vaudrait mieux se procurer un certificat de naissance.

— C'est comme si c'était fait.

Après avoir raccroché, j'ai mis Slidell au parfum.

— Vous fatiguez pas, doc, j'ai des oreilles.

— Est-ce que je devrais questionner Susan Grace sur cette lotion à base d'huile d'olive?

— Pour lui dire quoi ? Hé, p'tite sœur, est-ce que frérot se mettait de la glu sur le crâne ? Larabee n'a pas encore confirmé officiellement l'identité de la victime. Pour la famille, le jeune est toujours en vie.

Il avait raison. Un tel interrogatoire éveillerait leurs soupçons.

Avant que parte Slidell, je me suis connectée sur le site CLUES et j'ai vérifié avec lui les dates des publications d'OMG. La première datait d'août 2011, soit environ un mois après la disparition de Cora. La seconde datait de septembre, soit un mois plus tard.

Slidell allait s'en aller lorsque Ramsey a rappelé. J'ai enclenché le haut-parleur.

— En plein dans le mille. Le certificat de naissance de Mason indique que son nom complet est Oscar Mason Gulley. C'est grand-maman qui l'a rempli. Aucun des deux parents n'a daigné s'en occuper.

— Slidell et moi avons vérifié les dates. Les publications d'OMG se recoupent avec l'histoire de Susan Grace racontant le départ de son frère à Johnson City. La seconde publication correspond à la période où il a cessé de lui donner des nouvelles.

— OK, a répliqué Ramsey. Supposons que c'est vrai. OMG est Mason Gulley. Ça nous mène où ?

Aucun de nous trois n'a pu apporter un début de réponse.

Après le départ de Slidell, j'ai pesé le pour et le contre. D'un côté, ma responsabilité envers une victime inconnue ; de l'autre, mon engagement affectif envers Ryan. À la vitesse d'un paresseux, j'ai saisi le téléphone afin d'annuler mon vol pour Montréal.

Redoutant la conversation qui allait suivre, j'ai composé son numéro. Encore la boîte vocale. Rongée par la culpabilité, j'ai rédigé un long courriel pour justifier ma décision. Ryan comprendrait. Peut-être ou peut-être pas.

Et moi ? Étais-je soulagée d'avoir échappé à une conversation désagréable ? Ou d'avoir évité ce voyage ?

Je suis partie informer Larabee dans son bureau, comme je l'avais promis à Slidell. Aucune nouvelle affaire d'anthropologie légale ne nous ayant été confiée, j'ai donc informé mon patron que je filais à la maison pour m'attaquer au dossier « impôts ».

Le regard de Larabee en disait long sur ce qu'il pensait de ma tendance lourde à la procrastination. Il avait probablement réglé les siens dès janvier.

Je suis rentrée, bien décidée à m'y mettre. Pas de tergiversations possibles, cette fois. Et je m'y suis mise. Jusqu'à 16 h 15, lorsque père Morris m'a téléphoné.

— J'ai vos informations.

Sa voix anormalement rauque m'a filé des frissons.

— Super.

J'ai attrapé un stylo.

— Je pense qu'il serait préférable que nous nous parlions face à face.

— Bien sûr.

J'ai scruté les piles de factures plus ou moins chancelantes qui m'entouraient, et la boîte de papiers à moitié pleine. Ou à moitié vide?

— Souhaiteriez-vous que je vienne vous rejoindre au presbytère?

— Parfait. Dans une heure?

— À tout de suite.

J'ai raccroché et regardé Birdie. Il me regardait aussi. J'aurais juré qu'il avait haussé les épaules.

La paroisse de St. Patrick est située à Dilworth, une banlieue à la limite nord de la ville. Quoique de taille modeste, cette église est en réalité une cathédrale, le vaisseau mère du diocèse catholique de Charlotte. De style néo-gothique, ses murs extérieurs sont le fruit de l'éternelle alliance calcaire et stuc. Elle possède un clocher, une nef en dôme et de magnifiques vitraux. Au-dessus du portail se dresse une statue de saint Patrick tenant son sceptre.

St. Pat avait quarante ans d'existence lorsqu'ont débuté les travaux de rénovation en 1979. Le lifting s'est échelonné sur trois décennies. Un nouvel autel en marbre, des grandes orgues et une cloche. Une toiture en cuivre épatante, un plancher de bois franc, une croix celtique en pierre sur la pelouse. Perchée au sommet d'une colline, la vieille demoiselle a bénéficié d'une excellente chirurgie esthétique. Et elle est devenue drôlement mignonne.

Alors qu'elle me rendait visite, il y a quelques années de ça, une de mes amies s'étonnait du grand nombre d'universités à

Charlotte. Elle n'avait pas compris la relation d'amour absolu qu'entretient Queen City — le surnom de Charlotte — avec la religion. Elle avait pris la multitude de bâtiments religieux pour des établissements d'enseignement supérieur.

St. Pat ne fait pas exception à la règle. Avec son église principale, le centre paroissial pour les familles, les jardins, les pelouses, les stationnements, le couvent et le presbytère, l'endroit fait davantage penser au campus d'une petite université.

Dix minutes après avoir quitté la maison, je me garais là où Morris me l'avait conseillé. J'ai grimpé l'escalier menant au presbytère. Puis j'ai pressé le bouton de la sonnette. Un très joli carillon, très doux. J'allais recommencer quand la porte s'est ouverte.

— Tempe, pardonnez ma tenue décontractée. (Morris portait un ensemble bien peu sacerdotal : un jean, une chemise à carreaux et un gilet vert en laine.) J'ai achevé ma mission pastorale pour la journée.

— Vous êtes très bien habillé.

Mon Dieu ! N'était-ce pas un peu déplacé ? Conneries. Et un juron, en plus. Eh merde, cela faisait des siècles que j'avais abandonné mon uniforme, mais les bonnes sœurs et les prêtres me rendaient encore nerveuse.

Morris m'a répondu par un sourire.

— Suivez-moi dans le bureau, je vous prie.

Le vestibule était orné d'une grande tapisserie sur tout un pan de mur. Elle représentait une femme, enveloppée des pieds à la tête dans une grande cape, baignée de lumière céleste. Un tapis persan rouge recouvrait le sol. Sur la gauche, un fauteuil en bois sculpté, et sur la droite, une rampe d'escalier. Le bureau apparaissait au bout d'un couloir très large. De chaque côté de celui-ci, et espacés de façon régulière, étaient accrochés des tableaux représentant des ecclésiastiques à la mine sombre et austère.

Le bureau comportait des murs lambrissés couverts de bibliothèques sur trois côtés, du sol au plafond. Un autre tapis persan, cette fois dans des tons verts, recouvrait le sol.

Contre le quatrième mur s'élevait une cheminée en pierre. Devant elle, deux fauteuils de style Queen Anne entouraient une table basse. Une peinture aux couleurs vives et un secrétaire avec une vitrine complétaient la décoration de la pièce.

Morris m'a conduite près de la cheminée. Je me suis assise ; il est resté debout.

— Puis-je vous offrir quelque chose ? Du thé ?

— Du thé, ce serait parfait.

Je m'attendais presque à ce qu'il secoue une minuscule cloche pour convoquer une nonne toute bossue qui serait arrivée à petits pas, le visage ridé telle une vieille pomme. Au lieu de ça, Morris est sorti avec empressement.

Pendant ce temps, j'ai procédé mentalement à un inventaire. Une habitude.

La peinture représentait un paysage. Du moins, c'est ce que j'y voyais. Des formes orange et du bleu que je devinais être une ligne d'horizon.

À l'autre extrémité de la pièce, il y avait un bureau en acajou aux lignes très épurées. Devant ce bureau, deux chaises en bois peu engageantes. Un stratagème pour se débarrasser de suppliants trop acariâtres ?

Les étagères étaient remplies de livres et de revues, ainsi que de l'inévitable bibelot. Dans la vitrine du secrétaire, divers objets : des photos encadrées, un plateau en argent avec une fiole remplie d'un liquide jaune et ce qui semblait être un morceau de branche de palmier séché. Des jumelles d'opéra en nacre. Un chandelier en laiton.

Morris est revenu avec une boîte en fer-blanc de thés aromatisés, deux tasses d'eau bouillante, deux cuillères et deux serviettes.

— Désolé, je n'ai que du thé en sachets.

— Mon poison habituel. (*Jesus !*)

J'ai choisi menthe poivrée et lui une infusion de camomille. Il a entamé la discussion pendant que nous préparions nos boissons respectives.

— Personne ne veut parler de Granger Hoke.

Malgré l'accélération de mon pouls, je n'ai pas lâché mon sachet.

— Je vous demanderais une totale confidentialité, a-t-il ajouté en déposant son propre sachet sur la serviette.

— Je ferai de mon mieux, mais vous comprenez bien que…

Morris a levé sa main pour m'interrompre.

— Je comprends que cela risque d'être impossible s'il s'avère que Hoke est impliqué dans une affaire criminelle. Mais l'Église a eu déjà tellement mauvaise presse ces dernières années…

— Mon père…, ai-je commencé pour me taire aussitôt.

Je ne savais que répondre. Je voyais ce à quoi il faisait allusion.

— Tempe, ne vous méprenez pas. Ce qui a été fait à ses pauvres enfants est absolument atroce. C'est un péché. Tout prêtre qui se comporte de la sorte doit être puni selon les dispositions prévues par la loi.

— Mais vous estimez que la situation a été déformée par les médias?

La conversation prenait une tournure qui me déplaisait.

— Une bonne partie de ce que les journaux ont relaté est exact et justifié. D'autres ont été moins objectifs. Tout ce que je dis, c'est qu'un autre scandale serait catastrophique pour l'Église.

Morris a levé sa tasse, mais sans prendre de gorgée.

— Quelques prêtres criminels ne représentent pas tous les membres du clergé que nous sommes. Du plus profond de mon âme, je suis persuadé que la plupart des prêtres sont des hommes honorables, qui aiment Dieu et leurs semblables. Je crois en leur action bienveillante en ce monde.

Morris a regardé au loin. Ses yeux reflétaient la douleur, mais aussi la crainte.

J'avais la bouche sèche, persuadée qu'il allait m'apprendre que Granger Hoke avait commis des abus sexuels sur des enfants.

Je me trompais sur toute la ligne.

Chapitre 28

Morris a tourné vers moi un visage triste et fatigué.

— En 1998, Granger Hoke a été défroqué à la suite de la pratique d'exorcismes non autorisés.

— Des exorcismes?

Je ne saurais dire si ce que j'ai ressenti à ce moment-là s'apparentait à du soulagement ou à de l'effroi.

— Oui. Je suppose qu'on peut l'exprimer en ces termes.

— Comment le définir autrement?

— Tel que le précise le catéchisme de l'Église catholique, un exorcisme public signifie que l'Église demande publiquement et avec autorité, au nom de Jésus-Christ, qu'une personne, un endroit ou un objet soit protégé contre l'emprise du Malin et soustrait à son empire.

— Satan.

— Il existe. Quelle que soit la forme qu'il revêt.

— Mon père, nous ne sommes plus au XVe siècle.

— Non, certes. (Sourire bienveillant.) Mais le mal continue d'exister dans notre monde, et des exorcismes continuent d'être pratiqués. En fait, le Vatican a introduit un nouveau rituel en 1999, bien que les formules en latin soient toujours autorisées.

— Quand vous dites «pratiqués», c'est dans quelles circonstances?

J'avais bien entendu vu *L'exorciste*, et aussi *Le rite*, mais c'était la version hollywoodienne. J'avais du mal à concevoir le concept de Lucifer en Amérique à l'ère de Twitter et de la Silicon Valley.

Morris a siroté sa tisane avant de me répondre. Visiblement, il réfléchissait.

— Les signes d'une possession par le démon sont multiples. La personne possédée aura une force et des capacités hors du commun. Elle pourra parler dans des langues anciennes ou qui lui sont inconnues. Elle va savoir des choses éloignées et secrètes, alors qu'elle n'a pas les moyens d'être au courant. Les objets pieux mettent le possédé dans une rage folle et vont le conduire à blasphémer horriblement.

J'étais bouche bée. Il a poursuivi :

— L'hypothèse sous-jacente est que le sujet conserve son libre arbitre, mais que le Malin a pris le contrôle de son corps physique. Le rituel comprend des prières, des invocations, des bénédictions qui…

— Qui peut pratiquer un tel exorcisme ?

— Techniquement, tout le monde.

— Techniquement ?

— Oui. Mais l'Église reconnaît les dangers inhérents à des exorcismes pratiqués par des individus qui n'auraient pas bénéficié d'une préparation spécifique à cette tâche. Et il existe évidemment le risque d'avoir affaire à des charlatans. Seul un prêtre ordonné a le droit de pratiquer ce rituel. Et il doit recevoir une autorisation spéciale de son évêque. Ne vous méprenez pas, Tempe, les exorcismes se déroulent très rarement, et on recommande, au préalable, une évaluation médicale et psychiatrique du sujet.

— Granger Hoke a été ordonné prêtre.

— Il l'était.

— Bien. Quel était le problème, alors ?

Morris a porté la tasse à ses lèvres, puis l'a abaissée, sans boire.

— À une certaine époque, la fonction d'exorciste faisait partie de l'ordination des prêtres. En hiérarchie, la charge se situait quelque part au-dessus du diacre, et en dessous de celle de prêtre ordonné. Peu de séminaires forment des exorcistes de nos jours, et un prêtre ordonné peut, en théorie, pratiquer le rite. Mais seuls ceux ayant obtenu la permission de l'évêque ou de l'archevêque sont autorisés à le faire avec la bénédiction de l'Église.

— Des exorcistes officiels, en sorte.

— Exactement.

— Combien sont-ils?

— Normalement, un par diocèse ou archidiocèse.

— Et Hoke n'était pas un de ces prêtres autorisés à le pratiquer?

Je commençais à deviner où tout cela nous menait.

— Non.

— Cependant, il a continué.

— Oui, et bien qu'ayant reçu un blâme. Il lui a été demandé expressément de cesser. Mais les exorcismes non autorisés n'ont pas constitué son seul problème. Un jour, Hoke a quitté le Midwest pour la Caroline du Nord. Au milieu des années 1990, alors qu'il était le pasteur d'une petite paroisse dans le comté de Watauga, il a commencé à dévier du dogme catholique, et à prêcher une doctrine plus fondamentaliste, de type pentecôtiste.

Morris a fixé sa tasse en secouant la tête.

— Saviez-vous que des exorcismes sont pratiqués chez les charismatiques, les pentecôtistes et d'autres mouvements chrétiens? J'ai lu récemment, selon des estimations prudentes, qu'il existe aujourd'hui de cinq à six cents ministères d'exorcisme évangélique, et vraisemblablement davantage.

— Hoke a-t-il prêché l'enfer et la damnation?

— Il l'a fait.

— Et cela lui a valu son renvoi?

— Oui, il a été défroqué. Après ça, il se volatilise pour finalement réapparaître dans le comté d'Avery et créer l'Église de sa Sainteté Jésus notre Seigneur. Bien qu'on l'ait sommé de ne pas se présenter comme prêtre, il s'en moque, porte la soutane et un col blanc, dit la messe, administre les sacrements et prêche sa propre version déformée du catholicisme.

— Dans laquelle le premier rôle est confié à Satan?

— Absolument.

Dans la quiétude de la maison, une porte s'est refermée quelque part.

— Les exorcismes sont-ils légaux?

— Tant que le sujet l'accepte de son plein gré.

— Donc l'Église n'a aucun moyen de stopper un voyou tel que Hoke?

— Malheureusement, non.

— Autre chose sur lui ?

Morris m'a répondu au bout de quelques secondes, avec cette voix rauque qu'il avait eue au téléphone.

— Non.

Sa brève hésitation m'indiquait qu'il mentait certainement. Ou, du moins, par omission.

Je me suis levée pour prendre congé.

— Merci, mon père.

Morris m'a raccompagnée à la porte en ajoutant :

— Que Dieu soit avec vous.

Il m'a proposé de me bénir. J'ai passé poliment mon tour.

— Tempe, souvenez-vous de ce que je vous ai raconté de l'honneur de nos prêtres. J'y crois, comme je crois en cette Église.

Je n'ai rien répondu, sachant que l'intonation de ma voix trahirait mes doutes quant à sa franchise. J'ai descendu les quelques marches.

— Tempe ?

Je me suis retournée.

— Faites attention à vous.

Je l'ai quitté. La lumière du perron lui faisait comme une auréole, comparable à celle de la dame baignée de clarté céleste sur la tapisserie du vestibule.

De retour à la maison, je me suis précipitée sur le réfrigérateur. Je me suis préparé un sandwich jambon et salami, le tout arrosé d'un Coke Diète. Mon esprit tournait en boucle sur une nouvelle solution — bien qu'effrayante — au casse-tête. Mais il manquait encore des morceaux.

Les nerfs à vif, j'ai allumé mon Mac pour tenter de dénicher tout ce que je pourrais sur Granger Hoke. Pour que les pièces manquantes trouvent enfin leur place.

Je n'ai rien trouvé du tout.

Par contre, je me suis tapé un paquet d'infos sur l'exorcisme.

Des heures plus tard, je me suis effondrée contre le dossier de ma chaise dans la pièce devenue sombre. Les charcuteries et le pain pesaient une tonne dans mon estomac.

Je connaissais les victimes et la cause probable de leur mort. La signification des traces découvertes.

Sans parvenir à m'expliquer pourquoi, j'ai ressenti une incontrôlable envie de parler à Ryan. Plus qu'une envie. Un besoin.

J'ai allumé la lumière et je suis partie m'installer sur mon canapé. J'ai composé son numéro.

Ryan a décroché. Il avait l'air... Non, il avait l'air de rien. Ryan est passé maître dans l'art du travestissement émotionnel.

— Hé, ai-je dit.

— Hé.

— Tu as eu mon courriel ?

— Ouais.

Ton parfaitement neutre. Trop neutre.

— Tu as compris pourquoi je suis obligée d'annuler ?

— Notre boulot est sans pitié.

Une nuance dans sa voix que je n'arrivais pas à identifier.

— Tu es sur une affaire, toi aussi ?

Évitons d'aller sur un terrain trop glissant.

— Un cas d'homicide. Un fermier retrouvé allongé sur le ventre dans sa grange, pas loin de Saint-Amable. Jean-Guy Lessard.

— Ça avance bien ?

— Pas pour le crétin que j'ai foutu derrière les barreaux.

— C'est quoi, l'histoire ?

Pour tout dire, je m'en fichais un peu, j'étais surtout pressée de raconter la mienne.

— Lessard prend sous son aile son petit voisin, un jeune qu'il embauche comme homme à tout faire afin de justifier un salaire. (J'ai entendu le grésillement d'une allumette, le pétillement de la flamme et le souffle d'air pour l'éteindre.) Mardi, Lessard va en ville. Alors, le jeune décide d'inspecter le coffre-fort. Mais Lessard revient plus tôt que prévu, et le surprend en train de voler. Le petit panique et lui tire trois balles dans la poitrine.

— On est toujours puni pour une bonne action.

— En plein ça.

— L'affaire est résolue, Ryan. Tu as fait ce qu'il fallait.

— Champagne ! (Plus de masque à présent. Ryan avait l'air épuisé, à cran.) Le pauvre diable laisse derrière lui une femme, trois enfants et quatre malheureux hectares de terre.

— Je suis désolée.

— Être désolée, ça n'aide pas à grand-chose. Tu es chez toi?

— Oui. Et toi?

— Ouais.

Il a tiré fort sur sa cigarette.

— Je me suis plantée sur toute la ligne.

Un silence.

— L'affaire Teague?

— Oui.

— Tu ne crois pas à la mort de la petite?

— Oh je le crois. Et aussi à celle de Mason Gulley.

— Je t'écoute.

Je lui ai relaté la teneur de mes conversations avec Susan Grace Gulley et Katalin Brice. La tête de Mason coulée dans du béton. Et le rapport de Denver sur la nature des traces récupérées dans la cavité.

— Bordel, c'est quoi de l'acide boswellique?

— C'est une substance extraite d'une résine d'arbres de la famille des burséracées qui poussent surtout dans la péninsule arabique, en Somalie et en Inde.

— Ça sert à quoi?

— La résine a des propriétés thérapeutiques et on l'emploie aussi en aromathérapie. Et c'est un composant principal de l'encens.

— Les rois mages avec leurs offrandes.

— C'est ça. (Birdie a grimpé d'un bond sur le sofa. Je l'ai laissé se mettre en rond contre moi, peut-être pour ajouter une touche de mélodrame.) L'encens et l'huile d'olive sont couramment utilisés dans les rituels d'exorcisme.

— Exorcisme?

— Oui.

— Tu veux dire lévitation, vomissements et rotations du crâne?

— Ça, c'est au cinéma.

— Où veux-tu en venir?

— Des millions de gens continuent de croire dans les démons.

(Micro pause.)

— Tu fais allusion à Hoke et à sa sainte tribu de fêlés ?

Je lui ai donné une version abrégée de mon entretien avec le père Morris. Les exorcismes non autorisés. Le glissement vers la prédication de l'enfer. Le fait qu'il ait été défroqué.

— Attends. Reviens un peu en arrière. Explique-moi ça.

— C'est simple. La grand-mère de Mason a fait allusion à son petit-fils comme étant «contre nature». Le père de Cora traite sa fille de «putain». Les deux ont disparu. L'analyse des traces suggèrent que Mason a été exorcisé.

— Si je comprends bien, tu es en train de suggérer que le prêtre a tué Cora Teague, l'a démembrée et aurait éparpillé les morceaux du haut des belvédères de la région de Brown Mountain.

— Ex-prêtre. Et je ne dis pas que c'est Hoke, l'assassin.

— Qui alors ?

— Je l'ignore.

— Et ce meurtrier inconnu aurait tué Mason Gulley pendant ou après un exorcisme, l'aurait décapité et aurait placé sa tête dans du béton ? Avant de balancer ses restes du haut de ces mêmes belvédères ?

Son scepticisme était audible.

— Tu pourrais essayer d'avoir un ton un peu moins condescendant ?

— Alors convaincs-moi.

— Penses-y un peu : sa propre grand-mère disait de lui qu'il était le mal incarné.

— C'était quoi son problème avec son petit-fils ?

— Elle estimait qu'il ne ressemblait pas à un garçon, et qu'il ne se comportait pas comme tel. Peut-être que ce n'était pas juste le syndrome NJF. Peut-être que Mason était gai.

— Pourquoi alors se serait-il enfui avec Cora Teague ?

À nouveau, ce ton condescendant.

— Je réfléchis à voix haute, Ryan.

— Et Teague ?

— Ramsey et moi avons interrogé son médecin de famille. Un clown qui n'a pas mis à jour ses compétences depuis l'âge du bronze. Il soignait Cora pour de l'épilepsie.

— Tu supposes que Gulley aurait été assassiné parce qu'il avait des ongles pourris et une mauvaise dentition, et que Teague l'aurait été à cause de ses convulsions ?

— Si c'est vraiment de ça dont elle souffrait. J'ai de gros doutes là-dessus. Je pense que ses problèmes relevaient plutôt d'une maladie psychiatrique.

— Continue.

Je lui ai cité le cas de River Brice, celui d'Eli et du petit chiot.

— Wow... Selon toi, elle aurait des pulsions meurtrières ?

— Je dis qu'un tas de conneries se sont passées autour d'elle.

Je m'attendais à un mouvement de cigarette. Quand il fume, ça signifie qu'il est stressé. Une furieuse envie de faire pareil m'a traversé l'esprit.

Voici mon hypothèse, a-t-il enchaîné. Tu n'as pas d'identification établie sur aucun des restes de Brown Mountain. Tu n'as aucun ADN. Je suppose que Larabee n'a pas encore confirmé l'identité de Gulley, avec uniquement pour preuves une boule de béton et des empreintes digitales bizarres.

— En effet.

— L'identité de ta victime est floue, tu n'as pas l'arme du crime, pas le mobile, pas de témoins et pas de suspect sérieux. Tu n'es même pas certaine à 100 % que Cora Teague soit morte. Ni même disparue. Son état psychiatrique repose sur des spéculations.

J'avais les joues en feu. Ryan avait raison. Je me perdais en conjectures.

Je n'ai rien répondu.

Ryan a tiré une longue bouffée de sa cigarette.

— Comment Hazel Strike cadre là-dedans ?

— Je ne sais pas trop. Strike m'a téléphoné trois fois le samedi. Peut-être qu'elle avait découvert quelque chose et qu'elle en avait parlé à la mauvaise personne.

Parce que je n'ai pas daigné la rappeler... Encore cette foutue culpabilité.

— Tu penses à Hoke ?

— Je n'ai jamais dit que le tueur était Hoke !

Ma voix était si aiguë que Birdie a sauté du canapé sur le plancher.

— *Tabarnac** ! T'es pas obligée de mordre !

— Désolée.

— En as-tu fait mention à Slidell ? Il ne l'a pas évoqué.

— Tu lui as parlé ?

— Une ou deux fois.

— Pourquoi ?

— Je voulais son avis sur une chose. Ça te dérange ?

Ça me dérangeait royalement.

— Parlons d'autre chose, ai-je proposé.

J'ai perçu que Ryan déplaçait le téléphone sur son autre oreille.

— Quel temps il fait, dans le Sud ?

— Les arbres sont en fleurs. C'est le printemps.

— Ici, il neige. (Longue expiration.) Le fleuve est encore gelé.

— Essaie de rester au chaud.

— J'ai fait du feu. ·

La mélancolie dans sa voix m'a renvoyé un milliard d'images, à commencer par son visage et cette petite cicatrice sur son arcade sourcilière, souvenir de la bouteille d'un motard. Les minuscules éclats cobalt qui brillent dans le bleu intense de ses yeux.

Je m'imaginais sans peine où il devait être assis. Là où moi-même je l'avais été tant de fois. Devant sa cheminée en pierre. Le fleuve pris dans les glaces s'étalant sous ses baies vitrées. Le canapé en cuir et les griffures que Birdie y avaient faites un jour. La culpabilité et la colère se sont transformées en une douleur fugace. Un tiraillement au creux du ventre.

— Pourquoi tu descendrais pas me voir, ai-je murmuré.

— J'aimerais ça.

— Bientôt ?

Pause. Puis il a soupiré.

— Je ne voulais pas te critiquer.

— Juste jouer le rôle de l'avocat du diable ?

— Brillante répartie.

— Ça m'arrive.

J'ai souri. Ryan souriait-il lui aussi, à plus d'un millier de kilomètres au nord ?

Le moment de grâce, s'il y en a eu un, n'a pas duré bien longtemps.

— Tu devrais échanger avec Slidell, lui soumettre ton scénario. Voir ce qu'il en pense.

— Skinny est capable de penser ?

— C'est un bon flic.

Je me suis endormie en ruminant cette appréciation nouvelle chez Ryan, à propos de Slidell.

Chapitre 29

Je me suis réveillée énervée. Je n'étais pas du tout dans mon assiette. Rien d'étonnant, vu les progrès spectaculaires de mon enquête. Et la situation mirifique de ma vie privée.

Il pleuvait à verse, ce qui éliminait le jogging du matin. Et je me sentais trop paresseuse pour m'habiller et aller au gym.

Après avoir pris un café et un bagel, j'ai enfilé un sweatshirt, un vieux pantalon de jogging et mes pantoufles lapin. Je me suis assise à la table de la salle à manger, bien décidée à ne plus en bouger jusqu'à ce que j'aie scruté chaque foutu reçu de cette foutue boîte. Au moins, après, je n'aurais plus Allan Fink sur le dos.

Vers quatre heures, j'étais quasiment convaincue que prendre le risque d'une vérification fiscale serait toujours préférable à cet enfer de paperasse dans lequel j'étais enlisée. Je cherchais à déchiffrer une note de restaurant illisible quand j'ai entendu deux coups brefs frappés contre la porte arrière de la maison. Ravie d'avoir une excuse pour m'interrompre, j'ai foncé à la cuisine.

Et je me suis figée sur le seuil.

À travers la fenêtre, j'ai deviné qui était la silhouette. Un homme, grand, en jean et blouson de cuir.

La boule au ventre, je me sentais encore moins bien que la veille. Un état aggravé par la fatigue visuelle. La dernière chose dont j'avais besoin aujourd'hui était la rancœur et la confrontation.

Pourtant, un petit quelque chose d'autre virevoltait autour de l'appréhension qui étreignait ma poitrine. Un petit quelque chose qui palpitait doucement, tel un papillon sur une feuille.

J'ai traversé la cuisine pour lui ouvrir la porte.

— Surprise! Surprise!

Ton un peu trop enjoué.

Ryan a sorti de derrière son dos un bouquet qu'il m'a tendu.

— Les plus belles du supermarché. C'est le mieux qu'ait pu faire mon chauffeur de taxi.

— Merci, ai-je répondu en les prenant, elles sont très belles.

— C'est toi qui es très belle.

— Ouais.

Depuis que je le connais, Ryan a le don de se pointer pile au moment où j'ai l'air épouvantable. Bien consciente de ma tenue négligée, de mes cheveux gras et de l'absence de maquillage, j'ai reculé d'un pas.

Ryan est entré, et nous nous sommes embrassés. J'ai fait un vague mouvement pour désigner la table de la cuisine, il a ôté son blouson et s'est assis. J'ai remarqué qu'il ne portait qu'un très léger sac de voyage.

— Je n'arrive pas à croire que tu sois venu.

— Ouais... J'ai pris le premier vol. C'était mieux que d'avoir à me taper une escale.

Il paraissait fatigué. Je n'ai pu m'empêcher de me demander ce qu'il avait bien pu fabriquer depuis le milieu de la matinée, après avoir atterri.

— Je te sers une bière? Autre chose?

Ryan a secoué la tête.

— Toute une opération secrète, ai-je ironisé. Tu n'as rien laissé paraître hier soir au téléphone.

— Hier soir, je ne le savais pas non plus. J'espère que tu n'as rien contre mon impulsivité?

— Bien sûr que non.

En fait, j'étais loin d'être d'accord. J'étais heureuse qu'il ait fait l'effort de venir, mais je me sentais... comment dire? Prise dans une embuscade? Mise sous pression? Oui, il me mettait bien sous pression.

J'ai joué la fille très posée. J'ai sorti un vase pour les fleurs, fait couler de l'eau, rempli le vase.

— Je me suis dit que ce serait mieux de se parler face à face.

J'avais le dos tourné, et j'ai songé à lui répliquer quelque chose de désinvolte, ce qui est ma réaction habituelle en cas de trop gros stress. Au lieu de ça, j'ai enlevé la feuille de cellophane autour du bouquet.

Ryan n'y est pas allé par quatre chemins.

— Tempe, je t'avais écrit une lettre. Une lettre démodée, écrite à la main, et qui te serait parvenue grâce à des timbres, un avion et de la sueur humaine.

J'ai continué à démêler les tiges et à arranger les fleurs.

— Je l'ai déchirée. C'était juste des mots sur du papier. Et assez peu convaincants.

— Ne te sous-estime pas, Ryan, tu écris très bien.

Je l'ai entendu retenir son souffle, comme s'il allait ajouter un truc. Mais il s'est finalement tu, en gigotant sur sa chaise.

Je me suis retournée.

Il me contemplait; ses incroyables yeux bleus étaient rivés sur moi.

— Je suis désolé, Tempe, je suis désolé pour tout. Pour essayer de te faire ressembler à ce que j'aimerais que tu sois. Pour ne pas être à la hauteur de ce que, toi, tu voudrais que je sois. Pour toutes ces choses délicieuses et ces endroits merveilleux qui nous tiennent éloignés. Pour t'avoir quittée une première fois. Pour m'être éloigné quand Lily est morte.

— Ryan…

Le rythme de mon cœur s'emballait un peu trop vite.

— Je t'aime, Tempe. Je suis venu ici pour te le dire. Juste ça. Et pour te promettre que je ne te ferai jamais plus de mal.

J'ai entrouvert mes lèvres, mais les mots ne venaient pas. Les secondes s'égrenaient sur la vieille horloge de ma grand-mère.

— Tu n'as rien à me répondre?

Dans le timbre de sa voix ne transparaissait pas une once d'impatience.

— J'attends la suite. La phrase qui va commencer par « mais… ».

— Il n'y a pas de mais. Je t'aime.

— Cela signifie-t-il que tu restes à dîner?

J'ai regretté la pique sitôt prononcée.

Il a baissé la tête. Quand il l'a redressée, son regard était empli de cette imperturbabilité sidérante. Il y avait autre chose en plus. Compassion? Gentillesse? Remords?

— Je sais que Pete t'a blessée. Je ne suis pas Pete. Je sais que je t'ai blessée. Je ne peux rien changer à ça. Mais *j'ai* changé.

J'ai voulu m'exprimer, il m'a fait signe de m'arrêter.

— Je sais que tu as tes obligations. Katy. Ta mère. Ton boulot. Des responsabilités qui te retiennent ici aussi fermement que je suis attaché au Québec. Mais nous pouvons faire en sorte que ça marche entre nous.

J'ai dégluti. Je ne me faisais pas confiance pour commenter ça.

— Je ne te trahirai jamais, Tempe.

C'était comme si de l'azote liquide m'avait été injecté dans les veines. J'avais déjà entendu cette promesse. Formulée exactement de la même façon.

Ryan a dû le lire dans mes yeux. Il s'est levé et a ramassé son sac.

— Attends, ai-je murmuré.

Il a stoppé. Des émotions contradictoires brouillaient la maîtrise de mes pensées. Des secondes se sont écoulées. Puis une minute. Je n'arrivais plus à articuler.

— Ne t'en fais pas, Tempe, ça va.

— Non, ça ne va pas. Tu as raison. Je suis paralysée par l'indécision. C'est infantile, complaisant et injuste envers toi.

— Je comprends.

— Vraiment? Parce que moi, non. (Soudain, les mots ont surgi en un torrent incontrôlable, de ceux qui creusent des gorges au milieu de montagnes.) Je sais que je t'aime. Que je suis la plus heureuse des femmes quand je suis avec toi. Pas parce que tu m'offres des fleurs ou que tu me fais rire. Ou que tu partages mon amour pour Giacometti ou pour *Le guide du voyageur galactique*. Je ne fais pas que simplement t'aimer. Je t'aime sincèrement. Je t'admire et je te respecte. Et, dans la plupart des cas, tu me respectes.

— La plupart?

Il était étonné.

Je repensais aux moments où j'avais été en danger, et que Ryan était arrivé, arme au poing, pour me délivrer.

— Le nombre de fois où tu as sauvé la situation à ma place me terrorise. Ryan, j'en viens à me demander si tu me crois vraiment si peu douée que ça ?

— Tu veux dire intervenir quand un salaud s'apprête à t'abattre ?

— C'est un exemple parmi d'autres.

J'étais sur la défensive.

— Je ne veux pas qu'il t'arrive de mal.

— Et moi non plus, je ne veux pas. Mais le fait que tu sois hyper protecteur implique que je n'arrive plus à me protéger, moi, à être vigilante, à gérer seule des situations délicates. Ryan, je t'aime, mais j'ai besoin de mon autonomie. J'ai besoin d'être sûre de pouvoir compter *sur moi-même*.

— C'est tout ? Plus d'opération de sauvetage par ton flic préféré ?

— C'est juste une partie du problème.

Jesus ! C'était quoi le reste ?

— S'il arrivait un jour que Katy soit blessée, je sais que je me tournerais vers ceux que j'aime. Vers maman, vers Harry. Peut-être vers toi. (Je sentais mes joues s'empourprer, mais c'était trop tard pour revenir en arrière.) Quand Lily est morte, tu m'as jetée comme une vieille chaussette.

Ryan a voulu m'interrompre, je ne lui en ai pas laissé le temps.

— Je n'ai pas besoin de toi dans ma vie, Ryan. J'ai appris à vivre sans toi, une fois. Deux fois. Ça ne m'a pas plu, mais j'ai survécu. (J'ai inspiré une goulée d'air.) Je n'ai pas besoin qu'on me protège. Je n'ai pas besoin d'un garde du corps. J'ai besoin de quelqu'un qui soit là, physiquement et émotionnellement. Pour les bons, comme pour les mauvais moments de la vie.

— Et tu doutes de ma capacité à remplir ce rôle ?

— Je ne sais plus ce que je crois, Ryan.

J'ai reculé et fixé les deux lapins en fourrure au bout de mes pieds.

Un long silence s'est installé entre nous. Lourd. Rythmé seulement par le tic-tac de l'horloge. Nous étions immobiles.

Après ce qui m'a semblé une éternité, j'ai relevé la tête. La tristesse sur le visage de Ryan m'a brisé le cœur.

— Tu restes ici pour la nuit ? ai-je presque chuchoté.

Une brève lueur est apparue dans son regard bleu, et a disparu avant que je puisse l'analyser. Le tic-tac de l'horloge, encore et toujours. Puis un sourire inattendu a éclairé son visage.

— Je t'ai livré mes arguments, persuasifs et émouvants. Tu y as répondu avec une éloquence au moins aussi égale. (Dit avec une légèreté forcée.) Je pense qu'il vaut mieux que je m'en aille.

— Ce n'est pas ce que je voulais.

— Moi non plus.

Ses sourcils se sont haussés plusieurs fois, façon Groucho Marx.

— Alors…

Ryan s'est approché et m'a embrassée sur la joue. Il a replacé une mèche de cheveux rebelle derrière mon oreille.

— Tu as besoin d'être seule.

— Où t'en vas-tu ?

— À la maison.

J'ai hoché la tête. J'avais du mal à contenir mes larmes. *Ne craque pas. Surtout, ne craque pas.*

Ryan a saisi mon menton avec la paume de ses mains et a planté son regard dans le mien.

— Nous sommes très différents. Sur plein de points. Mais nos différences se complètent, Tempe. Ensemble, on était plus forts. On était mieux. Mieux que simplement la somme de toi et moi. Je le crois sincèrement.

J'ai glissé mon bras autour de lui et posé ma joue contre sa poitrine. Mais il avait une raideur dans l'épaule et une tension dans le bas du visage qui m'ont réfrigérée.

Et clouée sur place.

Derrière moi, des pas ont traversé la cuisine. Dans ma tête, des mots ont claqué comme des cymbales. *Besoin d'être seule.* Son emploi de l'imparfait. *On était plus forts. On était mieux.*

La porte s'est ouverte et refermée doucement.

J'étais toujours paralysée, le cerveau en ébullition, le cœur en lambeaux.

J'étais certaine d'être passée à côté du bonheur.

Mais pas certaine de savoir pourquoi.

Chapitre 30

Saturday night
Gonna keep on dancing to the rock and roll

Après avoir pleuré toutes les larmes de mon corps, et après avoir souper, je me suis dit que la résolution de l'affaire Cora Teague serait l'unique moyen de retrouver ma sérénité. J'ai assumé également que, comme moi, Slidell devait avoir zéro vie sociale. Si ce n'était pas le cas, tant pis.

Je suis allée dans mon bureau et je l'ai appelé. Comme Ryan l'avait suggéré, je lui ai raconté toute l'histoire en sollicitant son avis. Skinny m'a écoutée et ne m'a interrompue que rarement avec ses commentaires de mauvais goût.

Quand j'ai eu fini, il m'a dit :

— Ouais, y a juste un problème que je vois, doc. Les exorcistes ont pour but de botter le cul à Satan. Pas d'assassiner des gens.

— D'accord, ils ne veulent pas tuer. Mais leurs rites peuvent s'avérer mortels.

J'ai appuyé sur la touche haut-parleur de mon téléphone afin de lui lire mes notes, résultat de mes recherches sur Internet.

— En 1995, une Coréenne de 25 ans d'Emeryville, en Californie, s'est adressée à Jean Park et à l'Église Jésus Amen qu'il avait créée. La jeune femme ne dormait plus, aucun médicament ne la soulageait. Par conséquent, Park a estimé qu'elle était possédée par des démons. Au cours de l'exorcisme qui a duré six heures, cette fille a reçu une centaine de coups, provoquant des lésions internes et des fractures sur plusieurs côtes. Après son décès, des membres de la congrégation sont restés près de son cadavre pendant cinq jours simplement parce que Park leur avait déclaré qu'elle allait se réveiller et serait guérie.

J'ai entendu une voix féminine en arrière-fond.

— Une seconde, doc.

Bruits étouffés. Slidell est revenu quelques secondes plus tard.

— Écoutez, je voudrais juste…

J'ai continué, en abrégeant la lecture de mes notes.

— 1997, dans le Bronx, une enfant de 5 ans est attachée et on lui fait avaler de force un cocktail d'ammoniaque, de vinaigre, de poivre et d'huile d'olive. On lui a ensuite scellé la bouche avec du gros ruban adhésif. Quand elle est morte, la grand-mère et la mère ont enveloppé son corps dans une bâche en plastique et l'ont abandonné dehors, dans les poubelles. Leur preuve qu'elle était possédée ? La petite piquait de grosses colères. 1998, Sayville, État de New York. Une jeune fille de 17 ans a été étouffée avec un sac en plastique parce que sa mère essayait de détruire le démon qui était en elle. 2008, Henderson, Texas. Une petite de 13 mois a été mordue plus d'une vingtaine de fois et frappée à mort avec un marteau. Maman et son petit ami sentaient que le bébé était possédé par un démon.

— C'est pas la même chose. Ces cas-là sont la faute de parents complètement fêlés…

— Ils combattent les démons au nom de Dieu. 2011, Floyd, Virginie. Un père, et ses amis membres de la même congrégation, pensait que sa fille de 2 ans était possédée par les esprits du Mal. La petite a été retrouvée morte sur un lit entouré de bibles. Ses blessures incluaient fractures des côtes, écorchures, lésions des poumons et hémorragie. La cause du décès était l'asphyxie. 2014, Germantown, Maryland. Une mère, aidée d'une autre femme, a poignardé ses quatre enfants, deux en sont morts. Elle était persuadée que des esprits malins se faufilaient d'un corps à l'autre. Les deux femmes faisaient partie d'un groupe nommé Assassins du Démon.

— On dirait le nom d'un groupe d'heavy métal.

— Il s'agit juste de quelques exemples. (J'étais sidérée que Slidell connaisse ce genre musical.) Il existe des dizaines d'histoires décrivant les dangers de l'exorcisme. Des sites entiers sont consacrés à ses dérives.

— Mais ces gens sont des amateurs, non ? Les prêtres sont formés pour que ces choses ne dérapent pas.

— Laissez-moi vous présenter quelques faits, détective. Au cours d'un exorcisme, le « possédé » est souvent attaché et ligoté. Comme dans une camisole de force. Beaucoup d'exorcistes, prêtres ou autres, ne voient pas le rite comme une cérémonie de prières, mais comme une confrontation.

— Et donc le *padre* débite quelques formules magiques et ordonne au démon de se tirer de là en vitesse. L'Église lui enseigne comment s'y prendre.

— Le prêtre est *censé* suivre des procédures approuvées par le Vatican. Mais devinez quoi ? Beaucoup improvisent. Imaginez un peu la situation. L'exorcisme, une fois commencé, doit être achevé, peu importe combien de temps ça prend. Des heures, des jours, des semaines…

— Vous annulez, vous payez.

— … parce que, si un exorciste démissionne, le démon s'en prend à lui.

— Ouais, c'est une sacrée motivation. Mais qu'est-ce que tout ça a à voir avec Strike ?

— Ça a à voir avec Cora Teague ! Teague était épileptique. Je pense qu'elle est morte au cours d'un exorcisme. Même chose pour Mason Gulley dont la maladie avait un effet direct sur son physique.

De nouveau, une voix de femme à travers le combiné.

— J'arrive ! a-t-il aboyé.

Verlene, sans aucun doute. Cette fois, il n'avait pas pris la peine de couvrir l'appareil.

— Vous vous souvenez du porte-clés avec l'enregistreur ?

— Celui que vous n'avez pas réussi à lui confisquer.

— Trois voix. Deux hommes et une femme. Peut-être que Cora enregistrait son propre exorcisme ?

— Pourquoi aurait-elle fait une chose pareille ?

— Pour faire chanter les responsables ? Pour les dénoncer aux journaux ? Parce qu'elle crevait de trouille que ces salauds la tuent ? Est-ce si important ?

— Juste à titre informatif : c'est qui les gars sur l'enregistrement avec elle ?

Je m'étais posé la même question.

— Peut-être Hoke et son père ? Ou un autre membre de la congrégation ? Un spécialiste appelé en renfort ?

— À vous entendre, on dirait des experts de l'American Medical Association.

— Il existe en effet plusieurs organisations professionnelles : l'American Association of Exorcists ; l'International Catholic Association of Exorcists ; l'Association internationale des exorcistes, qui, soit dit en passant, a été reconnue par le Vatican en 2014.

— N'interprétez pas de travers mes propos pour vous imaginer que je suis d'accord avec vous. Mais même si vous aviez raison, Teague et Gulley ne font pas partie de mon enquête.

— Strike enquêtait sur Teague. (J'articulais lentement, avec une patience exagérée.) Strike avait cet enregistrement. Strike s'est rendue à Avery. Strike a été assassinée. Sa mort leur est connectée. Forcément.

Slidell a marqué une pause. Il devait réfléchir. Du moins, il s'est abstenu de commentaires acerbes pendant un temps. Puis :

— On n'a rien trouvé sur Teague dans les affaires de Strike.

— Et sur Mason Gulley ?

— *Nada.*

— Qu'est-ce qu'il y avait dans ces dossiers ?

— Des niaiseries sur son organisation de détectives. J'ai des gars là-dessus qui recoupent les noms et les identifient.

— Combien de temps ça…

— J'ai un scoop : l'alibi de Wendell Clyde est confirmé.

— Il était avec le blogueur tout le week-end ?

— Ouais, Aslanian. Je suis sûr qu'ils vont se marier d'une minute à l'autre. Écoutez, il faut que j'y aille.

— Vous allez suivre Granger Hoke ? Voir si quelque chose surgit ?

— Ce plaisir devrait incomber au shérif adjoint Dick.

— Je suis certaine qu'il y a une chose que le père Morris m'a cachée sur la vie de Hoke.

— Voyez ça avec le shérif adjoint.

— OK. (Sur un ton blasé.) Mais ça risque d'être gênant.

— De quoi diable parlez-vous, encore?

— Ramsey a une longueur d'avance sur vous dans l'affaire Strike.

Il m'a raccroché au nez.

J'ai scruté mon iPhone comme si c'était lui, et non Skinny, l'origine de mon agacement. Ou peut-être était-ce vraiment ça. Je n'avais pas cessé de parler dans ce cellulaire depuis des jours et des jours. Principalement avec des gens remettant en cause mes capacités de déduction et de raisonnement.

Et puis, il y avait Ryan. Non, pas question de penser à lui avant la résolution de cette affaire. Jusqu'à… Non. Laisse tomber et concentre-toi sur l'enquête.

J'avais besoin d'action. J'avais besoin que ça bouge. Et cependant, je ne voyais rien que je puisse faire.

Frustrée, j'ai téléphoné à Ramsey et lui ai raconté tout en détail depuis la dernière fois qu'on s'était parlé. Concis, clair et précis. Pas de conjectures, pas de spéculations sur des pièces manquantes du casse-tête. Sa réponse m'a mise en état de choc.

— J'ai continué mes recherches sur Hoke. Il a tué un enfant.

— *Holy shit!*

— C'est le cas de le dire. La mort est survenue durant un exorcisme.

— Que s'est-il passé?

J'étais trop excitée par cette info pour goûter la petite blague du shérif adjoint.

— L'incident s'est déroulé à Elkhart, Indiana, en 1993. Hoke était le seul prêtre d'une petite paroisse catholique appelée l'Église du Saint Consolateur.

J'ai gardé pour moi la remarque sur l'ironie de ce nom.

— Lors d'une rencontre d'un groupe de prières se tenant le mercredi soir, une mère a suggéré que sa fille de 9 ans soit soumise à un rite d'exorcisme. Le rite a été pratiqué deux jours plus tard au domicile de la fillette. La mère maintenait les bras de sa fille pendant que Hoke était à califourchon sur le dos de la petite.

— Écrasement des poumons et suffocation?

La rage était si forte en moi que ça me donnait envie de vomir.

— Oui…

— Pour expulser le démon qui vivait en elle.

— Oui, a dit Ramsey en déglutissant bruyamment. Plus tard, on s'est rendu compte que la fillette était autiste.

— Enfant de chienne ! (J'avais la chair de poule. Voilà ce que le bon père Morris rechignait à m'avouer.) Hoke a-t-il été poursuivi ?

— Non. Il y a eu une enquête de police. On a conclu à un accident.

Au diable les faits. J'ai débité ma théorie sur Hoke et sa connerie d'Église.

— Écoutez, doc, ce type est loin d'être blanc comme neige, mais l'accuser de meurtre est une tout autre affaire.

— Hoke a étouffé une fille de 9 ans, ai-je répliqué d'un ton cassant.

Silence assourdissant. Je pouvais presque entendre les arguments de Ramsey. Les mêmes que ceux de Ryan.

La seconde information qu'il m'a révélée m'a paralysée presque autant que la première.

— Il est possible qu'on ait retrouvé l'ordinateur portable de Strike.

— Vous êtes sérieux ?

— Un sans-abri a découvert un vieux Gateway dans une benne à ordures derrière le Dunn's Deli dans Banner Elk.

— Vous l'avez dit à Slidell ?

— J'allais d'abord vous appeler, et ensuite lui.

— Ou était l'ordi pendant ces cinq jours-là ?

— Le citoyen en question l'a gardé, espérant en tirer quelques dollars. Mais la batterie était à plat, et il n'avait aucun moyen de la recharger. N'ayant pas trouvé preneur, il s'est dit qu'il en tirerait peut-être une petite récompense en l'apportant au poste de police. Il nous a téléphoné il y a deux heures, et l'ordinateur vient juste d'arriver dans nos locaux.

— Qu'est-ce qui vous fait croire que c'est l'ordinateur de Strike ?

— Les initiales HLCS sur le couvercle.

Hazel Lee Cunningham Strike. J'ai ressenti la désormais familière pointe de culpabilité.

— Vous pouvez le mettre en marche ?

— On recherche un chargeur.

— Skinny est sorti avec sa petite amie. Appelez-le. Faites-lui comprendre que c'est important.

Évidemment, je ne suis pas parvenue à m'endormir. Une présentation PowerPoint défilait sans arrêt dans ma tête. Des images. Des voix. Deux masculines, méchantes. Une féminine, terrifiée.

À deux heures du matin, j'ai renoncé. Je suis descendue au rez-de-chaussée. Ça devenait une habitude, les nuits blanches.

Je me suis préparé du thé et me suis installée à la table de la salle à manger. J'ai fixé des yeux la boîte haïe qui m'a regardée avec tout autant d'insistance.

Ignorant le doigt accusateur de la pile de reçus non triés, j'ai attrapé un bloc-notes et un crayon. J'ai tiré des traits pour séparer la page en colonnes, en me basant sur les suggestions de Ryan. «Victimes». «Cause de la mort». Lieu du décès». «Heure du décès». «Mobiles». «Suspects». «Armes».

J'ai contemplé les colonnes vides. Mêmes effets, mêmes résultats qu'avec la boîte maudite.

J'ai froissé en boule la feuille de papier. Sur une autre, j'ai dessiné un diagramme. Des lignes, des nœuds de connexion, des notes en marge.

Cora Teague: termine ses études secondaires. Travaille pour la famille Brice. River meurt. Retourne vivre à la maison. Disparaît.
Eli Teague: meurt à l'âge de 12 ans. Le médecin urgentiste émet des doutes sur les causes réelles du décès.
John Teague: propriétaire d'une station-service-dépanneur-quincaillerie. Fanatique religieux, agressif.
Fatima Teague: femme au foyer, soumise.
Owen Lee Teague: échec dans le secteur de l'immobilier. Se met dans l'élevage de chiens.

Me rendant compte que je savais finalement peu de choses sur Fatima et Owen Lee, et rien sur les autres enfants Teague, j'ai commencé une liste de questions sur une feuille à part que j'ai déchirée du bloc-notes.

Mason Gulley: NJF. Disparaît à la même époque que Cora Teague. Johnson City, Tennessee (?). Publie sur

CLUES.net sous le pseudo d'OMG (?) au sujet de Cora Teague. Ses restes sont découverts au belvédère de Brown Mountain.

Grand-maman Gulley: catholique, prompte à juger. Beaucoup.

Susan Grace Gulley: m'a fourni des informations sur Mason. A espionné Cora pendant le séjour de Mason à Johnson City, TN. Déteste Cora. Révoltée, en colère. Beaucoup.

J'ai ajouté des questions sous celles concernant les Teague. Où Mason a-t-il habité lorsqu'il vivait à Johnson City? Pourquoi? Pourquoi Susan Grace ne divulguerait pas la raison pour laquelle Mason était parti pour le Tennessee?

Hazel Strike: détective du web. Découvre les publications sur CLUES.net au sujet de Cora Teague. Découvre mon dossier sur NamUs, découvre l'enregistreur au belvédère du comté de Burke, me soumet sa théorie selon laquelle la victime inconnue ME229-13 est Cora Teague. Assassinée.

D'autres questions. Pour quelles raisons Strike s'adonne-t-elle à des recherches sur le web pour retrouver des personnes disparues? Où a-t-elle été assassinée? Par qui? Comment se fait-il que son corps finisse dans un étang?

Granger Hoke: prêtre défroqué, l'Église de sa Sainteté Jésus notre Seigneur, branche déviante du catholicisme. Exorciste, décès accidentel d'une enfant durant un rituel.

Joel, Katalin, River et Saffron Brice: des membres déçus de l'Église de sa Sainteté Jésus notre Seigneur. Saffron, fracture du bras. River, SMSN.

Terrence O'Tool: médecin généraliste. Épilepsie, traitement inadéquat, croix dorée dans bureau, peu coopératif.

Fenton Ogilvie: coroner, alcoolique, chute mortelle dans cage d'ascenseur.

J'ai examiné le méli-mélo des lignes et des nœuds. J'ai senti que mon cerveau commençait à surchauffer.

J'ai déchiré une autre page vierge, et j'ai créé une nouvelle liste nommée « Restes humains ».

1. Os partiels de jambe et de pied trouvés au belvédère de Lost Cove Cliffs. Expédiés à Marlene Penny, Université Western Carolina.
2. Partie de torse trouvée au belvédère du comté de Burke. Expédiée à moi. ME229-13.
3. Os partiels et bouts de doigts sans empreintes digitales (Mason Gulley — NJF ?) trouvés lors du voyage au belvédère du comté de Burke avec Strike et Ramsey. ME112-15.
4. Os partiels et moule en ciment (Mason Gulley ?) trouvés avec Ramsey sur le sentier de Devil's Tail, près du belvédère Wiseman's View. ME135-15.

J'ai relu mes quatre entrées, puis j'ai balancé mon stylo en guise de frustration. Mes questions sans réponse dépassaient largement en nombre les faits établis. L'exercice avait été aussi efficace qu'une petite tape sur les fesses.

Dernier essai. Catégorie « Dates ».

1993 : naissance de Cora Teague.
1996 : naissance d'Eli Teague.
2008 : mort d'Eli Teague.
Printemps 2011 : Cora Teague est diplômée du secondaire. Travaille pour la famille Brice. Mort de River. Cora est renvoyée chez elle.
Juillet 2011 : Cora Teague et Mason Gulley disparaissent. (Gulley part à Johnson City, TN ?)
Août 2011 : OMG (Mason Gulley ?) envoie une publication sur CLUES.net au sujet de Cora Teague.
Septembre 2011 : arrêt des publications d'OMG.

Ma main s'est brusquement immobilisée. J'ai fermé les paupières pour faire jaillir une image : une conversation avec un homme habillé d'un ample vêtement vert dans lequel le vent s'engouffrait.

Impulsion électrique dans mon cerveau.

J'ai su alors où et quand Mason avait été tué.

Chapitre 31

Je n'ai pas été en mesure de fermer l'œil avant quatre heures du matin. Heureusement, on était dimanche, et je pouvais faire la grasse matinée. Faudrait dire ça à mon cerveau surexcité par la découverte capitale qu'il vient de faire.

J'ai attendu jusqu'à huit heures avant de commencer à téléphoner. La boîte vocale de Ramsey m'a annoncé qu'il ne serait pas joignable avant lundi. Je lui ai laissé un message, puis j'ai tenté de le joindre sur sa ligne directe au bureau du shérif. J'ai eu droit à la même réponse. Y ai laissé le même message.

Slidell. Message.

À neuf heures, toujours pas de rappel d'aucun d'eux. Dix heures.

J'étais en train de fouiller dans cette répugnante boîte, à déchiffrer des reçus et des notes de frais encore et encore, à en faire des piles, à les déplacer dans d'autres piles, lorsque mon cellulaire a sonné.

Je me suis jetée dessus.

— Tu as été vue dans l'antre du roi de la montagne.

— Pardon?

Je me suis programmée en mode « analyse nuancée », me demandant si ma mère était énigmatique ou irrationnelle.

— On t'a repérée, jeudi soir, à Heatherhill.

— Oh…

— Étais-tu en train de comploter avec les sorciers et les chamanes qui surveillent mon bien-être?

— Maman, tu prends bien tous tes médicaments?

— Bien sûr que je prends mes médicaments ! Pourquoi chaque fois que je verse dans le lyrisme, tu t'inquiètes pour ma santé ?

— Désolée.

Ne pas oublier de téléphoner au Dr Luna ou à Goose.

— Pourquoi n'es-tu pas venue me dire bonsoir, ma chérie ?

— Tu n'étais pas dans tes appartements. (Exact.) Je croyais que tu étais avec le Dr Luna pour des soins. (Pas si exact.) Je ne voulais pas te déranger.

— Un bien long voyage pour ne pas vouloir me déranger.

— Je passais dans le coin, de toute façon.

Je me préparais mentalement à une avalanche de questions sur les restes de Brown Mountain. Aucune question.

— Ça t'ennuierait de t'attaquer de nouveau à cet horrible trajet en voiture ?

— Que veux-tu que je t'apporte ?

— J'ai seulement besoin de passer du temps avec mes filles.

— Tu as téléphoné à Harry ?

Mon pouls s'est accéléré en notant l'emploi du pluriel. À l'implication que signifiait cette double requête à sa progéniture.

— Oui, je l'ai fait.

— Tu ne te sens pas bien ?

— Tempe, vraiment ! Je t'adore, mais tu es si prévisible. (Pause.) Je ne pourrais pas être en meilleure forme.

Long soupir mélodramatique.

— Harry vient nous voir en Caroline du Nord ?

— Ta sœur est toujours d'un grand soutien.

Qu'est-ce que diable ça voulait dire, ça ?

— Maman, pourrais-tu m'expliquer ce qui se passe ?

— Le désir de voir mes filles doit-il forcément être relié à un événement ?

— Non.

Oui.

— Je dois y aller ma chérie. Le lunch est à midi. Après, je me suis inscrite à un massage. Je te vois bientôt ?

— Bien sûr.

— C'est Grieg.

— Pardon?

J'étais complètement perdue.

— *L'antre du roi de la montagne*, c'est du compositeur nor-
végien Edvard Grieg.

Puis elle a raccroché.

J'ai lancé mon iPhone sur la table, sous le regard désap-
probateur de Birdie.

La sommation de maman avait-elle quelque chose à voir
avec son cancer? Sa chimio? Je ne pouvais pas l'interroger
à ce sujet vu que ma sœur m'avait fait jurer le secret absolu.
Cela concernait-il Clayton Sinitch? Maman se montrait si
souvent impulsive. Était-elle au bord de prendre une décision potentiellement désastreuse?

J'ai raflé mon téléphone sur la table et pressé la touche
d'un numéro préenregistré. Je suis tombée sur le message
d'accueil énervant de ma sœur. J'ai prononcé les mêmes
mots que précédemment: «Rappelle-moi. C'est urgent.»

J'ai scruté la boîte et la montagne de papiers.

Mes yeux se sont posés sur les feuilles griffonnées du
bloc-notes. J'ai passé en revue la liste des questions. Ça ne
donnait rien du tout.

Puis soudain cette interrogation: pourquoi Susan Grace
ne divulguerait pas la raison pour laquelle Mason était parti
pour le Tennessee?

Comme la nuit dernière, j'avais la conviction de savoir
où et quand Mason Gulley était mort.

Je revoyais Susan Grace dans la pénombre du salon de sa
grand-mère et la réprimande sévère de cette dernière: *Jeune
fille! Ne vois-tu pas que tu deviens l'otage de Satan!*

Je revoyais le visage de Susan Grace dans l'obscurité
de l'habitacle de ma voiture. Le tremblement de ses lèvres,
ses grands yeux effrayés en partie dissimulés par sa frange.
Avais-je commis une erreur de jugement sur cette fille? Son
état nerveux trouvait-il son origine dans la crainte plutôt que
dans la révolte?

Cora Teague. Mason Gulley.

Soudain l'air s'est étrangement rafraîchi.

Le Mal existe dans ce monde. Le Mal exige la docilité à
un dogme rigide. Le Mal croit aux forces démoniaques.

J'ai subitement compris.

Susan Grace craignait que son esprit de défiance soit interprété comme des démons dont il fallait la purger.

Et purger pouvait tuer.

Au diable ! Au diable, bordel !

J'ai pris une décision. J'irais rendre visite à maman. Heatherhill me rapprocherait d'Avery au moment où Ramsey me rappellerait. Ou Slidell.

Pas plus loin sans renforts. Juste Heatherhill.

Tout en traversant Charlotte au volant de ma voiture, j'ai téléphoné à Harry. Même si maman l'avait contactée, ma petite sœur n'avait pas réservé un siège pour la côte Est. Pour une fois, nous étions d'accord. Notre mère était incontestablement la meilleure en matière de manipulation subtile.

Dès que j'ai roulé sur la I-40, j'ai réessayé de joindre Slidell.

— Quel foutu truc est si urgent pour que vous me fassiez chier le premier vrai week-end de congé que je prends depuis un mois ?

— C'est Hoke.

— Quoi ? Est-ce que je suis en train d'écouter un de ces messages qu'on envoie à répétition en direction des extraterrestres ? Vous me l'avez déjà dit que c'était Hoke !

— Je suis convaincue que Cora Teague et Mason Gulley sont morts lors d'exorcismes ratés.

— Allô, Houston ? Ici la Terre. Vous me recevez ?

— Slidell, écoutez-moi, bon sang !

— Allez raconter ça à Ramsey.

— Il est injoignable.

— Moi aussi.

— Tout converge vers Hoke. Et vers son église.

— Je travaille sur le cas Strike. Ce n'est pas une personne disparue. C'est un cadavre à la morgue, avec une étiquette accrochée à son gros orteil. Ça, c'est mon territoire.

— Strike est liée à toute cette histoire.

— Je vais joindre la NASA pour savoir comment je peux être mis en orbite pour qu'on me foute la paix.

J'ai dégoupillé ma grenade.

— Mason Gulley est mort dans l'église où prêche Hoke. Son corps a certainement été démembré là-bas.

— Comment savez-vous ça ?

— Avec Ramsey, nous y sommes allés. Nous voulions parler à John et Fatima Teague. Hoke était présent.

— C'est un peu normal, non ? C'est son église.

— Nous avons discuté de Cora et de Mason.

— Et papa a juré qu'il n'emmènerait jamais sa fille à l'autel parce qu'elle n'était qu'une sale traînée ? Rien de neuf là-dedans.

J'ai serré mes doigts autour du volant.

Relaxe.

— Mason est mort en ayant dans ses cheveux des résidus d'encens et d'huile d'olive. Autrement dit, des matériaux utilisés lors d'exorcismes.

— Ça ne signifie pas que…

— Les Gulley sont membres de l'Église de sa Sainteté Jésus notre Seigneur. Mason a cessé de fréquenter la messe à peu près à l'époque où un projet de rénovation paroissial se terminait. (Je revoyais les anneaux de métal brillant encastrés dans le ciment du perron.) Ces travaux ont nécessité de couler du béton pour recréer les marches du nouveau perron. Ils ont été achevés en septembre 2011.

Étonnamment, Slidell ne m'a pas interrompue.

— Mason et Cora ont disparu en juillet 2011. En août, Mason a commencé à publier des messages sur CLUES.net sous le pseudo OMG, puis ses publications cessent en septembre.

— C'est la période où il vivait à Johnson City ?

— Je pense que Mason est revenu du Tennessee et que quelque chose a mal tourné à l'église. Il y a eu un exorcisme et il est mort. Des sacs de ciment traînaient encore partout, des scies électriques…

Je n'ai pas développé davantage. C'était trop horrible.

— Et Strike ?

— À mon avis, elle a découvert ça, et a voulu confronter Hoke le samedi où elle se trouvait à Avery. C'était la veille du jour où on a découvert son cadavre.

Slidell a dégluti.

— C'est certainement suffisant pour émettre un mandat, non ?

— Jusqu'ici, ce sont des spéculations. Un juge exigera davantage que ça.

— Comme quoi ?

— Traitez-moi de fou, mais... quelque chose comme une preuve?

— Des restes humains? Un masque mortuaire de Mason Gulley? L'huile d'olive et l'encens? Des bouts de doigts sans empreintes digitales? Deux ados disparus? Un prêtre qui étouffe une fillette de 9 ans?

J'étais totalement à cran.

— Où est Ramsey?

— J'en sais rien. Mais considérez la situation. Susan Grace a menti à sa grand-mère pour venir me parler. Elle m'a révélé des choses dont Hoke et sa clique ne veulent certainement pas que ce soit su. Si jamais ils le découvraient, elle subirait le même sort que Cora et Mason.

— Je suis en route pour le gym.

— Le gym?

Un mot que je ne voyais pas associé à son vocabulaire.

— Tâchez de réunir l'ensemble des éléments et mettez-moi tout ça noir sur blanc. Tout ce à quoi vous repensez. Pendant ce laps de temps, n'entreprenez aucune action stupide, OK?

Je me suis garée à une station-service et, de mon téléphone, j'ai envoyé un courriel à Skinny. J'ai mis Ramsey en copie. Puis j'ai surfé sur Google Earth pour localiser une adresse que je pensais peu éloignée d'une autre que je connaissais. J'ai fait quelques recherches et recoupements, avant de dénicher ce que je voulais.

J'ai passé plusieurs minutes à zoomer, inspectant le paysage. Je me suis rendue ensuite aux toilettes, j'ai acheté un Coke Diète et fait le plein. Puis j'ai repris mon chemin.

J'ai dépassé Heatherhill sur ma droite, et foncé droit sur Avery.

Je me suis garée dans le stationnement, qui était désert, et j'ai coupé le moteur.

À travers le pare-brise sale, la scène ressemblait à un paysage du genre *Premiers signes du printemps*. Le gazon encore brun à cause de l'hiver était constellé de multiples plaques vertes. De ses délicates tiges, la vigne vierge enserrait le tronc des feuillus, les pins sur les hauteurs vibraient sous le souffle indifférent du vent.

Les bâtiments blanchis à la chaux se détachaient contre les courbes bleutées de la chaîne montagneuse. Je n'ai entrevu personne dehors. Aucun mouvement derrière les grands battants de la double porte. Aucun signe de présence humaine.

Je me suis rendu compte que je retenais mon souffle.

J'ai expiré tout en vérifiant mon iPhone. À peine un signal. Juste une barre, et encore, flageolante.

J'ai tout de même envoyé un texto à Slidell et à Ramsey. Le premier serait vert de rage. Le second, qui sait ? Tant pis. Slidell était trop têtu pour me prêter attention. Ramsey, trop occupé. Peu importe, je n'étais pas en train de me pointer chez la famille Manson au Barker Ranch. Il s'agissait d'une église, vaguement inquiétante, certes, mais d'une église. Le pire scénario qui m'attendait serait de tomber sur quelqu'un d'hostile qui me chasserait.

Alors que je glissais mon iPhone dans mon sac en bandoulière, un clignotant s'est allumé dans un coin reculé de ma tête. Quelques neurones m'ont mise en garde : *Hé, quelqu'un a enlevé un jeune homme et a placé sa tête dans un seau de béton. Ici !*

J'étais fatiguée, moins de trois heures de sommeil, mais je voulais en avoir le cœur net.

Je me suis ressaisie, j'ai ouvert la portière de ma voiture. Presque pas de vent, pas d'oiseau qui chantait, ni de circulation automobile bourdonnant au loin. Hormis le staccato d'un insecte et le léger chuintement d'une eau vive quelque part, c'était d'une tranquillité absolue.

J'ai eu envie de rester derrière mon volant et de redémarrer. Au lieu de ça, je suis descendue de ma Mazda, j'ai ouvert le coffre et sorti deux fioles de la trousse de scènes de crime. Dans chacune, j'ai pris un cachet que j'ai jeté au fond d'un flacon pulvérisateur, y ai ajouté ce qui restait d'eau dans ma bouteille, et j'ai secoué le tout. J'ai rangé le flacon dans mon sac, avec une lampe de poche et une lampe-stylo à ultraviolets. J'ai abaissé le hayon, jeté un regard aux alentours et me suis dirigée vers l'église.

Plus je m'en rapprochais, plus la température baissait. C'était totalement ridicule ! Le soleil brillait au moins autant qu'à mon arrivée.

Je me suis arrêtée au pied du perron, avant d'en grimper les marches une à une, le cœur battant. J'ai collé mon oreille contre le battant.

Ça sentait le bois, la poussière, le scellant à base de polyuréthane. Je n'entendais pas le moindre bruit. J'ai appuyé sur la poignée et, bien sûr, c'était fermé.

En traversant la pelouse, j'ai remarqué deux fenêtres orientées au nord. J'ai contourné l'église, mais elles étaient trop hautes pour que je puisse scruter à l'intérieur. J'ai continué vers l'arrière du bâtiment.

Et me suis retrouvée nez à nez avec le canon d'un fusil semi-automatique de marque Browning.

Chapitre 32

J'ai figé. Toujours la meilleure chose à faire lorsque vous croisez un canon de calibre 20.

Hoke se tenait dans la pénombre d'un bosquet de pins, à un mètre cinquante du mur arrière de l'église. Il portait un pantalon et une chemise noirs, un col romain blanc. Des ombres en épis zébraient son visage et ses cheveux gominés.

Je n'arrivais pas à distinguer son expression, mais son corps en disait long sur son humeur. Coudes écartés, le prêtre était courbé, son fusil pointé sur ma poitrine.

— Père Hoke…

— Père G. Les mains en l'air.

J'ai levé les bras.

— Vous êtes sur une propriété privée.

— Est-ce que chacun n'est pas le bienvenu dans la maison du Seigneur ?

— Vous n'avez rien à faire ici.

— Le shérif adjoint Ramsey sera là d'ici peu. (Je n'aurais su dire quel impact réel a eu mon coup de bluff.) Nous aurions aimé vous parler.

— Une nouvelle fois, vous viendriez perturber notre dimanche ?

— J'en suis navrée.

— Votre travail ne pouvait pas attendre une journée de plus ?

— Le shérif adjoint Ramsey et moi étions préoccupés. Nous sommes préoccupés. Et nous ne pouvons laisser tomber.

Hoke a serré davantage la crosse de son arme.

— Inutile d'user d'une arme, ai-je dit en luttant contre l'adrénaline qui se répandait dans mes veines.

— Je suis un homme de Dieu, je ne veux pas vous blesser.

— Rien ne dit que Dieu aime un Browning chargé.

— Vous blasphémez.

— Le fusil n'est pas chargé ?

Hoke est sorti de sous les conifères, le canon toujours pointé sur mon sternum.

— Que voulez-vous ?

— Nous savons pour Cora Teague.

Attaque frontale. C'était la seule alternative que m'avait proposé mon cerveau privé de sommeil et sous l'effet de l'adrénaline.

— Vous ne savez rien.

— Informez-moi alors.

— Laissez tomber. Vous ne créerez que de la souffrance.

— Comme la souffrance que vous avez infligée à Cora ?

Aucune réaction.

— Et à Mason Gulley ?

— Vous vous trompez sur toute la ligne.

— Je suis au courant pour la fillette à Elkhart.

— Vous avez bien fait vos devoirs.

— C'est exact. J'ai appris que vous n'étiez plus prêtre. Que l'Église rejette votre version apocalyptique du dogme catholique. Vos démons et vos…

— Satan existe.

— Lady Gaga aussi.

— Vous trouvez que c'est le moment de faire des blagues ?

— Certainement pas.

— Votre attitude reflète tout ce qui va de travers dans la société moderne.

— Qu'est-ce qui ne vous convient pas dans la société moderne ?

— Ce pays a sombré dans une complète désolation culturelle.

— Vous parlez encore des rockeuses ?

Je savais que l'aiguillonner de la sorte était dangereux, mais je ne pouvais m'empêcher de le provoquer. Mettez ça sur le compte de la fatigue et de la peur.

— Vous en faites un sujet de railleries, mais Satan est vraiment à l'œuvre dans ce monde.

— Il a établi son quartier général à Brown Mountain ?

— Vous vous moquez à nouveau.

— La plupart des gens voient le diable comme une allégorie.

— Une retombée indirecte du libre arbitre de l'être humain. (Hoke a grogné.) Satan existe réellement et il ne s'arrêtera pas tant qu'il n'aura pas livré l'humanité à la damnation.

— En s'installant dans le corps d'enfants comme Cora et Mason ?

— Le climat n'a jamais été autant favorable pour Satan et ses suppôts qu'aujourd'hui.

— Et pourquoi, selon vous ?

— De nos jours, les jeunes sont élevés dans un cadre où toute critique est impossible. Il ne faut pas être trop dur pour leur petit ego fragile. La moralité ne fait plus partie du C.V. On ne peut plus être politiquement incorrect ou exprimer des préjugés. Les jeunes sont obligés de nager dans un océan quotidien de pornographie et de cupidité, de fonctionner dans un univers guidé par un individualisme effréné.

— Votre analyse est un peu sévère.

J'ai senti mon téléphone vibrer dans mon sac à main. Ramsey ? Slidell ? Je ne pouvais pas courir le risque de baisser les bras pour attraper mon iPhone.

— Nous étions une nation bâtie sur un Dieu chrétien. Les gens allaient à la messe. Et ils écoutaient leur prêtre.

— Tous les chrétiens ne sont pas catholiques.

J'essayais de gagner du temps.

— Des méthodistes, des baptistes, des catholiques. La dénomination n'a plus d'importance. Le culte est passé de mode. Plus personne ne se soucie de la Bible, des sacrements et des dix commandements !

— Des millions d'Américains fréquentent toujours l'église.

Hoke n'écoutait plus. Il se préparait à faire un sermon qu'il avait certainement répété *ad nauseam*.

— Même notre mère l'Église a dilué ses enseignements principaux. Aujourd'hui, le clergé ne doit plus souligner la place de l'enfer ou du purgatoire. Il ne doit plus encourager la confession. Parler du péché est déprimant. On ne doit plus provoquer de sentiment de culpabilité. Les anges ? Oubliez-les ! Bien trop mystiques…

— En quoi cela a quelque chose à voir avec Cora et Mason ?

— Les gens tournent en rond. Sans code moral, les plus vulnérables n'ont pas la capacité de résister. Les faibles sont un terreau fertile pour Satan.

— La cible de possession par les démons.

— Exactement ! (Il l'avait dit avec tant de véhémence que j'en ai tressailli.) Et une fois possédé, il n'y a aucun remède.

— Et c'est là que vous entrez en scène.

— Les victimes de Satan n'ont aucun lieu où s'adresser.

— L'Église soutient le concept d'exorcisme. Le Vatican vient juste de tenir une conférence sur le sujet. Quelques deux cents nonnes et prêtres y ont assisté. Le pape a loué le travail de l'Association internationale des exorcistes.

C'était des parcelles d'information glanées sur le Net au cours de mes dernières recherches.

— Le Saint-Père est isolé au Vatican, il est entouré des cardinaux. Et n'est plus assez efficace. (Ses yeux ont lorgné vers l'église, puis sont revenus sur moi, plein de fureur, et peut-être d'effroi.) Ici, dans les tranchées, la plupart des prêtres et des évêques n'écoutent pas. Ils pensent que l'exorcisme fait passer l'Église pour anachronique et rétrograde. Ils ont tort. Le diable est bel et bien réel. Les forces démoniaques sont bel et bien réelles. La Bible nous le confirme de passage en passage. Éphésiens, chapitre 6, verset 11 : « Revêtez-vous de toutes les armes de Dieu, afin de pouvoir tenir ferme contre les ruses du diable. »

De nouveau, mon téléphone a vibré. Cela voulait dire que le réseau se rendait jusqu'ici, même si c'était sporadique. Bien. Je pouvais être localisée. J'ai parlé pour couvrir le bourdonnement.

— L'Église affirme qu'un exorcisme ne peut être pratiqué qu'après une évaluation poussée sur le plan médical et psychiatrique.

— Les psychiatres ! Avec leur jargon, leur thérapie et leurs boîtes de pilules. Beaucoup de psychiatres ont une responsabilité dans le geste de la femme qui va noyer ses cinq enfants. Ou de l'adolescent qui ira tirer sur ses camarades dans une école. Ou de l'homme qui tuera des garçons puis les enterrera dans sa cave.

— Qu'est-ce qui vous donne les compétences pour juger de la différence entre psychose et possession ?

— L'Esprit saint me donne le pouvoir de divination.

— Et que se passe-t-il si vous et l'Esprit saint vous trompez ? Que se passe-t-il quand la personne est effectivement épileptique ? Vous l'aspergez d'eau bénite et agitez un crucifix devant elle ? (Je savais que je devais à présent mettre la pédale douce. Mais j'étais si épuisée que je prenais les mauvaises décisions.) Avez-vous songé au mal que vous pourriez causer ?

— J'ai la capacité de sentir quand un individu est habité ou non par le démon.

— Même si vous le pouviez, l'Église exige qu'un exorcisme soit pratiqué par un prêtre formé correctement.

— Au fond, mes semblables du clergé sont des sceptiques.

— Tous ?

— Le diable est le plus vieil ennemi de Dieu, et ce ne sont pas des balivernes. Quand l'exorciste ne croit pas, c'est le Malin qui gagne.

— Et vous, vous croyez.

— De tout mon être.

— Donc vous combattez Satan à votre compte ?

— Mon autorité, je la tiens de Dieu, pas de Rome. Luc, chapitre 10, versets 17 à 19 : «Les soixante-dix revinrent avec joie, disant : "Seigneur, les démons mêmes nous sont soumis en ton nom." Jésus leur dit : "Je voyais Satan tomber du ciel comme un éclair. Voici, je vous ai donné le pouvoir de marcher sur les serpents et les scorpions, et sur toute la puissance de l'ennemi ; et rien ne pourra vous nuire."»

Les yeux de Hoke brillaient de quelque chose que je n'arrivais pas à identifier. De la piété ? De la folie ? Il fallait que je me tire de cette situation.

J'ai penché tout doucement ma tête sur le côté, en faisant semblant d'avoir entendu une voiture tout en cherchant à ne pas le montrer.

Hoke est tombé dans le panneau. Son regard a dévié pour scruter au loin, vers la route.

Que faire? Prendre mes jambes à mon cou? Lui arracher le fusil? Lui envoyer un coup de pied dans les couilles?

Une nanoseconde d'hésitation, et c'était trop tard; le moment était passé.

Quand Hoke a reporté son regard sur moi, ce que j'y ai lu m'a glacée.

— Pourquoi êtes-vous venue ici? a-t-il sifflé.

— Vous avez exorcisé Cora et les choses ont mal tourné. Ou peut-être a-t-elle eu une crise?

— Je ne suis pas celui que vous imaginez.

— Je sais que vous n'êtes pas un assassin. La mort de Cora était un accident. Comme pour cette fillette dans l'Indiana.

De là où je me tenais, je pouvais noter l'accélération de sa respiration.

— Mason a découvert ça, n'est-ce pas? Il vous a affronté?

Ma voix montait dans les aigus. Je me suis calmée.

— Ou bien Mason a également été victime d'une de vos petites fêtes?

Il s'est raidi mais n'a pas dit un mot.

— Nous l'avons retrouvé, vous savez. Près des belvédères. Enfin, ce que les animaux en ont laissé, c'est-à-dire ses os. Sa tête dans un seau rempli de béton.

Hoke a humecté ses lèvres. Son visage s'était empourpré.

— Qu'avez-vous fait de Cora? Vous l'avez démembrée elle aussi?

— J'adorais Cora. Cela n'aurait jamais dû arriver.

Je ne m'attendais pas à ce revirement.

— Qu'est-ce qui n'aurait jamais dû arriver?

— Une enfant si jolie, si gaie, jusqu'à ce que le diable s'en empare.

— Le diable?

Je n'ai même pas cherché à dissimuler mon mépris.

— Si vous l'aviez vue. Les yeux exorbités, le sourire hideux, les membres tordus…

— Le diable n'avait strictement rien à voir avec ça. Cora Teague était épileptique. Dans quel endroit vous êtes-vous débarrassé de son cadavre?

Sa pomme d'Adam montait et descendait frénétiquement. Il n'a pas répondu.

— Cora a-t-elle fini aussi comme une offrande au Démon de Brown Mountain ?

— Non, non ! Nous ne sommes pas des adorateurs de Satan. Nous le combattons. Nous nous offrons en otages à ceux qu'il tourmente.

— Nous ? Qui vous aide ?

— Ça suffit maintenant.

— C'est trop tard. Le shérif adjoint Ramsey sait que je suis ici. Il arrivera d'une minute à l'autre, et avec un mandat de perquisition. Avez-vous déjà vécu l'expérience d'une scène de crime ?

Hoke m'a fixée du regard. Dans les derniers feux du soleil déclinant, la peau de son visage constellée de cicatrices d'acné m'a fait penser à un gros plan de la lune.

— Laissez-moi vous donner un aperçu. Une équipe de la police scientifique se pointera ici avec un grand camion noir. Ils vont envahir chaque centimètre carré de cet endroit avec du ruban jaune, des pinces à épiler, des poudres, des vaporisateurs. (Ma voix devenait plus aiguë.) Ils vont creuser votre pelouse, filmer des vidéos, prendre des photos, mettre vos dossiers sous scellés. Ils découvriront le moindre de vos sales petits secrets, ceux exprimés à votre chaire, comme ceux que vous cachez dans votre tiroir à sous-vêtements.

J'ai repris mon souffle.

Un silence assourdissant s'est établi entre nous.

Le prêtre a baissé les yeux sur son fusil, et il a cligné des paupières comme s'il était étonné d'avoir l'arme dans ses mains. Puis, il m'a regardée à nouveau.

— J'aurais aimé que vous nous laissiez tranquilles.

D'un geste du canon, il m'a désigné la porte arrière de l'église.

— Rentrez à l'intérieur.

L'ordre était clair, le ton, tranchant comme un rasoir.

Je savais qu'être enfermée limiterait mes possibilités de repli. Cela pouvait signifier une mort assurée.

— Non.

— Rentrez !

J'ai campé sur mes positions.

Son index s'est positionné sur la gâchette.

Chapitre 33

J'ai marché aussi lentement que je le pouvais sans le provoquer. Il ne m'a pas lâchée d'un poil.

— Ouvrez cette porte.

Mon esprit tournait à plein régime pour trouver les mots qui pourraient renverser la situation. Aucun n'est venu et j'ai obéi docilement.

La porte a pivoté en grinçant sur ses gonds.

Le canon du Browning contre mon omoplate gauche m'incitait à avancer. Une fois passé le seuil, des senteurs d'un autre temps m'ont submergée : des odeurs de bougie, de cire à bois, d'encens, de fumée.

Le seul éclairage provenait des craquelures dans les volets des fenêtres, deux de chaque côté, et une à l'arrière du bâtiment, à droite de la porte en entrant. Les rayons du soleil semblaient suinter par ces fentes, formant au sol de minces rectangles blancs.

Alors que je scrutais la pénombre, j'ai entendu dans mon dos le bruit caractéristique d'un interrupteur, et un lustre a diffusé de la lumière, me permettant de découvrir l'intérieur.

La nef, pas très large, occupait pourtant la majeure partie de l'espace. Une rangée de bancs, une vingtaine en tout, était disposée de chaque côté d'une allée centrale.

À environ deux mètres, il y avait un pupitre placé bien au milieu, face aux bancs, et derrière se dressait l'autel, une simple table en bois recouverte d'un tissu blanc.

Un piano occupait un coin, sur la droite. Juste au-dessus, contre la paroi, la sélection des hymnes était affichée sur un panneau : 304, 27, 41 et 7.

Le sol et le plafond étaient faits de noyer, comme les bancs. Seuls les murs avaient été peints couleur crème.

— Regardez autour de vous.

J'avais toujours les bras en l'air et me suis retournée, perplexe. Hoke pointait toujours son arme vers moi, jambes en appui, bien écartées.

— Je ne comprends pas.

— Vous m'accusez de meurtre. Regardez autour de vous. Jugez par vous-même.

— Je n'ai jamais utilisé le terme de « meurtre ».

— C'est la maison du Seigneur. Comment pourrais-je la souiller ?

— Je préfère laisser mon équipe chercher…

— Regardez autour de vous. Je n'ai rien à cacher.

Il me dévisageait avec une intensité qui a hérissé tous les poils de ma nuque. J'ai soutenu son regard. Il a effectué un cercle avec le canon comme pour m'autoriser à inspecter les lieux.

— Puis-je baisser les bras ?

— Je vous garde à l'œil.

J'ai commencé à explorer la salle. J'avais toujours la chair de poule. Il y avait peu d'endroits à vérifier. Aucun placard, ni annexe, ni réserve ou hall. Pas de tiroirs ni petite armoire. Rien sur l'autel, rien dans le piano, rien sous le pupitre. Hormis des partitions de musique sur les bancs, l'endroit était vide.

Faut dire que quatre ans s'étaient écoulés, soit largement le temps de nettoyer de fond en comble. Rien d'étonnant non plus. Vu ce que Hoke disait de la sanctuarisation du lieu, je doutais qu'il procède à ses sales besognes dans l'église.

J'ai interpellé mon ravisseur.

— J'ai du luminol dans mon sac. Puis-je le prendre ?

— Ça sert à quoi ?

— À détecter les faibles traces de sang laissées sur une scène de crime.

D'abord réticent, la main agrippée à son arme, il a fini par acquiescer.

Avec des gestes prudents, j'ai retiré de mon sac la bouteille en plastique. J'ai vaporisé tout autour de l'autel, de quelques bancs et du piano. Rien n'est apparu. Je n'étais guère surprise. Ça ne s'était pas déroulé ici. Mais j'ai continué un peu, histoire de tester les réactions du prêtre.

En rangeant le luminol, j'ai jeté un bref coup d'œil à mon cellulaire. Il était retourné. Impossible de voir sur l'écran si le réseau entrait ou non. De toute façon, il m'aurait été impossible de taper mon code et de presser la touche d'un numéro préenregistré sans attirer l'attention de Hoke.

Il y avait du défi dans son regard maintenant.

— Je vais vous faire visiter le centre familial.

— Comment je peux être sûre que vous ne me tuerez pas?

— Ça, c'est impossible à savoir.

Hoke m'a désigné la sortie de la pointe de son fusil. Il a éteint la lumière et refermé derrière lui. Nous marchions en file indienne, nos pas se faisant écho.

Je sentais le danger rôder. Chaud et métallique comme l'odeur du sang frais. Mais le Browning ne me laissait pas le choix.

Le soleil déclinait sérieusement, balayant la pelouse de reflets cuivrés. Les arbres projetaient des ombres inquiétantes.

Alors que nous nous approchions du bâtiment qui servait de centre familial, j'ai remarqué qu'il était presque similaire à l'église. Même double porte, même murs peints à la chaux, des fenêtres cintrées sur les côtés, mais pas de perron. L'accès se trouvait au niveau du sol, par l'avant ou par l'arrière du bâtiment.

La seule différence était une aile du côté est, dotée d'une entrée séparée. Il y avait deux petites fenêtres carrées, mais visiblement pas d'accès à un quelconque sous-sol ou à une cave.

Je me suis dirigée vers l'entrée principale, mais une pression du canon sur mon dos m'a fait comprendre qu'on rentrerait par la porte de derrière.

En empruntant l'allée de gravier qui y menait, j'ai vu la Chevy Tahoe noire du prêtre.

Je commençais à ne pas me sentir bien du tout. J'étais totalement isolée avec un homme qui avait un gros complexe de Dieu et un fusil chargé. Venir ici était la décision la plus ridicule et la plus stupide que j'avais prise depuis longtemps. Que faire maintenant?

— C'est déverrouillé.

Il me l'avait presque chuchoté à l'oreille.

J'ai tourné la poignée et nous sommes entrés. Hoke a allumé les plafonniers. Là, il s'agissait de néons.

Nous venions de pénétrer directement dans une cuisine. Vaste, avec un réfrigérateur à double porte, une cuisinière à huit feux et un énorme évier. Plusieurs comptoirs étaient surmontés d'armoires. Tout en blanc, acheté sans doute chez Best Buy ou Sears.

Pas la moindre touche de fantaisie. Pas de vase avec des fleurs artificielles. Pas de bol rempli de fruits en plastique.

Deux portes sur la gauche vers lesquelles s'est déplacé Hoke, son fusil toujours dans ma direction. Il les a ouvertes.

— Allez-y, vaporisez votre produit chimique.

L'une des pièces était le garde-manger. Beaucoup de sacs de farine, de céréales et de boîtes de mélange à crêpes. Aucune hache, aucune scie électrique. Et aucune trace de sang.

L'autre porte donnait sur le presbytère agencé en une enfilade de pièces : petit salon, chambre et, au bout, la salle de bain.

J'ai senti le souffle chaud et saccadé du prêtre en passant devant lui. Comme moi, il devait pomper son adrénaline au maximum.

Dans le petit salon se serraient des étagères, un bureau, une petite table et une unique chaise. Un tapis ovale recouvrait le sol et dans un coin se trouvait un prie-Dieu capitonné face à un cadre représentant un Jésus à l'allure très scandinave.

J'ai eu une bouffée de chaleur en apercevant une photo d'écolière près du prie-Dieu. La fillette fixait l'objectif sans sourire, les yeux dissimulés derrière une grosse frange noire.

Dans la chambre : des lits jumeaux, une commode et une penderie. Sans surprise n'y étaient accrochés que des chemises et des pantalons noirs, ainsi que des tenues ecclésiastiques en brocart de couleurs différentes.

Un calendrier était punaisé à droite de la porte. Le saint du mois était une sainte entourée de petits animaux de la campagne. Il y avait deux annotations à la main. Discrètement, j'ai enregistré le « Rx » à la date de mercredi et le « SG » à la date d'aujourd'hui.

Susan Grace Gulley ?

J'ai senti un frisson remonter ma colonne vertébrale.

Allez, respire calmement.

La salle de bain mesurait à peine cinq mètres carrés, de quoi caser un lavabo, une douche et une armoire. J'ai vaporisé du luminol. Aucune tache bleue. En repassant, je n'ai même pas essayé dans les deux autres pièces.

De retour à la cuisine, j'ai marché vers le grand évier et vaporisé. Pas de réaction. Puis j'ai mis du luminol un peu au hasard. Même résultat. Zéro fluorescence.

Hoke épiait tous mes gestes, le visage aussi figé que ceux du mont Rushmore.

Après la cuisine, on débouchait dans un couloir étroit où les sanitaires hommes et femmes se faisaient face. Deux toilettes à chaque fois, avec un petit lavabo surmontant une armoire. Sur les étagères, du savon, un produit désinfectant et des rouleaux de papier hygiénique.

Le luminol n'a pas donné le moindre résultat.

L'extrémité du bâtiment était occupée par un débarras. Des tables pliantes étaient entassées contre le mur, attendant la prochaine vente de charité. Deux tables roulantes coinçaient des chaises empilées.

Tout au fond, une dizaine de chaises pliantes, un parc pour bébé en bois, le même modèle ancien que j'avais utilisé pour Katy, et du matériel de travaux manuels — des pinceaux, des boîtes de peinture, des feuilles de papier en couleur, de la colle et des ciseaux à bouts ronds accrochés dans un pot en porcelaine.

Trois vestiaires de bureau garnissaient l'autre angle, chacun chargé de cintres vides. Mais à part ça, rien d'autre.

Pendant que je passais les lieux au luminol, pour la forme, je me demandais si Hoke était simplement très confiant quant à l'efficacité de son ménage ou bien s'il était cruellement inconscient de l'ultra sensibilité de ce produit ?

L'atmosphère s'assombrissait et il me fallait admettre la troisième possibilité : j'avais tort. Personne n'avait été démembré, pas plus ici que dans l'église. Et mes recherches sur Google Earth n'avaient pas révélé d'autres bâtiments.

Pourtant, je restais intuitivement convaincue que le prêtre était impliqué dans la mort de Cora et de Mason.

Et maintenant?

Je devais partir d'ici. De gré ou de force.

— Je vous présente mes excuses. Je me suis trompée.

Silence.

— Bon, je vais y aller…

— Vous êtes venue avec un shérif adjoint pour jeter l'opprobre sur ma paroisse. Vous m'avez humilié devant mes paroissiens. (Il avait une voix rauque et menaçante.) Et maintenant vous revenez en m'accusant d'avoir assassiné des enfants.

— Laissez-moi passer.

Il n'a pas bougé.

— Pourquoi priez-vous pour Susan Grace Gulley? ai-je attaqué, persuadée que ça le ferait sortir de ses gonds.

Il s'est raidi, mais n'a pas répliqué.

— S'est-elle montrée effrontée envers sa grand-mère? Le diable l'a-t-il poussée à commettre d'horribles actes? Allez-vous la tuer elle aussi?

Ses mâchoires se sont crispées et il m'a lancé un regard noir. Il a empoigné le fusil avec rage. J'ai su alors qu'il n'avait aucune intention de me laisser repartir.

La panique pure a inondé mes veines comme une injection d'amphétamines. Alors qu'une déferlante d'adrénaline irradiait mon corps, ma vue s'est brouillée.

En un unique mouvement de torsion, je l'ai frappé de toutes mes forces, ma botte atteignant le canon en acier si violemment que le fusil a valsé en direction du parc pour bébé. Sans doute bercé par ma docilité, Hoke n'avait rien vu venir. Les paumes bien à plat contre sa poitrine, je l'ai repoussé avec une telle férocité qu'il est parti en arrière, les quatre fers en l'air. Alors que je traversais le seuil en courant, m'est parvenu à l'oreille le craquement mat d'un os contre du bois.

J'ai cavalé tout le long de l'allée de gravier, persuadée que je l'avais à mes trousses. J'étais terrifiée à l'idée de ce que ferait une arme de calibre 20 à ma colonne vertébrale.

Pompant toute l'énergie possible de mes bras et mes jambes, j'ai traversé la pelouse à toute allure, dans le crépuscule qui tombait. J'avais pourtant l'impression d'avancer comme dans un film au ralenti.

Ma voiture grossissait à vue d'œil.

Encore une dizaine de mètres, cinq, j'y étais !

Le cœur battant, j'ai ouvert la portière d'un coup sec, je me suis jetée à l'intérieur et j'ai démarré le moteur. À peine a-t-il vrombi que j'ai donné un grand coup de volant pour décamper au plus vite, la pédale au fond. J'ai roulé comme une folle jusqu'à la route asphaltée. Puis j'ai accéléré et suis montée à 120 km/heure en un éclair.

Je me suis garée au premier restaurant que j'ai croisé. Ce n'était qu'un casse-croûte avec une enseigne sur le toit en grosses lettres de néon bleu : CHEZ CONNIE & PHIL.

Saint sacrifice ! Saint sacrifice ! Maudit bordel de merde !

J'ai fixé la vitrine du restaurant, hébétée, attendant que mon rythme cardiaque s'apaise. Un panneau proposait de la truite et des recettes maison au menu du jour. La gastronomie de nos montagnes. Plats à volonté !

J'ai sorti mon iPhone. Un appel entrant de Ramsey. Il n'avait pas laissé de message. Un autre de Ryan. Même chose.

J'ai d'abord rappelé Ramsey qui a aussitôt décroché. Des portes qui claquent et des bruits de voix en fond sonore.

Je lui ai détaillé ma rencontre avec Hoke, lui expliquant ma théorie reliant le béton à l'Église de sa Sainteté Jésus notre Seigneur. Puis l'épisode luminol. Le Browning. Et ma conclusion : j'avais eu tort de penser que le démembrement de Mason avait eu lieu là-bas.

— Ça ne s'est pas déroulé à l'église.

— Hoke vous a laissée repartir ?

— Après un bon coup de pied dans les couilles.

Pas tout à fait la vérité.

— C'était dangereux d'y aller seule.

— En effet.

— Je vais le faire arrêter.

— Je suis entrée sans autorisation.

— Ça ne lui donne pas le droit de vous menacer d'une arme à feu.

— J'ai cru le contraire.

— Pour vous, Hoke est responsable pour Cora et Mason.

Ce n'était pas une question, plutôt un fait.

— Oui. Il a démenti. J'ai peur qu'il ait à présent des vues sur Susan Grace Gulley. (Je lui ai décrit la photo près du prie-Dieu et l'annotation sur le calendrier.) Ça veut dire que ça pourrait être ce soir. Vous devez absolument la retrouver.

— Ce sera fait.

— Où diable étiez-vous passé tout ce temps ?

— J'étais sur une saisie de drogue. On a mené une opération contre un labo de meth. Une fois les parents arrêtés, il a fallu que je conduise leur fille de 7 ans dans un centre d'accueil à Crossnore. Le personnel espère qu'avec une thérapie appropriée, la petite se mettra un jour à parler et cessera de sucer son pouce.

— Désolée…

J'avais terriblement honte de moi.

Mais c'est sa phrase suivante qui m'a le plus estomaquée.

— J'ai fait des recherches sur le numéro de téléphone que Susan Grace vous avait donné. Mason logeait dans un motel loué à la semaine, pas très loin du Bristol Motor Speedway. Un meublé avec tout le confort, micro-ondes, mini-frigo, télé. Il a emménagé mi-juillet et déménagé mi-août.

— Ils ont encore les registres ?

— Non, mais j'ai eu en ligne une femme de chambre qui se souvenait bien de lui. Apparemment, Mason était quelqu'un dont il n'était pas difficile de se souvenir. Elle m'a dit que ce n'était vraiment pas un beau garçon, mais qu'il était gentil. D'après elle, il sortait rarement de sa chambre.

— Savait-elle pourquoi il était là ? Et où il est allé après ?

— Elle se rappelait deux choses. Il avait vu un magnéto miniature dans une pub à la télé et lui avait demandé où en acheter un en ville. La veille de son départ, il lui a confié qu'il rentrait chez lui.

— Il est donc bien revenu à Avery. (J'essayais de tout remettre en ordre.) Il donne l'enregistreur à Cora. Hoke l'apprend, s'emballe, et ils finissent tous les deux dans un ravin de Brown Mountain.

— Pas de conclusions trop hâtives.

— Vous avez une meilleure théorie ?

Ramsey n'a rien dit.

— Mason n'a pas été démembré dans l'église, et sans doute n'y a-t-il pas été tué. (J'avais eu le temps de tourner et retourner cette hypothèse dans ma tête au cours de ma

301

fuite effrénée, du moins autant que mon état de panique me l'avait permis.) Je me suis souvenue que, lorsqu'il a pratiqué l'exorcisme dans l'Indiana, Hoke n'était pas à l'église, mais chez la mère de la fillette. Vous devez obtenir des mandats pour perquisitionner les domiciles des Gulley et des Teague.

— Peut-être bien.

Peut-être ? C'est une blague ?

— Vous êtes où, là ?

— Au bureau. Nous avons rechargé l'ordinateur portable de Strike, mais on n'arrive pas à deviner son mot de passe. Si vous avez une idée…

J'ai contemplé l'enseigne CHEZ CONNIE & PHIL. *Phil ?* Fil de pensée ? Rien ne me venait, et puis, soudain :

— Essayez *luckyloo*.

— Vous écrivez ça comment ?

— Lucky en un mot, puis L et deux O, tout attaché.

Les touches cliquetaient.

— Nom de Dieu ! Ça marche !

— Vérifiez ses courriels.

D'autres touches qui cliquettent.

— Il n'y en a pas.

— Pas possible. Et ses fichiers ?

— Rien du tout.

— Et sur le bureau ?

— Rien non plus. C'est bizarre.

— Strike était paranoïaque et pas spécialement issue de la génération Z. Elle devait probablement tout sauvegarder sur un disque externe. Peut-être qu'il est dans ses boîtes. Elle devait se servir de son PC uniquement pour ses recherches sur le Net. Vérifiez son historique.

— Comment on fait ça ?

Je lui ai dicté la marche à suivre.

— Y a pas grand-chose. La liste revient seulement sur un jour ou deux en arrière.

— Elle devait en supprimer les entrées régulièrement, en pensant que ça augmenterait le niveau de sécurité et limiterait les pourriels et les pubs.

— Et ça fonctionne ?

— Oui, si vous portez un casque d'acier.

— Pardon ?

— Laissez tomber. Dites-moi ce qu'elle a regardé.

Ramsey m'a lu la liste de noms.

C'est là que j'ai fait un autre mauvais calcul.

Chapitre 34

— Medscape.com. EverydayHealth.com. HealthyPlace.com. Psychiatry.org. *The Journal of Clinical Psychiatry.* Le *Journal of...*

— Quels sont les sujets?

Comme les odeurs dans l'église, certains termes émergent en ligne droite de mon enfance. Schizophrénie. Trouble schizo-affectif. Trouble bipolaire. D'autres étaient plus récents. Trouble de dépersonnalisation. Trouble dissociatif de l'identité. Trouble de la personnalité *borderline.*

— *Jesus,* Ramsey! Voilà le coupable et son mobile. Strike avait découvert que Hoke était fou à lier; elle a voulu le démasquer et il l'a liquidée.

— À l'église?

— Si c'est le cas, c'était à l'extérieur. Le luminol n'a rien révélé. Vraisemblablement, il l'aurait assassinée à Charlotte.

— Comment peut-il la localiser?

— Vraiment! Un poisson rouge avec un téléphone intelligent réussirait à le faire.

— Et comment il a su pour l'étang?

— Allô? Google Earth, vous connaissez?

— Est-ce que Hoke possède un ordinateur? Est-ce qu'il a seulement un téléphone?

Je devais l'admettre, je n'avais vu ni l'un ni l'autre dans le presbytère.

— Il est peut-être simplement venu la retrouver chez elle. Peut-être lui a-t-il téléphoné pour lui proposer un rendez-vous? J'en sais rien. Ce que je sais, par contre, c'est que vous devez exiger ces mandats de perquisition. Hoke est cinglé. Il a tué Cora et Mason, et il est possible qu'il veuille supprimer Susan Grace.

Ramsey a soufflé.

— D'accord, en attendant, vous, vous restez tranquille. Rentrez dans le casse-croûte. Mangez du poisson.

— Absolument. Et j'appelle Slidell.

Après avoir raccroché, je suis restée assise dans ma voiture à admirer le ciel prendre des teintes grises derrière l'enseigne au néon bleu. La confrontation avec Hoke, associée à la fatigue et à la frustration, avait ravivé mes brûlures d'estomac. J'ai dégluti et posé ma nuque contre l'appui-tête.

Ce n'était pas à l'église. Où alors? Qui étaient les autres personnes impliquées?

Qu'est-ce que Strike avait appris? Comment ce qu'elle savait menaçait vraiment Hoke?

Mes paupières sont devenues subitement lourdes, mes pensées se sont embourbées. Cinq minutes. Je me repose cinq minutes. Si je m'assoupis, le coup de fil de Ramsey me réveillera.

Strike.

Lucky Strike.

Cigarette.

Fumer.

Dehors.

Sortir.

Sortir pour aller voir Hoke.

Hoke.

Sa Sainteté Jésus.

Seigneur.

Saigneur.

Tête coupée.

Mason Gulley.

Cora Teague.

Connie. Recettes maison.

Plats à volonté.

Connie et Phil.

Phil.

Fil de pensée.

Néon bleu.

Néon.

Béton.

Mes paupières se sont ouvertes d'un coup. J'ai remué mes mains si vite qu'elles ont heurté le volant. L'horizon prenait des teintes rosées, et les derniers rayons formaient des larmes de sang dans le firmament. J'ignorais combien de temps j'avais dormi, mais j'étais certaine à mort de mes cogitations subliminales.

J'ai démarré sur les chapeaux de roue.

Quelques minutes plus tard, je me garais en contre-bas de la voie rapide, à une dizaine de mètres de «CHEZ J.T., ON FAIT LE PLEIN ET ON RÉPARE». Ramsey m'avait montré la station-service-dépanneur-quincaillerie de John Teague. Quincaillerie, ça voulait dire aussi des seaux, des scies, du ciment. Tout ce dont vous auriez besoin pour un démembrement.

Dimanche soir, les affaires roulaient à fond. Deux Harley étaient garées devant la cabane en rondins. Il y avait aussi un vieux pick-up avec un pare-brise fracturé et une Volkswagen avec un milliard de kilomètres au compteur.

Comme précédemment, j'ai envoyé un texto. Puis je suis sortie de ma Mazda. Je me suis éloignée du bas-côté, j'ai dépassé les pompes à essence pour me diriger vers la porte d'entrée de la quincaillerie. De la lumière filtrait à travers la fenêtre, malgré les auto-collants dont la vitre était recouverte. Pas difficile de voir qu'il y avait du mouvement à l'intérieur.

J'ai retenu mon souffle. Des voix me parvenaient, toutes masculines. J'ai retiré ma casquette de mon sac et glissé mes cheveux dessous.

L'intérieur était divisé en L. On entrait directement dans le dépanneur-quincaillerie et une seconde pièce s'ouvrait au fond, sur la droite. Derrière la caisse se tenait un jeune homme d'une quinzaine d'années. C'était un grand maigre à la peau tavelée, dont les cheveux noirs et gras auraient bien eu besoin d'une coupe.

Trois rangées d'étagères occupaient cette première pièce en laissant deux allées centrales et un petit passage étroit tout autour. S'y amoncelaient les habituelles quanti-tés de gommes à mâcher, de bonbons et de cochonneries à calories vides. Des armoires réfrigérées étaient alignées contre les murs. À travers la vitre, je voyais du lait, des jus de fruits, des boissons gazeuses, de la bière.

Les motards, l'un, genre comptable qui se prend pour un dur le week-end, et l'autre, clone du guitariste des ZZ Top, payaient Cheveux gras pour des paquets de cigarettes et de la Budweiser. Le Dur a dit quelque chose que je n'ai pas saisi. Cheveux gras a décroché l'une des deux clés qui pendaient au mur derrière le comptoir et, l'air blasé, la lui a tendue. Tandis que le Dur venait dans ma direction, je me suis esquivée vers l'autre pièce. Même organisation des étagères et des allées, mais ici pas de sacs de Doritos. La marchandise allait des pinces aux marteaux, en passant par des pieux et des truelles. Des boîtes en métal offraient un large éventail de charnières, d'attaches, de vis et de clous.

Tous mes sens en alerte, je continuais l'exploration vers le fond. Des étagères plus hautes proposaient du matériel plus volumineux : des boîtes aux lettres, des mangeoires, des tuyaux d'arrosage et des tronçonneuses. Des binettes et des bêches étaient appuyées contre le mur à côté d'échelles rangées par taille.

Quand je les ai aperçus, mon pouls s'est accéléré. Des sacs de Quikrete étaient empilés à mi-hauteur.

Ramsey m'avait dit que le dressage de chiens avait été délocalisé près du magasin quatre ans plus tôt. À cette époque, le chenil était déjà construit avec un enclos en béton. Ça correspondait à l'été 2011, date de la disparition de Cora et de Mason.

Doux Jésus ! Ça s'était passé ici. Susan Grace pouvait y être aussi.

Mes brûlures d'estomac me tourmentaient à nouveau. J'ai dégluti.

Derrière moi, la porte extérieure s'est ouverte. J'ai entendu des bottes racler le sol, et une clé claquer contre la surface vitrée du comptoir.

— On y va ! a crié le Dur à son copain.

Encore des pas lourds, puis claquement de porte. Les bécanes ont vrombi. D'autres bruits de pas ont pris la suite. Un homme, visiblement.

J'ai avancé jusqu'à l'endroit où l'outillage rejoignait la malbouffe et je les ai espionnés discrètement. Cheveux gras remettait la clé de la toilette des hommes sur son crochet.

Un individu occupait l'espace laissé vacant par les deux motards. Tout l'espace. Il me tournait le dos et je ne pouvais donc distinguer ses traits. Il portait un jean, un sweatshirt gris et des bottes de randonnée.

Quelque chose chez ce type réveillait un souvenir sous mon crâne, telle une guêpe énervée qui reviendrait à la charge.

Granger Hoke ? John Teague ?

L'homme a cherché un truc dans sa poche arrière. Son coude s'est déplié et il a tourné ses épaules massives, se présentant à moi de profil.

Plusieurs images se sont superposées au moment où je mettais un nom sur ce visage : Owen Lee Teague. L'homme vu sur le perron de l'église. Le randonneur aperçu à Wiseman's View.

— Arrose les enclos demain matin en arrivant, a-t-il ordonné en plaquant sur le comptoir un porte-clés en métal, peut-être en argent, qui avait la forme d'un aigle. Et ne rentre pas à l'intérieur.

— Je vais jamais à l'intérieur.

— Parfait. (Il a pointé son index en faisant le geste du revolver.) Ces chiens t'arracheraient la gueule. Donne-moi ce qu'il y a dans le tiroir.

Cheveux gras a ouvert le tiroir-caisse et lui a tendu la recette de la journée.

— Allez, on ferme. Tu mets la clé dans le cadenas et tu y vas. Si tu as besoin de moi, j'serai à la maison. (Owen Lee a tapé deux coups brefs avec ses articulations sur le comptoir.) Que Dieu bénisse ta soirée.

Puis il a arraché un sachet d'arachides du présentoir, et est sorti à grandes enjambées.

C'était l'heure de fermer, oui, cependant pas pour moi. Je voulais davantage que des seaux et des scies et des sacs de Quikrete. Je voulais des preuves qui coinceraient Hoke et sa bande de tarés. Et je voulais être certaine que Susan Grace était saine et sauve. Mais je n'avais pas de plan précis.

Et, comme toujours, l'occasion m'a sauté en plein visage.

Un homme est entré en titubant, les yeux vagues de trop d'alcool.

— Ta maudite pompe ne marche pas.

Cheveux gras a relevé la tête, imperturbable.

— Hé, *fuck*, tu vas venir arranger ce machin ?

— Vous avez glissé votre carte dans le lecteur ?

— Ouais, crétin, j'ai glissé ma carte.

— Réessayez.

— C'est pas le problème, ma carte.

— Qu'est-ce que vous voulez ?

— Que tu remplisses mon fichu réservoir.

Cheveux gras semblait très agacé, sans toutefois le laisser paraître. Puis il est sorti de derrière son comptoir et a suivi l'ivrogne dehors.

Ce n'était pas un plan. J'ai simplement agi à l'instinct.

J'ai foncé vers le comptoir et j'ai raflé le porte-clés en forme d'aigle pour le glisser dans mon sac à main. Puis je suis allée jusqu'à la porte jeter un coup d'œil.

Cheveux gras faisait le plein d'une Porsche Panamera, les yeux rivés à la pompe. Le propriétaire de la Porsche bataillait pour ranger sa carte AmEx dans son portefeuille tout en tentant de rester stable sur ses deux jambes.

Je me suis faufilée en dehors du commerce et je l'ai contourné.

J'ai regardé mon écran d'iPhone. Pas d'appels. J'ai cliqué sur la petite boîte verte et constaté que mes textos n'avaient pas été lus.

J'ai appuyé sur la touche « renvoyer ». J'ai eu l'impression que le bip avait été entendu à des kilomètres à la ronde.

Il faisait presque nuit noire. Le chenil ressemblait à une tombe sculptée au burin. Je m'en suis approchée avec précaution, restant d'abord assez loin pour embrasser à la fois l'avant et l'arrière du bâtiment.

Agenouillée derrière un arbre, j'étudiais ma cible. La seule porte était à l'arrière, hors de vue du magasin et de la route.

J'avais mon cellulaire avec moi, et je pouvais tenter de joindre quelqu'un encore une fois. Je ne l'ai pas fait. Mon esprit était accaparé par le visage désespéré de Mason Gulley, par la photo de Susan Grace près du prie-Dieu de Hoke. J'entendais le sang battre dans mes veines.

J'étais suffisamment chargée en adrénaline pour passer à l'action. J'étais à mi-chemin du chenil quand le premier grondement de Je-t'arrache-la-gueule s'est élevé dans la nuit.

Combattre ou fuir ? Une voix intérieure me hurlait : *Fuis !*

J'étais arrivée au niveau du grillage, immobile, aux aguets.

Le chien a aboyé fort plusieurs fois de suite, bientôt rejoint par ses copains. Puis tout est devenu tranquille.

Ils sont enfermés ! Allez, vas-y !

J'ai parcouru les derniers mètres en courant, pliée en deux, à l'écoute du moindre bruit. Croc-Blanc et sa bande ne réagissaient pas. Enfin, pour le moment.

Je réfléchissais à ce que j'allais faire ensuite quand un courant d'air a balayé mon dos. J'ai fait volte-face, les nerfs à vif. Un faucon m'avait frôlée en piqué et repartait vers le ciel, ailes déployées.

J'avais eu une peur bleue. J'ai froncé les sourcils en remarquant que mes bottes étaient trop repérables malgré le crépuscule.

J'ai lorgné vers la base du hangar en tôle ondulée. Sur ma gauche, une lueur filtrait sur le sol. J'ai marché dans sa direction, en suivant la paroi de métal.

La lumière provenait de la partie supérieure d'une fenêtre semi-enterrée et dont la vitre était obstruée par la crasse à l'extérieur, et par des rideaux opaques à l'intérieur. Je ne voyais aucun mouvement par l'étroite fente entre les deux pans de rideaux.

Pourquoi un chenil avait-il besoin d'un sous-sol ? Pourquoi accrocher des rideaux à une fenêtre de cave ? Pourquoi ne pas éteindre la lumière ?

Excellentes questions. Des questions qui impliquaient qu'on s'y attarde. Une petite voix me murmurait d'attendre les renforts. Une autre m'ordonnait d'avancer vers la porte.

J'étais sur la défensive. J'ai fouillé dans mon sac à la recherche du porte-clés en forme d'aigle. De mes doigts tremblants j'ai introduit une clé dans la serrure, ça ne marchait pas. Une autre. Même résultat. La troisième a été la bonne. Il y a eu un déclic, j'ai abaissé la poignée et je suis entrée. Obscurité totale.

Il faisait froid et humide. Il régnait un mélange d'odeurs de béton, de moisissure, de charcuterie. Et aussi de pisse et de merde.

Les chiens m'ont entendue, ou bien se sont concentrés sur les phéromones que je devais dégager à cause de mon angoisse. Un concert d'aboiements a explosé sur ma droite. Des coups de griffes contre les parois, des grognements sourds, des boules d'énergie tirant frénétiquement sur leurs chaînes.

J'ai attrapé ma lampe de poche dans mon sac et démarré une lente procession, ma Maglite tenue à hauteur de mon oreille. J'ai dépassé ce qui devait être les stocks du magasin. Des seaux, des tuyaux, des pelles, des boîtes d'outillage électrique. Puis le faisceau de ma lampe a révélé un escalier en bois. Les chiens toujours beuglant dans mon dos, j'ai entamé la descente.

Huit pas m'ont été nécessaires pour parvenir à une petite pièce au sol en béton. Mon petit rond de lumière blanche a buté sur un réservoir d'eau chaude, un disjoncteur et, pour finir, sur une porte.

J'ai inspiré un grand coup et tourné la poignée. C'était verrouillé. La Maglite coincée entre les dents, j'ai inséré une des clés, la numéro un. Bingo !

J'ai poussé la porte, pas très rassurée.

La pièce était assez vaste pour accueillir un lit une place, une table de nuit, une commode et un grand fauteuil en chêne. Une ouverture sans porte donnait accès à une minuscule salle de bain. Au mur était accroché un crucifix. Un convecteur électrique se tenait dans un angle, à même le sol.

Une lampe de chevet était posée sur la table de nuit, mais l'ampoule était si faible en intensité que cela rendait l'atmosphère glauque à souhait. À cela s'ajoutaient des sangles en cuir fixées sur les accoudoirs et les pieds du fauteuil en chêne.

Une jeune femme était assise en tailleur sur le lit, bras croisés sur sa poitrine. Elle était penchée en avant, prostrée. Ses cheveux blonds étaient coiffées en deux nattes tressées à la va-vite.

Elle a parlé sans relever la tête.

— Pourquoi est-ce que ça m'arrive à moi ?

Voix étouffée, familière.

J'étais perplexe. Puis la fille s'est redressée. J'ai vu ses immenses yeux verts.

Plus rien n'a existé que ce visage, ce fauteuil avec ces sangles hideuses.

Impossible.

Je ne savais plus si je respirais encore. Si mon cœur battait toujours. Si ma main sur la poignée était toujours attachée à mon corps.

— Vous êtes là pour l'aider, lui ?

Sa question timorée m'a percutée dans toute son horreur. La vérité éclatait, cruelle. Ma peur a reflué, laissant place à une rage noire.

Quand, à mon tour, je lui ai parlé, ma voix m'a paru venir d'outre-tombe.

— Non, Cora, je suis là pour t'aider, toi.

Chapitre 35

Il m'a fallu quelques secondes supplémentaires pour que mon esprit assimile pleinement la situation. Pour que les pièces du casse-tête s'imbriquent correctement.

Cora Teague était vivante. Retenue en captivité par des fanatiques religieux.

— Partez.

— Je suis ici pour t'aider, Cora.

— C'est pas bien.

— Mais non.

— Je suis mauvaise.

— Ce n'est pas vrai.

— Vous allez les faire revenir.

La douce voix de Cora m'a transpercée le cœur. C'était la voix de la jeune femme terrifiée de l'enregistrement.

— Je vais te faire sortir d'ici.

Silence.

— Est-ce que Susan Grace est ici aussi ?

— Qui ?

— Susan Grace Gulley, la sœur de Mason.

— Oh non, oh non…

Presque une lamentation.

— Es-tu seule ici ?

— Je suis toujours toute seule. Je dois être seule.

— Nous allons y aller.

— Où ça ? (Au bord de la panique.) À la maison ?

— Non, pas si tu ne veux pas y retourner.

— C'est quoi ce bruit ?

Cora a remonté ses jambes contre sa poitrine, en les enserrant de ses bras.

J'ai tendu l'oreille. Au-dessus, le vacarme causé par les chiens déchaînés. C'est alors que j'ai remarqué qu'ils s'étaient brusquement tus.

— Ça va aller.

— Vous ne devriez pas être là. (Elle a cligné des paupières et une larme a roulé sur sa joue.) Vous me faites peur.

J'ai réalisé que j'étais arc-boutée, genoux pliés, mon poids réparti sur la pointe des pieds. Reconnaissant que ma posture pouvait paraître menaçante, je me suis redressée et j'ai avancée sans hâte dans la pièce.

— Cora, écoute-moi.

— J'ai peur.

— Où sont tes chaussures?

Je parlais calmement, cachant mon trouble immense.

Elle ne m'a pas répondu.

— As-tu une veste? Un chandail?

Ses yeux se sont portés sur la commode, puis sur moi. Ils se sont agrandis de panique. Et aussi d'une émotion si intense que ça m'a glacée jusqu'aux os.

— Je vais aller le chercher.

— Non! Non!

J'ai marché jusqu'au lit et placé ma main droite sur son épaule. Elle s'est recroquevillée immédiatement comme si je l'avais brûlée avec un tisonnier.

— Père G. ne te fera plus jamais de mal.

— Oh mon Dieu... (Elle a posé son front sur ses genoux.) Ils viennent.

— Personne ne vient.

Je savais que c'était inexact. Hoke serait fou de rage après ma visite. Cheveux gras entendrait les chiens ou bien se rendrait compte de la disparition du porte-clés d'Owen.

— Jamais je ne partirai, a-t-elle chuchoté.

— N'aie pas peur.

— Ils viennent quand j'ai peur. J'ai peur quand ils viennent.

Elle avait prononcé ces derniers mots un peu comme une prière, en psalmodiant.

J'ai marché jusqu'à la commode, coincé la lampe de poche sous ma ceinture et ouvert un tiroir. Des chaussettes et des sous-vêtements. Je m'apprêtais à en ouvrir un autre.

— Arrêtez !

J'ai eu un coup au cœur.

Je me suis retournée, persuadée que j'allais me retrouver nez à nez avec le canon d'un Browning.

Mais il n'y avait personne sur le seuil. Personne dans la chambre, hormis Cora et moi.

Mon Dieu ! J'avais oublié de vérifier dans la salle de bain !

Par pur réflexe, je me suis plaquée dos au mur, puis me suis déplacée latéralement vers l'entrée de la salle de bain que j'ai éclairée de ma Maglite. Dans le trou noir, il n'y avait que les toilettes, le lavabo et la douche de fortune.

— Disparais !

Le cri rauque a jailli dans mon dos. J'ai tourné la tête, le dos toujours contre la cloison.

Le misérable éclairage transformait le corps de Cora en un tableau grotesque, fait de bosses, d'angles et d'ombres. Son menton était si relevé et tordu en biais que je voyais les ligaments de son cou. Ses doigts étaient si crispés sur sa couette qu'ils ressemblaient à des doigts d'écorchée vive.

Doux Jésus ! Est-ce qu'elle était en train de faire une crise ? J'ai cherché des yeux un objet que je pourrais placer entre ses dents pour qu'elle n'avale pas sa langue. Comme je ne voyais rien d'approprié dans la pièce, je me suis dirigée vers la salle de bain. Elle a hurlé un autre ordre :

— Pars !

Impossible… Étais-je en train d'avoir des hallucinations auditives à cause de l'adrénaline ? Pourtant, pas d'erreur : c'était la troisième voix sur l'enregistrement. Et cela provenait bien de ce coin-là.

Mon cerveau s'évertuait à rester dans la logique des choses. Je me suis approchée très doucement d'elle.

— *Takarodj el !*

Elle m'a craché dessus avec une telle violence que j'ai failli en perdre ma casquette.

Je ne voulais pas voir ça et, en même temps, j'étais incapable de détacher mon regard de Cora. J'ai dirigé le faisceau de ma Maglite sur son visage. Dans cet ovale parfait, ses lèvres s'étiraient dans un rictus effrayant, une lueur sombre et menaçante habitait son regard. Une sensation d'effroi m'a happée, comme une brusque embardée.

Reste calme.

Rapide évaluation : son corps était tendu, mais elle ne se convulsait pas encore.

J'essayais de me souvenir de ma dernière conversation avec Ramsey. Trouble de dépersonnalisation. Trouble dissociatif de l'identité. Saffron Brice en proie à la panique. « Laquelle, maman ? Laquelle ? »

Saffron n'était pas inquiète de savoir dans quelle maison Cora allait revenir. Non, elle avait demandé *quelle* Cora allait revenir.

À cet instant, j'ai pris la mesure de ma monumentale erreur.

— On s'en va, ai-je dit en ôtant mon blouson pour elle. Maintenant.

— Tu vas mourir, beuglait la fille d'une voix très grave.

C'était sinistre et étrange d'entendre une voix d'homme sortir d'une bouche si délicate.

— Je ne pars pas sans toi, Cora.

— Je ne suis pas Cora.

Je n'avais aucune idée de la façon de gérer un trouble dissociatif, ou quel que soit le nom qui lui est donné. Devais-je l'affronter ? La cajoler ? M'imposer à elle avec autorité ?

— Qui es-tu ?

— Elizabeth.

— Va-t'en, Elizabeth, je veux parler à Cora.

— Personne ne me dit ce que je dois faire !

— Va-t'en, et laisse-moi voir Cora.

— J'agis à ma guise.

— Est-ce que tu assassines à ta guise ?

Je savais que les prêtres voyaient l'exorcisme comme une confrontation, aussi j'ai opté pour ce mode opératoire.

Le rictus s'est accentué.

— Tu as tué Mason.

— Pas une grande perte. Mason le fouineur.

— Pourquoi ?

— Il avait convaincu la petite dinde de tout raconter aux autres.

— Il l'avait convaincue d'enregistrer ce qui lui arrivait?

— Elle est pathétique. C'est moi qui la protège.

— Tu as démembré le corps de Mason et tu l'as jeté dans les ravins.

— D'autres exécutent mes ordres. J'ai le pouvoir.

— Tu n'as que ce que Cora te permet.

— J'ai le pouvoir du démon.

— Seul un lâche tue des enfants.

En entendant cette phrase, la tête de Cora a commencé à partir en spirale, faisant valser ses nattes en tous sens. De la salive volait à droite et à gauche, laissant des traînées scintillantes sur ses joues.

— Le petit frère de Cora, Eli. River Brice.

Les contorsions devenaient plus violentes. J'avais peur qu'elle se blesse, alors j'ai glissé un oreiller sous sa tête. Puis je me suis retirée, d'un bond en arrière.

Plusieurs secondes de gestes désordonnés, puis elle a plongé son regard émeraude dans le mien. J'y ai vu la malveillance à l'état pur. Une malveillance non pas engendrée par un démon à l'intérieur de son corps, mais par un dysfonctionnement catastrophique au sein de son cerveau.

Toutefois, Cora croyait à cet être démoniaque présent en elle. Je devais l'emmener loin de cet endroit. Loin de l'influence psycho-pathologique de Hoke.

— Je ne crois pas en l'existence de démons.

Cora m'a envoyé un long jet de salive tiède. Raté.

— Même pas en une bonne imitatrice.

Ses pupilles ont roulé, me dévoilant le blanc de l'œil dans chaque orbite.

— Tout ça, ce n'est rien qu'une caricature. (J'avais les mains moites et la gorge sèche.) Une mauvaise interprétation de ce que père G. attend de toi.

Ses doigts se sont hyper tendus, puis ont accroché sa couverture, telles des serres.

— Laisse-moi parler à Cora!

— *Eriggy el!*

— Cora.

— Cora est faible.

— Tu n'existes pas. Cora t'a créée.

— Cette dinde est si stupide qu'elle ne peut rien créer!

— Viens avec moi. (La confrontation ne marchant pas, j'ai tenté de l'amadouer.) Tu pourras m'expliquer qui tu es.

— Elizabeth Báthory.

— Pas la peine de hurler, Elizabeth Báthory. (Je connaissais ce nom, mais d'où ? Les cellules de mon cerveau étant survoltées, ma mémoire me jouait un vilain tour.) Nous allons nous rendre dans un endroit où il fait chaud.

— *Hagyjàl békén !*

Alors que je me tournais pour ramasser mon blouson, j'ai vu la couverture se soulever, malheureusement une seconde trop tard. Cora avait bondi hors du lit. Elle a été sur moi avant que je puisse réagir.

Elle m'a tordu le bras dans le dos, m'a précipitée en avant avec une force incroyable. Ma casquette a volé et mon front a heurté le béton. Douleur intense dans tout le crâne.

Des millions d'étoiles devant les yeux.

Mon nez et ma bouche étant aplatis, les dents incisaient l'intérieur de mes lèvres. Je ne pouvais ni parler ni respirer. Juste ce goût de sang.

Alors que je luttais pour remplir mes poumons d'air, un genou s'est abattu sur ma colonne vertébrale. La poitrine en feu, j'ai frappé en retour de mes pieds et du seul coude que j'avais de libre. Bien que je sois forte, je ne faisais pas le poids devant Cora.

— *Halj meg !*

J'ai tendu le cou en une action désespérée pour relever la tête et reprendre ma respiration. En vain. Cora est revenue à la charge et m'a plaquée au sol.

Cela m'a paru des heures, mais en réalité cela n'a duré qu'une minute, peut-être moins. J'ai finalement réussi à déplacer une épaule, assez pour tourner mon menton. J'avais toujours la joue collée sur le béton, dans une mare de sang. Le mien. J'ai craint un instant avoir des haut-le-cœur.

— Cora, ai-je soufflé.

Tout son corps s'est tendu. Puis ses doigts ont agrippé mes cheveux. Elle a tiré dessus pour soulever ma tête avant de la cogner au sol.

— Elizabeth.

J'ai senti son poids se déporter sur le côté, puis son souffle chaud et moite contre mon oreille.

— Traînée.

— Tu me fais mal.

— Sale pute !

— Non, arrête.

— Tu n'es qu'une putain !

Elle a soulevé ma tête très haut, son geste a mis mes cervicales à l'agonie. Puis ma tempe gauche a heurté le béton. Cora s'est jetée sur ma tempe droite avec une violence inouïe. Quelque chose s'est brisé dans ma mâchoire.

Des petits points blancs ont fait leur apparition. Puis l'obscurité m'a submergée.

Je me suis réveillée face à un spectacle proprement ahurissant.

Cora était assise dans le grand fauteuil en chêne, un poignet et une cheville solidement attachés aux montants. Hoke était allongé, recroquevillé au sol, paupières closes, un crucifix planté de travers sous son col romain.

Les souvenirs que j'ai eus par la suite sont un mélange d'images hachées, multi-sensorielles et accolées à des trous de mémoire. Le casse-tête incomplet d'un cauchemar terrifiant.

Je me souvenais des aboiements incessants des chiens, du sang de Hoke se mêlant au mien. De Cora, les yeux exorbités, mordant la ceinture en cuir qui la ligotait.

Je me souviens de fragments de monologue, d'une voix masculine affolée : «... elle a recommencé. » « Non ! » « Je la cacherai quand elle sera otage du serpent. » « Non... Dieu a dit : "Tu ne tueras point !" »

Je me souviens d'un homme au-dessus de moi, tout en muscles, furieux. De l'odeur de ses bottes de randonnée.

Je sais que j'ai demandé où était Susan Grace.

Je sais que j'ai tenté de me relever, sans y parvenir.

J'ai entendu des pas précipités, des hommes crier, des portes claquer.

J'ai vu Ramsey pointant un revolver sur Owen Lee Teague. J'ai vu le visage de Slidell tout près du mien.

J'ai senti une main caresser mes cheveux, m'essuyer le visage avec un tissu doux. J'ai senti des mains me soulever.

Mais le reste de cette nuit-là ressemble à un immense vide. Une couverture en laine rêche me chatouillant le menton. Une balade chaotique avec un ciel étoilé au-dessus de ma tête, des lanières contre ma poitrine et mes cuisses. Des gyrophares. L'arrière d'une ambulance. Une sirène hurlante.

Essaie de réfléchir.

De réfléchir à quoi?

À rien du tout.

Chapitre 36

Je n'ai plus jamais revu personne du comté d'Avery. Grand-maman Gulley, Susan Grace Gulley, Granger Hoke, Cora et son hideuse famille.

À l'exception de Strike, on s'en était tous sortis. Même Hoke, quoiqu'il devrait mettre une croix sur son envie d'intégrer la chorale du Vatican. Il avait perdu énormément de sang et ses cordes vocales avaient été salement endommagées. Le coup que lui avait porté Cora au niveau du larynx avec le crucifix avait raté les veines et les artères vitales. Quand il obtiendrait son congé, père G. pourrait troquer sa jaquette d'hôpital contre une tenue pénitentiaire.

Susan Grace n'avait jamais été en danger. Ce soir-là, elle avait une fois de plus menti à sa grand-mère afin de grappiller quelques instants de vie normale. Un shérif adjoint l'avait retrouvée en train de picoler dans le bois avec ses camarades de classe. Hoke a raconté plus tard que l'annotation SG sur le calendrier était un pense-bête pour de menus travaux qu'il devait faire effectuer dans l'église. Ça signifiait simplement « sceller les gouttières ».

Je demeure admirative de l'entrée très théâtrale de Ramsey et Slidell quand ils se sont portés à mon secours. Du sens du calcul de Slidell pour mettre le doigt sur la vérité.

Skinny avait passé des heures à scruter des vidéos couvrant le week-end de la mort de Strike. Les séquences filmées par les caméras de surveillance d'édifices du quartier où elle habitait, puis celles des caméras entourant le parc Ribbon Walk où avait été abandonné son cadavre.

À quatre heures de l'après-midi, pendant que je me tirais en vitesse de chez Hoke, la persévérance de Slidell avait enfin payé. La Corolla rouge de Strike apparaissait sur la caméra d'une station-service à 500 m de la réserve naturelle. Assise sur le siège passager : Cora Teague.

En parcourant mes textos, Slidell savait que je m'étais rendue à l'église de sa Sainteté Jésus notre Seigneur, et ensuite au magasin de John Teague. Sentant le danger, il avait contacté Ramsey, puis avait mis la pédale au fond pour rejoindre Avery au plus vite.

J'ai souffert d'une commotion cérébrale et d'une fracture à l'arcade zygomatique droite. Rien de dramatique, mais on m'a obligée à rester deux nuits à l'hôpital, le Cannon Memorial, pour que des infirmières de garde viennent régulièrement contrôler mon état en pointant leur lampe-stylo sur mes pupilles. Quand on m'a enfin rendue mes vêtements, je suis allée moi-même à la pharmacie et je suis rentrée à Charlotte.

Zeb Ramsey m'a téléphoné plusieurs fois pendant que j'étais sous sédatifs et incapable de lui répondre. Je l'ai rappelé quelques jours plus tard. Je l'ai remercié de m'avoir sauvé le cul. Je le lui ai dit plus poliment que ça, bien sûr.

Assez bizarrement, la conversation a duré bien au-delà de ce qu'elle aurait dû durer. J'ai compris pourquoi. Juste avant de raccrocher, il m'a suggéré de sortir avec lui, d'aller au restaurant l'un de ces soirs. C'était maladroit. L'était-ce vraiment ? Je ne savais trop quoi en penser.

Il s'est avéré que le prénom complet de Ramsey est Zebulon. Apparemment, j'avais posé la question alors que j'étais sous l'emprise de la douleur. Ou bien sous l'emprise des antidouleurs.

Slidell s'est fait rare aussitôt qu'il a su que tout ce que j'avais comme blessures se résumait à un coup sur le crâne, une pommette brisée et de la peau écorchée. Il était, d'une part, débordé avec la paperasse et, d'autre part, furieux contre moi, me reprochant d'avoir joué les cow-boys. C'étaient ses propres paroles. Je ne pouvais pas lui en vouloir. Foncer ainsi tête baissée, et seule, avait été d'une bêtise sans nom.

Cela a pris deux bonnes semaines pour reconstituer toute l'histoire. Slidell et Ramsey s'y sont employés. La majeure partie des informations est venue des témoignages d'Owen Lee et de Fatima Teague. Un peu aussi grâce aux sœurs de Cora : Veronica et Marie. Un peu grâce au personnel soignant qui avait eu affaire à Cora.

Selon Fatima, Cora avait eu sa première « crise » à 14 ans, quelques mois avant le décès d'Eli. Elle se rappelait qu'après la mort de son frère, Cora se montrait de plus en plus lunatique, et commençait à « prendre des airs ». Ses deux sœurs plus âgées ayant déménagé, la mélancolie de Cora s'était amplifiée. Pendant un temps, John l'a autorisée à consulter un médecin, puis, selon l'avis éclairé de papa, il a été établi que les médicaments ne servaient à rien.

Veronica a évoqué les états d'angoisse fréquents de sa sœur, à propos de tout et de rien. Des grenouilles. Des cintres. Un arbre derrière la maison. Marie a souligné les insomnies de Cora, ses trous de mémoire et ses longues phases dépressives.

L'évaluation médicale, basée sur des examens psychiatriques sérieux, damait le pion haut la main aux forces démoniaques en action. Je n'avais jamais eu aucun doute sur l'issue du diagnostic.

J'étais en train de tirer ma sixième boîte sur le trottoir quand une Taurus que je connaissais bien s'est engagée dans mon allée. Je me suis redressée et j'ai attendu que Slidell baisse sa vitre.

— Votre look est fascinant… mais Rosie a déjà obtenu le rôle.

Il faisait allusion au foulard sur ma tête et à mon jean miteux.

— Je fais le ménage du grenier.

— Vous le transformez en garderie ?

— En bureau.

— Votre visage a l'air d'aller mieux.

Pas du tout.

— Oui, merci.

Slidell a louché sur l'amoncellement bordélique de mes ordures.

— Vous savez que ces crétins d'éboueurs ne prennent pas les objets encombrants ?

— Je leur file des pots-de-vin.

— Je suis flic, ne me dites pas des choses pareilles. (Bourru, mais avec un niveau de courtoisie qui m'indiquait qu'il n'était plus en colère contre moi.) Quand partez-vous?

— Par le vol de 20 h 20 ce soir. Les rénovations du grenier commencent lundi.

— Vous avez une minute?

— Bien sûr. Entrez.

Nous nous sommes assis à la table de la cuisine. Slidell a refusé une bière, lui préférant un thé glacé zéro calorie. Pendant qu'il sirotait sa boisson, je me prêtais à une discrète évaluation. Bien qu'encore très loin de la perfection, Slidell avait réellement perdu du poids. Les séances de gym? Le stress? La délicieuse Verlene?

— Je dois l'avouer, je n'arrive pas à m'entrer ça dans la tête. Ce foutu charabia de psy.

— Ce foutu charabia de psy?

Comme d'habitude, j'ai envisagé la nécessité de recourir un jour à un interprète pour nos conversations.

— La petite a tué trois, peut-être quatre personnes. Et pourtant, elle est dans un hôpital de trous de cul à pleurnicher sur ses problèmes.

— Cora a été reconnue démente, et irresponsable de ses actes. (Cela m'a valu un hochement de tête et un grognement de dédain.) Elle est incapable de comprendre les charges qui pèsent contre elle, elle n'est pas en mesure d'aider à sa propre défense.

— Elle est folle, j'ai bien compris ça, mais…

— Elle souffre d'un trouble dissociatif de l'identité, d'un TDI.

— C'est bien ce que je disais. (Il a pointé un index accusateur vers moi.) Vous parlez exactement comme ces psys. Et alors, quoi? Ils ont diagnostiqué une schizophrénie?

— Non, la schizophrénie est une maladie mentale impliquant une psychose chronique ou récurrente. Les malades voient ou entendent des choses qui n'existent pas, pensent ou croient en des choses qui n'ont aucun ancrage dans la réalité.

— Ouais, ouais, la petite n'a pas d'hallucinations ni d'illusions. C'est ce qu'ils ont débité. Pourquoi ne pas m'expliquer ce qu'elle *a*?

— Elle a des personnalités multiples.

— Je pensais que c'était juste de la bouillie pour les scénarios à gros budget d'Hollywood.

— C'est une réalité. Le trouble dissociatif de l'identité était autrefois appelé trouble de la personnalité multiple. C'est un état où le patient fractionne sa personnalité en deux ou trois identités distinctes. Chacune a des caractéristiques propres : timbre de voix, vocabulaire, particularité de comportement, attitude, gestuelle, bref, toutes ces choses dont nous pensons qu'elles façonnent notre personnalité.

— De combien d'identités nous parlons ?

— Dans le cas d'un TDI, cela peut être deux ou trois, jusqu'à une centaine ou plus. D'après les statistiques, la moyenne se situe autour de quinze. (J'avais fouillé le sujet pendant des heures.) L'âge classique du déclenchement de la maladie, c'est la petite enfance, bien que de nouvelles identités puissent surgir tout au long de la vie.

— Qui mène le bal ?

— Pour les psychiatres, la personnalité principale est qualifiée d'« hôte ». Cette identité agit comme une sorte de gardien. Les autres sont appelées des « alters », et les transitions sont appelées des « changements d'état ». Ces changements d'état peuvent aller de quelques secondes à quelques minutes, voire à des jours. Les alters peuvent être de différents types, des gens imaginaires, des animaux, des personnages historiques, des personnages de fiction, et ils peuvent varier en âge, en race, en sexe.

— Ça veut dire qu'un gars peut avoir un alter fille et inversement ?

— Oui.

— C'est pour ça que Cora avait une voix de foutu sergent-chef dans le sous-sol ?

— Absolument. Et aussi sur l'enregistrement. La voix qu'on croyait être celle d'un second homme était en fait Cora parlant comme Elizabeth.

— *Fuck* que c'est compliqué votre affaire !

— Le trouble dissociatif de l'identité est un mécanisme de survie — le sujet se déconnecte purement et simplement de situations qui sont trop violentes, ou traumatisantes, ou trop douloureuses à assumer dans son être conscient. On pense que cet état résulte de traumatismes survenus dans l'enfance.

— Alors? Ces salauds la frappaient? Ou l'ont violée?

— L'abus n'est pas forcément d'ordre physique. Ou sexuel. Il peut être psychologique. Dans le cas de Cora, son isolement très strict imposé par son épilepsie s'est combiné avec du fanatisme religieux.

Slidell observait une goutte dégouliner le long de son verre, puis poursuivre sa course sur la table où il l'a récupérée avec son pouce et léchée.

— Ce psy à qui j'ai parlé, il pense que Cora n'a pas tué Eli ou, en tout cas, elle ne l'aurait pas tué intentionnellement. D'une façon ou d'une autre, il croit que c'est à partir de la mort du petit frère que tout s'est détraqué chez elle, qu'elle s'est dissociée, ou fragmentée, ou peu importe le foutu nom que vous donnez à son état.

— Et c'est à ce moment-là que les sœurs aînées quittent la maison familiale. (Je reprenais le cours du récit.) Finalement, Cora trouve un emploi chez les Brice. Elle n'a jamais été livrée à elle-même auparavant, elle n'a jamais trop eu l'occasion de rencontrer d'autres personnes en dehors de sa famille ou des membres de la congrégation. Elle n'a même jamais vu la télé. Elle n'arrive pas à gérer cette liberté, cette responsabilité. Elle est complètement dépassée. Elle, ou bien un alter, tue River Brice.

— J'ai interrogé Owen Lee. Hoke un petit peu. Leurs témoignages vont dans le même sens.

— Et John?

— Ce crétin arrogant continue à se branler avec l'idée que sa fille est contrôlée par Satan.

— Qu'en pensent Hoke et Owen Lee?

— Cora aurait supprimé le bébé des Brice parce qu'elle était possédée par le démon.

— Donc leur traitement a été de l'enfermer à double tour dans le sous-sol du chenil et de brandir un crucifix devant elle. (Je faisais de mon mieux pour conserver un ton neutre, mais une pointe d'aigreur s'insinuait inévitablement. La seule pensée de Cora, cloîtrée dans ce trou à rats, me donnait envie de vomir.) Mason était amoureux d'elle. Il avait deviné qu'ils la retenaient contre son gré, mais il ignorait où.

— Il crevait de peur d'être le prochain sur la liste des cantiques. Il s'est donc enfui vers Johnson City. Quand Susan Grace lui a dit qu'elle voyait Cora, il a acheté l'enregistreur, est revenu à Avery et le lui a donné.

— Mason avait certainement prévu de dénoncer Hoke en livrant l'enregistrement aux médias ou aux flics. Peut-être à un prêtre officiel.

Je n'arrêtais pas de penser à ça, en boucle.

— Vous croyez que Cora aurait réalisé l'enregistrement dans ce but ? a demandé Slidell.

— Il se pourrait qu'on ne le sache jamais. Ce machin avait un système à commande vocale. (J'ai pris une gorgée de thé.) Avez-vous découvert comment Mason l'a retrouvée ?

— D'après Owen Lee, il avait une clé. (J'ai dû avoir l'air étonnée.) Pendant la rénovation de l'église, il l'avait envoyé chercher du matériel manquant à la quincaillerie.

Birdie est venu faire son tour, nous a regardés puis a décidé de se joindre à nous. Nous l'observions faire son petit manège autour des chevilles de Slidell, mais en fait nous pensions à Mason rendant visite à Cora dans sa cellule.

— Donc, le jeune y retourne pour récupérer l'enregistrement, a poursuivi Slidell. Cora pète les plombs, le tue et le découpe en morceaux. Quand Owen Lee se pointe, elle est couverte de sang, et la tête de Mason est dans une chaudière. Owen Lee prévient papa. Papa lui dit de s'arranger avec ça. Et tout le monde se met à prier.

— Ce serait Owen Lee qui aurait par conséquent jeté les morceaux du corps près des belvédères ? À votre avis, il a fait ce choix à cause de Brown Mountain ?

Slidell a secoué la tête.

— Rien à voir avec le vaudou. Il était habitué d'y faire de la randonnée.

— Les résultats ADN sont arrivés hier. C'était bien un cheveu de Mason dans le béton. L'huile d'olive et l'encens sont des traces qui devaient lui venir de Cora.

— Et les doigts dans la résine de pin ?

— Mason.

Nous avons marqué une pause, histoire de réfléchir à ça.

— Et ça a dû être le même scénario pour Hazel Strike. (Pauvre Lucky. J'ai ravalé ma salive.) Strike conduit Cora à

Charlotte. Cora se dissocie et la tue. Owen Lee la rejoint, va jeter le corps dans l'étang, et ramène sa petite sœur à Avery.

— C'est la version d'Owen Lee, bien qu'il nie la culpabilité de Cora.

— Qui a tué Hazel alors?

— Lucifer en personne.

— Bien sûr...

Je n'ai même pas cherché à dissimuler mon dégoût.

— Lucifer ou pas, Owen a admis qu'il avait, par précaution, écrabouillé le cellulaire de Strike, et qu'il l'avait balancé par-dessus une rambarde. Plus tard, il a jeté son ordinateur dans une grosse benne à ordures dans Banner Elk.

— Et qu'est-devenu l'enregistreur?

— Il jure qu'il ne l'a jamais vu. Je ne serais pas surpris que Strike l'ait planqué quelque part pour vous empêcher de le lui reprendre.

— Il n'était pas dans sa maison?

Slidell a secoué la tête.

— Probable qu'on le retrouvera jamais.

— À votre avis, où a-t-elle été assassinée?

— Je miserais sur le parc. C'est là qu'Owen a retrouvé sa sœur. Et les techniciens du labo ont découvert un bâton de randonnée métallique dans l'étang. Quand on a perquisitionné chez elle, on en a trouvé un ou deux semblables dans son garage. Je parierais que Strike en gardait un dans sa voiture. J'ai d'ailleurs une équipe là-bas en ce moment.

— Vous savez comment Cora a pu tomber sur Strike?

— Là, c'est Fatima qui nous a aidés. Elle nous a raconté que Strike avait débarqué chez eux le samedi. John l'a foutue à la porte. Plus tard, papa se rend compte que sa fille manque à l'appel. Il semblerait qu'ils aient un paquet de pièces et de chambres fermant à double tour où ils enfermaient Cora quand Hoke ne menait pas sa guerre sainte contre les forces démoniaques en elle.

— Cora a dû réussir à sortir et à persuader Strike de l'emmener avec elle, ai-je dit.

— Quand John a constaté la fugue, il a ordonné à Owen Lee de foncer à Charlotte.

— Comment savait-il où aller?

— Strike laissait toujours ses coordonnées juste au cas où une personne, prise d'un remords de conscience, accepte de lui parler.

— Y compris son adresse personnelle ?

— Ce que la dame perdait en prudence, elle le gagnait en zèle.

— C'est Owen Lee qui nous a balancé le gros rocher dessus, sur le sentier de Devil's Tail.

— Ouais. Il vous espionnait à Wiseman's View. Il a surpris quelques bribes de votre conversation, et il a paniqué. Alors il vous a suivis. Il prétend qu'il voulait juste vous flanquer la trouille. Owen Lee n'est pas une lumière.

— En effet.

— Y a un truc que je ne comprends pas. Comment une petite souris timide comme Cora pouvait se transformer en une meurtrière implacable ?

— Certains individus atteints de TDI ont une tendance à s'auto-saboter. D'autres vont tourner leur violence sur les autres. D'une certaine façon, Owen Lee n'a pas tort ; ce n'était pas Cora l'instigatrice du meurtre, mais son alter. Et je pense que vous avez mis le doigt dessus. Je ne suis pas psychiatre, mais je pense qu'Elizabeth Báthory a émergé à cause du sentiment d'impuissance que ressentait Cora.

— Et cette femme a forcé Cora à tuer des gens ?

— Pas exactement. Quand elle était suffisamment sous pression, Cora devenait Elizabeth. C'est Elizabeth qui pratiquait le meurtre.

— Qui diable est cette bonne femme ?

— La comtesse sanglante.

— Ça a le mérite d'être clair.

— Elizabeth Báthory a été considérée comme la plus prolifique des tueuses en série de l'histoire. Elle a été condamnée pour avoir torturé et assassiné des centaines de jeunes filles.

— Et c'était quand ?

— Au XVIᵉ siècle, en Hongrie.

— Une sacrée façon de prendre son pied.

— La légende raconte qu'elle aimait se baigner dans le sang de ses victimes, qu'elle choisissait vierges, afin que cela lui donne la jeunesse éternelle.

— Un bel exemple à suivre.

— Le subconscient de Cora percevait Elizabeth Báthory comme une femme surpuissante.

— Cette enfant n'avait pas droit à la télé ni à Internet. Ses livres étaient surveillés et, sauf pour l'école et l'église, elle ne sortait jamais. Comment aurait-elle pu connaître l'existence de cette comtesse ?

— Katalin Brice est hongroise d'origine. Cora a très vraisemblablement découvert cette histoire dans un des livres à la maison.

— Donc, quand elle vous a attaquée, elle ne parlait pas en langue inconnue ?

— Absolument pas. Elle parlait en hongrois.

— Ce qui est sûr, c'est qu'elle maniait diablement bien le langage du sang. (Pause de quelques secondes.) Ça m'a tout l'air que la comtesse n'était pas seule là-dedans.

— Ah bon ?

— Le psy a utilisé l'hypnose. Et il pense qu'il a fait connaissance avec quelqu'un d'autre.

— Ce n'est pas inhabituel qu'au cours du traitement les autres personnalités soient révélées. Qui est l'heureux élu ?

— Le psy veut pas entrer dans les détails.

Slidell et moi sommes restés un moment à siroter nos thés. Puis, d'une voix légèrement différente, il m'a demandé :

— C'est un truc courant, ce foutu trouble dissociatif ?

— Ceux qui souffrent de TDI ont tendance à avoir d'autres problèmes, comme la dépression, l'anxiété, les dépendances, des troubles de la personnalité *borderline*. Mais la maladie en elle-même est assez rare. J'ai lu des statistiques qui la situent à moins de 1 % de la population.

— Je sais pas, a lâché Slidell en expirant longuement. Tout ça me semble du baragouinage d'avocat pour défendre leur client.

— Vous vous souvenez de Herschel Walker ?

Je savais que Slidell était fan de football.

— Évidemment je m'en souviens ! En 1982, il a reçu le trophée Heisman.

— Attendez.

Je suis partie dans mon bureau et revenue avec un livre que j'ai poussé vers lui.

— Vous lisez, pas vrai ?

— Très drôle, doc. Qu'est-ce que c'est ?

— *Breaking Free.*

— Je vois ça.

— L'auteur, c'est Walker. Il y raconte son TDI.

— *Bullshit.* Vous me faites marcher.

Je l'ai juste regardé, sans commenter. Puis, j'ai repris :

— Hoke et les Teague ? Que va-t-il leur arriver ?

— Complicité par aide ou assistance, obstruction, disposition de restes humains. (Il a eu une moue de mépris.) Que ces salauds ne comptent pas sur Jésus pour les tirer d'affaire. Les poursuites sont déjà en cours.

— Si jamais un jour Cora est reconnue apte à subir un procès, est-ce que le procureur pourrait raisonnablement porter des accusations contre elle ? Hormis Owen Lee, il n'y a aucun témoin, pas d'expertise médico-légale, aucune preuve solide.

— On a la vidéo de la petite avec Strike dans sa voiture, et peut-être ses empreintes. Mais, à moins qu'elle n'avoue, ou que Hoke ou un membre de sa famille accepte de témoigner, être apte à subir son procès ne signifie pas qu'elle était responsable de ses actes au moment des meurtres. Et laquelle de ses personnalités convoqueriez-vous à la barre ? Les psys viendront dire qu'elle n'est pas capable de distinguer le bien du mal. Bla bla bla.

Nous savions tous les deux que les chances de poursuites judiciaires demeuraient minces, voire nulles.

Slidell m'a alors abasourdie : il m'a lancé un compliment.

— Vous savez, doc, vous êtes pas mal douée pour faire parler les os. Vous arriverez peut-être à trouver quelque chose.

Sur ces paroles, il s'est levé d'un bond, et je l'ai raccompagné à la porte. Puis il a disparu.

Chapitre 37

27 avril. 10 h 42.

Le soleil se déverse à travers les immenses baies vitrées, réchauffant les murs couleur coquille d'œuf et le plancher en chêne blond. Des flammes dansent dans une cheminée de marbre étincelant. Dans notre dos, la cuisine, des armoires d'un blanc immaculé, un plan de travail en inox.

Cet appartement est superbe, et pourtant il me terrifie.

Je traverse le salon et contemple la ville, douze étages plus bas. Derrière moi, l'agente immobilière continue à mettre la pression.

Je scrute le centre-ville. Des gens font leurs courses du lundi, courent à leur rendez-vous, promènent leurs chiens au milieu des gardiennes d'enfants et de leurs poussettes. Je me penche un peu pour voir au-delà de la terrasse.

À l'est, c'est la vie étudiante derrière les grilles de McGill. À l'ouest, le Musée des beaux-arts. Les beaux quartiers, les galeries d'art, les belles boutiques et, plus loin, Westmount, Notre-Dame-de-Grâce et le West Island.

Les derniers bancs de neige ont fondu, laissant les rues et les trottoirs miroiter d'humidité. Quelques cheminées crachent de longs panaches de fumée dans un ciel incroyablement bleu.

Pas encore, mais bientôt les rituels du printemps débuteront. Les manteaux et les bottes laisseront la place aux jambes nues et aux sandales. Des tables apparaîtront à la terrasse des restaurants et des pubs. Les étudiants lanceront des Frisbee, pique-niqueront et se prélasseront sur les pelouses vertes des campus.

— ... ce marbre de Carrare est l'un des plus magnifiques. Si doux et si chaud. Et si polyvalent. Êtes-vous d'accord, D^re Brennan ?

Je me suis retournée et j'ai discrètement rattrapé le fil de la conversation. L'agente immobilière, Claire ou Cher, me regardait à travers de minuscules lunettes à montures dorées. La raideur de cette femme me faisait penser à Shakespeare. Étrange, mais voilà.

— Et cette baignoire autoportante ? *Mon Dieu*!* Cet appartement est vraiment un petit bijou.

— Un petit bijou très cher.

— Mais il est *magnifique*!* Et merveilleusement bien situé !

Claire/Cher avait une habitude agaçante qui consistait à faire des bruits de succion entre ses dents pour ponctuer ses manifestations d'enthousiasme. Elle venait juste de le faire.

— Malheureusement, c'est au-dessus de nos moyens.

Derrière Claire/Cher, des yeux plissés, des sourcils interrogateurs. Je suis restée impassible.

— Oh, mais vous êtes un couple d'une telle *élégance*!* Je me devais de vous le présenter.

— C'est un flic. Je suis une scientifique.

— Nous pouvons descendre vers un parc immobilier plus abordable, si vous voulez. (Elle avait dit ça comme si elle s'adressait à des sous-prolétaires.) Mais je veux être franche avec vous. Cet appartement partira très vite.

— *Merci** (J'ai ramassé ma veste et mon sac à main sur le magnifique marbre.) Vous nous avez été d'une grande aide. Le détective Ryan et moi-même allons y réfléchir.

Ses talons aiguilles ont martelé le sol, tandis qu'elle nous suivait dans le couloir, puis dans l'ascenseur. Une fois dehors, nos chemins se sont séparés, elle, vers sa Beamer, Ryan et moi, en direction de la rue Crescent et du Hurley's Irish Pub, trois blocs au sud.

Il était encore tôt, et nous avions donc l'embarras du choix pour les tables. Voulant passer une soirée tranquille, nous avons opté pour une place au fond. Une serveuse est apparue alors que nous ôtions nos vestes. Elle s'appelait Siobhan.

Siobhan nous a demandé ce qui nous ferait plaisir. Ryan a commandé une bière, une Moosehead, et du ragoût de bœuf à la Guinness. J'ai opté pour un fish & chips et un Coke

Diète. Nous n'avions pas besoin du menu, nous le connaissions par cœur.

— Alors, ai-je dit.

— Alors, a dit Ryan.

— Ça dépasse largement notre budget. N'oublie pas que je n'ai pas fini de payer ma maison à Charlotte. Et on va se ruiner en billets d'avion.

— Et en lingerie.

Le commentaire ne nécessitait pas de réplique.

— C'est merveilleusement bien situé.

— Merci, Cher.

— Chantal.

— Pardon?

— Elle s'appelle Chantal.

— Elle ferait mieux de s'appeler Shylock.

— Shylock était un prêteur sur gages, pas un agent immobilier.

— Je suis sûre qu'elle a un deuxième emploi.

— Vous êtes sévère, *madame**.

Siobhan nous a apporté nos verres, un temps suffisant pour que je cogite une contre-offre.

— Peut-être ce serait mieux qu'on loue. Du moins, dans un premier temps. Qu'on voit comment fonctionne le nouvel arrangement.

Je me remettais à peine des dernières nouvelles concernant Ryan et Slidell. Ils avaient pris leur retraite anticipée et s'étaient associés pour créer une agence de détectives privés. Chacun travaillerait d'un côté de la frontière. C'était la véritable raison de leurs nombreuses conversations. Et une autre bonne raison de la visite éclair de Ryan à Charlotte.

— Chez nous, on dit: «Quand le vin est tiré, il faut le boire. »

Il a souri et de minuscules étoiles ont ravivé le bleu intense de ses yeux.

— Le vin? Cet appartement, c'est comme si on décidait de boire tous les jours des grands crus classés.

— Quel grand cru classé?

— Des Bordeaux.

— Nos appartements respectifs se vendront pour une somme rondelette.

334

Je n'avais aucun doute là-dessus. Mais la simple pensée de vendre le mien me nouait l'estomac. Je n'ai rien répondu.

Siobhan nous a servi nos plats et, pendant quelques instants, notre centre d'intérêt s'est résumé à des serviettes, des couverts et l'assaisonnement. Ryan a réamorcé la discussion.

— De toute façon, pourquoi t'en faire avec l'argent ? Un jour, tu feras partie de la royauté. Le sultanat de l'Amidon et de la Vapeur !

J'ai écarquillé les yeux. Je n'en revenais pas que Ryan fasse allusion aux noces prochaines de maman. Il s'était avéré que le fiancé, Clayton Sinitch, ne possédait pas qu'un seul petit commerce, mais toute une chaîne de buanderies et de nettoyeurs à sec. En outre, il avait inventé un processus chimique qui lui rapportait chaque année des fortunes. Harry avait enquêté. Tous les gens qui connaissaient Sinitch disaient que c'était un homme bien, le genre de veuf généreux à qui il manquait la douceur du mariage.

Généreux, il l'était. La pierre au doigt de maman avait la taille d'un bagel.

Sur l'insistance de Daisy, le couple de tourtereaux avait accepté de repousser la date des noces jusqu'au moment où Katy aurait une permission. Pendant ce temps, aidée de Goose, ma mère préparait une cérémonie qui, selon Harry, ferait passer le mariage de Kate et William pour une minable fête de fin d'année scolaire.

J'avais du mal à l'admettre, mais c'était l'exemple de ma mère qui m'avait convaincue de retenter ma chance avec Ryan. L'exubérance de maman, sa confiance en la vie, sa foi en l'amour qui ne vient jamais trop tard dans une existence. Bon Dieu, sa sagesse aristotélicienne sur ce truc d'une âme pour deux corps.

— Peut-être devrions-nous suivre la piste Daisy ? a dit Ryan, une énorme fourchetée de ragoût dans la bouche.

— Quelle piste ?

J'ai songé à Birdie et j'ai suivi son exemple : je me suis retenue de mentionner le respect des bonnes manières à table.

— Tu le fais. Je le fais.

— Tu vas le faire.

— Très drôle.

— J'essaie.

— Je suis sérieux, Tempe.

— Ryan, nous nous sommes mis d'accord pour d'abord vivre ensemble. À ce sujet, les travaux d'aménagement de ton bureau commencent aujourd'hui, à l'annexe.

— Est-ce que je pourrai accrocher mon affiche des Habs au-dessus de ma table ?

— Est-ce qu'elle est dédicacée ?

— Yvan Cournoyer.

— Ça doit valoir quelque chose.

— Ça vaut beaucoup à mes yeux. En échange, je t'autorise à accrocher dans notre chambre ici une photo de Dale Earnhardt.

— Ça se pourrait fort bien que je le fasse. Est-ce qu'on peut se calmer sur le côté *House Hunters,* on n'est pas dans une émission de télé-réalité.

— *Mais oui, ma chère**. (C'était le nouveau truc de Ryan : être d'accord avec tout ce que je proposais.) Ton visage va mieux, non ?

— Que Dieu bénisse l'anticernes.

Ryna m'a piqué une frite dans mon assiette.

— Est-ce que tu as digéré l'affaire Cora et Strike ? Et tout ce gâchis de Brown Mountain ?

— Je ne sais pas. L'enquête a été confuse. D'abord, Cora, qui était censée être la victime. Puis qui s'est révélée une tueuse terrifiante. Je crois, à la fin, qu'elle était devenue un peu des deux.

— Une victime d'un type particulier. Victime de l'ignorance et du fanatisme religieux.

— Tout de même, c'est une histoire terriblement triste. Cora aurait pu passer des étés à jouer au tennis, à se faire bronzer, à boire du vin avec ses amis le week-end. Se moquer de la vilaine coupe de cheveux d'un prof, pleurer à cause d'un petit ami, et murmurer de jolies choses dans le noir au sujet des premiers baisers. Au lieu de ça, à cause d'un abruti frustré à l'ego démesuré, ce Hoke et sa bande d'illuminés, elle a vécu sept jours sur sept dans la crainte de Dieu et de son père, passant ses nuits dans l'idée que son corps était habité par Satan.

Ryan a passé doucement son pouce sur ma pommette.

— Les véritables croyants peuvent parfois être les plus dangereux.

Il a planté son regard bleu dans le mien. Inexplicablement, la pointe de malaise ressentie quelque temps plus tôt était revenue, fugace, mais réelle.

Pour la chasser, j'ai pris la main de Ryan.

— Oui, tu as raison.

— Hoke et les Teague iront en prison. Les Brice vont se reconstruire. Cora recevra les soins dont elle a besoin. Tout est pour le mieux dans le meilleur des mondes.

— Merci, Candide !

— Tu devrais être heureuse et soulagée.

— Je le suis.

Alors pourquoi cette sensation de malaise ?

J'ai bu une gorgée de Coke pour me donner une contenance, encore aux prises avec mes émotions.

— D'une certaine façon, la plus à plaindre dans l'histoire, c'est grand-maman Gulley. Elle a perdu son mari, son fils, son petit-fils. Hoke, son conseiller en sainteté, va aller en taule. Peut-être va-t-elle s'amender et améliorer sa relation avec Susan Grace ?

— Cette fille est courageuse.

— Courageuse ?

— Susan Grace ira bien.

Nous avons poursuivi notre repas sans un mot, chacun plongé dans ses pensées. J'ai rompu le silence avec une question qui me troublait.

— Qui avait la prise la plus irrationnelle sur la réalité ? Cora avec ses alters ? Ou Hoke et les Teague avec leur croyance en des forces démoniaques ?

— N'oublie pas Sarah Winchester et sa mystérieuse maison. Elle était engagée dans un combat contre la culpabilité qu'elle ne pouvait pas remporter.

— Le salut à travers la construction.

— Trouble dissociatif. Exorcisme. Folie des grandeurs en architecture. Il y a mille moyens de s'adapter à un monde trop renversant.

— Pas mal, Ryan.

— Puisque tu me le demandes, les parents de Ramsey remportent la palme.

Je l'ai observé, interloquée.

— Qui appellerait son fils Zebulon ?

J'ai roulé ma serviette en boule et je la lui ai envoyée. Ryan a arrêté la balle d'une seule main.

— Y a une chose qui m'embête, a-t-il poursuivi. D'où proviennent les lumières sur Brown Mountain ?

— Qui sait ?

— Encore un mystère non résolu.

— C'est vrai.

Puis son visage est devenu sérieux. Il a tendu son bras et m'a attrapé la main.

— Je suis désolé de ne pas avoir été là pour toi, Tempe. Ça a dû être terrifiant dans le sous-sol du chenil. Cora. Hoke. Owen Lee. Les chiens.

— Slidell et Ramsey ont été parfaits.

— J'aurais dû être là-bas.

— Non, Ryan. C'est mieux pour moi quand tu n'accours pas tout le temps pour me sauver.

— J'adore accourir pour te sauver.

— Je suis sérieuse. La possibilité d'un déséquilibre fait partie de mon hésitation à… m'engager dans… (J'ai cherché le mot le plus adapté.)… une relation.

— La nôtre.

— La nôtre. Je crois que j'ai saboté mon explication le jour où tu es venu à Charlotte.

— C'était assez clair.

— J'ai besoin de m'appartenir, Ryan. De mener mes propres combats, que je les perde ou que je les gagne. Je refuse de jouer la damoiselle en détresse attendant son Galahad.

— Message reçu. Cinq sur cinq. Je vais tâcher de m'en souvenir la prochaine fois que tu auras une crevaison.

J'ai roulé des yeux de manière épique.

— Alors, qu'en penses-tu ? (Il avait procédé à un de ses célèbres et rapides enchaînements.) Est-ce qu'on a les moyens de s'offrir le condo de Shylock ?

J'ai regardé ce visage que j'aimais depuis tant d'années.

— Et puis au diable. Pourquoi pas ? J'attends un remboursement fiscal assez costaud.

J'ai levé ma paume écartée. Ryan l'a frappée avec la sienne.

Quand je repense à Hazel «Lucky» Strike — lors de nuits d'insomnie, ou de rêveries le jour quand je revois ses

338

cheveux poil de carotte —, il y a une chose positive à laquelle je m'accroche. Jusqu'à aujourd'hui, je n'avais rien dit à Ryan.

— Slidell a découvert un classeur chez Strike. Il contenait des préarrangements funéraires.

— Les siens?

— Elle versait de l'argent depuis des années, mais n'avait pas de famille.

Et inutile de rappeler combien elle était chagrinée de tous ces morts sans sépultures.

Ryan attendait la suite.

— Slidell est passé au cimetière.

— Sans toi?

— Il a prétendu que j'avais assez à faire à panser mes plaies.

— C'était une belle attention pour Strike.

— Il craignait qu'il y ait peu de monde. (En racontant cela, une vague de mélancolie m'a envahie.) Il avait tort. Skinny a compté une bonne cinquantaine de personnes.

— Des enquêteurs du web?

J'ai hoché la tête.

— Wendell Clyde lui a acheté une pierre tombale.

— Sans blagues?

— Sous le nom de Strike, il a fait graver:

« Lucky, on a tous eu de la chance de t'avoir connue. »

Remerciements

La plupart des gens voient dans l'écriture une aventure en solitaire. Elle ne l'est pourtant pas tant que ça. Ce roman doit beaucoup à l'aide d'un grand nombre de personnes. Comme toujours, j'ai une dette considérable envers celles et ceux qui ont contribué à *Speaking in Bones*.

Je tiens à remercier le shérif du comté d'Avery, Kevin Frye, pour avoir répondu à mes sollicitations sur le travail de son équipe. Le Dr Bruce Goldberger m'a prodigué des conseils sur l'analyse des traces. Le Dr William Rodriguez a comblé ma curiosité sur la question des os, au-delà de mes attentes. Judy Jasper m'a fourni un apport incontestable sur la culture et le langage hongrois.

Je suis reconnaissante au recteur Philip L. Dubois de l'Université de Caroline du Nord, section Charlotte, pour son constant soutien.

Mes sincères remerciements vont à mon agente, Jennifer Rudolph-Walsh, et à mes éditrices dont la patience est infinie et le talent inégalé, Jennifer Hershey et Susan Sandon.

Je tiens également à exprimer ma reconnaissance à toutes celles et tous ceux qui travaillent dur pour moi. À la maison, aux États-Unis, Gina Centrelo, Libby McGuire, Kim Hovey, Scott Shannon, Susan Corcoran, Cindy Murray, Kristin Fassler, Cynthia Lasky et Anne Speyer. De l'autre côté de l'Atlantique, Aslan Byrne, Glenn O'Neill, Georgina Hawtrey Woore et Jen Doyle. Au nord du 49e parallèle, Kevin Hanson et Amy Cormier. Chez William Morris Endeavor Entertainment : Caitlin Moore, Maggie Shapiro, Tracy Fisher, Cathryn Summerhayes et Raffaella De Angelis.

Je remercie Paul Reichs pour ses commentaires avisés et gracieux sur le manuscrit. Et Melissa Fish pour son attention inlassable à chaque problème que je soulève.

Et comme toujours, un grand merci à tous mes lecteurs. Il est réjouissant de voir combien vous êtes fidèles à Tempe, comme vous êtes fidèles à mes séances de dédicaces et à mes apparitions publiques. Merci à vous de visiter mon site Internet (kathyreichs.com), de me suivre sur Facebook (kathyreichsbooks) et sur Twitter (@KathyReichs) ainsi que sur Instagram (kathyreichs). Vous êtes merveilleux !

Si quelqu'un a été oublié dans ces remerciements, qu'il reçoive toutes mes excuses. Si le livre contient des erreurs, j'en suis seule responsable.